TOD IN MASUREN

Der östliche Teil Polens und seine Nachbarländer

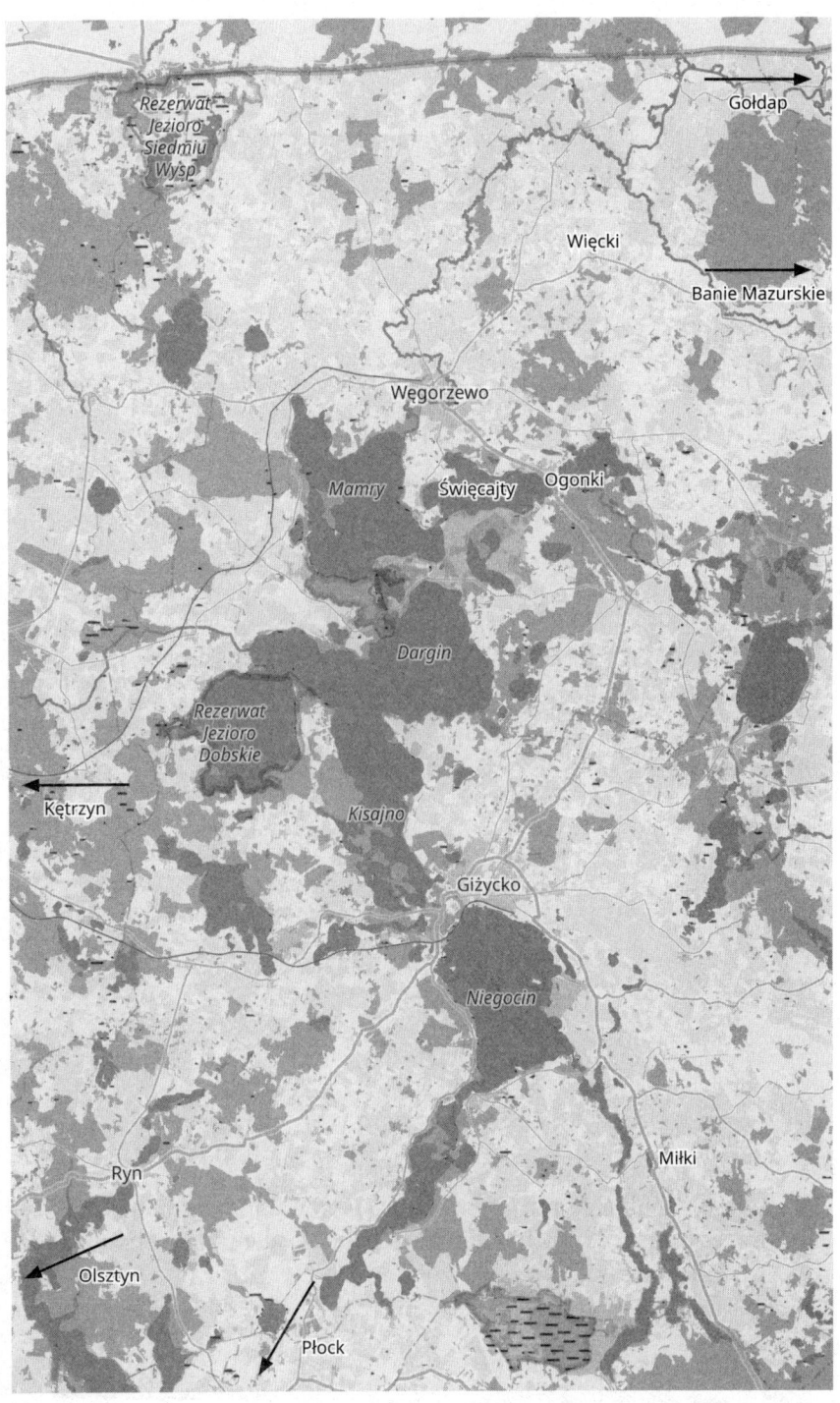

Masurische Seenplatte

ELLA SOPHIE LINDOW

TOD IN MASUREN

Kriminalroman

emons:

Bibliografische Information der Deutschen Nationalbibliothek
Die Deutsche Nationalbibliothek verzeichnet diese Publikation
in der Deutschen Nationalbibliografie; detaillierte bibliografische
Daten sind im Internet über http://dnb.d-nb.de abrufbar.

© Emons Verlag GmbH
Alle Rechte vorbehalten
Umschlagmotiv: shutterstock.com/ysuel
Umschlaggestaltung: Nina Schäfer
Karte S. 2: © shutterstock/Bardocz Peter (bearbeitet)
Karte S. 3: © OpenStreetMap-Mitwirkende (bearbeitet)
Gestaltung Innenteil: DÜDE Satz und Grafik, Odenthal
Lektorat: Dr. Marion Heister
Druck und Bindung: CPI – Clausen & Bosse, Leck
Printed in Germany 2023
ISBN 978-3-7408-1541-7
Originalausgabe

Unser Newsletter informiert Sie
regelmäßig über Neues von emons:
Kostenlos bestellen unter
www.emons-verlag.de

Für Judith

EINS

In Mrągowo ging sie vom Gas. Jetzt begann die letzte kurvige Strecke, die Marie in den vergangenen zwanzig Jahren immer wieder gefahren war, häufig mit dem Gefühl freudiger Erwartung, manchmal aber auch mit Bangigkeit, weil sie nie genau wusste, wie sie ihr Grundstück und ihr Haus nach der Abwesenheit im Winter wohl vorfinden würde. Und immer wieder erinnerte sie die Fahrt daran, wie sie vor mehr als zwanzig Jahren bei schrecklichem Regen und heftigem Gewittersturm, damals noch mit ihrem viel zu früh verstorbenen Mann, dieses letzte Stück der langen Strecke aus Deutschland, von Mrągowo nach Giżycko, zurückgelegt hatte, um den kleinen Hof zu erwerben, den sie beide im Sommer zuvor entdeckt hatten. Es war schon dunkel geworden, hatte in Strömen gegossen, sie hatten viel Gegenverkehr von breiten durch die Pfützen spritzenden und die Kurven schneidenden Lastern aus Litauen und Lettland gehabt, und vor ihnen waren kleine Polski Fiats dahingetuckert, eine fürchterliche Fahrt. Sie hatten sich gefragt, auf welches Wahnsinnsunternehmen sie sich hier einließen: einen alten teilweise verfallenen Vierseithof in Masuren, der zum Verkauf stand, zu erwerben, ohne ein Wort Polnisch zu sprechen, einfach nur, weil das Gehöft so traumhaft lag, umgeben von den leichten Hügeln der Endmoränenlandschaft mit Blick auf einen der zahlreichen Seen. Das hatte sie von Anfang an verzaubert.

Aber auf dieser denkwürdigen Fahrt zum Kaufvertrag war Marie fast geneigt gewesen, das scheußliche Wetter als schlechtes Omen zu nehmen und alles rückgängig zu machen, umzukehren und die Plastiktüte mit dem Geld, das beim Notar der Verkäuferin übergeben werden sollte, wieder mit nach Deutschland zu nehmen, doch dann hatte ihr Mann ihr gut zugeredet und sie bewogen, die Geschichte, die sie so enthusiastisch begonnen hatte, nun auch zu Ende zu bringen. Er war bei Maries Idee, den kleinen Hof zu erwerben, skeptisch gewesen, hatte Bedenken geäußert, sich dann aber von ihrer Begeisterung anstecken lassen und versprochen, seinerseits seinen Beitrag zu dem ganzen Unternehmen zu leisten, indem er Polnisch lernen würde.

Angesichts von Maries Zögern erwies er sich nun als Stütze. »Überleg doch einmal, was uns denn schon passieren kann; im Zweifelsfall müssen wir die ganze Geschichte wieder aufgeben, aber jetzt sollten wir sie erst einmal durchziehen«, hatte er gesagt, und sie hatten nicht kehrtgemacht, sondern waren weitergefahren, vorbei an der alten Ordensburg in Ryn, die inzwischen renoviert war und mit ihren Ritterbanketten große Reisegesellschaften anzog, weiter durch kleine Dörfer mit Storchennestern am Straßenrand, bis sie schließlich die Ausläufer von Giżycko erreichten, wo am Tag darauf der Kauftermin des alten Bauernhofs stattfinden sollte. Der Plan war, der früheren Besitzerin, einer alten Dame, solange sie lebte, Wohnrecht auf dem Hof zu gewähren und aus einem der verfallenen Stallgebäude ein Sommerhaus bauen zu lassen.

Es war alles nicht ganz einfach gewesen, aber letztlich war aus alten auf dem Grundstück herumliegenden Bruchsteinen ein wunderschönes Haus entstanden, und Marie und ihr Mann hatten dort – als Hochschullehrerin und -lehrer mit dem Privileg ausgestattet, in der vorlesungsfreien Zeit überall arbeiten zu können – viele glückliche Sommer verbracht, und für Marie war es nach wie vor ein wunderbarer Rückzugsort zum Auftanken.

Das alles ging ihr durch den Kopf, als sie jetzt die Strecke fuhr, um ihre Sommermonate wie gewohnt in Masuren zu verbringen. Sie war den Weg oft gefahren und kannte alle Kurven. Es gab nach wie vor viel Verkehr, aber er hatte sich geändert wie so vieles in Polen: Die langsamen Polski Fiats waren größeren, schnellen westeuropäischen Autos gewichen; Panjewagen gab es nicht mehr auf den Straßen, allenfalls noch in Museen, und viele der kleinen Ortschaften hatten Umgehungsstraßen erhalten.

Die Fußballeuropameisterschaft, vor allem aber die EU-Mittel hatten den Straßenbau vorangetrieben; Autobahnen waren gebaut, große Verbindungsstraßen frisch asphaltiert, Schlaglöcher repariert worden; über weite Strecken war das Autofahren in Polen auf den großen Verkehrswegen inzwischen deutlich angenehmer als in Deutschland, lediglich die Sorge vor manchen zu abenteuerlichen Überholmanövern neigenden Fahrern war geblieben.

Der Weg von Berlin hatte dank der besseren Straßenverhältnisse nur neun Stunden gedauert, und so stand die Sonne noch am Horizont, als Marie in die kleine Straße mit Kopfsteinpflaster einbog. Sie wurde nach einer Kurve zu einem Sandweg, der durch Felder und Wiesen und vorbei an einem kleinen Wäldchen führte und schließlich in die etwas verwunschene, von Birken und Weiden gesäumte Zufahrt zu ihrem Hof mündete.

Zu ihrer Vorfreude auf eine schöne Sommerzeit kam dieses Mal eine große Erleichterung: Es war im vergangenen Monat endgültig gelungen, die lästigen Grundstücksquerelen, die es in ländlichen Gebieten immer wieder gibt, zu klären; in einem Tausch hatte sie ihren Hügel mit dem Blick auf den See ein Stück vergrößern können und dafür das Ackerland mit dem kleinen Teich und dem dahinterliegenden Wald an einen benachbarten Bauern abgetreten. Es war ein schwieriger Prozess gewesen, vor allem weil der Geodät, der vor zwanzig Jahren das Grundstück vermessen hatte, es nicht nur als zu groß, sondern auch noch mit falschen Koordinaten eingetragen hatte. Aber das war nun alles überstanden, und Marie hoffte, dass dieser Sommer nicht, wie der vorige, von unerwünschten Auseinandersetzungen überschattet sein würde.

Schon vom Sandweg aus konnte sie den großen alten Ahorn und die hochgewachsene Doppellärche auf dem Dach der Piwnica, des Erdkellers, sehen – sie war als Setzling immer wieder vom Rehbock verbissen worden und dann mit großer Widerstandskraft zu einem Doppelstamm geworden –, dazu das Storchennest auf dem Elektromast. Drei Junge waren es diesmal, hatte ihr Tomek, der nette Nachbar, der sich um das Anwesen kümmerte, am Telefon berichtet; er hatte auf Maries Bitte hin auch schon Tische und Bänke für den Innenhof und die Terrasse aus der Scheune geholt und aufgestellt.

So sah der kleine Vierseithof sehr einladend aus, als Marie ankam: Die Stockrosen blühten mit aller Pracht und in allen Farben vor dem Haus und dem gegenüberliegenden Stallgebäude, dazwischen hatten sich roter Mohn, duftender Lavendel und blauer Salbei breitgemacht, und die Abendsonne tauchte das Ganze in ein mildes Licht. Es war das Masurenbild, das Marie so liebte, das ihr immer Herz und Sinne öffnete. Sie blieb eine Weile im Innenhof stehen, ging dann zum Haus und begann, die nötigsten Sachen aus dem Auto zu holen und sich für den Sommer, in dem ein Buch zu Biografien entstehen sollte, einzurichten.

Morgen würde sie als Erstes ihre polnischen Freunde besuchen, allen voran Staszek, den emeritierten Juraprofessor aus Warschau. Er hatte sich nach dem Tod seiner Frau und wohl auch nach Streitigkeiten mit der ersten PiS-Regierung der Gebrüder Kaczyński in den Jahren 2006 und 2007 frühzeitig aus seinem Amt zurückgezogen, hatte seine Wohnung in Warschau vermietet und lebte nunmehr ganzjährig in seinem Blockhaus im Wald, ging jagen und angeln und hatte gelegentlich Jagdgesellschaften zu Gast. Von Zeit zu Zeit schrieb er Gutachten zur Nachhaltigkeit für die Partia Zieloni, die polnischen »Grünen«, deren Ziele zum Naturschutz er unterstützte, deren westlich angehauchte liberale Ideen er sich aber, wie Marie argwöhnte, eher nicht zu eigen gemacht hatte.

Seit zwei Jahren war er mit Małgorzata zusammen, einer versierten und erfolgreichen Anwältin aus Olsztyn, die Marie bei den Auseinandersetzungen um die Ländereien sehr geholfen und es auch geschafft hatte, die falschen Angaben des seit einiger Zeit nicht mehr auffindbaren Geodäten zu revidieren. Die Wochenenden verbrachte Małgorzata meistens bei Staszek, und Marie schätzte sie nicht nur wegen ihrer Fähigkeiten als

Anwältin, sondern auch wegen ihrer Fröhlichkeit und ihrer Unternehmungslust. Zudem sprach sie, wie auch Staszek, vorzüglich Deutsch.

Staszek hatten Marie und ihr Mann schon auf ihrer ersten Masurenreise kennengelernt. Der Kontakt war über die Universitäten zustande gekommen; es ging, wie Marie sich vage erinnerte, um einen Vergleich polnischen und deutschen Rechts in historischer Perspektive, über den die beiden Männer diskutieren wollten. Staszek war, wie üblich im Sommer, gemeinsam mit seiner Frau in seinem Blockhaus, und sie hatten Marie und ihren Mann sogleich zum Essen eingeladen. Die beiden hatten jene polnische Herzlichkeit und Gastfreundschaft praktiziert, die Marie von jeher so an dem Land fasziniert hatten und die ihr das Gefühl gaben, sich dort zu Hause fühlen zu können. Sie hatten sich auf Anhieb alle gut miteinander verstanden.

Staszek war es dann auch gewesen, der ihnen zum Kauf des alten Vierseithofs zugeredet hatte, und er hatte ihnen geholfen, einige Hindernisse bei dessen Erwerb zu überwinden. Seitdem verband sie eine gute, verlässliche Freundschaft. Marie hatte ihm ihr Kommen angekündigt, zwar nicht auf den Tag genau, aber sie ging davon aus, dass er zu Hause sein würde. Voller Vorfreude auf ihre beginnende Sommerzeit in Masuren lief sie auf den Hügel und warf einen Blick auf die rot im See untergehende Sonne, um dann in ihr Haus zu gehen und sich schlafen zu legen.

Noch bevor der Wecker klingelte, wurde sie am nächsten Morgen von den ersten Sonnenstrahlen und dem Geklapper der Störche geweckt. Schnell stand sie auf und ging zu dem kleinen Gemüsegarten, den Tomeks Mutter ihr Jahr für Jahr liebevoll anlegte, um sich dort ein paar frische Möhren für das Frühstück zu holen. Aber vor dem Frühstück würde sie zu dem verschwiegenen kleinen See in der Nähe von Staszeks Haus fahren, um ein paar hundert Meter zu schwimmen und den See an seiner schmalsten Stelle einmal zu überqueren.

Es war herrliches Wetter. Marie stellte ihr Auto in einiger Entfernung vom See ab und ging durch den Wald, nicht ohne sich hin und wieder ein paar von den köstlichen Waldhimbeeren, die den schmalen Pfad säumten, in den Mund zu stecken. Hinter einer letzten Wegbiegung sah sie den See, silbern durch die Bäume glitzernd, vor sich liegen. Die Sonne stand inzwischen höher und beleuchtete schon den im Schatten der großen Bäume liegenden kleinen Steg, den Staszek gebaut hatte. Er hatte eine Schneise in das Schilf geschlagen, damit man einen guten Einstieg hatte, vor allem aber hatte er in diesem Jahr, wie er Marie am Telefon erzählt hatte, eine zusätzliche Stufe – extra für sie – gebaut, weil der Wasserstand gesunken war; die Biber hatten mal wieder ihr Werk getan und einen Zufluss zu dem See verstopft.

Marie warf ihr Kleid über die Stange am Steg – auch ein Bauwerk von Staszek – und nutzte die hilfreiche Stufe, um in das samtige, etwas grünlich blühende Wasser einzutauchen. Die Bäume an der gegenüberliegenden Uferseite spiegelten sich im Wasser, verschwanden aber wie ein Vexierbild, als Marie ihnen entgegenschwamm. Es herrschte eine himmlische Ruhe, nur ein paar Kraniche waren zu hören, und in der Ferne klopfte ein Specht. Ab und zu kreiste ein Fischadler am Himmel, und am anderen Ufer blinkte das weiße Gefieder von zwei Schwänen auf, die langsam ihre Bahnen zogen.

Um den See, der sehr tief und fischreich war, rankte sich eine Fülle von Geschichten: Eine kleine Insel sollte angeblich schon von den Römern bewohnt gewesen sein, und im Winter beim Eisfischen sollte einmal ein Hecht aus dem von den Anglern geschlagenen Loch gekommen sein und sogleich eine Katze, die sich aufs Eis getraut hatte, in die Tiefe gezogen haben. Was auch immer daran das übliche Anglerlatein war, wenn von Zeit zu Zeit an der glatten Oberfläche ein nach Luft schnappender Fisch auftauchte, schien er aus den Tiefen von Loch Ness zu kommen. Marie genoss das erfrischende Schwimmen in der morgendlichen Stille, abseits des ganzen Trubels, der sich inzwischen in Giżycko mit seinen vielen Sommergästen ausgebreitet hatte. Hier fand sie das, was sie an Masuren faszinierte: eine geradezu bukolisch anmutende Naturkulisse, die selbst in hektischen Zeiten so friedlich und unberührt wirkte, als stehe hier noch alles miteinander im Einklang.

Bevor sie sich auf den Rückweg machte, lief sie kurz bei Staszek vorbei. Er war nicht zu sehen, und auch kein Hundebellen war zu hören; vermutlich war er schon im Wald oder hatte früh am Morgen etwas in Giżycko zu erledigen. Schade, dass er nicht zu Hause war, aber den genauen Termin ihrer Ankunft hatte sie ihm ja auch nicht genannt. Etwas enttäuscht, aber erfrischt vom Schwimmen fuhr sie zurück und setzte sich mit einem Kaffee an den Tisch im Innenhof, um den weiteren Tag zu planen.

Als Erstes stand die übliche Einkaufsfahrt nach Giżycko an, mit einem Besuch auf dem kleinen Markt, auf dem Bauern aus der Umgebung Gemüse und Früchte und eifrige Pilzsammlerinnen Pfifferlinge und manchmal sogar Steinpilze anboten. Auch die kleinen Waldheidelbeeren gab es; sie lagen in großen Eimern, aus denen die Marktleute mit einem Literglas die gewünschte Menge abmaßen, und waren ungleich aromatischer als die dicken auf Plantagen geernteten Früchte, die, in Plastikschälchen verpackt, das Angebot der Supermärkte bereicherten. Zum Glück hatte sich der kleine Markt trotz der westlichen Discounter, die sich auch in Giżycko breitmachten, erhalten können, auch wenn die alten Marktfrauen, die in den älteren Reiseführern abgebildet waren, inzwischen nicht mehr da waren und der vordere Teil des Marktes mit ziemlichem Ramsch gefüllt war.

Marie parkte ihr Auto in der Nähe der Gemüsestände und kaufte kleine Frühkartoffeln, ein Glas Rapshonig zum Auffüllen ihrer Honigbestände, frische goldgelbe Pfifferlinge und ein Pfund Heidelbeeren, dazu einen Korb voll schwarzer Johannisbeeren, die sie zu Marmelade verarbeiten würde; ihr eigener Strauch war inzwischen vom Wein an der Hauswand überwuchert worden und trug kaum noch Beeren. Außerdem entdeckte sie neben den Gemüseständen zwei Frauen, die Stauden aus ihren Gärten verkauften: weißen duftenden Phlox, Rudbeckia, den leuchtenden Sonnenhut mit seinen gelbbraunen Strahlen und selbst gezogene Geranien. Das wäre eine farbenfrohe Ergänzung des Beets vor ihrem Haus. Marie deckte sich großzügig ein und ging mit zwei Körben voller Obst und Gemüse und mit Blumen beladen zum Auto zurück, um sich durch die vielen Umleitungen, die das Straßenbild Giżyckos zurzeit bestimmten, auf den Heimweg zu machen.

Auf dem Nachhauseweg schaute sie bei Tomeks Mutter Halina vorbei, einer großen, starken Frau mit gutmütigen blauen Augen, die mit Hilfe ihres Sohnes und seit Kurzem auch einer Schwiegertochter ihren kleinen Hof mit ein paar Rindern und Hühnern, vielen Gemüsebeeten und einem bunten Blumengarten in Ordnung hielt und die sich – obwohl die gegenseitige Verständigung nur mangelhaft war, weil Marie immer noch nicht richtig Polnisch konnte – durch Herzlichkeit und Großzügigkeit Marie gegenüber auszeichnete. Bis vor ein paar Jahren hatte sie auch einige Milchkühe gehabt, und Marie hatte abends die frisch gemolkene, manchmal noch lauwarme Milch holen können, die sie ein paar Tage stehen ließ, um sie dann mit großer Begeisterung als Dickmilch mit Zucker und Schwarzbrot oder Früchten zu essen. Damals hatte Halina auch noch gebuttert und Käse gemacht. Dann aber war ihr das zu viel geworden, ihr Rücken spielte nicht mehr mit, und Marie konnte sich glücklich schätzen, dass sie ihr trotz ihrer Gebrechen jedes Jahr den kleinen Gemüsegarten neben dem Gästehaus anlegte.

Jetzt saßen sie auf den rot bezogenen Plastikhockern in der Küche, und kaum hatte Marie ihre kleinen Mitbringsel aus Deutschland auf den Tisch gestellt, da fand sie auch schon eine Tasse Tee und ein paar Kekse vor sich, und bevor sie sich verabschiedete, lagen ein Karton mit frischen Eiern und dicke duftende Tomaten aus dem Gewächshaus für sie bereit. Reich beschenkt machte sie sich auf den Rückweg. Dina, die Hündin, ein liebenswerter Mix aus Dorfhunden – Marie hatte sie schon als Welpen kennengelernt –, die sich über Maries Leckerli freute und gar nicht genug gestreichelt werden konnte, jaulte hinter ihr her, und Halina winkte ihr freundlich nach.

Maries Ankunft auf ihrem Vierseithof sprach sich schnell in der Gegend herum. Es gab eine feste Gruppe von Masurenfreunden, die Jahr für Jahr ihre Sommer dort verbrachten – arbeitend oder einfach nur den Sommer genießend: Ulla und Jan mit ihrem Sommerwohnsitz auf einer Halbinsel, Beate, die Journalistin aus Berlin, die sich seit Jahren für den Erhalt von Schloss Sztynort einsetzte; ferner Edelbert, der Musiker, der seine Wurzeln in Ostpreußen hatte und immer im evangelischen Pfarrhaus logierte, Mikołaj, der Maler aus Warschau, der auf der Suche nach masurischen Motiven schon eine Reihe von Aquarellen von Maries Vierseithof gemalt und mit großem Erfolg ausgestellt hatte, und nicht zuletzt Urs, der Ethnologe, der sich abseits im Borkenwald eine einsam liegende Hütte aus Lehm und Stroh gebaut hatte. Dazu gesellten sich zeitweise noch Ismene und Robert, die aus Schwaben nach Polen ausgewandert waren und in der Nähe von Giżycko unter ökologisch-anthroposophischem Vorzeichen eine Farm betrieben und Skudden züchteten, eine alte, sehr genügsame ostpreußische Hausschafrasse. Auch Anna, die am Gymnasium in Giżycko Deutsch unterrichtete, kam oft vorbei, und wenn er nichts anderes vorhatte, beehrte Staszek die kleine polnisch-deutsche Gruppe, die sich im Sommer immer wieder auf dem Hügel bei Marie einfand. Später würden auch noch Freunde aus Deutschland kommen, die dann bei Marie im Haus und in ihrem Gästehaus wohnen würden.

Die Gelegenheit, sich mit den alten Masurenfreunden zu treffen, fand sich schnell. Marie hatte gerade ihren Einkauf verstaut, ihren Koffer endgültig ausgeräumt und den Laptop angeschlossen, da rief Ulla an. Sie hatte von ihrem Nachbarn zwei riesengroße frisch geangelte Barsche geschenkt bekommen, die sie und Jan nicht allein bewältigen konnten. Sie wollten sie gerne mit anderen gemeinsam essen. Das kam Marie gerade recht und verhieß einen guten Einstand in Masuren. Sie rief einige Freunde an, und alle sagten freudig zu, gegen Abend vorbeizukommen.

Es dauerte nicht lange, da waren Ulla und Jan da, mit zwei glitzernden Barschen in einer großen Schüssel und einem Sack voller frisch geernteter kleiner Kartoffeln. Marie und Ulla nahmen die Fische aus, schrubbten die Kartoffeln, halbierten sie, mischten sie mit Öl, Salz und Knoblauch und füllten sie in eine Kasserolle, die sie in den Ofen stellten. Inzwischen hatten sich auch Edelbert aus dem Pfarrhaus und Beate aus Sztynort eingefunden. Sie hatte außer ihrer großen weißen polnischen Hirtenhündin Mona noch einen weiteren Gast, einen polnischen Kunsthistoriker, mitgebracht, und die Vorbereitungen konnten beginnen.

Während die Männer einen Tisch und eine Bank auf den Hügel trugen und Holz aus der Scheune holten, um zu späterer Stunde ein Feuer machen zu können, mixte Marie einen Aperitif aus selbst gemachtem Holunderblütensirup, frisch gesprudeltem Wasser und einem kleinen Schuss trockenen Pfälzer Rieslings, den sie aus Deutschland mitgebracht hatte. Ulla bereitete einen Salat aus den dicken Tomaten aus Halinas Treibhaus zu, und Marie suchte ihre Gartenbeete nach Kräutern ab, die den Winter überstanden hatten und nicht völlig von anderen Pflanzen verdrängt worden waren. In dem Steinbeet vor ihrem Haus entdeckte sie zwischen den Stockrosen und neben dem großen Salbeibusch Minze und Majoran, auf dem von Halina angelegten Gemüsebeet fanden sich Dill, Zwiebeln und Möhrenkraut. Marie gab ein paar Minzblättchen in den Aperitif, tat den Rest in den Tomatensalat und stopfte alles andere, ergänzt durch Zitronenscheiben und ein paar Knoblauchzehen, großzügig in die Fische, die dann, mit Öl begossen, in einem Fischbräter zu den Kartoffeln in den Ofen wanderten.

Es war ein wunderbarer Abend. Sie saßen gemeinsam auf dem Hügel, blickten auf den See und tranken den spritzigen Riesling; Fisch und Kartoffeln schmeckten vorzüglich, der Salat gab dem

Ganzen eine frische Sommernote. Und als Nachtisch spendierte Marie die gerade erworbenen Waldheidelbeeren, nach Belieben mit Zucker, Milch oder Joghurt. Die brütende Hitze des Tages hatte sich gelegt, sogar ein leichter Wind war aufgekommen. Am Zaun, der Maries Grundstück auf dem Hügel begrenzte, näherten sich ein paar junge braune Bullchen und betrachteten neugierig die Gesellschaft, die sich inzwischen um das Feuer scharte, das in der aus Steinen gebauten Feuerstelle loderte. Die Sonne versank erneut wie ein roter Feuerball im See, und der Mond stieg weiß-silbrig zwischen den Bäumen hinter den Häusern auf. Auf einer Postkarte würde man dieses Idyll für kitschig halten; hier aber war es eine unwirklich anmutende Wirklichkeit, ein gutes Omen für schöne Spätsommertage mit masurischer Gelassenheit und voll der Leichtigkeit des Sommers.

Auch am nächsten Morgen war Marie früh wach. Der Himmel war strahlend blau, und es würde wieder ein heißer Tag werden, aber die nächtliche Abkühlung hatte schon glitzernde Tautropfen auf Blätter und Grashalme gelegt, sodass Maries morgendlicher Weg zum Gemüsebeet durch feuchtes Gras ging. Auf der benachbarten Weide stolzierte ein Storch – noch waren sie alle da, aber bald würden die Jungstörche Masuren verlassen –, und in der Ferne schrien Kraniche. Es herrschte die wunderbare Ruhe des Morgens, nur die Luft surrte leicht.

Marie beschloss, die Morgenstunde vor dem Schwimmen zum Schreiben zu nutzen, aber dann erschien Edelbert, der Musiker. Er hatte am Abend zuvor gehört, dass Marie morgens früh zum Schwimmen an den kleinen See fahren wollte, und war in aller Frühe mit dem Fahrrad aus Giżycko gekommen, um sich anzuschließen. Auf dem Weg habe er, so erzählte er, zwei Polizeistreifen gesehen. Marie dachte sich nichts dabei; gerade in den Sommermonaten stand die Polizei häufig – mehr oder weniger gut getarnt – in Hofeinfahrten, um die Geschwindigkeitssünder zur Kasse zu bitten. Wie erfolgreich sie damit war, wusste Marie nicht, denn bei aller Berechtigung, die Raser zu stoppen, funktionierte in Polen auf dem Land meistens noch eine Art Gemeinsinn, der sich gegen die Obrigkeit richtete: In der Regel warnten die entgegenkommenden Fahrer per Lichthupe vor den Kontrollen, auch Marie hatte auf diese Weise schon Glück gehabt.

Edelbert stieg in Maries Auto, und sie fuhren gemeinsam los. Den Wagen ließen sie wie gewohnt in einiger Entfernung am Wegrand stehen und gingen die letzten Meter zu Fuß zum See. Von Staszek, der sich auch häufig mit seinem Hund zum morgendlichen Schwimmen einfand, war wieder nichts zu sehen. Marie beschloss, ihn auf jeden Fall im Lauf des Tages anzurufen, das hätte sie gestern schon tun sollen. Nach dem Schwimmen kam Edelbert mit zum Frühstück; er liebte den kleinen Vierseithof von Marie, fand sich dort immer wieder ein, wenn er in seinen Ferien im Pfarrhaus war, machte sich gelegentlich durchaus auch nützlich, indem er die kleinen frühen Augustäpfel aufsuchte, die Marie zu einem köstlichen Apfelkuchen verarbeitete, die Dachrinne säuberte und die abgestorbenen Zweige aus den alten Obstbäumen schnitt, oder aber er saß einfach nur auf dem Hügel in dem schiefen Korbstuhl, den Marie schon längst verbrannt hätte, wenn er nicht interveniert hätte, und las Hölderlin-Gedichte.

Hungrig vom Schwimmen und noch dazu mit einem Frühstücksgast beehrt, beschloss Marie, ihr in der Regel etwas frugales Frühstück aus Paprika, Möhren, Tomaten und Joghurt um Brot, Eier und Süßes zu erweitern. Sie drückte Edelbert ein Tablett mit dem blau-weißen Bunzlauer Geschirr in die Hand, damit er den Tisch in der Morgensonne decken konnte, kochte zwei von den frischen Eiern von Halinas Hühnern, holte den cremigen Rapshonig, den sie gerade erworben hatte, und öffnete ein Glas von dem Holunder-Apfel-Gelee, das sie im letzten Herbst gekocht hatte. Das Brot hatte sie noch aus Berlin mitgebracht: Walchenbrot mit Walnüssen und Zuckersirup, das sie immer bei SoLuna am Südstern kaufte und das sich zum Glück eine Zeit lang frisch hielt. In den nächsten Tagen würde sie dann Anna um ihr Rezept zum Brotbacken und um etwas Sauerteig bitten müssen.

Das behagliche Frühstück in der Morgensonne wurde von einigen ungewohnten Maschinengeräuschen begleitet. Das war kein Mähdrescher, offensichtlich auch kein einfacher Trecker, sondern eher ein Bagger, und zwischen den Maschinengeräuschen hallten Rufe aus der Ferne herüber. Auf Maries ehemaligem Grundstück, in Nähe des kleinen Teichs, schien sich etwas zu ereignen, was weder Marie noch Edelbert deuten konnten.

Vermutlich waren es Erdarbeiten, denn der Bauer, dem Marie das Land abgetreten hatte, wollte den Teich, der in den letzten Jahren, wohl als Folge der trockenen Sommer, schon weitgehend verlandet war, ganz ausbaggern und trockenlegen, um ihn mit in seine Weidefläche zu integrieren. Das war sicher eine vernünftige Idee, auf jeden Fall besser als Maries anfängliche Pläne, den Teich als Landschaftselement in die Gestaltung ihres Anwesens einzubeziehen, eine malerische kleine Brücke zu bauen, die das dahinterliegende Wäldchen erreichbar machte, und nach Möglichkeit auch noch ein paar Karpfen einzusetzen. Dazu war es nie gekommen; der Aufwand und die permanente Pflege waren während der kurzen Sommerzeit, in der Marie in der Regel da war, einfach nicht zu leisten.

Außerdem fehlte ein Wasserzufluss für den Teich, und so war der Wasserspiegel gesunken und der Teich schlammig geworden; die Natur hatte sich ihr Recht genommen. An den Rändern wuchsen Schilf, Brennnesseln und Disteln, in der Mitte auch ein paar braune Lampenputzer, die aber wegen des ganzen Gestrüpps kaum zu erreichen waren. Es war ein kleiner Biotop, der da entstanden war, und abends konnte man manchmal die Unken hören, die sich dort offensichtlich wohlfühlten und den Störchen eine gelungene Mahlzeit boten.

Ohne den Geräuschen eine besondere Aufmerksamkeit beizumessen, ließen sich Edelbert und Marie das Frühstück schmecken, und Marie war bereit, ihren masurischen Sommertagesrhythmus zu beginnen – lesen, schreiben, wenn nötig einkaufen, ein bisschen Polnisch lernen und den Abend planen.

Doch diese Unbeschwertheit wurde jäh unterbrochen. Einer der silbrig lackierten, mit blauen und gelben Aufklebern versehenen Polizeiwagen kam ihre Zufahrt entlang. Marie wunderte sich, Polizei? Das rief bei ihr, wie wohl bei vielen Menschen, ein unangenehmes Gefühl hervor. Zwar war sie sich keiner Schuld bewusst, es sei denn, sie war – vielleicht doch, ohne gewarnt zu werden? – irgendwo zu schnell gefahren, aber dennoch … Oder gab es etwa doch noch Probleme mit dem Grundstückstausch?

Froh darüber, dass Edelbert anwesend war, kramte sie vorsorglich in Gedanken ein paar polnische Brocken zusammen, die möglicherweise für ein Gespräch hilfreich sein könnten.

Der Wagen mit zwei Polizisten hatte inzwischen im Innenhof gehalten, und die beiden waren ausgestiegen. Den einen kannte Marie – es war Piotr, ein stattlicher Mann von ungefähr Mitte vierzig, mit seiner Größe von fast zwei Metern, seinen schwarzen Haaren und seinen lustigen braunen Augen, die so gar nicht zu einer Polizeiuniform passten, nicht zu verkennen. Er war schon einmal vor ein paar Jahren wegen eines Einbruchs auf Maries Grundstück da gewesen – nichts Aufregendes, ein dorfbekannter Alki hatte Wein aus der Piwnica geklaut und sich dabei erwischen lassen, und da das nicht das Einzige war, was er auf dem Kerbholz hatte, war es der Polizei nur recht gewesen, dass sie ihn damals überführen konnte.

Marie war froh, Piotr zu sehen, er sprach aufgrund eines mehrjährigen NATO-Einsatzes recht gut Englisch, was die Verständigung sehr erleichtern würde. Und seitdem er sich unterhalb ihres Hügels ein Haus gebaut hatte, zählte er in gewisser Weise sogar zu den Nachbarn, und sie winkten sich immer freundlich zu, wenn sie sich begegneten. Der andere war ein kleinerer, etwas dicklicher Mann, vielleicht Mitte dreißig, mit rötlichen Haaren und einem Dreitagebart. Auch er kam Marie bekannt vor; er war es gewesen, so meinte sie sich zu erinnern, der sie im letzten Jahr auf dem Weg nach Giżycko, als sie nur geringfügig zu schnell gefahren war, geblitzt und dann sofort zur Kasse gebeten hatte.

Die beiden kamen auf Marie und Edelbert zu und grüßten freundlich. Marie sagte aus Höflichkeit ein paar polnische Worte, bevor sie mit Piotr ins Englische überging, und stellte Edelbert vor, den sie sogleich daran hindern musste, den beiden mit seinem Schulrussisch entgegenzutreten; er vergaß allzu leicht, dass die russische Sprache trotz mancher Ähnlichkeiten mit der polnischen in Polen nicht gut gelitten war, auch nicht als Verständigungsmittel. Alle nahmen Platz, und Marie bot Kaffee und Tee an.

Nach den üblichen einleitenden Floskeln über das Wetter und die Hitze und der Frage, ob es wohl am Nachmittag ein Gewitter geben werde oder nicht, kam Piotr zur Sache. »Ich habe gehört, du hast das Stück Land mit dem Teich hinter deiner Scheune verkauft?«

Marie stutzte. Also doch die Grundstückssache? Sie nickte.

»Und weshalb hast du es verkauft?«

Marie überlegte kurz. Was sollte sie antworten? Von den langen problematischen Landquerelen berichten? Und außerdem: Was ging das die Polizei an? Wäre es nicht der nette Piotr gewesen, der sie fragte, hätte sie sich vermutlich hinter dem »Nichtverstehen« aufgrund sprachlicher Probleme versteckt, so aber entschloss sie sich zu einer Antwort. »Ich wollte es einfach los sein, weil ich es nicht recht nutzen konnte und sich außerdem die Gelegenheit ergab, es gegen ein Stück vom Hügel einzutauschen.«

Damit, so nahm sie an, würde Piotr sich zufriedengeben, er bohrte jedoch weiter. »Aber den kleinen Teich hattest du doch, wenn ich mich recht erinnere, beim Kauf vor einigen Jahren unbedingt haben wollen?«

»Das stimmt, aber er war in letzter Zeit so zugewachsen, dass ich keine Chance mehr sah, ihn richtig zu pflegen«, antwortete Marie wahrheitsgemäß.

»Wann bist du denn das letzte Mal unten am Teich gewesen?«

Marie dachte nach. Sie ging selten zum Teich hinunter; die Weide hinter der Scheune wurde nicht mehr für Rinder genutzt und, weil für einen großen Mähbalken eine Zufahrt fehlte, auch nur selten gemäht, das Gras wuchs hoch, und dazwischen samten sich Büsche, Ahorntriebe und Disteln aus. Vor einigen Jahren war sie mit einem ihrer Gäste, der unbedingt ihr ganzes Grundstück hatte umrunden wollen, dort gewesen, der Gast war am Teich über eine Baumwurzel gestolpert und hingefallen und mit seiner hellen Jeans im Morast gelandet. Zum Glück hatte er sich nichts Ernstes getan, aber er war nur noch mit Mühen weitergekommen. Danach hatte Marie von solchen Begehungen abgeraten.

Als sie dann vor zwei Jahren ihren Geburtstag hier in Masuren mit vielen deutschen und polnischen Gästen gefeiert hatte und sie hinter der Scheune ein Wildschwein gebraten hatten, hatte Tomek mit einem Kreiselmäher, wie er auch an Straßenböschungen eingesetzt wurde, die Weide in Ordnung gebracht, aber das war mit großem Aufwand verbunden gewesen. Danach war sie nicht mehr gemäht worden, und Marie fand kein großes Vergnügen daran, auf dem Gang zum Teich zwischen hohem Gras, Disteln und Brennnesseln zu versacken und wegen der Unebenheiten des Geländes hin und wieder umzuknicken. So hatte sie dieses Stück ihres Grundstücks in der Tat lange Zeit nicht betreten, sondern nur aus der Ferne betrachtet.

»Ich weiß nicht genau, wann ich das letzte Mal dort war«, nahm sie das Gespräch wieder auf, »auf jeden Fall aber vor zwei Jahren, als wir alles für mein Geburtstagsfest vorbereitet haben. Da hatte ich überlegt, ob man den Teich irgendwie in das ganze Arrangement einbeziehen könnte, doch dazu war schon alles zu verwildert. Vielleicht erinnerst du dich ja an das Fest, du warst doch, wie alle Nachbarn, auch eingeladen. Nur – warum fragst du?«

Marie schwankte zwischen Neugier und Irritation, sie wurde

aus dem Gespräch nicht klug. Der zweite Polizist, der bisher nur zugehört hatte, wandte sich leise an Piotr. Marie konnte nicht richtig verstehen, was er sagte, aber den Wortfetzen nach, die sie erkannte, hatte der Hinweis auf das Fest sein Interesse gefunden, und offensichtlich forderte er Piotr auf, hier weiter nachzuhaken. Piotr schien einverstanden, und die beiden nickten einander kurz zu.

Edelbert hatte die Gesprächspause genutzt, um seinerseits sein Wissen bezüglich der Grundstücksangelegenheiten kundzutun, und ergänzte, an Marie, aber auch an Piotr gewandt: »Na ja, eigentlich wolltest du das Ganze ja auch los sein, weil du sowieso dein Wäldchen hinter dem Teich nicht mehr erreichen konntest, nachdem der Geodät den Zugang an seinen Neffen verschachert hatte.«

Marie war es nicht recht, dass Edelbert in dieser Situation auf ihre länger zurückliegende Kontroverse mit dem Geodäten anspielte, sie enthielt sich besser eines weitergehenden Kommentars. Aber Piotr und sein Kollege hatten Edelberts Hinweis sowieso nicht wahrgenommen, sie blieben bei dem Fest.

»Welche deiner Gäste sind denn bei deinem Fest zu dem Teich heruntergelaufen?«

»Vermutlich einige, wir hatten ja die Weide vorher gemäht und mit einbezogen. Genau weiß ich natürlich nicht, wer wann wo war, als Gastgeberin musste ich mich schließlich um alles kümmern. Vielleicht fällt dir ja selbst etwas dazu ein!« Marie wurde allmählich ungeduldig.

»Ich war leider nur kurz da, weil ich Dienst hatte, aber du weißt doch sicher noch, wen du eingeladen hattest?«

»Natürlich, nur sag mir jetzt endlich, was das Ganze hier soll; ich kann mir kaum vorstellen, dass du gekommen bist, um mit mir über den Grundstücksverkauf und meine zwei Jahre zurückliegende Geburtstagsfeier zu reden!«

Piotr zögerte kurz und warf seinem Kollegen einen Blick zu. Dann fand er sich zu einer Antwort bereit. »Okay, du musst es ja doch erfahren; es ist leider kein schöner Anlass, weshalb wir hier sind: Wir wurden heute Morgen von der Firma gerufen, die den Teich ausbaggern soll. Sie haben eine Leiche gefunden!«

Marie war wie vom Donner gerührt, die friedliche warme Sommeridylle des Hofes erschien ihr plötzlich wie ein Trugbild. Ein Frösteln durchschauerte sie. »Oh mein Gott, wie fürchterlich!«

Auch Edelbert war entsetzt. »Wisst ihr, wer es ist?«

»Nein, das wissen wir noch nicht, nicht einmal, ob es ein Mann oder eine Frau ist, geschweige denn, ob es ein Unfall oder ein Verbrechen war. Die Leiche hat mit Sicherheit auch schon länger dort gelegen, wie lange, können wir noch nicht sagen, das müssen die Rechtsmediziner, die sich die Fundstelle genau ansehen werden, entscheiden. Das Einzige, was feststeht, ist, dass der Teich in deinem Besitz war, als sich dort etwas abgespielt hat, was wir jetzt aufklären müssen, und deshalb sind wir hier!«

Schlagartig wurde Marie klar, dass ihr als Eigentümerin eine gewisse Verantwortung für das zugeschoben wurde, was sich unten am Teich ereignet hatte.

»Hast du eigentlich damals bei deinem Fest einen deiner Gäste über längere Zeit vermisst, und kannst du mir auf jeden Fall eine Gästeliste mit Adressen zukommen lassen?«

Die Frage nach ihren Gästen schien Marie nun doch reichlich abartig, und sie überlegte, wie sie dieses Gespräch beenden könnte. »Ich schlage vor, dass ihr erst einmal eure Arbeit macht, ehe ich hier etwas über meine Gäste sage.«

Das klang vielleicht schroffer als beabsichtigt, setzte aber, wie gewünscht, der Unterhaltung ein vorläufiges Ende.

Piotr und sein Kollege verabschiedeten sich, nicht ohne darauf hinzuweisen, dass Marie sich weiter zur Verfügung halten und vorsichtshalber schon einmal die Gästeliste erstellen solle.

Als die beiden weggefahren waren, beredete sie das Ganze mit Edelbert, aber außer ihrer gegenseitigen Bekundung des Erschreckens half das auch nicht weiter, und Edelbert machte sich auf den Heimweg; er wollte, bevor die Mittagshitze zu brütend wurde, mit dem Fahrrad wieder in Giżycko sein, außerdem war ihm die Nähe eines solchen Schauplatzes offenkundig unbehaglich.

Aber auch Maries heitere Ferienstimmung war dahin. Das Land mit seinen sanften Hügeln, das ihr am Morgen so friedlich erschienen war, bekam plötzlich etwas tiefgründig Unheimliches. Zwar war ihr klar, dass es in Masuren keineswegs immer friedlich zugegangen war, im Gegenteil. Zu oft war das Land Kriegsschauplatz gewesen. Viele blutige Schlachten hatten hier stattgefunden, und die Erinnerung daran war gegenwärtig, ja wurde sogar bewusst gepflegt und auch erfolgreich vermarktet.

So wurde der heldenhafte Sieg der Polen in der Schlacht bei Tannenberg (Stębark) und Grünwalde (Grunwald) von 1410, in der es dem polnischen König Władysław II. Jagiełło gelungen war, den Deutschen Orden unter Hochmeister Ulrich von Jungingen vernichtend zu schlagen, jedes Jahr aufs Neue mit einer bombastischen Inszenierung der Kämpfe auf dem Schlachtfeld bei Stębark und Grunwald nachgestellt. Es war eine Inszenierung, die an die große Vergangenheit der polnischen Nation erinnern und das nationale Bewusstsein heben sollte. Auch gab es kaum eine Stadt, die nicht einen Plac Grunwaldzki hatte, und vor zahlreichen Ordensburgen und in den Touristenzentren waren Verkaufsstände mit Ordensfahnen und Bannern, Wappen und Speeren der Kreuzritter und des polnisch-litauischen Heeres, dazu Videoclips mit dem Verlauf der Schlachten.

Mit der Gegenwart hatte all das nicht mehr viel zu tun, es befriedigte eher ein historisches und pittoreskes Interesse am ausgehenden Mittelalter, als dass es eine Rolle für das kollektive Gedächtnis spielte. Anders dagegen die Beton-Überreste der brutal-monströsen Bauwerke der Nazis, der Wolfsschanze oder – nur ein paar Kilometer von Maries Haus entfernt – des Himmler-Bunkers, der sogenannten Schwarzschanze; sie waren sehr viel näher und verwiesen direkt auf die furchtbaren

Schrecken des Zweiten Weltkriegs und seine Folgen. Das hatten die Älteren noch miterlebt, entweder selbst oder als Familienschicksal, und es betraf sowohl die Deutschen, die nach dem Zweiten Weltkrieg vertrieben worden oder geblieben waren, als auch die Polen, die – ihrerseits vertrieben – hierher umgesiedelt worden waren. Und auch die kleinen Dorffriedhöfe, auf den Hinweisschildern häufig als »cmentarz ewangelicki«, als evangelischer Friedhof, apostrophiert, die, versteckt an einem der Seen oder im Wald gelegen, die Gräber von Gefallenen beider Weltkriege bargen, waren sehr nahe liegende Zeugnisse der vielen Schlachten in Masuren.

Das Leid und die Gräuel, die dieser Landstrich schon gesehen hatte, lösten bei vielen Menschen Betroffenheit und Nachdenklichkeit aus. Auch Marie empfand das so, obwohl sie sich von der landschaftlichen Idylle immer wieder einfangen ließ. Aber an diesem Morgen verfing die idyllische Landschaft nicht mehr. Hier, auf ihrem Grundstück, vielleicht sogar zu einer Zeit, in der sie hier ihren Sommer verbracht hatte, hatte sich etwas abgespielt, das in erschreckender Weise in die alltägliche Routine hereinbrach. Marie schauderte erneut. Sie beschloss, sich dringend mit Staszek zu treffen. Sie brauchte jemanden, der die hiesigen Verhältnisse kannte und etwas über polnische Ermittlungsarbeit wusste, jemanden, mit dem sie reden und der ihr raten konnte, was jetzt zu tun war. Als sie ihn anrief, war er zu ihrer Überraschung gleich am Apparat.

Sie setzte zu ihrem Bericht an, aber bevor sie beginnen konnte, unterbrach er sie. »Ich wollte dich auch gerade anrufen, ich habe gehört, was geschehen ist und dass die Polizei bei dir war; ich komme vorbei und bin in zehn Minuten da.«

Marie war erleichtert. Staszek war ihr in den letzten zwanzig Jahren in allen schwierigen Situationen ein Halt gewesen. Nicht nur seine juristische Expertise, sondern auch seine feste Zuversicht, dass sich für Schwierigkeiten, die Menschen einander machten, in der Regel ein Ausweg finden ließ, stimmten Marie ihm gegenüber vertrauensvoll.

Schon nach kurzer Zeit bog er mit seinem uralten Polo, den er vor allem für die Fahrten durch sein Revier nutzte, auf den Hof ein, stieg, von Jasper, seinem hirschroten Schweißhund, gefolgt, aus und kam auf Marie zu.

»Schön, dass du wieder da bist!«, begrüßte er sie freudig. »Ich hatte dich noch gar nicht erwartet.«

Jasper sprang, wohl wissend, dass er das nicht durfte, an Marie hoch und ließ sich von ihr ausgiebig hinter seinen schwarzen samtweichen Ohren streicheln. Aber das Wiedersehen war nicht so unbeschwert wie sonst, sondern wurde überlagert von den Ereignissen des Morgens.

Marie holte einen Kaffee für Staszek, und sie setzten sich in die Sonne. »Woher weißt du schon, was geschehen ist, und was sagst du dazu?« Sie war bemüht, sich ihre Unruhe nicht zu sehr anmerken zu lassen, aber ihre Fragen klangen hektisch.

»Nun warte erst mal ab; ich werde dir alles, was ich weiß, der Reihe nach berichten.« Staszek trank von dem frisch aufgebrühten Kaffee, dann begann er mit seinem Bericht. »Heute Morgen konnte ich nicht zum Schwimmen kommen«, sagte er, »ich hatte einen Termin auf dem Grundbuchamt in Węgorzewo.«

Marie wusste seit einiger Zeit, dass Staszek mit seinem Grundstück und dessen Eintragung ebensolche Schwierigkeiten hatte, wie sie sie gehabt hatte. Der lange Jahre in der Woiwodschaft tätige Geodät war mit seinen Landvermessungen nicht immer korrekt gewesen; es wurde auch gemunkelt, seine »Großzügigkeit« beim Messen habe sich proportional zu seinem Wodkagenuss entwickelt. Auf jeden Fall hatte sich eine Reihe von Unregelmäßigkeiten herausgestellt. Im Zuge dessen war im Kreis eine großflächige Untersuchung aller Grundstückskäufe und -verkäufe der letzten zwanzig Jahre eingeleitet worden.

Für heute Morgen, so berichtete Staszek, war nun mit ihm ein Termin in der Grundbuchabteilung des Amtsgerichts in Węgorzewo anberaumt worden, weil sein Grundstück, wie auch andere, nicht mit dem Eintrag übereinstimmte. Bei der Klärung der Situation war ihm sein juristisches Wissen zwar von Nutzen, allein der Umgang mit der Verwaltung war angesichts der bürokratischen Strukturen selbst für einen Juraprofessor nicht einfach. Letztlich wurden die Änderungen der Eintragung aber akzeptiert, und Staszek hatte sich zufrieden auf den Rückweg gemacht.

Kurz vor der Abbiegung in seinen Waldweg war ihm die Polizeistreife mit Piotr und dessen rothaarigem Kollegen entgegengekommen und hatte ihn an den Rand gewinkt. Bei der dünnen Besiedlung des Landes konnten Piotr und Staszek als Nachbarn im weiteren Sinne gelten, und Staszek genoss aufgrund seines einfachen Lebens in der Natur und seiner weitreichenden Kenntnisse auf vielen Gebieten eine gewisse Autorität bei den Leuten im Dorf, auch bei Piotr. Für ihn war Staszek zudem eine Art besonderer Vertrauensperson, hatte er ihn doch bei seiner polizeilichen Arbeit schon mehrfach unterstützt, einfach dadurch, dass er die richtigen Fragen stellte. So war es ihm ein Anliegen, Staszek von dem Leichenfund auf Maries ehemaligem Grundstück in Kenntnis zu setzen, und dabei machte er auch aus seiner Vermutung, dass es sich wohl um ein Gewaltverbrechen handele, kein Hehl.

Staszek war entsetzt: ein Mord hier in der Gegend! Und bei aller Bestürzung waren seine Gedanken sogleich auch zu Marie gegangen, auf deren Grundstück das Ganze passiert war. Ihm war klar, dass das für sie ein furchtbarer Schock sein musste. Er hielt sie zwar eigentlich für eine starke Frau, aber in manchen Krisensituationen reagierte sie doch sehr emotional. Und auch er selbst war ja erschüttert. Zwar hatte er, der unter verschiedenen politischen Regimen in Polen gelebt hatte, mehr von der Gewaltbereitschaft der Menschen und ihren Tragödien mitbekommen als Marie, die im vergleichsweise friedlichen Westdeutschland der Nachkriegszeit aufgewachsen war, trotzdem schreckte ihn diese Nachricht.

Und so diente denn sein ausführlicher Bericht über die gelungene Verhandlung auf dem Grundstücksamt auch dazu, der Situation erst einmal ein wenig Spannung zu nehmen, wobei er nicht nur an Marie, sondern auch an sich selbst dachte. Aber dann waren sie beim Thema. Staszek hatte von den Polizisten nicht wesentlich mehr gehört als das, was Marie schon wusste; einzig Piotrs Vermutung, dass es sich wohl um ein Gewaltverbrechen gehandelt habe, ging darüber hinaus. Er beschloss jedoch, dieses Wissen vorerst für sich zu behalten, Marie würde es früh genug erfahren.

Marie dagegen konnte berichten, wie die beiden Polizisten immer wieder nach ihrem Fest und ihren Gästen gefragt hatten. Sie hätten auf sie den Eindruck gemacht, als machten sie sie oder ihre Gäste verantwortlich für das, was passiert sei. An dieser Stelle wurde bei aller Betroffenheit auch Maries Empörung deutlich.

»Ich weiß nicht, was diese Fragen sollten, und dann auch noch eine Gästeliste von mir zu verlangen, das ist doch reichlich überzogen! Muss ich darauf überhaupt eingehen?«

Staszek fand das Verlangen in der derzeitigen Situation auch etwas unverhältnismäßig, er würde das mit Małgorzata, die als Strafverteidigerin häufig mit solchen Dingen zu tun hatte, besprechen müssen. Zunächst wiegelte er jedoch ab.

»Du warst die Besitzerin des Teichs, und sie müssen versuchen, herauszubekommen, was passiert ist, und werden auch allen anderen, die in der Umgebung wohnen, Fragen stellen. Aber bisher wissen wir nichts Genaues, lass uns erst einmal abwarten, was in der Rechtsmedizin rauskommt. Die Leiche ist ja nach Olsztyn gebracht worden, und morgen sind wir vermutlich klüger. Vielleicht erfahren wir dann schon den ungefähren Todeszeitpunkt und die Identität des Toten.«

Marie nickte, auch ihr war wohl im Grunde klar, dass weder Aufregung noch Empörung weiterhalfen.

»Und wenn du Sorgen hast, heute Nacht allein auf deinem Hof zu übernachten«, fuhr Staszek fort, »kann ich dir Jasper hierlassen, oder du kommst zu mir. Jetzt solltest du aber versuchen, an deine Arbeit zu gehen, das Grübeln nützt nichts. Wolltest du nicht ein Buch über Biografien schreiben? Das ist doch das Beste, was du jetzt tun kannst.«

Marie kannte Argumente dieser Art aus den Gesprächen mit ihrem Mann und schätzte sie nur sehr bedingt. Sie hatte sie immer als ausgesprochen männlich empfunden, als Ablenkungsmanöver, die eine zu große Emotionalität oder eine nahende Auseinandersetzung verhindern sollten. Trotzdem musste sie zugeben, dass es nicht ganz falsch war, ihrer Arbeit nachzugehen, und letztlich verfehlte die Mischung aus rationalen Argumenten und Staszeks warmem, beruhigendem Tonfall ihre Wirkung nicht.

Sie verständigten sich auf ein gemeinsames Abendessen, bei dem sie sich, sollte es Neuigkeiten geben, noch einmal austauschen könnten, und Staszek fuhr zurück.

Am Nachmittag tauchte Piotr erneut am Teich auf, diesmal begleitet von einem Spezialisten der Spurensicherung. Sie vermaßen und fotografierten die Stelle des Leichenfunds noch einmal von allen Seiten, vermutlich um festzustellen, wie weit die Leiche im Wasser und wie weit sie im Schlamm gelegen hatte. Sauerstoff würde ihre Verwesung beschleunigt haben, Moor und Schlamm könnten dagegen erhaltend gewirkt haben. Bei der endgültigen Berechnung müssten zudem die Veränderungen des Teichs, dessen Wasserspiegel in den letzten zwei Jahren kontinuierlich gesunken war, berücksichtigt werden, eine sicher sehr komplexe Aufgabe.

Marie, die auf dem Hügel saß, blickte immer wieder auf die nicht weit entfernt liegende Fundstelle; sie konnte sich weder entspannen und die Sonne genießen noch sich auf ihre Arbeit konzentrieren. Normalerweise griff sie in einer solchen Situation gerne zu einem Krimi, aber das würde aktuell, wo sie den Krimi vor der Haustür hatte, kaum helfen. So stieg sie schließlich in ihr Auto und fuhr nach Giżycko, um am Hafen in der Tawerna »Siwa Czapla«, dem kleinen Restaurant zum Fischreiher, einen Milchkaffee zu trinken.

Die Tawerna mit dem dunklen Holzgiebel war in deutscher Zeit einmal die Jugendherberge gewesen, und sie atmete nach wie vor etwas vom Charme der Jugendbewegung des vergangenen Jahrhunderts, aber vor allem ihre Lage trug dazu bei, dass sie zu Maries bevorzugten Lokalen gehörte. Das »Siwa Czapla« lag direkt am Giżycko-Kanal, der den Löwentinsee, den Niegocin, und die Ausläufer des Mauersees, des Mamry, miteinander verband und direkt durch Giżycko führte. Alle Schiffe, die von einem in den anderen See fahren wollten, mussten ihn durchqueren und dabei unter der alten Drehbrücke hindurchfahren, die, unweit der Tawerna, mitten in Giżycko über den Kanal ging. Sie war für größere Schiffe zu niedrig und wurde deshalb von jeher mehrmals am Tag zu festen Zeiten geöffnet, damit auch die höheren Schiffe den Kanal passieren konnten. Die Autofahrer mussten dann vor der Brücke warten oder einen anderen Weg nehmen. Bevor sie geöffnet wurde, stauten sich viele Schiffe im Kanal, direkt neben der Terrasse des »Siwa Capla«: elegante Segelboote mit fröhlichen jungen Menschen, umgebaute Transportkähne, aber auch große Dampfer der Weißen Flotte, die die Touristen zu einer Fahrt über die große Seenplatte eingeladen hatten.

Der Platz am Kanal hatte etwas Beruhigendes und half Marie, die Aufregungen des Tages hintanzustellen. Dazu stieg ihr aus der Küche der Tawerna der Duft von Placki ziemniaczane in die Nase, kross gebackenen Kartoffelpuffern, die mit Lachs, Sahne, Apfelmus oder auch nur mit Zucker serviert wurden. Aber obwohl sie hungrig war, beschloss sie, es bei einem Milchkaffee zu belassen und lieber später noch in der »Bar Omega« vorbeizufahren, um eine Chłodnik, eine kalte Rote-Bete-Suppe mit Buttermilch, Ei und Kräutern, mit nach Haus zu nehmen.

Ihre Ruhe währte nicht lange. Rolf kam vorbei, ein entfernter Bekannter, ein Deutscher, der eine Polin geheiratet hatte und in Giżycko seinen vorgezogenen Ruhestand verbrachte. Mit seiner deutschen Rente konnte er hier weitaus besser leben, als es ihm jemals in Deutschland möglich gewesen wäre, und sich vieles leisten.

Er steuerte schnurstracks auf Marie zu. »Ich habe gehört, was auf deinem Grundstück passiert ist, und das wohl schon vor ein paar Jahren. Sag mal, davon hast du wirklich gar nichts mitgekriegt?«

Marie war sauer. Gerade war sie dabei, etwas zur Ruhe zu kommen, da kam ein Unbeteiligter mit neugierigen Fragen und dummen Bemerkungen.

»Ich muss leider gehen«, brach sie die Unterhaltung ab, bevor sie richtig begonnen hatte, und machte sich auf den Weg.

Jetzt blieb ihr wirklich nur noch die »Bar Omega« an der Ulica Warszawska. Deren Gemütlichkeitsfaktor war zwischen Mensa und Bahnhofshalle anzusiedeln, und für das Essen musste man anstehen, aber es gab polnische Spezialitäten, und die waren vorzüglich. Marie entschied sich, angesichts des warmen Sommertages zwei Portionen Chłodnik mitzunehmen, dazu ein paar Pierogi ruskie, Piroggen mit Kartoffeln und Quark. Dann rief sie Staszek an und lud ihn zu einem Abendessen ein. Das widersprach zwar allen ihren Kochstandards, aber heute lief einfach alles anders.

Staszek hatte großes Verständnis dafür, dass sie das Essen aus der »Bar Omega« mitgebracht hatte. Er hatte inzwischen mit Małgorzata gesprochen und ihr erzählt, dass die Polizei sich aus Maries Sicht so verhielt, als sei sie die Hauptverdächtige, und das, obwohl bisher nicht einmal klar war, was geschehen war. Małgorzata riet, Ruhe zu bewahren und erst einmal weitere Einzelheiten abzuwarten, schließlich sei es Aufgabe der Polizei, kritische Fragen zu stellen. Marie solle sich aber bei allzu kritischem Nachhaken mit ihr beraten, möglicherweise auch nur in ihrer Gegenwart etwas sagen. Unabhängig davon war sie aber, ebenso wie Staszek, überzeugt, dass sich die Dinge bald aufklären würden.

Am Abend saßen Marie und Staszek auf der Terrasse hinter

dem Haus. Sie ließen den Tag, der so anders als erwartet verlaufen war, beim Essen noch einmal Revue passieren. Allmählich wurde es dämmrig, und als die Mücken kamen, war es Zeit für sie, ins Haus zu gehen. Sie tranken noch einen Schluck von dem Pinot Noir, den Marie aus Deutschland mitgebracht hatte, und Staszek verabschiedete sich; er wollte, wie häufig bei beginnender Dunkelheit, in den Wald gehen, wo in seinem Revier eine Elchkuh mit ihrem Jungen stand. Marie dagegen wollte nichts mehr als ins Bett gehen und schlafen.

ZWEI

Konstanty, der junge polnische Arzt aus Sejny in Podlachien, der nordöstlichsten Woiwodschaft Polens an der Grenze zu Litauen und Belarus, hatte Dienst in der forensischen Medizin in Olsztyn, als am späten Vormittag der Wagen mit der Leiche aus Masuren eintraf. Er hatte in Bydgoszcz studiert und ein Auslandsjahr in Münster verbracht, wo er seinen Schwerpunkt auf die forensische Medizin gelegt hatte. Dabei war er nicht ganz unbeeinflusst geblieben von dem Münsteraner »Tatort« mit dem Rechtsmediziner Karl-Friedrich Boerne. Sonntagabends hatte er in Münster häufig mit seinen Kommilitoninnen und Kommilitonen im »Alter Ego« in der Altstadt gesessen, um den »Tatort« zu sehen, und mit dem gehörigen Lokalpatriotismus waren sie mit Begeisterung dem schrägen Humor der Ermittler Boerne und Thiel gefolgt. Für Konstanty war das zugleich eine gute Übung gewesen, sein Deutsch zu verbessern.

Während jedoch seine Deutschkenntnisse nach Beendigung des Auslandsjahrs bald wieder versiegt waren – die internationale wissenschaftliche Kommunikation lief auf Englisch –, hatte sich seine Begeisterung für die Rechtsmedizin erhalten, und er war diesen Weg auch in Polen weitergegangen. Erst kürzlich hatte er gemeinsam mit den Münsteraner Kollegen einen Aufsatz zu einem Verfahren publiziert, das die gängige Altersbestimmung einer unbekannten Person – auch bei fortgeschrittener Veränderung des Leichnams – aus der Wurzellänge der Schneidezähne sowie dem Zustand der Schädelnähte noch präzisiert hatte. Mit diesem Verfahren zur Altersbestimmung hatte er im letzten Jahr schon in einem Fall zur Klärung der Identität einer unbekannten Person beitragen können, und seitdem war er ein gefragter Partner der Kripo in Olsztyn und des forensischen Labors und Forschungsinstituts der Polizei, des Centralne Laboratorium Kryminalistyczne Policji.

In Olsztyn hatte sich Konstanty beworben, weil er Freude an der quirligen Stadt mit ihrer Burg und der Altstadt und den vielen Seen in der unmittelbaren Umgebung hatte. In Münster hatte er auf dem Aasee segeln gelernt, in Masuren wollte er dieses Hobby fortführen. Die Medical School mit ihrer forensischen Abteilung war als Teil der Universität in Kortowo, im Süden Olsztyns, angesiedelt, nicht weit vom Jezioro Kortowskie, dem Kortau-See. Konstanty hatte sich darauf gefreut, hier seine Arbeit mit seinen Segelaktivitäten verbinden zu können.

Etwas geschmälert wurde seine Begeisterung jedoch, als er das Gebäude sah, in dessen Untergeschoss er seinen Obduktionsbereich und sein Labor haben würde: ein altes rotes Backsteingebäude aus deutscher Zeit und aus dem vorletzten Jahrhundert. Es hatte einstmals als Heil- und Pflegeanstalt der Provinz Ostpreußen gedient und galt am Anfang des 20. Jahrhunderts sogar als eine der modernsten Psychiatrien in Deutschland, wurde dann aber in den vierziger Jahren in das Euthanasieprogramm der Nazis einbezogen: Zwangssterilisationen und Aussortierungen für den Transport in Vernichtungslager wurden hier vorgenommen.

Konstanty, der in Nordostpolen aufgewachsen war, einer Gegend, in der es vor dem Zweiten Weltkrieg noch »jüdische Schtetl« gab, von denen er seine Großmutter hatte erzählen hören, war sehr sensibel für diese Vergangenheit, und zeitweilig, wenn ihm allzu schlimm aussehende Leichen auf den Seziertisch kamen, glaubte er, noch immer etwas von dem Naziterror zu spüren, der in diesen Gebäuden vor gar nicht allzu langer Zeit zu Hause gewesen war. Wie an so vielen Stätten Polens überlagerten sich auch hier eine aufblühende Stadt und eine belastete und belastende Vergangenheit aus deutscher Zeit.

Ohne sich heute jedoch in solchen Gedanken zu verlieren, widmete er sich angesichts des eingetroffenen Leichnams zügig seiner Arbeit, neben der Bestimmung der DNA den Messungen, mit denen er das Alter eingrenzen konnte. Zwei Schneidezähne mit Wurzeln, die zur Altersbestimmung dienen konnten, fand er zum Glück noch vor; und an den seitlichen Schädelnähten konnte er eine – ebenfalls auf das Alter verweisende – fortgeschrittene Verkalkung erkennen. Die Schädeldecke hingegen schien von einem stumpfen Gegenstand zertrümmert worden zu sein. Das konnte möglicherweise von einem Sturz auf einen Stein herrühren, aber auch ein Schlag auf den Kopf konnte die Ursache sein. Sollte sich das Zweite verifizieren lassen, wäre es eindeutig Fremdverschulden: Mord oder Totschlag. Aber das war Sache der Kriminalpolizei; er konnte aufgrund der forensischen Methoden nur Eckpunkte liefern. Immerhin reichten die Indizien aus, um das Alter der unbekannten Person auf sechzig bis siebzig Jahre zu schätzen. Die Beckenknochen ließen außerdem die Annahme zu, dass es sich um einen Mann gehandelt haben musste. Die Untersuchung der DNA, die er in Auftrag gab, würde eine Bestätigung des Geschlechts liefern können.

Inzwischen hatte er auch die Fotos von der Fundstelle erhalten, die ein Team der Spurensicherung aus Węgorzewo gemacht hatte. Sie sollten helfen, zu klären, wie lange der Tote dort gelegen hatte. Das war eine schwierige Frage, problematisch vor allem, weil sich die Fundstelle vermutlich verändert hatte. Der Leichnam lag am Rand des kleinen Teichs und war, als er gefunden wurde, weitgehend mit Schlamm bedeckt. Das könnte darauf hinweisen, dass die Leiche zunächst im Wasser gelegen hatte und erst, als der Wasserstand angesichts der Trockenheit des letzten Sommers sank, stärker an die Oberfläche geraten und der Luft ausgesetzt war. Wenn er alle diese Komponenten einbezog, könnte der Leichnam, so schätzte Konstanty anhand der Verwesungsmerkmale, seit ungefähr zwei Jahren dort gelegen haben, genauer ließ es sich nicht feststellen. Damit läge der Tod zwei Jahre zurück, ein Anhaltspunkt, den die Polizei nutzen konnte.

Konstanty notierte seine Erkenntnisse und gab sie zunächst an die Olsztyner Kommandantur weiter. Dort würde man entscheiden, ob der Fall in Olsztyn bleiben oder an das zuständige, aber nur mit knappen Ressourcen ausgestattete Revier in Węgorzewo zurückgehen sollte. Dort hatte vor Kurzem Kriminalinspektor Wojtek Mańko die Leitung übernommen. Konstanty kannte ihn noch nicht, hatte aber gehört, dass er im Unterschied zu seinem die Dinge eher etwas lässig handhabenden Vorgänger sehr ehrgeizig und darauf bedacht sein sollte, den Ruf seiner Dienststelle mit einer größeren Anzahl aufgeklärter Delikte zu verbessern. Konstanty konnte sich daher kaum vorstellen, dass sich der neue Inspektor in Węgorzewo diesen Fall entgehen lassen würde, vielmehr würde er wohl eher alles daransetzen, die Olsztyner Kommandantur davon zu überzeugen, dass dieser Fall bei der örtlichen Dienststelle und unter seiner Leitung am besten aufgehoben wäre. Nun, er, Konstanty, würde seine Expertise gerne zur Verfügung stellen, und Kontakte mit Węgorzewo, nahe am Mamry, dem Mauersee, konnten ihm als Segler nur recht sein.

Er behielt recht mit seiner Vermutung, der Fall blieb in Węgorzewo. Als sein Telefon klingelte, war es Wojtek, der neue Leiter der Kripo. Er hatte eine klare helle Stimme und klang um ein kollegiales Verhältnis bemüht. Als Erstes bedankte er sich bei Konstanty für dessen bisherige Arbeit und die Erkenntnisse in Bezug auf die unbekannte Leiche, die ihm inzwischen aus Olsztyn übermittelt worden waren. Das war eine Geste, die nicht unbedingt üblich war in der Zusammenarbeit mit der Polizei.

»Wäre es Ihnen recht, mit mir gemeinsam den Fundort noch einmal zu inspizieren? Manchmal ist es einfach hilfreich, sich dorthin zu begeben und die Stelle zu erleben, bevor man einen Fall bearbeitet. Und außerdem sollten wir uns kennenlernen, denn möglicherweise werden wir in Zukunft ja häufiger miteinander zu tun haben.«

Konstanty fragte sich, welch kriminelle Aktivitäten Wojtek da wohl seinem Kreis unterstellte, verkniff sich aber eine diesbezügliche Frage und dachte kurz über das Ansinnen nach.

Eigentlich war es unüblich, dass Rechtsmediziner Tatorte inspizierten, besagter Münsteraner Boerne war da wohl eher eine Ausnahme. Aber warum eigentlich nicht? Er willigte ein, und sie verabredeten sich für den nächsten Vormittag.

»Ich werde gemeinsam mit Piotr, einem meiner Mitarbeiter, kommen. Er war als Erster am Fundort und kennt sich bestens in der Gegend aus. Ich werde veranlassen, dass er Ihnen die GPS-Koordinaten des Fundorts übermittelt.«

Am nächsten Vormittag trafen sich die drei, wie verabredet, in der Nähe des Fundorts der Leiche. Um zum Teich zu gelangen, wählten sie nicht den Zugang über die Weide hinter Maries Scheune, sondern nahmen einen Feldweg, der durch das Waldstück von der anderen Seite her dort hinführte. In dem kleinen Wald hatte sich die Natur ihr Recht genommen; Marie, die Eigentümerin, hatte ihn sich selbst überlassen. Zwischen dicht aneinanderstehenden Weiden und Erlen hatten sich Birken breitgemacht, und unter den verstreut herumliegenden kleineren und größeren Findlingen war der Boden teilweise – offensichtlich von einem früheren Wasserzulauf, der aber inzwischen versiegt war – morastig geworden. Bei dem großen Sturm im letzten Winter waren zwei Erlen umgestürzt, deren Stämme jetzt den Weg versperrten. Es war nur ein kleines, aber sehr unwegsames Stück, durch das die drei stapfen mussten, um an den Tatort zu kommen.

Obwohl die Sonne hoch am Himmel stand, drang kaum Licht auf den Untergrund. Einblick in das, was sich dort hatte abspielen können, konnte niemand haben, auch von Maries Hügel aus hätte niemand etwas entdecken können. Was immer hier geschehen war, es war im Verborgenen geschehen.

Mit Blick auf den unebenen Boden durchquerten sie das kleine Dickicht, Piotr mit großen Schritten voran.

»Da, was ist das?« Er bückte sich. »Ich habe etwas gefunden.«

Er hielt einen von Erde schwarz und feucht gewordenen, schon leicht angemoderten kleinen quadratischen Gegenstand in die Höhe, unschwer zu identifizieren als ein Bandmaß, wie es früher beim Landvermessen benötigt wurde und wie man es jederzeit auf dem Baumarkt in Giżycko kaufen konnte. Es gab kaum jemanden in der ländlichen Gegend, der nicht über ein solches Bandmaß verfügte.

»Gut«, ließ sich Wojtek vernehmen, »wir sollten es auf jeden Fall der Spurensicherung übergeben, obwohl es ja wohl kaum als Tatwaffe taugen dürfte. Aber vielleicht kann man feststellen, wie lange es hier schon liegt, möglicherweise sogar noch eine DNA ermitteln, die auf einen Besitzer hindeuten könnte.«

Nach ein paar weiteren Schritten waren sie am Fundort der Leiche, den Pjotr am Tag zuvor gemeinsam mit dem Kollegen von der Spurensicherung markiert hatte. Konstanty betrachtete die Stelle eingehend und glich sie mit den Fotos auf seinem iPhone und den Bildern ab, die in seinem Kopf entstanden waren. Etwas, was ihn dazu hätte führen können, seine bisherigen Vermutungen in Bezug auf die Zeit, die der Tote dort gelegen hatte, zu präzisieren oder aber zu revidieren, konnte er nicht entdecken. Doch es war schon ein eigenartiges Gefühl, an dem Ort des Todes zu stehen; der Tote bekam hier eine Geschichte, und Konstanty musste sich bei aller Professionalität des Rechtsmediziners unwillkürlich fragen, wer der Tote wohl gewesen war und welche Umstände ihn an diesen Ort gebracht hatten. Mit diesen Überlegungen verabschiedete er sich von Wojtek und Piotr, nicht ohne sein Interesse an dem Fall und seine Bereitschaft, jederzeit für weitere Untersuchungen zur Verfügung zu stehen, zu bekunden, und fuhr nach Olsztyn zurück.

Auch Wojtek hatte ein paar Sekunden ganz still am Fundort gestanden, tief eingeatmet, sich dann nach allen Seiten umgeblickt und auf die Geräusche der Umgebung gelauscht, so als wolle er die Atmosphäre des Ortes mit allen Sinnen in sich aufnehmen. Dann hatte er sich mit Piotr gemeinsam auf den

Rückweg nach Węgorzewo gemacht. Auf dem Revier angekommen, fasste er die bisherigen Ergebnisse zusammen und leitete damit das Nachgespräch ein, zu dem er auch den kleinen Rothaarigen hinzuzog.

»So, jetzt beginnt die mühsame Recherche. Was wir bisher wissen, ist, dass es sich bei dem Toten aller Wahrscheinlichkeit nach um einen sechzig- bis siebzigjährigen Mann handelt, der vor zwei bis drei Jahren vermutlich dort, wo er gefunden wurde, zu Tode gekommen ist. Dabei scheint es sich um Fremdverschulden zu handeln, aber solange wir keine Tatwaffe gefunden haben, können wir auch einen Unfall mit einem Sturz auf einen der Findlinge nicht ganz ausschließen. Vielleicht kommen wir weiter, wenn wir seine Identität geklärt haben.«

Damit wandte er sich vor allem an Piotr, den er an vorderster Stelle mit den Ermittlungen betrauen wollte. Ihn einzubeziehen war ein kluger Schachzug, denn er, der aus Südpolen hierher in den nordöstlichen Teil Polens versetzt worden war, kannte sich bisher weder in der Gegend genau aus, noch hatte er schon Erfahrungen mit der masurischen Mentalität sammeln können. Zudem sicherte er sich auf diese Weise nicht nur Piotrs Loyalität für die weitere Zusammenarbeit, sondern unterstützte auch dessen Bestreben, sich über den Besuch der Polizeischule und einschlägiger Kurse weiterzuqualifizieren.

Allerdings hatte er auch sehr schnell gemerkt, dass Piotr durch seinen langjährigen, mit viel Eigenverantwortung verbundenen NATO-Einsatz geneigt war, nach seinen eigenen Regeln zu handeln, und Wojtek war klar, dass er Piotr nicht in allem so frei gewähren lassen konnte und wollte, wie das sein Vorgänger mit der Attitüde der Bequemlichkeit und der Lässigkeit derer, die kurz vor ihrer Pensionierung stehen, offensichtlich getan hatte. Man musste also sehen, wie sich ihre Kooperation entwickeln würde.

Piotr seinerseits war fürs Erste zufrieden, dass er von dem neuen Leiter des Reviers ebenso wie von dessen Vorgänger an prominenter Stelle in die Untersuchungen einbezogen wurde. In Gedanken war er bei dem Bandmaß, das er gefunden hatte; er wollte Marie fragen, ob sie vielleicht eines vermisste. Die Worte, mit denen Wojtek die Besprechung einleitete, ließen Piotr jedoch befürchten, dass seine erste Aufgabe darin bestehen würde, die Vermisstenanzeigen zu durchforsten, in der Regel eine mühsame, in seinen Augen meistens auch unbefriedigende Recherche, der er noch nie viel hatte abgewinnen können. Und da kam auch schon die entsprechende Ansage von Wojtek.

»Wir brauchen die Vermisstenanzeigen der letzten drei Jahre aus der ganzen Woiwodschaft. Wir fangen mit unserem eigenen Kreis und den Nachbarkreisen an.«

Das klang zwar sinnvoll, weckte aber trotzdem Piotrs übliche Skepsis diesem Vorgehen gegenüber. »Wenn in unserem Kreis jemand als dauerhaft vermisst gemeldet worden wäre, würde ich es wissen«, wandte er ein, »und vermutlich wüsste ich es auch von den Nachbarkreisen.«

Ginge es nach ihm, würde er eher dem Bandmaß nachgehen als den Vermisstenakten, aber das war erst einmal in der Spurensicherung verschwunden, und Wojtek blieb bei seinem Ansatz, systematisch vorzugehen und nichts auszulassen.

Für den Kreis Węgorzewo konnte Piotr dank gut geführter Akten und der Unterstützung seiner Kollegen seine negative Einschätzung schneller als erwartet belegen. Weder in den Akten noch in der Gazeta Giżycka, der führenden Lokalzeitung, war ein Hinweis auf eine vermisste Person zu finden, auf die die bisher bekannten Daten auch nur annähernd gepasst hätten. Zwar hatte es in der fraglichen Zeit einige Meldungen gegeben, aber die Vermissten waren samt und sonders nach einigen Tagen, teils noch mit gehörigem Alkoholpegel, wieder aufgetaucht. Piotr war zufrieden, er fühlte sich bestätigt, und seine Erfahrung sagte ihm, dass auch in anderen Kreisen die jeweils zuständigen Beamten wüssten, wenn bei ihnen jemand als vermisst gemeldet worden und nicht wieder aufgetaucht wäre.

Wenn aber Wojtek dennoch auf einer Überprüfung der Aktenlage bestand, so bot es sich an, die weiteren Recherchen mit Besuchen in den einzelnen Polizeidienststellen zu verbinden, zumal angesichts der immer noch nicht flächendeckend durchgeführten Digitalisierung sowieso nicht alle Unterlagen zentral verfügbar waren. So wie sein neuer Vorgesetzter glaubte, für die Lösung eines Falls die Atmosphäre eines Tatorts in sich aufnehmen zu müssen, war Piotr der Ansicht, dass ein Gespräch mit den Kollegen hilfreicher war als das bloße Aktenstudium. Mit Blick auf die Uhr würde er gerade noch in eine benachbarte Dienststelle fahren können.

Sein erster Gedanke ging zu seinem Kollegen Waldek in Kętrzyn, mit dem zusammen er berufsbegleitend die Polizeischule in Słupsk besucht hatte. Aber der war leider, wie er bei einem Anruf auf dem Revier erfuhr, auf Dienstreise, und so fiel seine Wahl auf Tadeusz, seinen Kollegen in Gołdap, an der russischen Grenze. Gołdap war zwar etwas weiter entfernt als Kętrzyn, aber mit Tadeusz, dem dortigen Kommissar, war er zusammen beim Militär gewesen, und seitdem verband sie eine feste Kameradschaft, wenn nicht gar Freundschaft.

»*Dzień dobry*, Piotr«, meldete sich Tadeusz sogleich, »schön, dass du anrufst. Ich habe gehört, ihr habt 'ne Leiche gefunden? Und du bist mit dem Fall betraut? Wisst ihr schon mehr?« Tadeusz war sichtlich erfreut, von Piotr zu hören, und begierig, gleichsam aus erster Hand die neuesten Ermittlungsergebnisse zu erfahren.

»Wie lange bist du heute noch da? Ich müsste auch bei euch einige Recherchen machen, und wenn du Dienst hast, könnte ich vorbeikommen. Zu Hause erwartet mich sowieso keiner.« Das war Piotrs derzeitiges Problem: Seine NATO-Einsätze hatten dazu geführt, dass seine Frau mit den Kindern wieder zu ihren Eltern gezogen war; ob nur vorübergehend oder auf Dauer, würde sich herausstellen. Insofern war er froh, wenn er die Abende nicht allein zu Haus verbringen musste.

Auch Tadeusz passte die Verabredung gut in den Plan. »Ich

habe Dienst bis Mitternacht; komm vorbei, es ist sowieso nichts los!«

Inzwischen war es später Nachmittag geworden. Piotr machte sich auf den Weg von Węgorzewo nach Gołdap, es waren gut vierzig Kilometer, durch Feld und Wald und immer wieder Landschaft. Gołdap war der einzige größere Ort in dieser Gegend, die nur dünn besiedelt und durch die russische Grenze zum Oblast Kaliningrad von allen Wegen in den Norden abgeschnitten war. Das letzte Mal war Piotr diese Strecke im vergangenen Winter gefahren – zum Skilaufen. Denn was für Węgorzewo das Segeln auf den großen masurischen Seen war, war für Gołdap das Skilaufen. Dort hatte sich am Piękna Góra, dem schönen Berg, der mit seinen fast dreihundert Metern deutlich aus dem nur leicht hügeligen Masuren hervorragte, ein richtiges Skiresort entwickelt, mit fünf verschiedenen Liften, mehreren breiten sanft abfallenden Pisten und einigen ganz guten Restaurants. In der oberen Etage der Gipfelgaststätte befand sich ein Drehcafé, von dem aus man bis nach Russland blicken konnte, und in dem Gasthaus »Pod Piękną Górą«, unterhalb des schönen Berges, gab es gute Wildspezialitäten. Dieser Gedanke erinnerte Piotr daran, dass er inzwischen hungrig geworden war.

Just in diesem Augenblick passierte er das Ortsschild von Banie Mazurskie, einem kleinen Dorf mit großer Geschichte, für Piotr aber vor allem verbunden mit der »Bar Młyn«, in der es die leckeren Kartacze gab: Kartoffelklöße mit einer schmackhaften Fleischfüllung, die mit einer glänzenden Speck- und Zwiebelsoße überzogen wurden. Allein deshalb war der Weg nach Gołdap lohnend.

Piotr hielt an und bestellte zwei Portionen und kam eine halbe Stunde später in Gołdap an. Er parkte seinen Wagen vor der Polizeidienststelle in der Ulica Mazurska, nahm das Päckchen mit den Klößen und betrat das lang gezogene graue zweistöckige Gebäude des Gołdaper-Reviers.

Tadeusz hatte sein Büro im Erdgeschoss.

»Oh, du bist schon da!«, rief er Piotr entgegen. »Und mir scheint, du hast etwas Gutes mitgebracht!«

Er war nach Beendigung des Militärdienstes im Unterschied zu Piotr so korpulent geworden, dass man ihn sich in körperlich fordernden Einsätzen kaum noch vorstellen konnte. Er sog den aus dem Paket entweichenden Duft voller Begeisterung in die Nase, holte rasch Teller und Besteck und deckte den kleinen Beistelltisch in seinem Dienstzimmer. Nachdem die beiden mit Heißhunger die Kartacze verzehrt hatten, setzte Piotr zu seinem Bericht an. Tadeusz wandte sich ihm voller Neugier und Spannung zu, und der Abend, von dem er schon befürchtet hatte, dass er, wenn er allein bis Mitternacht im Revier säße, etwas trist und öde werden könnte, war gerettet.

»Gestern Morgen in aller Frühe«, begann Piotr, »wurden wir von einer Baufirma gerufen, die im Auftrag eines Bauern einen kleinen verschlammten und verlandeten Teich ausbaggern sollte und dabei auf menschliche Überreste stieß. Wir haben sofort alles nach Olsztyn in die Gerichtsmedizin bringen lassen, und den bisherigen Ergebnissen zufolge soll es sich bei der Leiche um einen Mann zwischen sechzig und siebzig Jahren handeln. Möglicherweise wurde er durch einen Schlag auf den Kopf getötet. Und seine Leiche kann durchaus zwei bis drei Jahre am Fundort gelegen haben. Nur, was wir nicht wissen: Wer ist die Person, die da gefunden worden ist? Und jetzt gehe ich die Vermisstenlisten in den benachbarten Kreisen durch.«

Tadeusz beeilte sich, zu versichern, ihm seien keine Vermisstenmeldungen bekannt, holte aber zur Bestätigung seiner Einschätzung die einschlägigen Listen hervor, die er akribisch geführt hatte. Es war das gleiche negative Ergebnis wie schon in Węgorzewo; niemand, auf den die Daten auch nur halbwegs passten, war in den letzten drei Jahren als vermisst gemeldet worden.

Piotr sah weitere Überprüfungsarbeiten auf sich zukommen und war froh, dass er – inzwischen mit einem alkoholfreien Żywiec vor sich auf dem Tisch – sein Tagessoll erst einmal erfüllt hatte und in Ruhe etwas abspannen und mit Tadeusz über Unverfängliches reden konnte. Aber die Gedanken an den Toten ohne Identität ließen die beiden nicht los.

»Sag mal«, kam Tadeusz nach einer Pause wieder auf das eigentliche Thema zu sprechen, »habt ihr irgendwelche Gegenstände in der Nähe gefunden?«

»Die Spurensicherung hat nichts von Belang entdeckt, aber ich habe heute Vormittag in dem kleinen Wäldchen am Teich ein vermodertes Bandmaß gefunden, wie es die Geodäten früher beim Landvermessen nutzten; es ist jetzt für alle Fälle in der Spurensicherung, und morgen werde ich Marie, eine Nachbarin, die bis vor Kurzem Eigentümerin des Grundstücks war, fragen, ob sie eines vermisst. Aber eine Tatwaffe haben wir nicht gesehen, es sei denn, man erklärt alle herumliegenden Äste und Findlinge dazu.«

Bei der Erwähnung des Bandmaßes blitzte in Tadeusz eine Idee auf. »Du weißt, hier in Gołdap wohnte früher ein Geodät, er müsste so um die sechzig oder etwas älter sein, aber ich habe ihn seit ein paar Jahren nicht mehr gesehen. Er lebte zuletzt bei seiner Cousine, und sie erzählte, er sei nach England gegangen, um dort zu arbeiten. Abgemeldet hat er sich aber meines Wissens nicht.«

Piotr wurde hellhörig, und im Handumdrehen war seine volle Aufmerksamkeit wieder da. Wem auch immer das Bandmaß gehörte, war zweitrangig; wichtig war, dass es Tadeusz an einen Menschen erinnerte, der zwar nicht als vermisst gemeldet worden, aber offenkundig von der Bildfläche verschwunden war.

»Was weißt du über den Geodäten und über seine Cousine?«

Tadeusz überlegte. »Ich kann dir nur berichten, was ich so gehört habe; was davon stimmt, kann ich nicht sagen. Auf mich machte er, wenn ich ihm in den letzten Jahren mal begegnet bin, einen etwas heruntergekommenen Eindruck, so als ob er einmal bessere Zeiten gesehen hätte. Eine Familie hatte er, wenn ich das richtig erinnere, auch nicht. Vor Jahren soll er in der ganzen Gegend gut beschäftigt gewesen sein, aber dann hieß es, er trinke zu viel und messe nicht korrekt. Schlicht, er fand kaum noch Kundschaft, und vermutlich hat er wohl deshalb auch seine Wohnung verloren. Seine Cousine bot ihm Unterschlupf, soll aber, was ich gut verstehen kann, nach einiger Zeit froh gewesen sein, dass er nach England wollte.«

»Hast du einen Namen und eine Adresse?« Piotr hatte begonnen, sich eifrig Notizen zu machen.

»Ich glaube, er hieß Koszak, ja, jetzt fällt es mir wieder ein: Józef Koszak; die Cousine heißt Elżbieta Koszak, sie muss so Mitte siebzig sein; ich kenne sie flüchtig, weil sie früher einmal hier auf der Kommandantur bei Schreibarbeiten ausgeholfen hat. Sie wohnt im Zentrum, in einem der Häuser nicht weit vom Rynek, ich glaube, an der Ulica Plac Zwycięstwa. Das Haus kann ich dir zeigen.«

Für den Abend war es zu spät, die Cousine aufzusuchen, aber Piotrs Plan für den nächsten Tag stand fest, unabhängig davon, was Wojtek dazu meinte: Statt weitere Vermisstenmeldungen durchzugehen, würde er als Erstes die Cousine besuchen und dann nachmittags bei Marie vorbeifahren und sie nach dem verrotteten Bandmaß fragen.

Am nächsten Morgen machte sich Piotr erneut auf den Weg nach Gołdap, diesmal, um Elżbieta Koszak aufzusuchen. Es herrschte, wie auch in den letzten Tagen, herrlicher Sonnenschein, und Piotr genoss die frühe Fahrt durch die Felder in Richtung russischer Grenze. Tadeusz hatte versprochen, den Kontakt zu Pani Elżbieta Koszak herzustellen und bei dem Gespräch als eine Art Vermittler zu fungieren. Er hatte sie deshalb schon früh am Morgen angerufen und ihr gesagt, dass er und ein Kollege aus Węgorzewo gerne bei ihr vorbeikommen würden, weil sie ein paar Fragen zu ihrem Vetter Józef Koszak hätten, der bei ihr gewohnt habe. Pani Elżbieta hatte spontan sehr ablehnend reagiert: Von dem wisse sie nichts, und sie könne auch nichts über ihn berichten. Erst nach längerem Überreden durch Tadeusz hatte sie sich bereit erklärt, die beiden Polizisten für ein Gespräch zu empfangen.

Tadeusz und Piotr trafen sich auf dem Marktplatz, dem Rynek, wo sie parkten und zu Fuß zum Haus von Pani Koszak gingen. Auf ihr Klingeln öffnete eine etwas verhärmt aussehende, schmächtige kleine Frau mit leicht verkniffenen Mundwinkeln und dünnen, fest zurückgekämmten, schwarz gefärbten Haaren, deren herausgewachsener Ansatz am Scheitel das Weiß darunter verriet. Ihr grauer Rock hing ihr ein wenig schlabbrig über die Hüften, und auch das geblümte Oberteil aus Polyester schien etwas zu groß zu sein. Sie blickte voller Skepsis auf die beiden, erkannte aber Tadeusz und bat sie herein in ihre kleine Eineinhalb-Zimmer-Wohnung im Parterre des Hauses, in dem sie nun schon ihr halbes Leben lebte. Alles war ordentlich, aber der kleine Flur und die Wohnküche waren bis in den letzten Winkel vollgestopft mit Möbeln und all den Habseligkeiten, die sich im Laufe eines Lebens so ansammeln. Die Vorhänge waren halb zugezogen, sodass trotz der Helligkeit draußen drinnen eine eher trübe Atmosphäre herrschte.

Piotr und Tadeusz nahmen auf zwei Hockern an dem kleinen Resopaltisch Platz, und Pani Elżbieta bot ihnen von dem frisch aufgebrühten Kaffee an, der zwar nicht überragend, aber doch besser war als die Plörre aus den Automaten auf dem Revier. Tadeusz übernahm die Eröffnung des Gesprächs. Er bedankte sich höflich für ihr Entgegenkommen und kam dann zur Sache.

»Pani Elżbieta, wissen Sie, wo Ihr Vetter sich aufhält?«

Die Antwort kam schnell. »Nein, wie sollte ich das wissen? Ich habe seit über zwei Jahren nichts mehr von ihm gehört, er wollte immer nach England, und ich vermute, er hat jemanden gefunden, der ihn dorthin vermittelt hat.«

»Aber er hat doch bei Ihnen gewohnt, und dann ist er sang- und klanglos abgehauen?«, hakte Piotr nach.

»Er war schon immer etwas sonderlich, und – offen gestanden – ich war froh, als ich meine Wohnung wieder für mich hatte. Da hat es mich nicht so sonderlich interessiert, wo er abgeblieben ist. Und außerdem sehen Sie ja, wie eng es hier ist.« Sie wandte sich verständnisheischend an die beiden Kommissare.

»Und was ist mit seinen Sachen?«, erkundigte sich Tadeusz.

»Er hatte den größten Teil seiner Habe bei einem Arbeitskollegen untergestellt, nachdem er keine Wohnung mehr hatte; hier war kein Platz dafür. Er wollte sie dort, bevor er nach England ging, wieder abholen. Hier hatte er nur das Nötigste, denn eigentlich wollte er nur ein paar Tage bleiben, bis er alles für England geregelt hatte.«

Ob er seine Sachen jemals dort abgeholt habe, wisse sie nicht, und den Arbeitskollegen kenne sie auch nicht, ihr Vetter habe sich nie konkret geäußert. Und aus den paar Tagen sei dann fast ein Vierteljahr geworden, und das sei, wie die beiden Herren Kommissare sich vielleicht denken könnten, nicht einfach für sie gewesen, aber schließlich sei es ja eine Familienpflicht, einem Verwandten, der in Not geraten sei, zu helfen.

Piotr mutete diese letzte Wendung angesichts der vorausgegangenen langen Litanei, der in der Tat beengten Wohnsituation und des offenkundig nur geringen Kontakts zwischen den beiden reichlich altruistisch an; außerdem wunderte es ihn, dass Pani Elżbieta bisher noch nicht einmal nachgefragt hatte, warum sie sich für ihren Vetter interessierten. Aber es war jetzt nicht die Zeit, dem nachzugehen; er war dabei, zu klären, ob der Tote am Teich möglicherweise der Geodät war, und dafür brauchte er etwas, mit dem sich ein DNA-Abgleich herstellen ließ.

»Sind noch Sachen von ihm hiergeblieben, Toilettengegenstände vielleicht?«

»Nein, ich habe alles, was herumlag, entsorgt.« Und gleichsam entschuldigend fügte sie hinzu: »Es war nichts Wertvolles.«

Piotr machte sich ein paar Gesprächsnotizen, und auch Tadeusz schwieg. Es entstand eine Pause, von der die beiden hofften, sie würde Pani Elżbieta zu Fragen oder einer Erzählung über ihren Vetter anregen. Aber die alte Frau blieb weiterhin zugeknöpft. Das Nötigste hatte sie gesagt, mehr war nicht drin. So kamen sie nicht weiter. Piotr hielt es daher für angebracht, Pani Elżbieta mit dem Grund ihres Kommens zu konfrontieren.

»Wir haben eine Leiche gefunden, und wir wollen klären, ob das vielleicht Ihr Vetter sein könnte. Deshalb brauchen wir einen Gegenstand von ihm, etwas, das er in den Händen gehabt hat und an dem möglicherweise noch Spuren zu finden sind.«

»Aber wieso soll er hier als Toter sein? Er ist doch in England!«

Pani Elżbieta klang zwar ein wenig überrascht, vielleicht sogar etwas hilflos, ließ sich aber ansonsten keinerlei Regung anmerken. Die Idee, ihr Vetter könne tot sein, hatte sie entweder wirklich noch nicht beschäftigt, oder sie hatte sie mit Erfolg verdrängt. Zwar hatte sie nach eigener Auskunft seit zwei Jahren keinen Kontakt mehr zu ihm, schien den aber auch nicht zu vermissen, es hatte den Anschein, als sei ihr das Ganze gleichgültig.

»Also, es wäre schön«, nahm Tadeusz ihre Bitte wieder auf, »wenn wir etwas von ihm fänden.«

Elżbieta dachte nach. Alles, was in der Wohnung an seinen Aufenthalt erinnerte, habe sie in den Müllcontainer geworfen, nachdem er endlich gegangen war; und sie erinnere sich, dass sie diesen Akt als Befreiung empfunden hatte. Möglicherweise könnten aber im Keller noch die Handschuhe liegen, die er getragen hatte, wenn er – selten genug – einmal Kohlen geholt oder Holz zerkleinert hatte.

Gemeinsam gingen sie die enge Treppe hinunter in den winzigen Keller. Neben einem Holzstapel und aufgeschichteten Briketts waren ein paar Regale angebracht, in denen Gläser mit eingemachten Pilzen und Gurken standen. Handschuhe waren nicht zu sehen, dafür entdeckte Piotr aber hinter dem Holzstapel eine halb leere Wodkaflasche, vermutlich ein heimlicher Vorrat von Józef Koszak. Pani Elżbieta unterließ es, diesen Fund zu kommentieren, und Tadeusz fiel ein, dass erzählt wurde, der

Geodät habe getrunken und auch deshalb keine Aufträge mehr gekriegt. Das würde einiges von dem verschlossenen Auftreten seiner Cousine erklären.

Weitere Gegenstände, die auf Józef Koszak deuteten, konnten sie nicht entdecken, möglicherweise müsste die Spurensicherung sich den Keller noch einmal vornehmen. Vorerst aber hoffte Piotr, die Flasche würde für einen DNA-Abgleich ausreichen, und er steckte sie vorsichtig in einen mitgebrachten Asservatenbeutel. Sollte es sich bei dem Toten wirklich um den Geodäten handeln, würden sie sicher weitere Gespräche mit Pani Elżbieta führen müssen. Vorerst aber bedankten sie sich und gingen.

Ein Telefonat mit Konstanty überzeugte Piotr, dass es das Beste war, wenn er gleich mit der Flasche nach Olsztyn fuhr. Die Untersuchungen für die DNA der Leiche waren fast abgeschlossen, und Konstanty könnte dann im Labor Bescheid geben, dass ein Gegenstand für einen möglichen Abgleich gebracht würde. Vielleicht könnte Piotr mit etwas Wartezeit sogar schon ein vorläufiges Ergebnis bekommen.

Eine Wartezeit in Olsztyn kam Piotr sehr entgegen, denn bis er dort eintreffen würde, wäre es schon nach Mittag, und nach dem Aufenthalt in dem düsteren Ambiente bei Elżbieta Koszak wären die netten kleinen Cafés in Olsztyn ein verdienter Ausgleich. Einen Latte macchiato und dazu etwas Süßes konnte er jetzt gut gebrauchen. Wenn er sein Fundstück in die Rechtsmedizin in Kortowo gebracht hätte, würde er in die Altstadt weiterfahren, mit seinem Polizeiwagen dürfte er keine Parkschwierigkeiten kriegen.

Das »House Cafe kawiarnia« kam ihm in den Sinn, ein gemütliches kleines Café, das mit seinen bunten Sesseln und Sofas eine fröhliche Atmosphäre ausstrahlte und in dem man mit etwas Glück sogar einen freien Tisch draußen unter den Arkaden fand. Der Milchschaum des Latte macchiato hatte dort die richtige Konsistenz, und Piotr musste nur überlegen, ob er, der neben den Kartacze auch Süßes nicht verachtete, Schokoladentorte mit Himbeeren oder Apfelkuchen wählen sollte oder vielleicht – und bei Hitze besonders empfehlenswert – ein hausgemachtes Brombeer- und Schokoladeneis. Mit diesen aufmunternden Gedanken machte er sich auf den Weg; für die Strecke von Gołdap nach Olsztyn würde er – trotz des weitgehend vierspurigen Ausbaus hinter Mrągowo – zwei bis drei Stunden brauchen, und er konnte nur hoffen, rechtzeitig am Abend zurück zu sein, um mit Wojtek das weitere Vorgehen besprechen zu können.

In Olsztyn hatten Konstanty und sein Team, soweit es möglich war, weitere Untersuchungen durchgeführt. Entscheidend Neues hatten sie aufgrund des Zustands der Leiche nicht entdecken können, aber die zertrümmerte Schädeldecke verstärkte ihre Vermutung, dass es sich bei der Todesursache eher um Fremdeinwirkung als um einen Sturz handelte.

Als Piotr mit der Flasche eintraf, war im Labor dank Konstantys Ankündigung schon alles für eine Analyse der Wodkaflasche vorbereitet worden; wenn sie Glück hätten, ließen sich vielleicht Spuren finden, die für eine DNA-Analyse genutzt werden konnten. Konstanty, der seit dem gestrigen Besuch am Fundort diesen Fall nun auch seinerseits mit fast kriminalistischem Interesse verfolgte, ließ sich auf den neuesten Stand der Untersuchung bringen und war beeindruckt von Piotrs Spürsinn. Der aber war der Ansicht, dass es jetzt erst einmal Zeit für eine Pause im »House Cafe kawiarnia« sei, und fuhr in die Altstadt.

Draußen in der Sonne sah Piotr einen freien roten Sessel an einem kleinen runden Tisch, auf den er freudig zusteuerte. Aber kaum dass er begonnen hatte, seine süßen Sehnsüchte mit der Schokoladentorte mit Himbeeren zu befriedigen, da klingelte auch schon sein Handy.

Es war Konstanty. Die Flasche hatte sich als Glückstreffer erwiesen: Es fand sich nicht nur eine Fülle von Fingerabdrücken, deren Nutzung jedoch einer aufwendigen Untersuchung bedurft hätte, sondern auch ein Barthaar, das am Flaschenhals klebte, und die molekulargenetische Untersuchung ergab eine eindeutige Übereinstimmung mit der DNA der Leiche.

Piotr war hochzufrieden. Seine Herangehensweise des persönlichen Kontakts hatte sich einmal mehr bewährt, und das Ergebnis überzeugte. Der Tipp von Tadeusz war Gold wert gewesen, der DNA-Abgleich zeigte: Der Tote war der Geodät Józef Koszak!

Nun konnte die eigentliche Arbeit beginnen.

Als Piotr sich auf den Weg zurück nach Węgorzewo machte, war es Nachmittag geworden. Eine wichtige Etappe war erreicht, aber jetzt kamen die eigentlichen Fragen. Wer konnte ein Motiv gehabt haben, den Geodäten zu töten? Mit wem hatte er Streit gehabt? Hatte nicht der Bekannte von Marie, der während seines Besuchs gestern früh anwesend gewesen war, etwas von einem Streit erwähnt, den sie mit dem Geodäten gehabt hatte? Er hatte an dem Morgen nicht genau auf dessen Äußerung achten können, weil ihm sein Kollege etwas zugeflüstert hatte, aber der Bemerkung nachzugehen wäre sicher sinnvoll.

Damit war er in Gedanken wieder bei dem Fundort des Toten, und er ließ die Gegend und die Menschen, die dort lebten, vor seinem inneren Auge Revue passieren. Die meisten Bauern kannte er vom Ansehen, etwas besser kannte er aber eigentlich nur Staszek, der nicht weit von Marie entfernt lebte und der ihn in der Vergangenheit bei anderen Fällen schon mehrmals auf etwas gestoßen hatte, das er zuvor gar nicht bewusst wahrgenommen hatte. Piotr beschloss, einen kleinen Umweg zu machen und bei Staszek vorbeizufahren, bevor er sich zur abendlichen Strategiebesprechung in der Dienststelle einfinden würde. Das Ergebnis der Analyse und den Namen des Toten hatte er natürlich gleich an Wojtek und seine Kollegen weitergegeben, sollten sie sich doch erst einmal allein ihre Gedanken zu dem weiteren Vorgehen machen, er würde später dazustoßen.

Der Weg zu Staszek war nicht einfach zu finden. Er hatte sein Haus vor Jahren als Sommerhaus im Wald gebaut, zu einer Zeit, in der die Gemeinde überall da, wo es sich nicht um landwirtschaftlich genutzte Flächen handelte, mit Baugenehmigungen relativ großzügig war. So kam es, dass nicht nur die schon lange bestehenden kleinen Höfe weit verstreut in der Gemeinde lagen, sondern auch innerhalb des Waldes vereinzelt Häuser zu finden waren. In den letzten Jahren waren mit EU-Mitteln an Wegen, die von der Dorfstraße abzweigten und zu einzelnen Häusern oder Höfen führten, Hinweisschilder mit deren Hausnummern aufgestellt worden, aber es blieb trotzdem stets ein Abenteuer, ein unbekanntes Haus oder einen Hof, den man zum ersten Mal besuchte, in der Feldmark oder im Wald zu finden.

Piotr war schon einmal bei Staszek gewesen und erinnerte sich dunkel an den Weg. An einem mit Bändern und Blumen geschmückten Marienaltar bog er links in einen Sandweg ein, der dann in den Wald führte, vorbei an zwei kleinen Resthöfen und ein paar Wochenendhäusern von Warschauern zu beiden Seiten des Weges. Rechts schimmerte ein See durch die Bäume. Ein Stück weiter, direkt im Wald, unweit der hohen Buche, an der Staszek eine große aus einem Baumstamm gesägte Marienfigur befestigt hatte, lag dessen Haus.

Piotr erklärte das Sperrschild, das die weitere Fahrt in den Wald verbot, kurzerhand für sich als ungültig – zumal es aussah, als habe es Staszek selbst gesetzt –, nahm eine letzte Kurve und bog auf das Grundstück ein. Staszek war an seinem Haus beschäftigt. Er hatte es mit Biberschwanzdachpfannen gedeckt, einige waren offenbar beim letzten Sturm verrutscht und mussten nun wieder gerichtet werden. Von der oberen Stufe einer Holzleiter hatte er seinen Besucher, der sich nicht durch sein Sperrschild hatte aufhalten lassen, schon von Weitem entdeckt.

»Du kannst mal eben die Leiter halten«, rief er ihm zu, während Jasper sich mit lautem Gebell auf den Ankommenden stürzte.

»Ja, gerne, ich kann auch für dich da hochsteigen, ich bin größer als du!«

»Danke, es geht schon, und ich bin gleich fertig; und schließlich muss ich ja auch in Übung bleiben.«

Staszek, der inzwischen Mitte sechzig war, war deutlich kleiner als der riesige Piotr, dazu etwas korpulent, aber trotzdem gut durchtrainiert und körperlich fit. Piotr wusste, dass er ein begeisterter Sportler war, im Sommer schwamm und tauchte, im Winter Ski lief und im Spätsommer größere Bergtouren in den Beskiden machte; zudem bewunderte er, wie kraftvoll und gekonnt Staszek als emeritierter Professor anfallende Arbeiten im Wald und am Haus durchführte: vom Baumfällen bis zum Holzhacken. Und jetzt konnte er zusehen, wie geschickt er die Biberschwanzdachpfannen wieder an Ort und Stelle legte. Als alles fertig war, setzten die beiden sich auf einen Holzstapel neben dem Haus.

»*Co słychać*, was gibt's Neues?«, erkundigte sich Staszek.

Piotr, der bei Ermittlungen schon mehrfach von Staszeks klugen Nachfragen hatte profitieren können und zudem wusste, dass er sich auf dessen Diskretion verlassen konnte, war nur allzu gerne bereit, ihn über die neuesten Entwicklungen des Leichenfunds zu informieren, war er doch letztlich bei ihm vorbeigefahren, weil er mit ihm über den Fall reden wollte.

»Ja«, sagte er bedächtig, »wir wissen jetzt, wer der Tote ist: der Geodät Józef Koszak. Ich nehme an, du kanntest ihn?«

»Jeder hier in der Gegend kannte ihn, er hat über Jahre alle Grundstücksvermessungen durchgeführt, aber was ist passiert: Unfall oder Mord?«

»Das zu klären ist unsere nächste Aufgabe, vor allem ist die Frage, wer einen Grund gehabt haben kann, ihn umzubringen. Ich dachte, du könntest mir vielleicht dabei helfen.«

Staszek antwortete nicht gleich. Dann legte er einen Finger an die Nase und auf den kleinen Schnauzer und zog die Nase kraus, eine Geste, die darauf hindeutete, dass er nachdachte. Bevor er ansetzte, zog er noch einmal tief Luft ein. »Versuch herauszufinden, was für ein Mensch er war, dann kannst du ein Motiv finden und kommst damit dem Täter näher.«

»Und was für ein Mensch war er aus deiner Sicht?« Piotr ließ sich nicht so schnell abwimmeln, zumal Staszeks Ratschlag eher etwas banal war.

Aber Staszek zögerte. Er war um eine Beschreibung bemüht, die sich einer Wertung enthielt. Er hatte ja eine eigene Vorstellung von Józef Koszak, doch war das die richtige? Erst einmal sollte sich die Polizei den Toten mit all seinen guten und schlechten Eigenschaften vor Augen führen, er jedenfalls wollte keine Äußerungen tun, die die Ermittlungen in eine bestimmte Richtung lenken und damit den Blick verengen könnten.

»Er hatte, wie viele Geodäten, eine sehr gute Beobachtungsgabe, nicht nur in Bezug auf das Land, das er vermessen sollte, sondern auch in Bezug auf die Menschen, die dort lebten. Ich glaube, er wusste viel.«

»Viel von den Menschen, die hier lebten?«, hakte Piotr nach.

»Ja, genau das meine ich«, bestätigte Staszek.

Beide dachten nach. Piotr versuchte zu eruieren, was Staszek meinte, aber nicht aussprach. Wer viel von den Menschen weiß, kennt auch ihre Schwachstellen und kann diese Schwachstellen nutzen, könnte die Botschaft gelautet haben. Bevor er weiter darüber nachdachte, wollte er versuchen, mit seinen Fragen etwas mehr über die Fakten zu erfahren.

»Ich hörte, er hat Maries Grundstück vermessen, und es gab Streit deswegen?«

»Er hat, wie ich schon sagte, hier fast alle Grundstücke vermessen – meines im Übrigen auch – und leider nicht immer korrekt. Das hat zu zahlreichen Beschwerden geführt, weshalb in Węgorzewo auf dem Katasteramt jetzt eine Untersuchung läuft, bei der die Grenzen der in den letzten Jahren vermessenen Grundstücke überprüft werden sollen.«

Damit war Staszek der Frage nach Maries Grundstück zwar ausgewichen, hatte Piotr aber auf die insgesamt unkorrekten Angaben des Geodäten verwiesen.

Piotr kannte Staszek inzwischen gut genug, um zu wissen, dass er jetzt nicht mehr erfahren würde.

Immerhin wusste er nun, dass im Kreis eine Untersuchung lief, bei der alle Vermessungen von Józef Koszak aus den letzten Jahren überprüft wurden. Mit diesem Wissen machte er sich auf den Rückweg. Ein kurzes Telefonat mit Wojtek ergab, dass er und seine Leute für heute in Węgorzewo Schluss gemacht hatten und am nächsten Morgen früh um acht Uhr eine Besprechung stattfinden sollte, zu der auch der kleine Rothaarige und die neue Praktikantin, die seit einer Woche da war, gebeten worden waren. Das kam Piotr sehr entgegen.

Kurz überlegte er, ob er, da er gerade in ihrer Nähe war, die Zeit nutzen sollte, um noch einmal bei Marie vorbeizufahren, aber dann beschloss er, lieber nach dem heißen Tag in einen der nahe gelegenen Seen zu springen und den Abend mit einem Żywiec ruhig ausklingen zu lassen.

Auch der vierte Tag der Ermittlungen begann wieder als heißer Augustsommertag, die Sonne strahlte, und es wehte kaum ein Lüftchen. Als Wojtek, Piotr und der kleine Rothaarige, der eigentlich zum Streifefahren eingeteilt war, den Wojtek aber mit heranzog, weil seine Abteilung – vor allem in der Urlaubszeit – unter permanentem Personalmangel litt, sich um kurz vor acht Uhr trafen, zeigte das Thermometer schon fünfundzwanzig Grad. Kurz darauf erschien auch die junge Praktikantin, die im fünften Semester an der altehrwürdigen Jagiellonen-Universität in Krakau Jura studierte und dabei war, zu überlegen, ob sie nach ihrem BA-Abschluss bei der Polizei einsteigen sollte. Mit ihrem blonden Pferdeschwanz und ihrem jugendlichen Outfit, den engen hellen, mit Löchern versehenen Jeans, dem knappen weißen Oberteil und den weißen Sneakers, wirkte sie fast noch wie eine Schülerin, und Piotr war gespannt darauf, was man von ihr erwarten konnte.

Wojtek, offensichtlich in Gedanken schon mit dem Fall befasst, stieg sofort in das Thema ein. Seine Mitarbeiterinnen und Mitarbeiter nahm er in solchen Situationen nur mehr in ihren jeweiligen Funktionen, nicht aber als Personen wahr. Zwar war er generell um ein kollegiales Zusammenarbeiten mit ihnen bemüht, doch wenn er richtig in das Geschehen vertieft war, entglitt ihm die persönliche Ansprache; sein Telefonat mit Konstanty, bei dem er sich höflich für die Untersuchungsergebnisse bedankt hatte, war da eine rühmliche Ausnahme gewesen. Er kannte seine Schwäche und setzte darauf, dass Piotr in seiner bodenständigen Art einen guten Ausgleich bot.

»Wie wir inzwischen wissen, handelt es sich bei dem Toten um den Geodäten Józef Koszak, und aller Wahrscheinlichkeit nach können wir von Mord ausgehen. Das heißt, wir sollten sein Umfeld und vor allem die Umgebung des Fundorts unter die Lupe nehmen, denn dort kommt nur jemand hin, der sich in der Gegend auskennt, und das sind an erster Stelle die Bauern in der Nähe. Zunächst hätte ich gerne eine Aufstellung aller derer, die ein Grundstück im Umkreis von fünf Kilometern zum Fundort haben. Das Grundstücksamt kann dabei helfen.«

»Aber wir sollten auch alle diejenigen einbeziehen, deren Grundstücke Józef Koszak in den letzten Jahren vermessen hat«, ließ Piotr, der an sein gestriges Gespräch mit Staszek dachte, sich vernehmen, »Geodäten haben ja nicht immer den besten Ruf, und in der Behörde läuft, wenn ich richtig informiert bin, eine Untersuchung, bei der die Unregelmäßigkeiten der letzten Jahre aufgedeckt werden sollen.«

»Gut, dann schlage ich vor«, nahm Wojtek den Ball auf, »ihr beide«, und er zeigte auf den kleinen Rothaarigen und die Praktikantin, »bereitet mir die entsprechende Aufstellung vor und sucht heraus, wessen Grundstücke in der betroffenen Gemeinde und den Nachbargemeinden in den letzten Jahren von Józef Koszak vermessen wurden und wo es Beanstandungen gab.« Erst jetzt schien ihm aufzufallen, dass er die neue Praktikantin, die seit zwei Tagen da war, noch gar nicht vorgestellt hatte, und er beeilte sich, seinen Lapsus wieder auszubügeln, und fuhr dann fort. »Also Patrycja und Paweł« – auch der kleine Rothaarige hatte nämlich einen Namen – »beginnen mit der Aktenarbeit, ich brauche eine systematische Aufstellung. Und dann will ich alles über den Toten wissen, was wir in den Unterlagen haben. Piotr kann ins Feld gehen und sich schon einmal umhören.«

Pjotr war froh, nicht erst zu den Aktenrecherchen abgestellt zu werden, erinnerte sich aber daran, dass diese schnelle Identifizierung der Person – natürlich neben seiner eigenen, manchmal etwas unorthodoxen Auslegung von Recherchearbeit – vor allem dem Tipp seines Gołdaper Kollegen Tadeusz zu verdanken war.

»Hat eigentlich Pan Tadeusz schon erfahren, wie sehr er uns geholfen hat? Und hat die Cousine schon offiziell Bescheid gekriegt, dass der Tote ihr Vetter war?«

Er war sich nicht ganz sicher, ob er und Tadeusz ihr zugesagt hatten, sie über den Gang der Ermittlungen auf dem Laufenden zu halten, fand aber, dass das schon der Anstand erforderte.

Wojtek als Leiter des Teams zuckte innerlich. Das beides zu veranlassen wäre seine Aufgabe gewesen. »Wie wollen wir es halten?«, nahm er Piotrs Fragen geschickt auf. »Willst du den Kontakt mit Gołdap weiterhin führen?«

»Ich kann Tadeusz anrufen; er wird sich freuen, dass sein Tipp uns weitergebracht hat. Aber die Cousine sollte eine offizielle Meldung von uns bekommen, und vielleicht ist Tadeusz bereit, ihr ein solches Schreiben zu überbringen. Dann könnte er auch sehen, wie sie reagiert. Obwohl«, fügte er sogleich, seine eigene Erwartung modifizierend, hinzu, »sie, so wie wir sie erlebt haben, vermutlich gar keine Reaktion zeigen wird.«

Während Patrycja und Paweł sich an die Grundstücksrecherche begaben, gingen Wojtek und Piotr, jeder auf seine Weise, möglichen Motiven und Verdächtigen nach. Wojtek wollte mit Hilfe eines Mindmaps seine Gedanken systematisieren; Piotr hingegen zog es nach dem Telefonat mit Tadeusz, der erfreulicherweise bereit war, der Cousine die offizielle Mitteilung vom

Tod ihres Vetters zu überbringen, wieder in die konkrete Ermittlungsarbeit. Er wollte zu Marie fahren. Vorher erkundigte er sich jedoch bei der Spurensicherung nach dem Ergebnis der Untersuchung des Bandmaßes.

Viel war nicht dabei herausgekommen: Erde, Regen und Eis hatten einen Verwitterungsprozess in Gang gesetzt, der alle möglicherweise vorhandenen menschlichen Spuren verwischt hatte, lediglich die Artikelnummer war noch schwach zu erkennen gewesen. Demnach stammte es aus einer Serie, die vor fünf Jahren in den Verkauf gegangen war. Wie lange es jedoch in dem Wäldchen gelegen hatte und ob es irgendetwas mit dem Verbrechen zu tun hatte, war damit nicht geklärt. Er ließ es sich aushändigen und machte sich auf den Weg zu Marie.

DREI

Marie hatte sich inzwischen wieder etwas gefangen, aber die Unbeschwertheit, mit der sie in der Regel in Masuren ihren Urlaub verbrachte, noch nicht wiedergefunden. In der Nacht nach dem aufregenden Tag mit dem Leichenfund hatte sie nicht gut geschlafen, und auch den morgendlichen Gang durch den Wald zum See, den sie so liebte, hatte sie nicht so leichtfüßig zurückgelegt wie sonst, auch hier könnte ja im Unterholz etwas verborgen sein, von dem sie bisher keine Ahnung hatte. Aber dann hörte sie Jasper von ferne bellen und schloss daraus, dass auch Staszek an der kleinen Badestelle am See war.

Jasper rannte ihr entgegen und forderte, wie immer, laut bellend ein, dass sie ihm Stöcke zum Apportieren warf. Eine Zeit lang ließ sich Marie, gemeinsam mit Staszek, der hinzugekommen war, darauf ein. Erst als Staszek Jasper einen besonders heftig verteidigten Stock entwand und ihn mit einem weiten Wurf in den See beförderte, sodass Jasper hinterherhechtete, fand das Spiel ein Ende. Jasper war ein muskulöser Hund und ein kräftiger Schwimmer, er tauchte nach dem Stock, nahm ihn in die Schnauze, ließ ihn aber fallen, als er merkte, dass keiner mehr mitspielte. Marie und Staszek konnten nun in Ruhe ihre Runden schwimmen.

Der in das Licht der Morgensonne getauchte See und die gleichmäßigen Schwimmbewegungen im frischen Wasser verfehlten ihre entspannende Wirkung auf Marie nicht, und nicht zuletzt flößte ihr Staszeks Gegenwart immer ein gewisses Vertrauen ein.

Als sie nach Hause fuhr, war sie angesichts des morgendlichen Schwimmens und des sommerlichen Augusttages innerlich bereit, mit ihrer Arbeit an dem Buch über Biografien zu beginnen, was – und darauf beim Abschied noch einmal hinzuweisen, hatte Staszek sich natürlich nicht verkneifen können – auch die beste Weise der Verarbeitung der gestrigen Erlebnisse wäre.

Vorerst aber beschloss sie, sich mit konkreteren Dingen zu beschäftigen. Am späten Nachmittag oder frühen Abend würden ihre Freunde aus Deutschland kommen und in ihr Gästehaus einziehen, dafür wollte sie einen ihrer legendären Apfelkuchen backen. Edelbert hatte ihr einen großen Korb voller Kläräpfel aufgesammelt, die mussten verarbeitet werden.

Marie bereitete als Erstes einen Mürbeteig aus Zucker, Butter, Mehl, einem Ei, einer Prise Salz und etwas Backpulver zu und lagerte ihn kühl, damit er sich gut ausrollen ließ. Dann bezog sie mit zwei großen Schüsseln und dem Apfelkorb die dicke Holzbank vor dem Haus und begann mit dem Schälen. Das war eine rechte Sisyphusarbeit, hatte aber auch etwas Kontemplatives: Viele der kleinen gelbgrünen Früchte waren wurmstichig – kein Wunder, die Bäume wurden ja weder gespritzt noch regelmäßig beschnitten –, aber das, was von den Äpfeln blieb, schmeckte vorzüglich, vor allem auf der gedeckten Szarlotka, dem Apfelkuchen.

Zum Glück waren die Wespen noch nicht sehr aktiv, sodass sie keine Sorge vor einem Stich zu haben brauchte und ihren Gedanken, die sie immer wieder an den Teich führten, nachgehen konnte. Wer mochte der Tote sein? Vermutlich würde sie bald von Piotr etwas erfahren, er würde sicher heute oder morgen erscheinen, um die Gästeliste abzuholen.

Und so schweifte sie in Gedanken ab zu dem schönen Fest, das sie alle gemeinsam hier vor zwei Jahren fröhlich gefeiert hatten, das war beruhigender als die Grübeleien, die sich um den Toten rankten. Das Apfelschälen zog sich hin, und als schließlich beide Schüsseln voll waren, die eine mit Apfelstücken, die andere, gleich große mit Abfall, den Marie sogleich auf den Kompost brachte, hatte der Teig gerade die richtige Konsistenz zum Verarbeiten. Sie rollte gut zwei Drittel passend für die Tortenform aus und setzte, eng aneinandergedrückt, die Apfelstücke darauf, die auf diese Weise so gerade eben ausreichten, um den Kuchen richtig dick zu belegen. Dann formte sie aus dem restlichen Teig einen dünnen Deckel für die Äpfel, bestrich ihn mit Śmietana, der dicken sauren Sahne, bestreute ihn mit braunem Zucker und schob die Form in den Ofen. Die knappe Stunde, die der Kuchen brauchte, konnte sie dafür nutzen, die Gästeliste für Piotr noch einmal zu überprüfen.

Inzwischen war das Haus von dem Duft der Szarlotka erfüllt, und es war Mittag geworden. Die Sonne stand im Zenit, sie schien strahlend, nur ein leises Lüftchen wehte, und kleine weiße Schäfchenwolken fanden sich am blauen Himmel ständig zu neuen leichten, fast schwebenden Figuren zusammen. Marie bedauerte immer wieder, keine Maleraugen zu haben, und erst recht, nicht malen zu können, aber sie sah, dass es der Himmel und das Licht waren, die den Zauber Masurens um diese Mittagsstunde ausmachten: Der Himmel schien höher als anderswo, das Licht war intensiver, heller und leuchtender, die Luft flirrte. Über ihre Arbeit würde sie am besten oben auf dem Hügel im Liegestuhl nachdenken können, und so begab sie sich zu ihrem Lieblingsplatz mit Blick auf den tiefblau daliegenden See. Hier in der Sonne hing sie träumend ihren Ideen nach.

Bei ihrem Buch über Biografien wollte sie verschiedene Ansätze miteinander verbinden; neben der Frage, wer wann und warum seine Lebensgeschichte niederschreibt, sollte es vor allem darum gehen, herauszufinden, unter welchen Bedingungen sich ein Mensch zu der Person entwickelt, als die sie sich darstellt und als die sie in ihren Handlungen von anderen wahrgenommen wird. Inwieweit entsprach dabei die Außenwahrnehmung eigentlich dem Selbstbild der einzelnen Personen? Wo waren Diskrepanzen, und wie wurden sie verarbeitet? Und welche Einflüsse waren es, die die Schreibenden für so wichtig hielten, dass sie sie erwähnten, welche Rolle maßen sie ihrer Erziehung bei, welche ihrer weiteren Umwelt? Auch die Landschaft, in der ein Mensch aufwuchs, schien nicht unerheblich zu sein, und sicher wäre es spannend, anhand von Autobiografien das Aufwachsen in einer umtriebigen Großstadt wie Berlin mit dem im ländlichen Masuren mit seinen Seen und seinem hohen

Himmel zu vergleichen. Bei ihren Gedanken an die Landschaft verwischten sich für Marie allmählich die Konturen; der Himmel ging in den See über, das hohe Gras wiegte sich leicht hin und her, und Marie schlief ein.

Sie wachte erst wieder auf, als ihr Handy klingelte: Die Freunde aus Deutschland, die sich angesagt hatten, hatten eine Autopanne und würden erst einen Tag später kommen; dafür kam aber kurze Zeit später der rote Polo von Staszek angefahren.

»Wie schön«, freute sich Marie, als sie ihn sah, »du kommst gerade recht für einen frischen Apfelkuchen, den ich für die Gäste im Gästehaus gebacken habe, aber die kommen erst morgen.«

»Da sage ich nicht Nein, machst du mir auch einen Kaffee dazu?«

Sie setzten sich auf die Terrasse hinter dem Haus.

»Es gibt Neuigkeiten«, hob Staszek an, als der duftende Kaffee und der saftige, noch lauwarme Apfelkuchen vor ihm standen. »Als Erstes habe ich heute mit Małgorzata gesprochen, sie meint, du solltest der Polizei ruhig eine genaue Gästeliste übergeben. Sie hält es zwar eher für einen Aktivismus der Polizei als für eine zielführende Aktion, aber letztlich sei es immer gut, sich kooperativ zu zeigen, zumal das alles ja auf deinem früheren Grundstück passiert ist. Hast du inzwischen eine Zusammenstellung gemacht?«

»Ja«, Marie holte eine lange Liste, »und du kannst mir helfen, denn es sind einige polnische Gäste dabei, von denen ich nur die Namen und nicht die Adressen kenne.«

Gemeinsam beugten sie sich über das Papier. Staszek fand sich und einige seiner Verwandten auf der Liste, dazu Maries polnische Nachbarn und viele ihrer Freundinnen und Kollegen aus Deutschland. Es war eine bunte Liste, und wenn sich Piotr oder jemand anders die Mühe machte, würden sie über die meisten Gäste Informationen aus dem Internet bekommen können.

»Du hast die Musiker noch vergessen, die du eingeladen hattest!«

»Stimmt, wie konnte ich nur ›I Vołosi‹ vergessen?«

Maries Freund Mikołaj, der Maler, hatte ihr eine großartige Band, bestehend aus fünf Musikern aus Südpolen, vermittelt, die mit einer Mischung aus Klassik, Jazz, Folklore und Klezmer eine phantastische Stimmung gemacht und ein geradezu musikantisches Feuer entfacht hatten.

In Erinnerung an »I Vołosi« pfiff Staszek ein paar Melodien. »Ich bringe dir eine CD von ihnen mit, da müsste auch ihre Adresse zu ersehen sein.« Und nach einer kurzen Pause fuhr er fort: »Aber das Zweite, was ich dir erzählen wollte, ist mindestens ebenso wichtig: Sie wissen jetzt, wer der Tote ist. Du kanntest ihn, genauso wie ich, es ist – wie mir Piotr gesagt hat – der Geodät Józef Koszak, und es war mit großer Wahrscheinlichkeit ein Verbrechen: Mord oder Totschlag.«

Marie wurde jäh aus ihren Gedanken an das Fest herausgerissen. Sie erinnerte sich gut an den Geodäten. Er hatte die einzelnen Grundstücke, die sie gekauft hatte, um ihr Anwesen zu arrondieren, vermessen, hatte einmal, als der Notar in Węgorzewo in Urlaub war, für den Kaufvertrag sogar einen Notar in seine Wohnung in Gołdap bestellt. Marie hatte das damals zwar nett, aber auch sehr eigenartig gefunden. Doch dann hatte sie sich darauf eingelassen, war nach Gołdap gefahren und hatte diesen Kauf in einer düsteren Wohnung mit einem fremden Notar, von dem ihr immerhin die anwesende Übersetzerin bestätigte, dass er wirklich einer war, mit einer Art ethnografischen Interesses betrachtet.

Was sie allerdings bei ihrer ganzen Faszination von dieser Inszenierung nicht bemerkt hatte, war, dass der Geodät auch als eine Art »Mittler« agierte und einen kleinen Teil dessen, was Marie kaufte, und zwar das sogenannte Sahnestück, das vermutlich Bauland würde, längst für einen entfernten Verwandten reserviert hatte. Der Verwandte war nie aufgetaucht, war auch im Grundbuch nur als ideeller Teilhaber an dem Grundstück zu finden gewesen. Das alles hatte sich bei der kürzlich vollzogenen Grundstücksbereinigung als sehr kompliziert erwiesen und hatte erst mit Małgorzatas anwaltlicher Hilfe gelöst werden können.

Und sie erinnerte sich auch an die Geschichte ihres ersten Grundstückskaufs, in dessen Folge Roman, einer ihrer Nachbarn, bei ihr aufgetaucht war und behauptet hatte, die Verkäuferin habe gemeinsame Sache mit dem Geodäten gemacht, nachts die Grenzsteine versetzt und damit in der Länge des Grundstücks einen Meter verkauft, der eigentlich ihm gehört habe. Deshalb bekomme er nun Geld von Marie. Sie und ihr Mann hatten das damals zwar ärgerlich, zugleich aber auch komisch gefunden und unter der Rubrik ländlicher ins Possenhafte übergehender Grenzstreitigkeiten abgebucht.

Der Geodät, den sie um Klärung bitten wollten, war nicht erreichbar gewesen, und angesichts ihrer mangelhaften Polnischkenntnisse, die ihnen eine Argumentation in einem solchen Fall erschwert hätten, aber auch, weil es sich um keine große Summe handelte, hatten sie entschieden, dem Bauern lieber das Geld zu zahlen und eher auf eine gute Nachbarschaft zu setzen, als sich auf eine Fehde einzulassen.

Das hatte sich im Laufe der Jahre ausgezahlt, denn Marie hatte trotz dieses ersten Zusammentreffens ein gutes Verhältnis zu Roman und seiner Frau Natalia entwickelt. Natalia hatte ihr häufig Blumenableger geschenkt, und Roman war schon mehrfach zusammen mit anderen Gästen auf Maries Hügel gewesen und hatte mit seiner schmelzenden Tenorstimme sehnsuchtsvolle Lieder gesungen, so innig, dass sie ihm sogar seine gelegentlich etwas überbordenden Umarmungen verzieh.

Ob jedoch diese Grenzgeschichte wirklich dem Geodäten anzulasten war oder einfach nur Romans Phantasie – und seiner Bauernschläue, für die Marie aber durchaus Sympathie empfand – entsprungen war, war nie klar geworden. Maries Verhältnis zu Roman und seiner Frau wurde jedenfalls nicht dadurch getrübt, eher erschien ihr der Geodät zwielichtig. Aber dass er an ihrem Teich umgekommen, womöglich sogar ermordet worden war, erfüllte sie doch nicht nur mit Schaudern, sondern auch mit Mitleid.

Staszek wusste natürlich von den ganzen Querelen, die Marie aufgrund der falschen Eintragungen im letzten Sommer zu schaffen gemacht hatten. »Dir ist klar«, nahm er das Gespräch wieder auf, »dass du nach deinem Verhältnis zu Józef Koszak gefragt werden wirst, im Übrigen sicher nicht nur du, denn er hat bei vielen falsch gemessen, und die Gemeinde überprüft seit einiger Zeit die ganzen Unregelmäßigkeiten.«

»Aber wegen solcher Dinge wird doch niemand umgebracht«, wandte Marie ein.

»Das sollte man meinen, aber es hat schon aus ganz anderen Gründen Morde gegeben.«

»Was rätst du mir, wie soll ich mich verhalten?«

»Ich würde auf alle Fragen möglichst wahrheitsgetreu antworten, du hast doch nichts zu verbergen.«

»Nein, natürlich nicht, aber das Ganze ist ja unglücklicherweise hier am Teich geschehen, und man wird sich fragen, wer dort hinkommt.«

Das war in der Tat die große Frage, und auch Staszek wusste so schnell keine Antwort. »Małgorzata wird am Wochenende bei mir sein, und dann können wir mit ihr alles Weitere besprechen.«

Bevor ein solches Gespräch stattfinden konnte, tauchte am nächsten Morgen, von Marie nicht ganz unerwartet, Piotr auf. Marie saß noch an ihrem Frühstückstisch im Innenhof in der Vormittagssonne, als sie ihn kommen sah, diesmal allein und ohne Begleitung des kleinen Rothaarigen.

»Kaffee oder Tee?« Die polnische Gastfreundschaft, bei der jedem, der kam, mindestens ein Getränk angeboten wurde, hatte Marie im Laufe der Jahre komplett internalisiert. Sie ging ins

Haus und bereitete Piotr den gewünschten Kaffee zu, legte noch ein kleines Stück Schokolade an und stellte alles auf den Tisch. Piotr bedankte sich freundlich, setzte dann aber eine offizielle Miene auf und kam zur Sache.

»Ich nehme an, du weißt inzwischen, dass der Tote, den wir auf deinem Grundstück gefunden haben, dein Geodät war«, begann er die Unterhaltung.

Marie war zwar bemüht um eine gute Atmosphäre, aber Piotrs expliziter Gebrauch des Possessivpronomens störte sie nun doch: Weder war es noch ihr Grundstück, noch war es ihr Geodät – inzwischen hatte sie längst mit einem anderen zusammengearbeitet –, aber sie beschloss, das vorerst so stehen zu lassen.

»In was für einem Verhältnis standest du zu ihm?«

Auch bei dieser Formulierung musste Marie ihren Widerspruchsgeist unterdrücken. »Er hat vor vielen Jahren die einzelnen Grundstücksteile, die ich gekauft habe, vermessen, aber das ist lange her.«

»Geht das genauer?«

»Nicht aus dem Kopf, aber es muss ja aus den Kaufverträgen und den Unterlagen beim Katasteramt hervorgehen.«

»Und wie zufrieden warst du mit seiner Arbeit?«

Marie druckste ein wenig herum. »Ach, weißt du, das ist ewig her.«

»Er soll dich ja einmal übers Ohr gehauen haben.«

Marie trat die Flucht nach vorn an. »Ja, ich war plötzlich in einer ideellen Grundstücksgemeinschaft mit einem entfernten Verwandten von ihm gelandet, angeblich einem Neffen, ohne etwas davon mitbekommen zu haben; aber ich glaube, das musst du auf meine Unbedarftheit und die Sprachschwierigkeiten schieben; vermutlich hat er es gesagt, nur ich habe es nicht verstanden.« Marie versuchte, den Ärger, der sie viel Zeit und Geld gekostet hatte, herunterzuspielen.

Piotr ließ nicht locker. »Und dann warst du wütend auf ihn.«

Marie war drauf und dran, seine Aussage zynisch zu ergänzen, und hätte ihm am liebsten entgegengeschleudert: Und deshalb habe ich ihn also an den Teich gelockt und ihn erschlagen! Aber sie beherrschte sich. »Ich fand das Ganze nicht so erfreulich, das stimmt, aber meinst du wirklich, deshalb bringe ich jemanden um? Und außerdem habe ich dir doch gestern schon gesagt, dass ich so gut wie nie zum Teich gegangen bin.«

»Du hättest jemand anders damit beauftragen können, wo ist übrigens die Gästeliste?«

Marie legte sie ihm vor, konnte sich aber nicht die Frage verkneifen, ob sie bei ihren Unikolleginnen vielleicht auch noch Titel und Heimatuniversität hinzufügen solle, damit er sie einfacher über Google finden könne.

Piotr überhörte die leicht arrogante Bemerkung geflissentlich. Die Liste betrachtete er mit jener Skepsis, die er derartigen Schriftstücken gegenüber hatte; das alles zu überprüfen würde eine gute Aufgabe für Patrycja, die Studentin der Jagiellonen-Universität, sein, da bliebe sie in ihrem Uni-Milieu und könnte gleichzeitig ihren Spürsinn beweisen. Er seinerseits besann sich darauf, dass er Marie ja wegen des Bandmaßes fragen wollte, und wechselte das Thema. »Hast du zufällig ein Bandmaß?«

»Ich denke, ja. Ich gucke nach.« Marie ging ins Haus und durchsuchte ihre mit Werkzeug gefüllten Regale unter der Treppe zum Obergeschoss. Sie besaß eine breite Werkzeugausstattung; kaum einer ihrer Freunde, die ihr bei irgendwelchen Arbeiten geholfen hatten, hatte nicht irgendeinen äußerst wichtigen Gegenstand benötigt, der noch nicht in ihrer Sammlung vorhanden war; Marie hatte ihn dann jedes Mal besorgt, und so war ein großes Werkzeuglager entstanden: Dutzende von Gläsern mit Schrauben unterschiedlicher Größe, mehrere Äxte, Vorschlaghämmer, Zangen, Schraubenzieher und Schraubenschlüssel, große und kleine Astkneifer, Sägen, ein ganzes Arsenal von Nützlichem und weniger Nützlichem.

Anfangs hatte sich Marie um Ordnung bemüht, hatte die Schraubengläser je nach Größe des Inhalts auf den Regalbrettern geordnet, einige Werkzeuge dekorativ mit großen roten

Schleifen an der weißen Wand aufgehängt und andere in einem großen Weidenkorb verstaut, aber ihre von Ästhetik getragene Systematik war eine andere als die der jeweiligen Helfer, die die Dinge mit Handwerkerblick betrachteten und nach dem Gebrauch ihrer Logik entsprechend wieder verstauten.

So war Marie im Laufe der Jahre dazu übergegangen, ihre Dekorationsästhetik bei dem Handwerkszeug hintanzustellen und diejenigen, die etwas suchten, zu bitten, doch selbst nachzuschauen. Das hatte sich bewährt; ihr Nachbar Tomek, der bei ihr im Haus alle kleinen Reparaturen ausführte – tropfende Wasserhähne beruhigte, heruntergefallene Dachpfannen wieder in ihre Position brachte und quietschende Türen ölte –, kannte sich inzwischen weit besser mit ihrem Werkzeug aus als Marie, fand alles, was er brauchte, auf Anhieb und legte es dann nach seinen Kriterien wieder weg. Marie hatte nichts dagegen, und dass sie nun selbst alles immer erst suchen musste, störte sie in der Regel nicht sonderlich.

Natürlich fand sie das Bandmaß nicht. Also bat sie Piotr herein, um ihn – wie auch ihre Helfer – selbst nachschauen zu lassen, und ließ ihn einen Blick auf ihre imposante Werkzeugsammlung werfen. Ob Axt oder Vorschlaghammer, es war genügend Werkzeug vorhanden, mit dem man einen Mord begehen konnte. Ein Bandmaß hingegen war nicht zu sehen.

Piotr ließ sich vorerst nichts anmerken, machte aber, als Marie sich umdrehte, schnell ein Foto, in der Hoffnung, dass sie das nicht bemerkt haben würde.

»Ich würde gerne mit dir zum Fundort der Leiche gehen«, eröffnete er ihr sodann.

»Muss das sein?« Marie war keineswegs bereit, an den Teich zu laufen. »Ich habe doch schon mehrfach gesagt, dass ich da seit Ewigkeiten nicht mehr war, und jetzt will ich erst recht nicht. Du kannst doch nicht im Ernst wollen, dass ich schlechte Träume habe«, fügte sie verständnisheischend hinzu.

Piotr gab sich nachgiebig. »Nun gut, aber noch etwas anderes: Ich habe nämlich etwas gefunden, das dir gehören könnte.«

Er hielt ihr das alte Bandmaß hin, das inzwischen, nachdem die Spurensicherung nichts Verwertbares hatte finden können, wieder gesäubert und gut als solches erkennbar war. Marie nahm es in Augenschein.

»Ja, das könnte möglich sein, dass es meines ist, aber so genau weiß ich das nicht. Ich habe dir ja gesagt, dass ich eins habe, und ich dachte auch, es müsste da irgendwo bei dem Werkzeug liegen. Nur – eben haben wir es beide nicht gesehen. Aber wo hast du dies denn her?«

Piotr machte eine bedeutsame Pause. »Ich habe es am Teich gefunden. Und ich gebe dir einen guten Rat: Wenn es dein Bandmaß ist, dann überleg dir, was du mit dem Bandmaß da unten am Teich gewollt hast und wann du dort gewesen bist, denn danach werden dich meine Kollegen fragen.« Mit diesen Worten verabschiedete er sich.

Verdammt. War diese letzte Bemerkung von Piotr nun eher drohend oder sorgenvoll gemeint? Marie wusste nicht recht, was sie aus seinen Worten schließen sollte. Er konnte sie doch nicht im Ernst verdächtigen! Aber vielleicht war das aus seiner Sicht gar nicht so abwegig. Mit ihrem Wissen aus ihrer Lektüre von Krimis überlegte sie, welche Schlüsse ein Ermittler wie Piotr aus dem heutigen Besuch bei ihr ziehen könnte: Ein Gegenstand, möglicherweise aus ihrem Bestand, war am Tatort gefunden worden; sie hatte sich geweigert, den Tatort zu besuchen, und sie hatte Piotr – immerhin freiwillig – alles gezeigt, was in ihrem Haus an möglichen Tatwerkzeugen vorhanden war. Ferner hatte sie ihm die Gästeliste von ihrem Fest gegeben; das könnte als Akt der Kooperation gelesen werden oder auch als eine von ihr bewusst herbeigeführte Erweiterung der Anzahl möglicher Verdächtiger. Auf jeden Fall war ihr klar, dass sie offensichtlich in das Fadenkreuz der Ermittlung geraten war, ohne auch nur im Geringsten etwas mit dem Toten zu tun zu haben.

Sie merkte, wie sie langsam wütend wurde, wütend auf alles, darauf, dass sie das Grundstück mit dem Teich je gekauft hatte, wütend auf Piotr, doch auch auf den blöden Geodäten, der sich ausgerechnet an ihrem Teich hatte umbringen lassen müssen.

Piotr seinerseits war unschlüssig, wie jetzt weiter zu verfahren war. Der Besuch bei Marie hatte ihm zwar eine Auswahl an möglichen Tatwerkzeugen beschert; ihre Gästeliste könnte man als Liste potenziell Verdächtiger interpretieren, und auch das Bandmaß könnte ihres gewesen sein, aber – und das war ihm auch klar – das alles waren allenfalls Vorüberlegungen, ein Motiv war nicht zu erkennen.

Was hatte Staszek ihm noch mit auf den Weg gegeben? Er solle versuchen, herauszufinden, was für ein Mensch Józef Koszak gewesen sei, und ferner hatte er angedeutet, Koszak habe, wie viele Geodäten, vieles gewusst, nicht nur von Grundstücken, sondern auch von Menschen. Wenn das der Fall war, müsste man als Nächstes fragen: Wer wusste etwas über Józef Koszak? Vielleicht wäre ein neuerlicher Besuch bei der Cousine angebracht?

Er müsste das mit Tadeusz besprechen, der ihr vermutlich inzwischen die Nachricht vom Tod ihres Vetters überbracht hatte.

Solange sie derart im Dunkeln tappten, sollte er vielleicht weitere Nachbarn im Umkreis des Tatorts aufsuchen, vermutlich hatten sie alle den Geodäten irgendwie gekannt, vielleicht wussten sie ja sogar etwas über ihn. Er selbst konnte sich zwar nicht erinnern, gehört zu haben, dass der Geodät in den letzten Jahren noch in der Gegend tätig gewesen war, er jedenfalls hatte ihn nicht kennengelernt. Aber das mochten die Bauern hier anders erlebt haben. Und es würde sich zeigen, ob die Tatsache, dass er selbst hier in der Gegend wohnte, seinen Erkundigungen förderlich oder hinderlich sein würde. Das könnte ihm zwar Türen öffnen, aber auch dazu führen, ihn nicht als richtige Amtsperson wahrzunehmen; er war gespannt, denn in seinem eigenen Umfeld hatte er noch nie ermittelt.

Er begann auf dem kleinen Hof unterhalb von Maries Grundstück und nur wenige Kilometer entfernt von seinem eigenen Haus. Hier wohnte Jadwiga Wróblewska mit ihrer großen Familie: Kindern und Enkelkindern. Das Wohnhaus hatten sie vor einiger Zeit aufgestockt und an der Scheune etwas angebaut, aber verputzt waren die neuen Teile bis heute nicht, alles sah etwas vorläufig aus; wahrscheinlich war ihnen das Geld ausgegangen.

Zwei Autos ohne Nummernschild standen vor dem Kuhstall, dazwischen liefen die Hühner umher. Jadwiga ging, als Piotr kam, gerade mit einer Schubkarre voller Mist über den Hof, in grünen halbhohen Gummistiefeln und mit einer großen Schürze über einer weiten Hose und einem ausgeleierten, farblich undefinierbaren Pullover. Piotr war mit einem ihrer Söhne in Giżycko zur Schule gegangen, und er erinnerte sich, dass er, wenn er einmal mit dem Sohn verabredet war, dessen Mutter immer gerne aus dem Weg gegangen war. Vor einigen Jahren war Jadwiga Wróblewska zur Dorfvorsteherin gewählt geworden, aber sie war ihm durch dieses Amt nicht sympathischer geworden, es würde nicht einfach sein, mit ihr ins Gespräch zu kommen.

Pani Jadwiga machte kein Hehl daraus, dass ihr Piotrs Besuch ungelegen kam. Sie blickte ihn genervt an.

»*Dzień dobry*, Pani.« Piotr versuchte, unbefangen und freundlich eine Unterhaltung zu beginnen. »Sie haben sicher schon gehört, dass wir oben am Teich die Leiche des Geodäten Józef Koszak gefunden haben, und ich frage jetzt überall hier in der Nachbarschaft, ob er vor ungefähr zwei Jahren häufiger hier in der Gegend zu tun gehabt hat und gesehen worden ist.«

Pani Jadwiga hatte von dem Fund natürlich längst erfahren, aber sie zeigte keinerlei Bereitschaft, mit der »Polizei« ein Gespräch zu führen, geschweige denn, Piotr ins Haus zu bitten; Unterredungen mit der Polizei hatte sie schon mehrfach führen müssen, wenn einer ihrer Söhne oder Enkel etwas angestellt hatte. Polizei war immer mit etwas Unangenehmem verknüpft, das musste man sich nicht auch noch ins Haus holen. Immerhin stellte sie aber ihre Schubkarre ab und blieb im Hof stehen. Piotr blieb nichts weiter übrig, als sich dazuzugesellen, weiterzufragen und abzuwarten, ob er irgendetwas erfahren würde.

»Was hätte er hier zu tun gehabt haben können?«

Pani Jadwiga blieb abweisend. Sie wisse nichts und habe auch nichts zu sagen. Aber wenn er etwas hören wolle, so solle er doch besser bei Roman – und vor allem bei dessen Frau Natalia – nachfragen, als sie von der Arbeit abzuhalten. Nicht, dass sie da etwas wisse oder etwas gesagt habe, aber sie habe da mal was gehört. Damit schien aus ihrer Sicht das Gespräch beendet.

Piotr hatte kaum etwas anderes als dieses brüske Verhalten von ihr erwartet. Ob es etwas zu bedeuten hatte, konnte er nicht gut einschätzen; nicht jeder, der nicht bereitwillig auf Fragen der Polizei einging, war deshalb schon verdächtig; es blieb aber festzuhalten, dass sie sich weder entsetzt über das Geschehen gezeigt hatte noch auch nur einen Funken von Sympathie für den Geodäten hatte anklingen lassen. Stattdessen der Hinweis auf Roman und dessen Frau – Ablenkung oder Dorftratsch? Was auch immer: Piotr würde hinfahren. Das bot sich vor allem deshalb an, weil, wie er inzwischen erfahren hatte, Roman und seine Frau früher Eigentümer des Grundstücks mit dem Teich gewesen waren und es dann an Marie verkauft hatten, die ihrerseits ihr erstes ursprüngliches Grundstück durch den Kauf des Lands mit dem Teich arrondiert hatte.

Romans Hof lag, wie auch Maries Anwesen, etwas erhöht. Von Marie aus lag sein Haus zwar in Sichtweite, aber um es zu erreichen, musste man, wollte man nicht über Weiden und durch das Wäldchen laufen und dabei über einige Zäune klettern, einen größeren Bogen fahren. Es war typisch für die Siedlungsform hier im Gebiet der großen Seen, dass die kleinen Höfe verstreut und in größerer Entfernung voneinander lagen, dafür aber inmitten ihrer Äcker und Weiden. Piotr war gespannt, was er bei Roman und seiner Frau Natalia in Erfahrung bringen würde, beide waren ihm um Längen sympathischer als Jadwiga, obwohl auch mit Roman nicht immer gut Kirschen essen war: Er war zwar meistens gutmütig, konnte aber, wenn er getrunken hatte, auch jähzornig werden.

Roman und Natalia stammten beide aus der Ukraine und waren mit der Westverschiebung Polens bei der Aktion Wisła als Kinder mit ihren Familien nach Masuren gekommen. Damals war Romans Vater, wie auch vielen anderen, die aus ihrer Heimat vertrieben worden waren, ein Hof zugewiesen worden, auf dem zuvor Deutsche gelebt hatten. Der Vater hatte mit seiner Frau und seinen Söhnen den Hof bewirtschaftet, Roman hatte ihn dann übernommen und Natalia, die ebenfalls aus der Ukraine stammte, geheiratet. Ihre Familie war eine der wenigen, die in der Ukraine keine Landwirtschaft betrieben hatten, aber Natalia hatte sich als Bäuerin auf dem kleinen Hof durchaus bewährt. Piotr fragte sich, was aus ihr geworden wäre, wenn ihre Familie infolge des Zweiten Weltkriegs nicht entwurzelt worden wäre. Aber diese Frage konnte man sich sicher bei vielen der Bewohner Masurens stellen. Im Dorf galten Roman und Natalia immer noch als die »Ukrainer«, das Dasein als »Ukrainer« blieb offensichtlich ihr Markenzeichen.

Als Roman die Arbeit allmählich zu schwer wurde und keines der Kinder den Hof übernehmen wollte, hatte er begonnen, nach und nach Land und Tiere zu verkaufen, und nachdem alle Kinder aus dem Haus waren, reichten ihm drei Kühe, ein paar Schweine, eine große Hühnerschar und ein paar Bienenkästen zur Selbstversorgung und für den Lebensunterhalt. Der kleine Hof war sicher nicht auf dem neuesten Stand, aber das Nötigste wurde getan: So hatte Roman den Hühnerauslauf erst vor Kurzem mit engem Maschendraht überdacht, um Fuchs und Habicht fernzuhalten, und Natalias Stolz war neben den Gemüsebeeten hinter dem Haus ein prächtiger Blumengarten. Sie war, das war offensichtlich, die treibende Kraft auf dem Hof, und ihr gelang es auch immer wieder, ihren Mann zur Arbeit anzuhalten.

Als Piotr kam, war Natalia gerade dabei, Gurken einzulegen. Sie bat ihn in die große Küche, in der mehrere Eimer voll mit frisch geernteten kleinen, festen Gurken und viele leere Gläser standen, und bot ihm einen Platz an.

»*Przepraszam*«, begann sie, »Entschuldigung, dass ich dich in die Küche bitte, aber du siehst, ich habe heute noch viel zu tun, und unterhalten können wir uns auch hier. Was möchtest du trinken?«

Piotr nahm ein Wasser. Natürlich hatte auch Natalia schon von dem Fund am Teich gehört, sie war entsetzt, dass so etwas in ihrer Nähe hatte passieren können, zumal das Grundstück ja ihr und ihrem Mann gehört hatte, bevor sie es an Marie verkauft hatten.

Auf Piotrs Frage, ob sie den Geodäten gekannt habe, zuckte sie ein wenig.

»Ja, ich habe ihn gekannt«, sagte sie dann, »und zwar schon seit vielen Jahren.«

Piotr registrierte, dass das die erste Reaktion im Zusammenhang mit Józef Koszak war, die etwas persönlicher ausfiel. Er konnte nur hoffen, dass Natalia ihm noch mehr mitteilte.

Nach kurzem Zögern fuhr sie dann auch fort: »Du weißt, ich bin nördlich von Węgorzewo an der russischen Grenze aufgewachsen. Da aus der Nähe stammt ja auch Józef Koszak. Wie wir uns kennengelernt haben, weiß ich nicht mehr genau, vermutlich über meinen Bruder, der als Soldat vom Militärischen Jugendverband geschult wurde, und Józef gehörte dem Militärischen Jugendverband an. Er war ein gut aussehender junger Mann, sogar ganz charmant, nur etwas angeberisch. Aber schwierig war, dass er immer so geheimnisvoll tat, so als ob er mehr wüsste als andere. Da kriegte man schon manchmal das Gefühl, man muss sich vorsehen bei ihm mit allem, was man sagte und tat. Aber das war die Zeit damals.«

Sie stockte, und Piotr überlegte, ob sie mit ihren Gedanken eher bei der politischen Situation war oder bei ihrer Jugend.

Er hätte sie jetzt gerne gefragt, ob sie in ihn verliebt gewesen sei, aber das schien ihm dann doch unpassend, und er wartete ab.

»Ja, und«, fuhr Natalia mit ihrer Erzählung fort, »Józef war begeistert von allem Militärischen; die Männer von der ORMO, der Freiwilligenreserve, die die staatliche Polizei verstärkte, waren sein großes Vorbild. Einige von denen hatten sich in einem verlassenen und halb verfallenen Herrenhaus oder Schloss an der Grenze zum Kaliningrader Oblast einquartiert, und Józef lungerte immer wieder da in der Umgebung rum und beobachtete sie. Wir sind auch ein paarmal mit dem Rad dorthin gefahren, und ich hatte den Eindruck, er wartete sehnsüchtig darauf, dass ihm jemand von der Gruppe Zutritt gewährte und ihn in das verfallene Schloss holte. Aber das geschah nie, sooft er sich auch dort in der Nähe aufhielt, und auf eigene Faust schien er sich nicht zu trauen, hineinzugehen; irgendwas hielt ihn jedenfalls davon ab … Ich glaube, er wollte zu der ORMO-Gruppe gehören und hätte nichts lieber getan, als an ihren Treffen teilzunehmen, aber er kam nicht so richtig bei ihnen an und wartete vergeblich darauf, dass sich ihm die Tür öffnete.«

»Wann war das alles?«

»Ich war gerade zwanzig geworden, es muss also Ende der sechziger Jahre gewesen sein. Wir sind auch mal zum Tanzen gegangen, aber er redete nur von der Politik und davon, dass er zur Volkspolizei wollte. Das fand ich nicht gut, auch mein Bruder nicht, ich konnte Józef einfach nicht so recht vertrauen. Manche Leute im Dorf sagten auch, er sei ein Spitzel und habe einige Bewohner aus Banie Mazurskie verpfiffen, die dann deportiert wurden.«

Piotr erinnerte sich daran, von entfernten älteren Verwandten und Bekannten ab und zu mal etwas über diese Zeit gehört und einiges aufgeschnappt zu haben: von Studentenunruhen in Warschau und der Ausweisung eines großen Teils der wenigen noch in Polen verbliebenen Juden, aber das alles war immer vage geblieben, und Genaues wusste er nicht; im Geschichtsunterricht in der Schule war das alles kein Thema gewesen.

Auch Natalia wollte oder konnte offensichtlich keine weiteren Auskünfte zu Józefs Tätigkeit in jener Zeit geben. »Das ist alles so lange her, und so genau erinnere ich mich nicht mehr, und so richtig durchschaut habe ich das Ganze auch nicht, und später habe ich ihn dann ja auch jahrelang nicht mehr gesehen, erst wieder, als er bei Roman als Landvermesser erschien.«

»Wann war das?«

»Als wir begonnen haben, das Ackerland, das wir nicht mehr bestellt haben, zu verkaufen, so ungefähr vor zwanzig Jahren.«

»Wusste Roman, dass du Józef Koszak von früher kanntest?«

»Nein, es hat nie einen Anlass gegeben, ihm das zu erzählen, nur als Józef Koszak hier auftauchte, hat er ein paar Bemerkungen gemacht, aus denen Roman dann seine Schlüsse ziehen konnte.«

»Und – hat er das?«

»Danach musst du ihn selber fragen.« Jetzt, wo sich das Gespräch der Gegenwart näherte und ihren Mann einbezog, schien Natalia abzublocken.

»Wann hast du Józef Koszak zum letzten Mal gesehen?«

»Vor ein paar Jahren hat er hier in der Gegend noch einmal etwas vermessen. Er sah nicht mehr gut aus und trank auch sehr viel.«

»Und wann kann ich deinen Mann befragen?«

»Er wollte sich mit ein paar Bekannten in Węgorzewo treffen und müsste am späten Nachmittag zurück sein.«

Piotr verabschiedete sich. Das Gespräch mit Natalia war aufschlussreich gewesen. Zum einen brachte es vielleicht etwas Licht in Koszaks Lebenslauf, zum anderen könnte es einen Hinweis auf die Frage geben, was für ein Mensch er war. Hatte er – wie sich andeutete – anderen Menschen geschadet, nicht nur, indem er sie möglicherweise um ein Stück Land betrogen oder – etwas harmloser ausgedrückt – betuppt, sondern auch, indem er sie denunziert hatte? Natalia hatte so etwas angedeutet, aber das lag vierzig, fünfzig Jahre zurück, welche Bedeutung konnte es noch haben? Für Piotr hieß das, sie mussten versuchen, über Koszaks Leben mehr in Erfahrung zu bringen. Soweit es darum ging, Aktenkundiges festzumachen, sicher eine Aufgabe für Patrycja. Er selbst würde am Abend noch einmal zu Roman fahren. Was, wenn der eifersüchtig auf Józef Koszak geworden und dann in einer Auseinandersetzung mit ihm ausgerastet wäre?

Und – aber das betraf ihn selbst – er wollte etwas nachlesen über die Zeit vom Ende der sechziger Jahre; er wusste ja nicht viel davon, allenfalls, dass dort die Anfänge einer Opposition lagen, die dann Jahre später in die Gründung der Solidarność mündete. Wenn in seiner eigenen Familie über diese Zeit gesprochen wurde, ging es nur um Preiserhöhungen, Lebensmittel- und Konsumgüterknappheit und Schlangestehen vor den Geschäften. Zwar hatten sie dank einer gewissen Selbstversorgung nie Hunger leiden müssen, und es gab sogar ein paar schöne Geschichten, wie sie trotz allem zu Weihnachten immer eine Gans und trotz der Knappheit vieler Dinge immer alles Notwendige bekommen hatten. Die politische Situation hingegen war in diesen Familienerzählungen immer ausgeblendet geblieben.

Als Piotr am frühen Nachmittag mit der Gästeliste von Marie wieder in Węgorzewo eintraf, saßen Paweł und Patrycja gerade mit Wojtek zusammen und berichteten ihm von ihren Ergebnissen. Als Erstes hatten sie die Listen mit den Grundstücken, die von Józef Koszak in der Umgebung vermessen worden waren und bei denen es laut Auskunft des Katasteramts Unstimmigkeiten gab, fertiggestellt. Das Ergebnis war niederschmetternd: Es gab kaum einen Eintrag, der einwandfrei durchgeführt worden war, nahezu überall hatte der Geodät geschlampt oder aber – wie auch bei Marie – am Rande der Legalität einige besonders gut gelegene Grundstücke für sich und einen Neffen, der jedoch nie korrekt eingetragen war, gesichert. Die Frage war, wie sie damit umgehen sollten. Alle Grundstückskäufer befragen und überprüfen und möglicherweise in den Kreis der

Verdächtigen aufnehmen? Das hielt keiner der drei für sinnvoll, auch Piotr, der dazukam, nicht.

Vermutlich würde das der Gästeliste von Marie ähnlich ergehen, trotzdem wollte er sie nicht umsonst geholt haben. »Wir können die Reihe der Verdächtigen noch ausweiten«, merkte er leicht ironisch an, »hier ist die Gästeliste von Maries großem Fest vor zwei Jahren. Einige der Gäste waren wohl am Teich, zumindest hätten sie dorthin gehen können. Paweł, du wolltest doch, dass wir uns so eine Liste geben lassen«, wandte er sich an seinen Kollegen, der drei Tage zuvor mit ihm bei Marie gewesen war, »willst du sie daraufhin überprüfen, ob jemand mit Vorstrafen dabei ist oder sonst irgendwie verdächtig sein könnte?«

Wojtek runzelte die Stirn, ihm war offenbar nicht ganz klar, wie ernst Piotr das meinte; er schien zu bezweifeln, dass das Vorgehen erfolgversprechend sein könnte, aber vielleicht ergab es ja doch irgendeinen kleinen Hinweis.

Piotr war in seinen Gedanken schon weiter. »Wir sollten uns auf jeden Fall den persönlichen Bereich von Józef Koszak ansehen und seinen Lebenslauf unter die Lupe nehmen«, schlug er vor und berichtete in diesem Kontext, was er erfahren hatte. Und eigentlich, so überlegte er, müsste man sich auch fragen, wieso Józef Koszaks Mauscheleien den zuständigen Behörden nie aufgefallen waren, aber diese Überlegung behielt er vorerst für sich. Der Frage nach den politischen Verbindungen wollte er erst mal selbst nachgehen.

Der letzten Überlegung von Piotr, den Lebenslauf von Koszak so weit wie möglich zu klären und als Ausgangspunkt weiterer Ermittlungen zu nehmen, stimmte Wojtek voll zu. Es schien ihm ein vernünftiger Schritt zu sein, bei dem Leben des Opfers anzusetzen, bisher hatte sich aus dessen Beruf kein zwingender Tatverdacht ergeben. Er beauftragte Patrycja – sie und Paweł hatten gute und schnelle Arbeit geleistet, die wohl im Wesentlichen ihr zuzuschreiben war –, Koszaks Lebensdaten und seine Wohnsitze zusammenzustellen und zu überprüfen, ob er in irgendeiner Weise aktenkundig geworden war. Auf diese

Weise würden sie zumindest ein Gerüst seines Lebenslaufs bekommen, dem sie dann die persönlichen Verbindungen, so sie die denn erfuhren, zuordnen könnten.

Auch von Tadeusz lag eine Nachricht vor. Er hatte Pani Elżbieta die Nachricht überbracht, dass der Tote ihr Vetter war. Das hatte sie jedoch – seiner Ansicht nach – nur wenig berührt, ja, sie habe ihm sogar fast erleichtert geschienen. Für Piotr rundete diese Reaktion das Bild ab, das sich allmählich in ihm auftat: Józef Koszak war offenbar kein sehr beliebter Zeitgenosse gewesen. Nur – und das musste er sich auch sagen – davon gab es viele, aber wurden sie deshalb umgebracht? Er würde am Nachmittag erst einmal zu Roman fahren und dann weiter nachdenken.

Auf dem Weg zu Romans Hof sah Piotr Roman gerade in seine gewundene steinige Auffahrt einbiegen. Er fuhr, unverkennbar für alle in der Gegend, seit Jahren seinen alten, klapprigen grünen Opel, der inzwischen eine Reihe von Beulen hatte, aber dessen Motor offenbar durch Romans robuste Fahrweise nicht beeinträchtigt wurde. Piotr blinkte, und Roman hielt an. Auch er hatte natürlich, wie alle anderen Dorfbewohner, längst erfahren, was passiert war, und war begierig, zu hören, ob es etwas Neues gab. Piotr stoppte hinter ihm und stieg aus.

Roman hatte hier, an einer Stelle seiner Auffahrt, an der es einen ähnlich schönen Blick auf den See gab wie von Maries Hügel, eine Bank aufgestellt und bedeutete Piotr, darauf Platz zu nehmen. Er holte einen Zigarrenstumpen aus seiner Jackentasche, zündete ihn erneut an.

»Ich glaube, ich weiß, warum du kommst. Es geht um Józef Koszak. Habt ihr schon irgendwas rausgekriegt?« Seine Neugier war unüberhörbar.

»Nein, bisher nicht. Aber vielleicht kannst du uns ja weiterhelfen?«

»Ich wüsste nicht, wie. Ich will mit dem nichts mehr zu tun haben.«

»Aber du hattest mit ihm mal etwas zu tun?«

»Das stimmt, damals vermaß er alle Grundstücke hier in der Gegend, und ich wusste noch nicht, was für ein Dreckskerl er ist.«

»Was hat er denn getan?«

Roman schnaubte verächtlich. »Er hat mir mal für eine Kiste Wodka zwei Grundstücke abgeknöpft, die, wenn sie Bauland werden, ein Vermögen wert sind.«

Piotrs Mitleid hielt sich in Grenzen: Wenn Roman zwei seiner Top-Grundstücke für eine Kiste Wodka hergab, war daraus zumindest zu schließen, dass er selbst bei dem Handel wohl schon einiges an Wodka konsumiert haben musste. Waren es also doch die Grundstücksgeschäfte?

»Ja, das ist natürlich ein Ärger«, räumte er ein, »aber noch ist das Ganze ja kein Bauland. Was ist es denn noch, was dich so wütend macht?«

»Er redete eben viel dummes Zeug, das gar nicht stimmte, aber viele Menschen glaubten es ihm.«

»Kannst du das genauer sagen?«

Roman machte eine kleine Pause, holte einen Flachmann aus seiner Jackentasche, bot Piotr, der natürlich ablehnte, davon an und nahm selbst einen kräftigen Schluck. »Schon allein für den Unsinn, den er über Natalia verbreitet hat, wäre eine Tracht Prügel das mindeste gewesen, was er verdient hätte.«

Piotr konnte sich nach dem Gespräch mit Natalia denken, in welche Richtung die Äußerungen von Józef Koszak gegangen sein könnten, da brauchte er nicht nachzuhaken, ihn interessierte dann auch vornehmlich Romans Reaktion.

»Und hast du ihm die Prügel verabreicht?«

»Nein, hab ich – leider – nicht, ich bin einfach zu alt dafür.«

Das klang angesichts von Romans körperlicher Verfassung einleuchtend, Piotr jedenfalls war geneigt, ihm zu glauben. Aber konnte er damit wirklich definitiv ausschließen, dass Roman doch irgendwann voller Eifersucht und mit dem Bestreben, seine und die Ehre seiner Frau wiederherzustellen, den Geodäten an den Teich gelockt und die Gelegenheit genutzt hatte, sich seiner zu entledigen? Das Land mit dem Wäldchen und dem Teich hatte ihm lange genug gehört, und er kannte sich in der Umgebung aus wie kein Zweiter, auch wenn er nicht mehr so gut zu Fuß war. Aber Piotr dachte auch an die Andeutungen von Staszek und Natalia, dass der Geodät immer viel gewusst hatte, und schloss daraus, dass er möglicherweise von seinem Wissen an verschiedenen Stellen zuungunsten seiner Mitmenschen Gebrauch gemacht hatte.

»Und was hat er noch so alles erzählt?«

»Ach, weißt du, es ist alles lange her«, begann Roman, ähnlich wie auch Natalia, »und genau weiß ich es nicht, aber in der Solidarność-Zeit soll er permanent mit den Gegnern von Solidarność zusammen gewesen sein, er war wohl einer, der zur alten Kommunistenriege gehörte. Dann hat er sich als Geodät niedergelassen und so getan, als hätte er nie etwas mit denen zu tun gehabt.«

Also erneut der Rekurs auf die Vergangenheit, wie so häufig in Polen. Seit der Wende wurde immer wieder diskutiert, wie man mit den alten »roten Socken« umgehen sollte. Sollte man mit ihnen abrechnen oder einen Schlussstrich ziehen und auf einen Neuanfang setzen? Piotr interessierte sich aber jetzt nicht für diese allgemeine Diskussion, sondern dafür, was für eine Rolle Józef Koszak gespielt hatte. War er ein Kollaborateur gewesen? Offenkundig war sein Leben eng verwoben mit der politischen Geschichte des Landes, und vielleicht hatte er ja sogar – in derzeit noch unklarer Funktion – in das Schicksal einzelner Menschen eingegriffen. Diese Überlegungen machten die Geschichte für Piotr nicht einfacher, im Gegenteil. Als er sich verabschiedete, war er in Bezug auf das Opfer nicht klüger geworden.

Für den Abend war noch einmal ein Treffen des Teams in Węgorzewo vorgesehen. Sie trafen sich in dem kleinen dunklen Besprechungsraum, der gleich neben Wojteks Büro lag. Piotr berichtete ausführlich von seinen Gesprächen mit Marie, Roman und Natalia sowie Jadwiga Wróblewska.

Auch in Węgorzewo waren sie nicht untätig gewesen. Paweł hatte inzwischen – und Piotr war sicher, dass das nur mit Patrycjas Hilfe so schnell hatte geschehen können – Maries Gästeliste überprüft.

Einer der jüngeren Gäste hatte eine Vorstrafe wegen Drogenbesitzes, vermutlich ein nicht so sehr seltenes Delikt, und eine Verbindung zu dem Mord am Teich ließ sich daraus – zumindest auf den ersten Blick – nicht erkennen.

Aber auch bei zwei weiteren der Geburtstagsgäste aus Deutschland hatten sie etwas gefunden: Einer war wegen Steuerhinterziehung vorbestraft, ein anderer, ein älterer Politikprofessor aus Bremen, war lange Zeit vom deutschen Verfassungsschutz observiert worden. Er hatte als junger Mann wegen seiner Mitgliedschaft in der DKP in der Folge des Radikalenerlasses Berufsverbot bekommen, hatte sich später zwar an der Uni Bremen habilitiert, war aber nie erfolgreich bei seinen Bemühungen um einen Lehrstuhl gewesen. Patrycja hatte zudem Hinweise gefunden, dass er immer noch Kontakt zu kommunistischen Parteien hatte, vor allem in den ehemaligen Ostblockländern.

Piotr wurde hellhörig. Gab es hier also doch eine politische Verbindung zu Józef Koszak? Aber woher sollten sich Maries Gast und der Geodät gekannt haben? Vielleicht hätte er Marie eher danach als nach dem Bandmaß fragen sollen? Insgesamt konnte er nur staunen über Maries Bekanntschaften.

Mit den Eckdaten von Józef Koszaks Lebenslauf sah es dagegen komplizierter aus. Patrycja hatte sich darum gekümmert, doch zu ihrer großen Enttäuschung nicht viel gefunden. Einzig sein Geburtsdatum und sein Geburtsort waren klar: Er war 1946 in Banie Mazurskie geboren. Aber schon bei seinen Eltern wurde es schwierig, seine Mutter, Teresa Koszak, starb 1960, sein Vater war in der Geburtsurkunde als unbekannt vermerkt. Sein letzter Wohnsitz war in Gołdap gewesen. Dazwischen war es dürftig, das Einzige war sein Eintrag als zugelassener Geodät in den Kreisen Węgorzewo und Gołdap aus dem Jahr 1983. Mehr hatte sie nicht entdecken können, nicht einmal ein Verkehrsdelikt. Józef Koszak war unauffällig und – in den Akten – unauffindbar, bis auf seine PESEL-Nummer gab es nichts, was auf ihn verwies.

Wojtek unternahm es, die Ergebnisse seines Teams zu systematisieren und in sein Mindmap zu integrieren. Er hängte eine große weiße Folie an der ocker gestrichenen Wand im Besprechungszimmer auf und verteilte dicke Filzstifte in verschiedenen Farben an seine Mitarbeiter. Trotz der neueren Programme für die digitale Erstellung von Mindmaps zog er die Arbeit mit Stift und Papier der Arbeit am Bildschirm vor. Auf die linke Seite der Folie malte er in Grün den Teich und setzte um ihn herum seine früheren und den jetzigen Eigentümer.

Da war an erster Stelle nach wie vor Marie von Interesse, die Deutsche, die in Masuren ein Ferienhaus hatte und dort unterschiedliche Gäste beherbergte. Sie hatte Ärger mit dem Geodäten gehabt, der sie – obwohl sie versucht hatte, das herunterzuspielen – übers Ohr gehauen hatte, und in ihrem Haus fand sich eine große Sammlung von Werkzeugen, die man als Tatwerkzeug hätte einsetzen können. Dass sie in den letzten Jahren nie am Teich gewesen war, konnte sie nicht belegen, im Gegenteil, das Bandmaß könnte aus ihrem Bestand stammen, und sie könnte es dort verloren haben. Aber wie lange es dort schon gelegen hatte, wann sie also, vorausgesetzt, es gehörte ihr, dort gewesen war, wusste man damit noch nicht. Zudem war es unwahrscheinlich, dass sie einen Mann wie Józef Koszak hätte erschlagen können, aber sie hätte jemanden damit beauftragen können, vielleicht einen ihrer diversen Gäste, die offensichtlich auch nicht alle eine reine Weste hatten.

An zweiter Stelle stand Roman: Er war einmal von dem Geodäten um zwei Grundstücke gebracht worden, ferner hätte er persönliche Gründe haben können: Eifersucht und die Ehre seiner Frau, über deren Vorleben sich Koszak offensichtlich in

Andeutungen verbreitet hatte. Bei ihm in der Scheune würden sich vermutlich genauso viele Werkzeuge finden lassen wie bei Marie, aber mit all seinen Altersmaleschen würde er wohl kaum noch in der Lage sein, es mit einem Mann wie Józef Koszak aufzunehmen. Alle diejenigen, bei denen Koszak die Grundstücke nicht korrekt bemessen hatte, setzte Wojtek erst einmal in größere Entfernung vom Teich; sie alle zu befragen, hielt er – entgegen seiner ersten Einschätzung – zurzeit nicht für zielführend.

Piotr meldete sich zu Wort. »Eines ist mir bei den Befragungen aufgefallen; es hat niemand nett über Józef Koszak gesprochen. Eher herrschte ein allgemeines Schweigen vor, und es war auch kaum jemand so richtig entsetzt über seinen Tod, auch die Cousine in Gołdap nicht.«

»Vielleicht sollten wir uns die noch einmal vorknöpfen«, nahm Wojtek den Gedanken auf, »Piotr, du warst schon einmal da, nimm sie doch noch mal ins Gebet.«

Piotr war nicht sonderlich begeistert von der Aussicht, erneut in diese triste Atmosphäre fahren zu müssen, zumal er kaum eine Chance sah, von der verschlossenen Pani Elżbieta Koszak mehr zu erfahren als beim ersten Mal; aber wenn er es günstig einrichtete, konnte er noch einmal bei der »Bar Młyn« in Banie Mazurskie vorbeifahren und ein paar von den guten Kartacze genießen.

Wojtek war inzwischen bei einem zweiten zentralen Punkt seines Mindmaps, dem der Motive. Er ordnete sie, diesmal mit einem roten Stift, rechts auf der großen Folie an, in der Hoffnung, in einem nächsten Schritt die einschlägigen Personen mit den Motiven verbinden zu können.

»Als erstes Motiv sollten wir alles das bündeln, was in irgendeiner Weise mit dem Landvermessen zusammenhängt«, erklärte er sein Vorgehen, »ein weiteres könnte dann in der Lebensgeschichte des Opfers zu finden sein, nur hier tappen wir ja noch sehr im Dunkeln.«

Patrycja hatte während der ganzen Unterredung aufmerksam zugehört, war aber zunehmend unruhiger geworden und hatte nervös mit ihren weißen Sneakers auf dem abgetretenen dunkelbraunen Linoleumboden hin und her gescharrt.

Piotr bemerkte ihr Zögern. »Ich glaube, Patrycja kann noch etwas beitragen«, gab er in die Runde und ermunterte sie damit zum Sprechen.

»Ich frage mich die ganze Zeit, was Józef Koszak eigentlich gemacht hat, bevor er als Geodät eingetragen wurde. Ich habe nichts finden können, und das könnte doch auch heißen, er hat irgendetwas Geheimes gemacht, was auf keinen Fall aktenkundig werden sollte.«

Piotr nickte zustimmend, hatte er doch diese Gedanken auch schon gehabt; Paweł guckte ungläubig, und Wojtek blieb verhalten. Möglicherweise hatte er auch schon daran gedacht, ob Koszak ein Spitzel und Kollaborateur gewesen sein könnte. Aber das wäre letztlich eine Nummer zu groß für sein kleines Revier in Węgorzewo. Er verwies noch einmal auf die persönlichen Beziehungen Koszaks und die Nachbarschaft.

Da brachte Patrycja, inzwischen ermuntert, sich zu äußern, einen weiteren Punkt ein. »Wo ist eigentlich der Neffe, für den er angeblich die Grundstücke gekauft hat?«

Alle schauten sich gegenseitig an, der Neffe hatte bisher keine Rolle gespielt.

Wojtek nahm ihre Idee auf, blieb jedoch gleichwohl skeptisch. »Wie wäre es, wenn du das am Montag versuchst herauszubekommen? Wir müssen ja allen Spuren nachgehen, aber irgendwie« – und an dieser Stelle schien der sonst so systematische Wojtek auch sein Bauchgefühl mitspielen zu lassen – »glaube ich doch, dass der Schlüssel in der Nachbarschaft des Teichs liegt. Piotr, du solltest die drei Anwohner, mit denen du heute gesprochen hast, nicht aus den Augen lassen.«

Damit verabschiedeten sich die vier voneinander ins Wochenende.

VIER

Am Wochenende war Małgorzata, wie üblich, zu Staszek gefahren, und die beiden hatten Marie und ihre deutschen Gäste
zu einem Abendessen eingeladen. Staszek hatte einen vom
Schmied aus dem Nachbardorf gefertigten großen Schwenkgrill
auf seinem Grundstück stehen, darunter hatte er eine Feuerstelle
eingerichtet und drum herum dicke Baumstämme zum Sitzen
gelegt. Seine neueste Errungenschaft war ein schmiedeeiserner
Topf, den er über die Feuerstelle hängen konnte und in dem er
nun – statt Fleischstücke auf den Grill zu legen – ein Hirschgulasch zubereiten wollte.

Maries Gäste, Paula und Dominik mit Maren und Nikolaus,
waren wegen ihrer Autopanne erst mit einem Tag Verspätung
auf Maries Hof angekommen. Sie hatten auf der Fahrt die imposante Marienburg besichtigt und anschließend nicht die Route
auf der Autobahn über Olsztyn gewählt, sondern, gleichsam zur
Einstimmung auf Masuren, eine der schmalen Eichenalleen, die
sie durch viele kleine Dörfer führte. Die nur wenig befahrene
Straße, über der sich die Äste der alten Eichen wie Kuppeln
wölbten, hatte ihnen sehr gefallen; auch die Fahrt durch Lidz-
bark Warmiński, das frühere Heilsberg, mit dem Blick auf die
wuchtige quadratische Bischofsburg und den angrenzenden Pa-
last der Fürstbischöfe von Ermland hatte sie sehr beeindruckt.
Das Schloss war, wie sie von Marie wussten, inzwischen von
einem der reichsten Investoren Polens zu einem Hotel umgestaltet worden, natürlich außen mit den für die Backsteingotik
typischen roten Klinkern, innen dagegen modern und mit allen
einschlägigen Spa-Einrichtungen beglückt.

Marie hatte sich skeptisch zu dieser Form der Renovierung
geäußert, ihrer Meinung nach verhieß die äußere Hülle mehr
Schein als Leben, und das Authentische des alten Bauwerks war
in dem Komfort des 21. Jahrhunderts untergegangen. Aber das

war Marie mit ihren in dieser Hinsicht reichlich puristischen Ansichten. Immerhin hatte ihre apodiktische Meinung bei Paula und Dominik dazu geführt, dass sie sich mit dem Blick auf die Burg begnügt hatten und nicht der Versuchung erlegen waren, in dem Restaurant Krasicki, benannt nach Ignatius Krasicki, dem hochgebildeten Fürstbischof von Ermland, noch einmal kurz einzukehren.

So waren sie die Landstraße 513 weitergefahren, hatten dann auf die 594 gekreuzt, um über Reszel und Kętrzyn nach Giżycko zu fahren, und hatten sich darauf gefreut, am Abend bei Marie anzukommen. Kurz vor Reszel war dann ihr alter T4 plötzlich stehen geblieben, eine Situation, in der sich wieder einmal die polnische Hilfsbereitschaft und die Improvisationsfähigkeit der Polen bewährt hatten. Nicht nur, dass ein Bauer, der auf seinem Trecker vorbeikam, den Bus kurzerhand von der Straße auf seinen Acker gezogen hatte, nein, zufällig hatte er auch eine Cousine, die in Kolno, nicht weit entfernt, einen Bauernhof mit Zimmervermietung hatte, und mindestens ebenso zufällig war, wie er sogleich recherchiert hatte, eines ihrer Appartements für die Nacht frei. Der Bauer hatte dann geholfen, die Fahrräder der Familie vom Bus abzubauen und die wichtigsten Gegenstände aus dem Auto in das Nachtquartier zu seiner Cousine zu befördern.

Später war der polnische ADAC gekommen und hatte den Bus zu einer kleinen Werkstatt nach Reszel geschleppt. Sie wurde von Vater und Sohn geführt und sah, im Vergleich zu deutschen Vertragswerkstätten, etwas veraltet und vielleicht sogar chaotisch aus. Dominik war mit dem ADAC dorthin gefahren; er war skeptisch gewesen, zumal zu befürchten stand, dass die Verständigung schwierig werden könnte. Aber mit Hilfe digitaler Übersetzungsprogramme und eines gemeinsamen Telefonats mit der Schwester des Werkstattbesitzers, die lange in Deutschland gelebt hatte und nun als Übersetzerin herhalten musste, war das Sprachproblem gelöst worden. Und auch der Motor kam im Laufe des nächsten Tages wieder in

Gang, mit irgendwo im Werkstattinnern oder in benachbarten Werkstätten ausgegrabenen Teilen, die zwar keine Originalteile waren, aber deren Funktion erfüllten. Auf jeden Fall lief der Wagen am nächsten Nachmittag wieder anstandslos.

Den ungeplanten Tag hatte die Familie zu einer Radtour in die Umgebung genutzt; sie hatten sich Reszel mit der alten Ordensburg angesehen, waren auf dem Kreuzweg von Reszel nach Święta Lipka gefahren und hatten die in der Sonne liegende, in sanftem Altrosa gehaltene barocke Basilika »Heilige Linde« an der Grenze vom Ermland zu Masuren besichtigt. Mittags um zwölf Uhr gab es ein kleines Orgelkonzert, das im Wesentlichen der Demonstration der Orgel mit ihrem prachtvollen, reich mit Figuren und Sternen verzierten Prospekt diente. Maren und Nikolaus waren hell begeistert, als sich beim Orgelspiel die Zimbelsterne drehten und die Engel ihre Posaunen schwangen. So waren sie zwar einen Tag später als geplant bei Marie angekommen, aber voller neuer Eindrücke. Zum Empfang hatte Marie ihnen noch die Reste des Apfelkuchens serviert, und abends hatten sie, zwar müde, aber dennoch erleichtert, dass sie nun endlich da waren, alle gemeinsam an den zwei aneinandergerückten Picknicktischen im Innenhof gesessen und sich bei einer Pasta mit Pfifferlingen und einem Glas Rotwein auf die Ferien eingestimmt.

Auf Maries Hof hatten sich alle schnell zurechtgefunden, Maren und Nikolaus nutzten den Innenhof für Federball und Fußball; Dominik als begeisterter Sportler kam zum morgendlichen Schwimmen mit – er durchquerte den See in Rekordgeschwindigkeit – und unternahm gleich am ersten Tag eine lange Radtour, Paula nutzte die Ruhe zum Lesen. Marie hatte ihr die Einkaufsmöglichkeiten in Giżycko gezeigt, besonders den Markt, und gemeinsam hatten sie einen Großeinkauf für Paulas Familie getätigt. Paula war Juristin, wie auch Małgorzata, und Marie war sicher, die beiden würden sich, wenn sie am Sonnabend zu Staszek gingen, gut verstehen, vor allem, wenn Staszek und Dominik, beide große Jäger, erst einmal, was angesichts des ganzen Ambientes nicht ausbleiben würde, begännen, über Jagdglück, Vierzehnender und Schweine zu reden. Vielleicht würden auch Urs, der Ethnologe, aus seiner Einöde und Anna, die Deutschlehrerin aus Giżycko, dazukommen; es versprach jedenfalls eine muntere Abendrunde zu werden.

Marie hatte sich bereit erklärt, bei Staszek das Gemüse für das Gulasch zu schnippeln: Zwiebeln, Möhren, Paprika und Tomaten, alles, was dann jeweils zu seiner Zeit in den großen Schmortopf musste. Staszek würde sich die Beachtung der von ihm festgelegten Reihenfolge nicht nehmen lassen; Marie wusste, dass er daraus geradezu ein Ritual machte. Aber das Ergebnis war dann auch jedes Mal vorzüglich: Das Fleisch war zart, entbehrte jedoch keinesfalls des typischen Hirschgeschmacks. Dazu passte hervorragend der frische fruchtige Chianti Colli Aretini, den Marie mitgebracht hatte und der nach roten Beeren und Kirschen und, dem Wald angemessen, ein wenig nach Holz duftete.

Während das Hirschgulasch vor sich hin schmurgelte und Jasper aufgeregt schnüffelnd seine Runden lief, nahmen Staszek, Małgorzata und Marie schon einmal einen ersten Schluck.

»Piotr war vorhin hier«, eröffnete Staszek das Gespräch und wandte sich dann an Marie, »du weißt, er berät sich manchmal mit mir über die anstehenden Fälle, aber dieses Mal hatte ich den Eindruck, er brauchte weniger einen Rat, sondern kam, um mir mitzuteilen, dass du nach wie vor eine der Hauptverdächtigen bist, wobei er offensichtlich – und, wie sich zeigt, zu Recht – davon ausgegangen ist, dass ich es dir weitersagen würde.«

Marie sah etwas ratlos zwischen Małgorzata und Staszek hin und her. »Ich habe das schon befürchtet, aber was soll ich tun? Ich habe wirklich nichts, aber auch gar nichts mit der ganzen Sache zu schaffen.«

»Und was ist mit deinen Gästen auf deinem Fest? Kannst du das auch ausschließen? Piotr ließ durchblicken, dass sich bei dreien von ihnen Vorstrafen finden: Steuerhinterziehung, Drogenbesitz und der bei euch in Deutschland in den siebziger Jahren im öffentlichen Dienst mit Vorliebe geahndete Verstoß gegen die FDGO, eure freiheitlich-demokratische Grundordnung.«

Bei dem letzten Delikt war Staszek, der Juraprofessor, natürlich in seinem Element, und Małgorzata, die das wusste und längere Exkurse verhindern wollte, unterbrach ihn schnell.

»Das mag alles sein, aber kannst du mir vielleicht sagen, was das mit dem Mord an Józef Koszak zu tun hat?«

Staszek zuckte die Achseln. »Natürlich weiß ich das nicht, ich bemühe mich ja auch nur darum, über ein Ausschlussverfahren auf die richtige Spur zu kommen. Wenn wir also Maries Gäste ausblenden, wo können wir dann etwas finden?«

»Wie sieht es mit denjenigen aus, bei denen Koszak das Land falsch vermessen hat?« erkundigte sich Małgorzata.

· »Das kannst du vergessen«, Staszek hatte hier seine einschlägigen Erfahrungen mit der Landbevölkerung, »das sind Schlampereien, die zwar ärgerlich sind, die aber häufig einfach auf pragmatische Art ausgeglichen werden, indem ein Stück Land vom Nachbarn ›mitbenutzt‹ wird. Deshalb wird niemand ermordet. Wenn die Polizei hier Untersuchungen durchführt, so sicher nur, weil sie nichts Besseres in der Hand hat, und soweit ich weiß, haben sie diese Ermittlungsrichtung auch wieder fallen gelassen. Etwas anderes sind die Grundstücksanteile, die sich Koszak trickreich und an der Grenze der Legalität unter den Nagel gerissen hat, und das ist leider bei Marie passiert.«

»Aber deshalb bringe ich doch niemanden um und stifte auch niemanden dazu an!«

»Das ist klar«, beschwichtigte Małgorzata, »und du kannst sicher sein, auch bei uns in Polen muss die Staatsanwaltschaft dir ein Vergehen erst einmal nachweisen, und bis dahin bist du unschuldig.«

»Ich will nicht nur in diesem juristischen Sinne unschuldig sein, sondern ich bin es wirklich!«

Staszek und Małgorzata stimmten ihr zu, aber sie wussten auch, wie schwierig es sein würde, diesen Umstand auch in dem Bewusstsein der Ermittler und der Bevölkerung zu verankern. Es stand zu befürchten, dass, wenn niemand zur Verantwortung gezogen werden könnte und aus Gründen fehlender Beweise alles zu den Akten gelegt werden würde, so eine Art Restverdacht bestehen bliebe, der auf Marie, die Deutsche mit ihrem Ferienhaus, fiele. Die Ermittlungen waren, so schien es den beiden, bisher offensichtlich nicht sonderlich weit gediehen, und es könnte durchaus sein, dass der Fall Koszak in nicht allzu ferner Zeit bei den »Cold Cases« landen würde.

Alle drei gingen ihren Gedanken nach, und Marie entsann sich des Themas für ihr neues Buch zur Biografieforschung. »Staszek, hast du nicht immer gesagt, die Motive für eine Gewalttat seien in den meisten Fällen in der Biografie des Opfers zu finden, es sei denn, jemand ist zur falschen Zeit am falschen Ort? Aber das können wir wohl bei einem so entlegenen Ort ausschließen. Wenn das so ist, dann ginge es doch primär darum, die Biografie von Józef Koszak zu rekonstruieren?«

»Das ist richtig, nur – wie willst du das machen? Du kannst ihn selbst ja nicht mehr fragen, und die Quellen sollen sehr spärlich sein. Wie ich Piotr verstanden habe, haben sie bisher nur eine Cousine von ihm in Gołdap aufgetan und aus ihr wohl nicht allzu viel herausbekommen.«

Maries Forschersinn war trotz oder gerade wegen Staszeks Skepsis erwacht. »Aber man könnte es doch noch mal bei ihr versuchen, vielleicht erfahren wir mehr als die Polizei.« Doch dann wurde ihr schmerzlich bewusst, dass sie – mit ihrem mangelhaften Polnisch – wohl kaum in der Lage sein würde, ein Interview zu führen. »Helft ihr mir?«

»Gut«, versprach Staszek, »ich will sehen, welche Verbindungen ich nach Gołdap habe.«

»Ich denke, ihr beide müsstet einfach zu Pani Elżbieta fahren.« Małgorzata schien Geschmack an der Vorstellung zu finden. »Ich könnte ja offiziell als Anwältin von Marie fungieren und deshalb Nachforschungen unternehmen«, nahm sie Maries Idee auf und fügte lachend hinzu: »Mit einem Mandat für dich habe ich ja schon Übung!«

»Wenn wir so vorgehen wollen, hat das zur Folge, dass wir uns mit Piotr verständigen müssen, und ich kann nur hoffen, dass Wojtek, sein neuer Chef, ihm ebenso viele Freiheiten lässt wie der alte. Aber das heißt auch, dass Marie außen vor bleiben muss, sonst wird uns Piotr kaum Informationen geben können.«

Letzteres war Marie zwar nicht recht, aber sie sah vorerst keine Möglichkeit, sich in die laufenden Ermittlungen einzubringen, allenfalls konnte sie anbieten, die Ergebnisse, mit denen Staszek und Małgorzata zurückkämen, schriftlich festzuhalten und gemeinsam mit ihnen auszuwerten.

Inzwischen waren auch Paula und Dominik mit Maren und Nikolaus und Urs aus seiner Lehmhütte im Borkenwald bei Staszek eingetroffen. Das beherrschende Gesprächsthema war, natürlich, der Mord an Maries Teich; Urs hatte erst flüchtig davon gehört und lauschte gespannt den Erzählungen. Er war selbst Gast bei Maries Fest gewesen und hielt die These, dass einer ihrer Gäste etwas mit dem Mord zu tun haben sollte, für mehr als unwahrscheinlich, eher setzte er auf die Landstreitereien und darauf, dass diese, vermutlich unter einem größeren Wodkalevel, ausgeartet sein könnten. Bevor sich neue Diskussionen entspinnen konnten, verteilte Staszek sein köstliches Hirschgulasch, und der Hunger und die Freude am Essen überwogen die Gedanken an die Mordermittlung.

Am späteren Abend erschien auch noch Anna; sie hatte einen Freund aus Warschau mitgebracht, und beide hatten ihre Gitarren dabei. Nachdem sie zunächst nur leise ein paar polnische Volkslieder intoniert hatten, gingen sie über zu Spirituals. Das war der Moment, in dem Staszek sein Instrument holte, einen Grashalm, und die drei fanden sich in vollendeter Harmonie zusammen zu Gershwins »Summertime«, dessen Melodie Staszek auf dem Grashalm weit in den Abend hinausblies.

Am Sonntag besuchte Marie in Giżycko den deutschsprachigen Gottesdienst mit dem anschließenden Erzählcafé. Er fand in der evangelischen Kirche am Plac Grunwaldzki statt, einem gelblich ockerfarbenen klassizistischen Bau, der nach Plänen aus dem Schinkel-Kreis ausgeführt worden war und mit seiner nach Osten ausgerichteten Lage einen Blickfang von dem mit Linden bestandenen Platz aus bot. Die Kirche war eine der wenigen, die in Masuren evangelisch geblieben waren: Die große Ost-West-Verschiebung der Bevölkerung in der Folge des Zweiten Weltkriegs hatte die deutsche, größtenteils evangelische Bevölkerung Masurens nach Westen gedrängt und durch eine ihrerseits ebenfalls weitgehend vertriebene polnische katholische Bevölkerung aus den östlichen Gebieten Polens, die an die Sowjetunion gegangen waren, und aus Zentralpolen ersetzt.

Später, vor allem in den siebziger und achtziger Jahren des vorigen Jahrhunderts, waren dann viele der zunächst noch in Polen verbliebenen Deutschstämmigen nach Deutschland migriert, und damit war die Zahl der evangelischen Gemeindeglieder weiter geschrumpft, und die meisten evangelischen Kirchengebäude waren im Laufe der Jahre in den Besitz der katholischen Kirche übergegangen.

Giżycko war eine der wenigen auf polnischem Territorium verbliebenen evangelischen Gemeinden, die über ein eigenes Kirchengebäude verfügten, das im Übrigen von der Stadt auch zu sommerlichen Konzerten genutzt wurde. Die Gemeindeglieder lebten in der Diaspora in Dörfern oder kleinen Städten, weit verstreut um Giżycko herum. Um das deutsche Erbe, aber wohl auch die Verbindung zu der evangelischen Kirche in Deutschland hochzuhalten, gab es seit vielen Jahren im Sommer vor dem polnischen evangelischen einen deutschsprachigen evangelischen Gottesdienst, den ein deutscher Urlaubsseelsorger hielt.

Als Marie, mit einer kleinen Verspätung, an der Kirche ankam, hatten die Glocken bereits aufgehört zu läuten, und sie hörte schon von außen das Eingangslied »Großer Gott, wir loben dich«, langsam, aber mit Inbrunst gesungen, vermutlich im Wesentlichen von den wenigen älteren ehemals deutschen Einwohnern, die in all den Jahren in Polen geblieben waren und im Sommer die deutschsprachigen Gottesdienste besuchten. Einige von ihnen waren auch Mitglieder des Deutschen Vereins in Giżycko. Marie unterhielt sich gerne mit ihnen und hörte dann ihrem weichen Dialekt zu, der bei ihr immer schnell Assoziationen an Siegfried Lenz' zärtliche Geschichten vom einfachen Leben in Suleyken weckte. Natürlich war das eine idealisierte Vergangenheit, das war Marie klar; davon unbenommen erhoffte sie sich, auch heute nach dem Gottesdienst einige von den Älteren treffen und ein paar Worte mit ihnen wechseln zu können, allein um des melodischen Singsangs ihrer Sprache willen, dann aber auch wegen ihres geplanten Buchs zur Biografieforschung.

Sie war eine Weile im Eingang stehen geblieben, um einen günstigen Zeitpunkt abzuwarten, zu dem sie in die Kirche schlüpfen konnte, ohne groß aufzufallen. Es herrschte eine helle sommerliche Atmosphäre: Durch die großen, mit zarten geometrischen Mustern verzierten Fenster fiel das Sonnenlicht in den Kirchenraum und ließ sogar den schon etwas verschlissenen roten Mittelläufer, der zum Altar mit dem Gemälde eines einladenden Christus im Stile der Nazarener führte, leuchten.

Die Besucher hatten sich in dem Kirchenschiff verteilt. Neben sonntäglich gekleideten älteren Gemeindegliedern aus der Umgebung mit ihren festen Plätzen in den Kirchenbänken und den wenigen Deutschen, die wie Marie regelmäßig im Sommer kamen, hatten sich auch ein paar Fremde eingefunden; einige, deren Outfit sie schnell als sportliche Feriengäste an den großen masurischen Seen erkennen ließ, andere, überwiegend ältere, die sich wohl mit dem alten Lötzen, dem heutigen Giżycko, in irgendeiner Weise verbunden fühlten.

Dem Pfarrer war offensichtlich bewusst, wie heterogen seine Zuhörerschaft war. Er nahm unterschiedliche Interessen geschickt auf und ließ, angesichts des schönen Sommertages, fröhliche Lieder singen, um dann, wie gewohnt, zu einem gemeinsamen Kirchcafé einzuladen. Marie hatte schon häufig an diesen Treffen in der gegenüberliegenden Parafia, dem Pfarramt, in dem auch der polnische Pfarrer wohnte, teilgenommen, hatte viele Erzählungen gehört: von Trauungen, Konfirmationen und Taufen in der Kirche, vom Schulbesuch in Giżycko, vom Verbleib in Polen oder von der späten Aussiedlung in den Westen.

Auch heute fand sich nach dem Gottesdienst eine kleine Gemeinde zum Kaffee in der Parafia ein. Man saß um den großen runden Tisch im Konfirmandenraum, an einer Wand ein Bücherregal, an der anderen ein altes Harmonium. Auf dem Tisch standen ein Glas mit Pulverkaffee und ein paar Kannen mit heißem Wasser, dazu Plastikbecher und Dosenmilch, daneben lagen Teebeutel, Würfelzucker und ein paar Kekse. Alle suchten sich einen Platz, und ein leises Gemurmel mit den jeweiligen Nachbarn zeugte von einer gewissen Erwartung, bei einigen wohl auch bestimmt von der Melancholie der Erinnerung, bei anderen von der Freude an dem schönen Sommertag.

»Ich denke, es wäre schön, wenn wir jetzt alle miteinander redeten; ich jedenfalls würde gerne etwas von Ihnen allen erfahren, vielleicht sollten wir uns deshalb erst einmal vorstellen.«

Ein braun gebrannter, sportlich aussehender jüngerer Mann in Jeans, dunkelblauem T-Shirt und weißen Sneakers hatte das Wort ergriffen und die Vorstellungsrunde initiiert. Von seinem Phänotyp her zu urteilen, zählte er zu denen, die eher wegen der zahlreichen Wassersportaktivitäten auf den großen Seen in Giżycko waren und weniger, weil sie von Sehnsüchten und Erinnerungen getrieben waren, aber er schien seine Zeit in diesem Kreis offenkundig zielgerichtet nutzen zu wollen, um etwas über die Gegend und die Menschen zu erfahren.

Auf seinen erwartungsvollen Impuls in die Runde hinein räusperte sich eine ältere weißhaarige Dame in geblümtem Kleid mit einer langen dicken Bernsteinkette um den Hals.

»Dann fange ich mal an. Ich heiße Helga Mayer, früher Dobrowolski, und bin aus Schwiddern; ich bin achtundsiebzig Jahre alt, und ich bin hier in der Kirche getauft worden. Eine Schwester meiner Mutter war im Westen verheiratet, und als es hier alles schwierig wurde, drängte sie uns, doch auch zu kommen, aber das hat gedauert, erst 1959 durften wir raus, und jetzt bin ich mit meinem Mann hier.«

Dabei verwies sie auf einen neben ihr sitzenden kleinen, glatzköpfigen Mann, der freundlich bestätigend zu ihren Worten nickte.

Marie hörte diesen Biografien gespannt zu, nicht zuletzt aus professionellem Interesse. Sie hätte gerne nachgefragt, von Helga Mayer etwas über die frühen Nachkriegsjahre in Polen erfahren und darüber, ob sie das erste Mal seit 1959 wieder in Masuren war und wie ihr jetziger Eindruck war, aber bevor sie einhaken konnte, war der virtuelle Erzählstab schon weitergegeben worden. Die Nächsten in der Runde hielten sich, wie so oft bei solchen Treffen, an das von der ersten Sprecherin vorgegebene Erzählschema, das zwar die Lebensdaten, aber keine weiteren Eindrücke vermittelte; da konnte man nur auf ein lebhaftes Gruppengespräch nach der Vorstellungsrunde hoffen.

Nach zwei weiteren Frauen war die Reihe an einem drahtig aussehenden älteren Mann in Jeans und einem leuchtend roten Hemd: »Mirosław Koszak«, stellte er sich mit dem leicht das »r« rollenden polnischen Akzent vor. »Ich bin aus Więcki, nördlich von Węgorzewo, und dass ich hier bin, ist meiner Frau zu verdanken, die hier neben mir sitzt und deren Vorfahren aus Giżycko gekommen sind. Wir leben in Hannover und sind nach unserer Ausreise in den achtziger Jahren zum ersten Mal wieder hier in Polen und machen Ferien.« Damit wollte er an seine Frau weitergeben.

Diesmal verkniff sich Marie ihre Zwischenfrage nicht. »Habe ich richtig gehört, Sie heißen Koszak und kommen aus der Gegend um Węgorzewo, also auch aus der Nähe von Banie Mazurskie?«

»Ja, das stimmt.«

Bevor sich jedoch ein weiteres Gespräch entfalten konnte, schaltete sich Burghild ein, eine der Autochthonen, die ihr Deutschtum hochhielten, mit einer Stimme, die keinen Widerspruch duldete. »Nun lass doch erst einmal alle zu Wort kommen und rede nicht dazwischen«, schnitt sie Marie das Wort ab.

Natürlich hatte sie recht, sie waren ja noch in der Vorstellungsrunde, nur Burghild selbst hielt sich keineswegs immer daran, alle zu Wort kommen zu lassen. Wenn sie anwesend war, dominierte sie in der Regel alle, und Marie kannte die Dynamik, die einsetzen würde, wenn sie dem Ganzen seinen Lauf ließe. Burghild würde in Kürze zu längeren monologhaften Ausführungen übergehen und ihre Geschichte erzählen – wie ihre Mutter, da der Fluchtweg abgeschnitten war, mit ihr und ihrem Bruder im Februar 1945 in ihre alte Heimat zurückgekehrt war, wie sie im Keller ihres Hauses gelebt hatten, wie ihr Vater als Kriegsversehrter von der Front gekommen war, wie sie später von der katholischen polnischen Lehrerin in der Schule unterdrückt worden und als evangelische Deutsche vielen Schikanen ausgesetzt gewesen sei, wie sie es aber trotzdem gemeinsam geschafft hatten, mit Findigkeit, Arbeitskraft und deutscher Tüchtigkeit nicht nur zu überleben, sondern auch zu Wohlstand zu kommen. Burghild hatte dann den Hof geerbt und einen Deutschen geheiratet, der ebenfalls in Polen geblieben war. Sie hatten ihren Besitz auf zweihundert Kühe und hundertfünfzig Hektar Land vergrößern können, ihr Haus ausgebaut und vermieteten inzwischen sogar Zimmer an Feriengäste.

Das war für die Gruppe der in Polen verbliebenen Deutschen sicher eine Ausnahmestory, spannend und interessant für viele der Anwesenden, weniger aber für Marie, die diese inzwischen zu festgefügten Patterns geronnene Geschichte schon häufig gehört hatte. Die Chance, andere Berichte zu hören, vor allem aber Maries Chance, mit Mirosław Koszak zu sprechen, wäre dahin, wenn Burghild mit ihrer Geschichte erst einmal ansetzen würde.

Als die Reihe an sie kam, beschloss Marie daher, ihr Statement dazu zu nutzen, von dem Toten am Teich zu erzählen. Eigentlich hatte sie vorgehabt, nicht darüber zu sprechen, im Gegenteil, sie war froh gewesen, etwas Distanz zu den Ereignissen um ihren Hof zu bekommen, aber dieser Namensgleichheit musste sie nun doch auf den Grund gehen. Schlagartig änderte sich die Stimmung in dem Kreis; eine große Fassungslosigkeit überkam die Runde. Dass hier, in dieser idyllischen Landschaft, so etwas passieren konnte, führte zu Unruhe.

Als Erste äußerte sich, wie nicht anders zu erwarten war, Burghild, die Marie immer mit einem Hauch von Skepsis und Konkurrenz betrachtete. »Na ja, und das muss natürlich auch gerade bei dir auf dem Grundstück passieren, und dann schockst du mit deiner Geschichte noch alle, die hier unbeschwert Ferien machen wollen.« Sie war ungehalten und gab sich keine Mühe, das zu verbergen.

Marie ihrerseits war sich ziemlich sicher, dass Burghild längst von dem Toten gehört hatte, es nur in dieser Umgebung nicht sagen wollte, möglicherweise um niemandem den Sonntag zu verderben, aber wohl auch – so zumindest argwöhnte Marie – um ihren Auftritt in dieser Runde zu bekommen, und nicht zuletzt fürchtete sie offenkundig um ihre Feriengäste.

»Weiß man denn, wer der Tote war?« Der junge sportliche Typ, der die Diskussion angeregt hatte, war es, der die konkrete Nachfrage stellte.

»Ja.« Marie nannte Namen und Beruf. Jetzt würde es sich zeigen, ob Mirosław Koszak in irgendeiner Weise reagierte. Sie hatte sich nicht getäuscht.

»Ein Koszak, der als Geodät tätig war?«, fragte er, sich zögernd noch einmal rückversichernd.

Marie nickte.

»Es könnte sein«, begann er dann stockend, »ich hatte mal einen Vetter, der so hieß, und ich glaube, er ist auch Geodät geworden; ich habe ihn aber völlig aus den Augen verloren, als ich nach Westdeutschland gegangen bin, und das war 1980.«

Während Marie noch darüber nachdachte, wie sie weiter vorgehen sollte, kam ihr der sportliche Typ erneut zu Hilfe.

»Und – meinen Sie«, wandte er sich an Mirosław Koszak, »Ihr Vetter könnte mit dem Toten identisch sein?«

Mirosław Koszak nahm den Kopf in die rechte Hand und dachte nach. »Ich müsste mehr wissen«, sagte er bedächtig.

Jetzt schaltete sich Marie wieder ein. »Vermutlich sind Sie es, der uns helfen könnte. Niemand weiß so recht etwas über das Opfer, und wenn ich das richtig sehe, tappt auch die Polizei im Dunkeln. Aber Sie könnten uns möglicherweise etwas erzählen über die Zeit, bis Sie nach Deutschland gegangen sind.« Sie versuchte, ihr gewinnendstes Lächeln aufzusetzen, um zu einem Gespräch zu kommen, und fügte, als sie seine Verlegenheit bemerkte, hinzu: »Es muss ja nicht hier und jetzt sein, wir könnten uns auch, wenn Sie noch ein bisschen Zeit haben, im Anschluss unterhalten.«

Wieder bekam sie Schützenhilfe von dem sportlichen Typ, der sich inzwischen als Andreas vorgestellt hatte und bei dem Gespräch am runden Tisch bemüht war, alle Anwesenden einzubinden.

»Ich würde erst mal vorschlagen, diese Runde hier fortzuführen, ich meinerseits würde gerne noch etwas von denen erfahren, die hier leben«, fügte er mit aufmunterndem Blick auf Burghild hinzu, um sich dann wieder Mirosław Koszak zuzuwenden. »Können wir die Fragen in Bezug auf die Identität des Opfers und Ihre mögliche Verwandtschaft im Anschluss klären? Und, wenn es Ihnen recht ist«, und dabei blickte er zu Marie, »wäre ich gerne dabei. Meine Segeltour startet erst morgen, und ich bin, wie Herr Koszak und seine Frau, aus Hannover, und das verbindet doch«, untermauerte er sein Interesse. »Und was Sie auch noch wissen sollten: Ich bin bei der Kripo.«

Marie hatte den letzten Vorschlag von Andreas mit einer gewissen Skepsis gehört, meinte aber bei dem Ehepaar Koszak durchaus Zustimmung zu erkennen, »Hannover« war offensichtlich ein vertrauenförderndes Element. Und beim zweiten Nachdenken konnte sie dem Ganzen sogar etwas abgewinnen: Möglicherweise könnte es einmal hilfreich sein, am Wohnort von Mirosław Koszak einen Verbindungsmann bei der Kripo zu haben. Aber erst müsste natürlich geklärt werden, ob der denn überhaupt etwas mit dem Opfer zu tun hatte.

Währenddessen lief die Erzählrunde langsam wieder an, selbst Burghild erhielt dank Andreas' Intervention noch ihren Auftritt. Als sich alle voneinander verabschiedet hatten, blieben Marie, das Ehepaar Koszak und Andreas zurück. Der große runde Tisch, jetzt mit gebrauchten Plastikbechern, leeren Milchtüten und letzten Kekskrümeln übersät, war nicht mehr einladend, und so schlug Marie vor, doch mit zu ihr auf ihren Hof zu kommen, wo man sich ungestört werde unterhalten können. Alle waren einverstanden.

Marie fuhr langsam vor, die Koszaks folgten in einem grauen VW Golf. Andreas, der mit dem Fahrrad zur Kirche gefahren war, hatte sich auf der Karte zeigen lassen, wo er hinmusste, und kam hinterher.

Maries kleiner Hof, der nach der baumbestandenen Einfahrt in der Sonne erschien, löste bei ihren Besuchern große Bewunderung aus. Marie kannte diese Reaktion bei Gästen, die zum ersten Mal auf ihren Hof kamen, war aber nicht geneigt, jetzt eine Hofführung anzuschließen; sie bat die Koszaks lediglich auf den Hügel, damit sie von dort aus auf den Teich und das Wäldchen als Orte des düsteren Geschehens verweisen konnte, und platzierte sie dann auf der Terrasse hinter dem Haus, wo sie sie mit Getränken versorgte. In kurzen Worten berichtete sie von dem Stand der Ermittlungen, soweit er ihr vertraut war, verschwieg auch nicht, dass sie selbst in die Reihe der Verdächtigen aufgenommen worden war, was für sie umso mehr ein Ansporn sei, mitzuhelfen, den wahren Mörder zu finden. Und das sei ihrer Ansicht nach nur möglich, wenn man über das Opfer Józef Koszak mehr erfuhr.

Mirosław Koszak und seine Frau waren ihrer Erzählung

angespannt und aufmerksam gefolgt. »Und wie können wir Ihnen helfen?«

»Ja, es ist meine Hoffnung, dass Sie vielleicht etwas wissen über das Leben Ihres Vetters, das für uns, abgesehen von seinen Geburtsdaten und seiner Akkreditierung als Geodät, weitgehend im Dunkeln liegt.«

»Wann ist er geboren?«, erkundigte sich Mirosław.

Marie nannte die Daten aus der Geburtsurkunde, die ihr Staszek mitgeteilt hatte.

»1946, ja, das könnte hinkommen«, meinte Mirosław nachdenklich. »Ich selbst wurde 1948 geboren. Meinen Vater und seine Schwester hatte es nach dem Zweiten Weltkrieg aus Masowien nach Nordostpolen in die ehemals deutschen Gebiete verschlagen. Dort war ihnen eine neue Existenz versprochen worden. Mein Vater hat manchmal erzählt, dass es eine chaotische Zeit war, zwischen Polen und Russen war nicht geklärt, wie die zukünftige Regierung aussehen sollte. Überall war sowjetische Besatzung, die nach polnischen Untergrundkämpfern fahndete. Und mit dem Land war es wohl auch nicht so einfach. Aber mein Vater hat dann geheiratet und gemeinsam mit meiner Mutter einen kleinen Hof bewirtschaftet, der ihm zugewiesen wurde. Seine Schwester hatte weniger Glück; sie wurde schwanger, hat aber nie jemandem erzählt, wer der Vater ihres Kindes war, wir haben immer vermutet, dass es ein russischer Soldat war.«

Mirosław schwieg, trank einen Schluck Tee und blickte in die Ferne. Marie ließ ihn seinen Gedanken eine Zeit lang nachgehen und wartete darauf, dass er seine Erzählung fortsetzte.

Stattdessen meldete sich Mirosławs Frau zu Wort. »Du hast doch immer erzählt, dass du als Kind mit deinem älteren Vetter spielen musstest, was du gar nicht so gern getan hast, war das besagter Józef?«

»Das war er«, bejahte Mirosław. »Weil seine Mutter arbeiten musste, war er häufig bei meinen Eltern auf dem Hof. Das fand ich gar nicht schön; er war zwei Jahre älter und stärker als ich, und er nahm mir immer das Spielzeug weg, aber wenn ich weinend zu meiner Mutter lief, legte er das Spielzeug wieder an seinen Platz und behauptete, ich würde lügen. Und nicht selten hat er mich hinterher, wenn wir wieder alleine waren, geschlagen, weil ich gepetzt hatte. Ich hatte Angst vor ihm, und ich mochte ihn nicht.«

»Und deine Eltern?«, warf erneut seine Frau ein, die entweder die Kindheitsgeschichte ihres Mannes in dieser Ausführlichkeit nicht kannte oder als Stichwortgeberin fungierte.

»Ach, meine Eltern, die hatten alle Hände voll zu tun und mussten sich um ihren Hof kümmern, und mein Vater versuchte immer, seine Schwester ein wenig zu unterstützen und zu entlasten. Aber die glaubte doch nur ihrem Sohn. Sie verteidigte ihn immer wieder bei allen Sachen, die er anstellte, fast so, als müsste sie ihn ständig beschützen. Vielleicht war sie auch einfach überfordert mit ihm. Als er in die Schule kam, setzte sich das Ganze fort. Man muss wissen, er war eigentlich ein hübscher kleiner Junge mit seinen dunklen Augen und den schwarzen Haaren. Und er war klug und intelligent. Unseren Lehrer wickelte er um den Finger. Weil er schnell lernte und bald lesen konnte, sollte er bei den Größeren sitzen, aber die akzeptierten ihn nicht und wehrten sich. Als er bei denen nicht Fuß fassen konnte, geriet er in eine Außenseiterposition und begann, die Jüngeren und die Gleichaltrigen zu triezen, vor allem die Schwächeren: Er hielt die Mädchen an den Zöpfen fest, zog ihnen die Röcke hoch und schubste sie, wenn es keiner sah, und lauerte den Jungen auf dem Schulweg auf, verprügelte sie und ließ erst locker, wenn sie versprachen, ihm zu geben, was er haben wollte: ein Stück Kuchen, einen Bleistift oder ein Spielauto. Alles das machte er so geschickt, dass ihm der Lehrer glaubte, wenn er seine Unschuld beteuerte. Niemand gebot ihm Einhalt. Einzig ein paar der älteren Schuljungen schienen das Spiel zu durchschauen, und so gerne er mit denen gemeinsame Sache gemacht hätte, sie wollten nichts mit ihm zu tun haben, prügelten ihn vielmehr, wenn er ihnen zu nahe kam, und grenzten ihn aus, und das war für ihn offensichtlich das Schlimmste.«

»Wie ist es denn mit Ihnen beiden weitergegangen?«, erkundigte sich Marie.

»Nun, nachdem er in die Schule gekommen war, war er nicht mehr so häufig bei uns; er war sehr eigenständig und lief allein in der Gegend herum. Er kannte sich sehr gut aus und fand immer seinen Weg nach Hause; seiner Mutter blieb nichts anderes übrig, als darauf zu vertrauen, dass ihm nichts zustoßen würde. Was er so machte, wusste sie nicht, hätte es aber wohl auch nicht ändern können. Einmal haben Bauern aus dem Nachbardorf gemeint, ihn gesehen zu haben, als bei ihnen Eier aus dem Hühnerstall geklaut wurden und einmal sogar eine Wurst vom Boden verschwunden war, aber Józef schwor Stein und Bein, dass er nichts damit zu tun hatte, und auch seine Mutter war empört, sie meinte, nur weil er keinen Vater habe, werde er verdächtigt. Da man von ihr jedoch mutmaßte, dass sie noch immer Beziehungen zu den Russen hatte, ließ man es dabei bewenden, schließlich wollte sich niemand mit den Russen anlegen, erst recht nicht frühere Angehörige der Armia Krajowa, der polnischen Heimatarmee. Von denen lebten noch ein paar letzte Versprengte im Dorf, und es hieß, sie kämpften nun im Untergrund gegen das kommunistische Regime.«

Er stockte, fast, als habe er schon zu viel gesagt. »Ja, und ich?«, nahm er dann nach einer Weile Maries Frage auf. »Ich war – offen gestanden – froh, dass er sich nicht mehr so oft bei uns aufhielt. Während mein Vater immer noch seine Schwester unterstützen wollte, hatte sich meine Mutter inzwischen mehr auf meine Seite geschlagen, weil sie gesehen hatte, wie er mich traktierte. Heute würde man sagen, man müsste gerade einem solchen Kind helfen, aber damals ging es allen nur ums pure Überleben.«

Mirosław Koszak machte erneut eine Pause. Bevor Marie weiterfragen konnte, kam Andreas mit dem Fahrrad um die Ecke. Das war Marie ganz recht, eine kleine Unterbrechung würde dem Erzähler sicher guttun, Marie wusste, wie anstren-

gend eine solche Erinnerungsarbeit sein konnte, sie musste nur
Sorge dafür tragen, dass sein Erzählfluss nicht abriss.

Auch Andreas war von Maries Hof begeistert, Marie versprach, ihm später alles zu zeigen, vorerst aber wollte sie weiter
mit Mirosław Koszak reden.

»Herr Koszak hat bisher von seinen Begegnungen mit seinem Vetter Józef Koszak in der Kindheit erzählt«, wandte sie
sich an Andreas, »und da kommen Sie gerade recht, um jetzt
etwas über die Jugendzeit zu hören, die mich selbst auch ganz
besonders interessiert.«

Mirosław Koszak nahm ihren Impuls auf. »So ganz viel hatte
ich, wie ich schon gesagt habe, zum Glück ja dann nicht mehr
mit ihm zu tun; und in der Schule bin ich ihm aus dem Weg gegangen. Wir mussten sieben Jahre zur Grundschule gehen und
danach arbeiten, meistens in der Landwirtschaft, so wie ich auf
dem Hof meiner Eltern. Józef war damals immer mit Typen
zusammen, die eine Vorliebe für alles Militärische hatten; ich
glaube, die waren bei der ZOMO, einer paramilitärischen Einheit. Mich interessierte das nicht sonderlich. Als Józefs Mutter
starb, wurde mein Vater sein Vormund und sorgte dafür, dass er
in dem Zimmer, in dem er mit seiner Mutter gelebt hatte, bleiben
konnte und eine kleine Unterstützung vom Staat bekam. Aber
Genaueres wusste er auch nicht über dessen Leben. Józef ver-
schwand immer von Zeit zu Zeit, tauchte dann plötzlich wieder
auf und arbeitete gelegentlich auf einer Kolchose in Pozezdrze.
Irgendwie muss er sich so durchgeschlagen haben, bis er eingezogen wurde und für längere Zeit beim Militär blieb. Er hatte
wohl ab und zu auch Freundinnen, und irgendwann hieß es, er
habe eine Frau aus Węgorzewo vergewaltigt, aber das waren
Gerüchte, und es folgte nichts daraus. Nachdem er volljährig
war, haben meine Eltern den Kontakt zu ihm verloren, und ich
glaube, auch mein Vater war nicht traurig.«

Damit schien er vorerst an ein Ende gekommen zu sein. Marie bedankte sich.

»Sie haben mir sehr geholfen, mir ein Bild von der Kindheit

des Opfers zu machen. Darf ich Sie – einfach aus Neugier – fragen, wie das Leben für Sie weiterging?«

»Da gibt es nicht viel zu berichten; meine Eltern arbeiteten weiter auf unserem Hof, und ich habe sie unterstützt. Wir hatten nicht viel, aber unser Auskommen. Und es schien nach Stalins Tod ja auch so, als ob Polen wieder eigenständiger werden durfte, ich war aber damals noch zu jung, um alles richtig zu verstehen. Mit achtzehn wurde ich eingezogen, und als 1968 nach den März-Unruhen an den Universitäten in Warschau das Militär eingesetzt wurde, war meine Wehrpflicht zum Glück gerade vorbei. Ich erinnere mich aber, dass ein Mathematikprofessor aus Warschau, der im Sommer immer nach Masuren kam, ausgewiesen wurde, angeblich weil er Jude war; er ging dann nach Schweden. Ob das noch mehr Menschen betraf, haben wir auf dem Lande nicht erfahren. Wir haben eher versucht, uns pragmatisch mit allem zu arrangieren. Als dann die Partei 1970 Armee-Einheiten auf die revoltierenden Arbeiter an der Ostseeküste schießen ließ, säte das immer größere Zweifel an der Partei, und auch die Kirche stellte sich gegen sie. Viele wandten sich damals auch schon einer Protestbewegung zu, aber man merkte sehr genau, dass das nicht erwünscht war. Ich hatte erste Verbindungen in den Westen geknüpft und bin dann, bevor 1981 das Kriegsrecht ausgerufen wurde, nach Hannover gegangen. Da habe ich mich bei ›Arbeit und Leben‹ gemeldet und meine Frau kennengelernt, die dort als Sekretärin arbeitete.«

Dabei blickte er freundlich und liebevoll auf seine blonde Frau, die neben ihm saß.

»Das war ein Glück für mich, aber sicher auch für Mirosław«, ergriff sie nun das Wort und erzählte voller Begeisterung von den Sprachkursen, die er jeweils mit Bravour bestanden habe, von seinen beruflichen Qualifikationen und seiner guten Stellung bei VW und von dem Reihenhaus am Stadtrand, doch auch von seinem großen Interesse an der polnischen Geschichte.

Marie und auch Andreas hatten intensiv zugehört. Andreas wollte nun jedoch den Hof sehen, vor allem drängte es ihn aber zum Fundort der Leiche. Marie versuchte ihn zu bremsen, die unmittelbare Umgebung war inzwischen ja mehrfach durchsucht und zudem zum Wäldchen hin weiträumig mit rotweißem Flatterband abgesperrt worden. Doch als sich auch die Koszaks seinem Wunsch anschlossen und gerne ein paar Schritte laufen wollten, willigte sie ein, mit ihnen zumindest in die Nähe zu gehen. Sie wählte nicht den Weg über die Wiese hinter der Scheune, sondern machte einen kleinen Umweg über ein paar Weiden, die, wenn sie es recht wusste, Jadwiga Wróblewska gehörten. So konnten sie sich dem Teich vom Westen aus nähern und auf den Fundort gucken, ohne die Absperrung durchbrechen zu müssen.

In der Nacht hatte es geregnet, die Weiden sahen – trotz der Hitze der vergangenen Tage – wieder grün aus und boten einen schönen Farbkontrast zu dem blauen Himmel mit den weißen Federwolken. Und der weite Blick auf den tiefblau daliegenden See zu, genau das Arrangement, das immer die Assoziationen eines friedlichen Masurens hervorrief.

Andreas lief vor. Das letzte Stück, nahe am Teich, war nicht gemäht; sie mussten durch hohe trockene Grashalme stapfen, durchsetzt mit vielen kleinen Birkenschösslingen; dies war das Land, das angeblich dem Neffen von Józef Koszak gehörte und das, soweit Marie denken konnte, nie bearbeitet worden war. Piotr war, wie sie wusste, mit seinen Leuten auf dieser Seite des Teichs nicht gewesen, das hohe Gras wies denn auch keinerlei Spuren auf.

Plötzlich bückte sich Andreas; in der Sonne hatte etwas geblinkt, ein Messer. Er hob es vorsichtig auf und betrachtete es näher. Es war ein Springmesser mit einem schwarzen Stilett, ein gefährlicher Gegenstand – zur Selbstverteidigung, aber auch zum Angriff. Andreas identifizierte es als ein BlackField-Messer.

»Das sieht nicht gerade nach einer friedlichen Gegend aus«, kommentierte er leicht zynisch den Widerspruch zwischen der idyllischen Landschaft und dem gefährlichen Messer.

Mirosław warf einen interessierten Blick darauf. Aber Andreas gab es nicht aus der Hand, fotografierte den Fundort, markierte ihn darüber hinaus mit einem Stock und zog aus seiner Hosentasche einen kleinen Plastikbeutel, in dem er das Messer verstaute. Marie fragte sich erstaunt, ob Kripobeamte wohl solche Gegenstände immer mit sich herumtrügen für den Fall, dass sie irgendetwas Verdächtiges fanden.

Die Lust am Weiterlaufen war den Koszaks vergangen, und es war auch nicht nötig, denn am anderen Ende des Teichs konnten sie schon die rot-weißen Bänder flattern sehen, die den Fundort der Leiche markierten.

»Lassen Sie uns zum Hof zurückgehen und noch einen Kaffee oder Saft trinken«, schlug Marie vor.

Andreas schien mit sich zu ringen, vermutlich hatte ihn sein kriminalistischer Spürsinn gepackt, aber auch er willigte ein, schließlich hatte er Urlaub, und das hier war nicht sein Fall. Wieder auf der Terrasse zurück überlegten alle gemeinsam, was es mit dem Fund auf sich haben könnte.

»Mir sieht das so aus, als ob jemand das Messer verloren hat, der hier in der Gegend zu Hause ist«, begann Andreas mit seinen Vermutungen, »und derjenige könnte leicht von der Straße aus über die Weiden laufen und brauchte nicht über Ihren Hof zu gehen.«

»Wie wollen wir denn jetzt weiter verfahren?«, nahm Marie das Gespräch auf, »Andreas, Sie könnten das Messer natürlich morgen der Polizei übergeben, und die kann vielleicht auch feststellen, wie lange es dort gelegen hat, doch wenn Sie andere Pläne haben, kann ich das für Sie erledigen.«

Sie sah Andreas an, wie er hin- und hergerissen war: Segeltour oder ein Fall, der möglicherweise spannend werden könnte, der ihn aber eigentlich nichts anging. Schließlich gab er Marie den Beutel und schickte ihr das Foto auf ihr Handy.

»Unterrichten Sie mich weiter?«

Marie versprach es. Und auch die Koszaks wollten gerne informiert werden. Bevor sie gingen, fiel Marie, die sich von der Lebensgeschichte von Mirosław hatte fesseln lassen, aber noch etwas Wichtiges ein, das zu fragen sie beinahe vergessen hätte.

»Ich habe noch einen Punkt, der Ihre Verwandtschaft betrifft, Herr Koszak. Hatten Ihr Vater und seine Schwester, die Mutter von Józef Koszak, noch weitere Geschwister? Ich weiß, dass eine Cousine von Józef Koszak – und damit auch von Ihnen – in Gołdap lebt: Elżbieta Koszak. Kennen Sie sie? Und was ist mit dem Neffen, den Józef Koszak haben soll?«

Es entstand eine Pause. Wurde Mirosław Koszak, der so fließend erzählt hatte, plötzlich blass bei der Erinnerung an diese Verwandtschaft, oder schien es Marie nur so?

Nur langsam begann er zu sprechen. »Ich glaube, das war immer ein schwarzer Schatten über unserer Familie. Es soll noch einen älteren Bruder gegeben haben, der sich in den Kriegsjahren von den Kommunisten anheuern ließ und nach Moskau gegangen ist. Aber diejenigen, die dann nach dem Krieg aus der Sowjetunion nach Polen zurückkamen, waren nicht gern gesehen, sondern galten als Agenten der Sowjets. Mein Vater wollte wohl deshalb nichts mit ihm zu tun haben und hat auch, soweit ich weiß, niemals Nachforschungen angestellt, wo sein Bruder geblieben ist. Aber wenn dieser Bruder eine Tochter gehabt hat, die angeblich in Gołdap lebt, müsste die doch etwas wissen? Und auch, was einen Neffen betrifft, müssten Sie sie fragen. Ich weiß da überhaupt nichts.«

Damit waren für ihn die Verwandtschaftsfragen offensichtlich beendet. Nach einer kleinen Pause setzte er jedoch noch einmal an. »Verzeihen Sie, wenn ich das sage, glauben Sie wirklich, das alles hilft Ihnen, einen Mörder zu finden?«

Marie hatte sich die letzte Frage auch schon gestellt und war sich selbst nicht ganz sicher, ob sie sich mit ihrer Vorliebe für Biografien und Familienkonstellationen nicht in etwas hineinsteigerte, das sich als Hirngespinst herausstellen würde. Insofern konnte Mirosław Koszaks Bemerkung eine hilfreiche Einlassung, genauso gut aber auch ein Ablenkungsversuch von seiner Familie sein, mit der er – und das war überdeutlich – nicht weiter behelligt werden wollte.

Als sich alle verabschiedet hatten, setzte sich Marie mit einigen großen Bögen Papier an den Tisch. Sie wollte versuchen, die Lebensgeschichten von Mirosław und Józef Koszak zu visualisieren. Mirosławs flüssig erzählte Lebensgeschichte war bis 1980 gut nachvollziehbar; zu den späteren Jahren in Hannover hatte sich aber nur seine Frau geäußert und dabei auf seinen Erfolg abgehoben. Er hatte ihr diese Passagen gerne überlassen, sich in ein geschicktes Schweigen gehüllt, weder berichtet, was aus seinen Eltern geworden war, noch etwas über den Hof in Masuren erzählt. Und wenn er wirklich ein so großes Interesse an der polnischen Geschichte hatte, wie seine Frau sagte und wie es auch aus seiner Darstellung hervorging, wie konnte es sein, dass er jetzt zum ersten Mal wieder in Polen war? Spätestens nach der Wende hätte er doch ungehindert kommen können. Je mehr Marie nachdachte, desto mehr Ungereimtheiten fielen ihr auf.

Ihre weitere Überlegung galt Józef Koszak. Über ihn hatte sie nichts weiter in Erfahrung bringen können, als dass er ein kluger und hübscher, aber anscheinend auch schwieriger Junge gewesen sein musste, der seinen Altersgenossen offensichtlich überlegen war, jedoch – wohl auch wegen seines Sozialverhaltens – in eine Außenseiterposition hineingeriet. Marie kannte solche unglücklichen Sozialisationsverläufe von Kindern. Sie stellte sich vor, wie seine Mutter, mit einem Kind, das vermutlich von einem der russischen Soldaten stammte, einerseits versucht hatte, ihren Sohn gegen alles zu verteidigen, andererseits aber nicht in der Lage gewesen war, ihm Grenzen zu setzen. Wenn es zudem stimmte, dass sie in den ersten Nachkriegsjahren weiterhin Kontakt mit den Besatzern hatte und dadurch zu einer Art Paria im Dorf wurde, hatte das die Situation für das Kind einmal mehr erschwert.

Ein männliches Vorbild oder eine Stütze war nicht in Sicht gewesen, Mirosławs Vater zeichnete sich ja, wie Mirosław berichtet hatte, durch eine gewisse Distanz zu dem Sohn seiner Schwester aus. Und der testete seine Grenzen offenkundig aus, stromerte herum und erforschte alle Räume, die sich auftaten, wandte seine Energie und Intelligenz dabei gegen alles, was sich ihm entgegenstellte, nahm sich, was er haben wollte, respektierte niemanden und versuchte, potenzielle Rivalen auszuschalten.

Auch die Anerkennung, die er für seine guten Schulleistungen von seinem Lehrer erhalten hatte, hatte vermutlich nicht zu einer positiveren Entwicklung beitragen können: Die älteren Schüler, mit denen er gemeinsam lernen sollte, hatten ihn nicht akzeptiert, und er hatte, so stellte Marie es sich vor, den Frust aus seinem Misserfolg in Bezug auf die von ihm gewünschten sozialen Beziehungen zu den Älteren umgehend wieder in Aktionen gegen Schwächere umgesetzt. Dass er sich dann als Jugendlicher einer paramilitärischen Einheit angeschlossen hatte, erschien unter diesen Voraussetzungen nur folgerichtig.

Aber – und damit hatte sein Vetter Mirosław wohl recht – an welcher Stelle ergab sich aus derartigen Konstellationen ein Mordmotiv? Dass sich jemand für die Schikanen in einer fünfzig, sechzig Jahre zurückliegenden Kindheit und Jugend rächen wollte, war unwahrscheinlich. Eher konnte sie sich jemanden vorstellen, den Józef Koszak später aufgrund seiner politischen Stellung bei der ZOMO bespitzelt und drangsaliert, vielleicht sogar um seine Existenz gebracht hatte. Doch dafür wusste sie bisher viel zu wenig über diese Zeit. Oder waren es doch nur Landquerelen? Und nicht zuletzt hätte er sogar einfach nur zur falschen Zeit am falschen Ort sein können. Und noch eine Frage war offen: Konnte das Messer, das Andreas gefunden hatte, irgendetwas über den Täter aussagen?

Marie war ratlos. Wie oft in solchen Situationen beschloss sie, zu Staszek zu fahren, um ihn über ihre heutigen Begegnungen zu unterrichten und ihm das Messer anzuvertrauen, das sie, bis es Piotr erhielt, lieber in seinem Safe als in ihrem Haus wusste.

Staszek und Małgorzata waren zu Hause und bereiteten gerade ein spätes Mittagessen vor. Es gab die Gulaschreste vom Vorabend, dazu, dank Małgorzatas guter botanischer Kenntnisse, einen frischen Salat aus Wildkräutern: Oregano und Löwenzahn, vermischt mit Sauerampfer, Gundermann, Brennnesseln und Vogelmiere. Mit einer Vinaigrette aus Kürbiskern- und Olivenöl, einem Balsamico und etwas Brombeerbalsam und natürlich Knoblauch und bestreut mit gerösteten Sonnenblumenkernen gaben sie einen frischen, zugleich aber auch herzhaften Geschmack. Marie ließ sich gerne einladen, erstattete Bericht und gab ihre Einschätzungen von Mirosław und Józef Koszak weiter.

Staszek und Małgorzata hörten gespannt zu. Es schien Marie, als ob ein kriminalistischer Funke auf sie überspringe. Maries Ansatz, sich die Familienkonstellationen zu betrachten, fand ihre volle Billigung, ja bestärkte sie in ihrem Vorhaben, die ominöse Cousine aufzusuchen. Allerdings mahnten beide auch an, dass Marie mit Piotr sprechen müsse; möglicherweise könnte sie seine Mutmaßungen und Informationen untermauern, vielleicht aber könnten seine bisherigen Recherchen auch ihr helfen, auf jeden Fall sei eine Zusammenarbeit, von der letztlich nur beide Seiten profitieren könnten, dringend geboten.

»Und was, wenn er mich immer noch als Verdächtige führt und deshalb meine Recherchen nicht zur Kenntnis nimmt?«, wandte Marie ein.

»Das lass mal meine Sorge sein.« Staszek war offensichtlich inzwischen auf der Spur, und wie Marie ihn kannte, würde er sich, wenn er erst einmal so weit war, durch nichts bremsen lassen.

»Und wie soll es weitergehen?«

»Małgorzata und ich geben Piotr das Messer für weitere Untersuchungen und fahren morgen früh, wie schon verabredet, zu der Cousine von Józef Koszak und reden mit ihr.«

»Und dann?«, fragte Marie weiter.

»Wir können uns morgen Abend treffen.« Aber dann fiel

Staszek noch etwas Wichtiges ein. »Eine Frage habe ich noch: Hältst du eigentlich den Andreas für seriös?«

Marie hatte sich diese Frage auch schon gestellt. »Ich glaube, er ist in Ordnung, und bisher war er auch sehr hilfreich. Und vielleicht könnte er auch unseren Informanten Mirosław noch etwas durchleuchten; ich kann mir nämlich nicht vorstellen, dass jemand mit einem angeblich so großen politischen Interesse seit 1980 keinen Kontakt mehr zu Polen unterhalten hat.« Staszek und Małgorzata stimmten zu.

»Wir werden das alles klären«, sagte Małgorzata und nickte Marie, bevor die sich auf den Heimweg machte, voller Überzeugung zu. Sie schaffte es immer wieder, auch in nahezu ausweglosen Situationen, Optimismus zu verbreiten, und, was Marie faszinierte, in der Regel behielt sie sogar recht.

FÜNF

Noch am Abend hatte Staszek Piotr angerufen und ihm mitgeteilt, dass es einige Neuigkeiten in Bezug auf die Verwandtschaft des Opfers gebe und er außerdem einen weiteren Gegenstand habe.

Piotr, der sich gerade mit einem Żywiec in seinen kleinen Garten setzen wollte, war neugierig geworden. »Ich komme vorbei, wenn es dir passt.«

Staszek war das recht.

Schon kurze Zeit darauf war Piotr mit seinem Mountainbike unterwegs, auf dem Weg durch den Wald zu Staszek. Er genoss die Fahrt: Die Abendsonne tauchte alles in ein mildes Licht, und der Himmel verhieß auch für den kommenden Tag schönes Augustwetter. Als er die Stufen zu der Holzterrasse hochstieg, die Staszeks Haus umrundete, wurde er als Erstes von dem schwanzwedelnden und freudig bellenden Jasper begrüßt, der offensichtlich hoffte, jemanden zum Spielen gefunden zu haben, dann kam ihm auch schon der Hausherr entgegen und machte ihn mit Małgorzata, die noch bei ihm war, bekannt. Von ihr hatte Piotr zwar schon viel gehört, sie aber noch nicht persönlich kennengelernt.

»*Bardzo mi miło*, freut mich«, wandte er sich ihr charmant zu, deutete einen Handkuss an und leitete mit den in Polen üblichen Komplimenten ein Gespräch ein.

Staszek war währenddessen verschwunden und kam zu Piotrs großer Zufriedenheit mit einem Żywiec zurück, ferner mit einem Gegenstand in einer Plastiktüte, den er auf den Tisch aus den dicken alten Eichenbohlen legte.

»Oh, das ist ja ein Springmesser! Woher hast du das?« Piotr hatte sofort erkannt, was da in der Tüte war.

Staszek antwortete nicht gleich. »Gefunden«, sagte er dann lakonisch.

»Und wo? Und wer?«

»Du kannst ja mal raten.«

»Du hast es auf Maries Grundstück gefunden!« Piotr war gleich wieder in seinem Verdachtsschema angekommen.

»Leider nicht ganz richtig«, Staszek lächelte vielsagend, »aber ich will dir gerne erzählen, wie es zu mir gekommen ist. Es ist eine längere Geschichte.«

Piotr beugte sich angespannt vor und hörte zu. Kaum dass der Name Marie gefallen war, konnte er sich nicht mehr bremsen.

»Ich wusste doch, dass sie etwas damit zu tun hat!«, rief er impulsiv.

»Womit bitte?«, schaltete sich Małgorzata ein.

»Na ja, mit der Mordgeschichte.« Piotr war leicht verunsichert.

»Und was hat das Messer, das auf dem Land des Neffen gefunden wurde, mit Marie zu tun?«

»Ja, also«, sagte Piotr etwas kleinlaut, versuchte aber trotzdem, seinen Verdacht zu rechtfertigen, »sie ist eben einfach immer mit dabei, und das kann doch kein Zufall sein.«

»Ich schlage vor, du hörst dir jetzt erst mal Staszeks ganze Geschichte an, und dann denken wir gemeinsam über Maries Rolle nach und darüber, wie es weitergehen kann, vorausgesetzt, du legst Wert auf unsere Unterstützung.« Małgorzata hatte freundlich, aber bestimmt geklungen, und Piotr blieb nichts weiter übrig, als sich zurückzunehmen. Außerdem musste er im Laufe von Staszeks Erzählung einräumen, dass die Informationen, die von Marie kamen, durchaus Bedeutung hatten und sich zudem mit dem deckten, was er von den umliegenden Nachbarn erfahren hatte, vor allem bestätigten sie die Erzählung von Natalia, die von früheren Begegnungen mit Józef Koszak berichtet hatte.

Aber – unabhängig von alldem – wem gehörte das Messer? Hatte Roman, Natalias Ehemann, sich aus Eifersucht doch zu einem Treffen mit Józef Koszak hinreißen lassen? Zwar, und das stand den Berichten aus der Rechtsmedizin zufolge fest, war das

Messer nicht die Tatwaffe, hätte aber sehr wohl zur Bedrohung eingesetzt werden können. Dass Marie es dort verloren hatte, war, und das musste selbst Piotr zugeben, nachdem er Staszeks gesamten Bericht gehört hatte, wohl eher unwahrscheinlich. Doch was war mit den anderen Anliegern, etwa Jadwiga Wróblewska? Das Weidestück, auf dem es gefunden worden war, grenzte an ihr Land. Gehörte das Messer einem ihrer Söhne? So viel stand für ihn fest: Sie mussten herausfinden, wer der Besitzer des Messers war. Vielleicht ergäben sich ja bei der genaueren Untersuchung noch Spuren.

Nach den ganzen Neuigkeiten, die er erfahren hatte, kreisten Piotrs Gedanken natürlich sofort um die weiteren Schritte der Ermittlung. Bevor er sich verabschiedete, warfen jedoch auch Małgorzata und Staszek die Frage auf, wie es denn nun weitergehen solle.

»Was hältst du davon, wenn Małgorzata und ich noch einmal zu der Cousine fahren? Das könnte doch ein guter Ansatzpunkt sein, denn offenbar gibt es mehr Anverwandte, als es zu Anfang schien. Aber vielleicht ist die Familienkonstellation auch nur ein Nebenaspekt, insofern solltet ihr in Węgorzewo eure Kraft nicht unbedingt mit solchen Gesprächen vergeuden.« Staszek war hörbar bemüht, seinen und Małgorzatas geplanten Einsatz herunterzuspielen.

Piotr kannte Staszek gut genug, um dieses Manöver zu durchschauen; er dachte kurz nach. Was sprach eigentlich dagegen? Er hatte mit dem Messer eine weitere Spur zu verfolgen, möglicherweise musste er Roman und die Wróblewska-Söhne verhören und DNA-Proben von ihnen besorgen, und in Węgorzewo mussten die Ergebnisse von Patrycjas Recherche in das ganze Puzzle integriert werden. Hinzu kam, dass Wojtek weiterhin zu der Vermutung neigte, dass die Lösung des Falls in unmittelbarer Umgebung des Fundorts und nicht in der Familie lag, er also nur froh wäre, wenn er nicht jemanden von seinen Leuten nach Gołdap zu der Cousine schicken musste.

»Einverstanden«, sagte er nach dieser kurzen Abwägung des

Für und Wider von Staszeks Vorschlag und erklärte ihm den Weg zu Pani Elżbieta Koszak.

Staszek nickte befriedigt. »Eine Bedingung gibt es allerdings noch. Wir müssen Marie in das weitere Vorgehen mit einbeziehen, sie hat Józef Kosiaks Verwandtschaftsbeziehungen aufgedeckt und dazu beigetragen, dass das Messer gefunden wurde. Wir brauchen sie einfach dabei.«

Piotr schluckte. Aber als Staszek und Małgorzata beide versicherten, für sie bürgen zu können, brummte er: »Zgoda!«

Als Staszek und Małgorzata am nächsten Morgen aufbrechen wollten, klingelte das Telefon. Es war ein Jagdpächter aus der Nachbarschaft. In der Nacht zuvor hatte einer der Jäger aus Deutschland, der bei ihm zu Gast war, einen Rehbock angeschossen, und trotz langer Nachsuche hatten sie das Tier nicht gefunden. Staszeks Schweißhund Jasper wurde dringend benötigt.

Małgorzata kannte solche Situationen schon. Natürlich würde Staszek der Bitte nachkommen, nur: Sie hatte sich mit großer Mühe den Montag freigeschaufelt, am Dienstag musste sie wieder in ihrer Kanzlei sein, und wie lange eine solche Nachsuche dauern würde, war nicht vorauszusagen. Also müsste sie allein nach Gołdap fahren, es sei denn, sie bäte Marie, mitzukommen; Piotr hatte doch grünes Licht gegeben.

Staszek fand es eine gute Idee, wenn die beiden Frauen gemeinsam zu Elżbieta Koszak fuhren, und da es Maries früheres Grundstück war, auf dem sich der Mord ereignet hatte, konnten sie den Besuch sogar als Beileidsbesuch einer Frau deklarieren, die im weitesten Sinne von dem Tod des Geodäten mit betroffen war.

Małgorzata übernahm die telefonische Anmeldung. Sie stellte sich – wie sie hoffte, hinreichend vertrauenerweckend – als Anwältin aus Olsztyn und Freundin ebenjener Person aus Deutschland vor, auf deren ehemaligem Grundstück die Leiche Józef Koszaks gefunden worden sei, und fügte hinzu, es sei ihrer

Freundin ein Bedürfnis, sie kennenzulernen und ihr persönlich ihr Beileid auszusprechen. Sie beide seien auf der Fahrt nach Sejny, wo sie das Dominikanerkloster, die Weiße Synagoge und die Grenzlandstiftung besuchen wollten, und da Gołdap auf dem Weg liege, wollten sie die Gelegenheit ergreifen, sie, Pani Elżbieta, zu fragen, ob sie sie besuchen dürften.

Elżbieta Koszak zögerte. Sie war offenbar – trotz Małgorzatas elaborierter Rede – etwas irritiert, und so groß ihre Neugierde auch sein mochte, ihr Misstrauen gegenüber fremden Besuchern war es ebenfalls, schließlich war sie ja lange genug mit Schreibarbeiten im Polizeirevier beschäftigt gewesen.

»Nennen Sie mir doch noch mal Ihre Namen; ich rufe Sie gleich zurück, erst mal müsste ich klären, ob ich einen Arzttermin verschieben kann.«

Nachdem sie sich so einen zeitlichen Spielraum verschafft hatte, rief Elżbieta Koszak, sowie das Telefonat zu Ende war, Tadeusz auf der örtlichen Polizeiwache an. Sie hatte ihm bei der Identifikation ihres Vetters geholfen, jetzt konnte er etwas für sie tun, recherchieren, ob es eine Anwältin des genannten Namens in Olsztyn gab, und ihr raten, ob sie die beiden Besucherinnen in ihre Wohnung lassen sollte oder nicht.

Noch während des Gesprächs mit Pani Elżbieta erhielt Tadeusz einen weiteren Anruf auf einer anderen Leitung, diesmal von Piotr, der ihm weitläufig erzählen wollte, was es alles Neues im Fall Koszak gab. Tadeusz unterbrach kurz das Gespräch mit Pani Elżbieta und ließ sich von Piotr Małgorzatas Legitimation als Olsztyner Anwältin bestätigen; aber für alles Weitere schlug er ihm mal wieder einen Abend in Banie Mazurskie in der »Bar Młyn« vor.

Nachdem Pani Elżbieta sich bei Tadeusz davon hatte überzeugen können, dass ihre Besucherinnen keine Hochstaplerinnen waren und sie nichts zu befürchten hatte, rief sie Małgorzata an und signalisierte ihr, dass sie die beiden erwartete.

Marie und Małgorzata beschlossen, auf dem Weg nach Gołdap bei einer Kwiaciarnia, einem Blumenladen, und bei Marek Szabelskis Konditorei in Węgorzewo vorbeizufahren, wo sie ein paar der leckeren Tart z makiem erstehen wollten, der Mohntörtchen, die Marie so liebte und von denen sie hoffte, sie seien genauso gut wie bei U Adama in Giżycko.

Mit einem Strauß Zinnien, den sie unterwegs noch mit ein paar Stängeln von dem doldenförmigen Bärenklau, der am Feldrain wuchs, auffüllten, und den Mohntörtchen machten sie sich auf den Weg nach Gołdap. Auf der Fahrt besprachen sie ihr Vorgehen. Marie lernte mit Małgorzatas Hilfe ein paar polnische Sätze, mit denen sie ihre Bestürzung über das furchtbare Ereignis und ihr Beileid ausdrücken konnte. Dann würde sie sich für ihre mangelhafte Sprachkompetenz entschuldigen, zugleich aber versichern, dass sie, vorausgesetzt, Pani Elżbieta spreche langsam, ganz gut verstehe, wovon geredet werde. Die weitere Gesprächsführung müsste dann Małgorzata überlassen bleiben, in der Hoffnung, es würde gelingen, Pani Elżbieta zum Erzählen zu bringen.

Das Haus, in dem Pani Elżbieta in ihrer kleinen Wohnung lebte, war schnell gefunden. Die alte Dame, diesmal in einem braunen, wieder etwas schlabbrigen Rock, aber mit einer frischen weißen Bluse, schien das Kommen der beiden Frauen schon zu erwarten. Auf ihr Klingeln hin öffnete sie rasch, begrüßte die beiden mit verhaltener Freundlichkeit und bat sie in die Wohnküche. Sie war sich nicht sicher, wie sie diesen Besuch einordnen sollte; die Identität ihres Vetters war doch geklärt. Also, was sollte es? Warum machten sich zwei nette jüngere Frauen die Mühe, sie zu besuchen? Aber immerhin war es eine kleine Abwechslung aus dem tristen Tageseinerlei, und auch die inzwischen ausgepackten Mohntörtchen waren nicht zu verachten. Sie stellte die Blumen in eine Vase und setzte Wasser für einen Tee auf, und Marie bemühte sich, ihr Eingangsstatement loszuwerden, solange es ihr noch präsent war. Das verfehlte nicht seine Wirkung, die meisten Polen wussten, wie zungenbrecherisch und kompliziert ihre Sprache für Deutsche war, und schätzten die Mühe derer, die es trotzdem versuchten.

Während Pani Elżbieta Becher und Teller auf den Tisch stellte, ließen Marie und Małgorzata die kleine mit Möbeln und Kisten vollgestellte Parterrewohnung auf sich wirken. Pani Elżbieta hatte die Vorhänge dieses Mal weit aufgezogen, sodass etwas Sonnenlicht in den Raum fiel, und die Blumen, die Marie und Małgorzata mitgebracht hatten, unterstützten die freundliche Atmosphäre.

»Sie haben Ihre Wohnung sehr schön zweckmäßig eingerichtet«, begann Małgorzata das Gespräch, nachdem die Beileidsbekundungen zu dem Tode von Józef Koszak übermittelt waren. »Wohnen Sie schon lange hier?«

»Ja, mein ganzes, nein, besser: mein halbes Leben, Anfang der achtziger Jahre bin ich hier eingezogen.«

»Das muss eine aufregende Zeit in Polen gewesen sein. Wurde nicht 1981 das Kriegsrecht in Polen ausgerufen?«, nahm Marie in ihrem holprigen Polnisch die Unterhaltung auf. »Ich weiß so wenig davon und würde mich freuen, wenn ich mal etwas von denen hören könnte, die das alles erlebt haben. Wie war das für Sie? Waren Sie allein, oder gab es eine Familie, die Sie gestützt hat?«

Pani Elżbieta schenkte allen Tee ein und bediente sich, gleichsam um Aufschub zu erlangen, erst einmal mit einem der Mohntörtchen, die ihrem Geschmack offensichtlich sehr entgegenkamen. Maries Bitte hatte sie trotz deren gebrochenem Polnisch wohl verstanden, aber sie schien noch zu sortieren, was von ihrer Lebensgeschichte sie preisgeben mochte, dann setzte sie zu ihrer Erzählung an.

»Ich wurde 1942 hier in der Nähe, und zwar in Grodno, im heutigen Belarus, an der Grenze zu Polen und Litauen, geboren. Meine Eltern waren zum Zeitpunkt meiner Geburt auf dem Weg nach Moskau, wo sie die letzten Kriegsjahre verbrachten. Nach Kriegsende kamen sie wieder in diese Gegend, aber sie hatten es schwer hier, weil sie in Moskau gewesen waren und als sowjethörig galten, und so zogen sie nach Masowien, nach Płock.

Mein Vater fand dort sein Auskommen in der Ölindustrie, und ich arbeitete nach der Schule im Büro einer Mähdrescherfirma. Meine Eltern starben, kaum dass ich zwanzig war, und ich musste mich allein durchschlagen. Viele Erinnerungen an die Zeit mit ihnen habe ich nicht mehr, aber zwei Dinge hatten sich mir eingeprägt: zum einen der feste Glaube meines Vaters an die kommunistisch-sozialistische Idee, zum anderen immer wieder die Hinweise meiner Mutter auf die schöne Landschaft hier im Nordosten. Meine Mutter war es auch, die erzählte, dass hier noch Verwandte meines Vaters lebten.«

Sie blickte gedankenverloren aus dem Fenster, als ob sie die schöne Landschaft vor ihrem inneren Auge entstehen lassen wollte, trank einen Schluck Tee und setzte dann ihre Erzählung fort.

»Als es in den siebziger Jahren, ich glaube, es war 1976, zu so großen Preiserhöhungen für Lebensmittel kam, dass ich gar nicht mehr wusste, wie ich von meinem kleinen Gehalt noch leben konnte, gingen überall im Land Proteste los. In Radom und in Płock eskalierten sie, es gab viele Verhaftungen, auch Freunde von mir wurden verhaftet, und ich fühlte mich nicht mehr sicher. So bin ich in den Norden gefahren, in der Hoffnung, mich auf dem Land bei den Verwandten nützlich machen zu können, bis die Hungerkrise und die Aufstände und die allgemeine Verunsicherung vorbei waren. Ich wusste, dass ein Bruder meines Vaters mit seiner Frau einen kleinen Hof bei Więcki bewirtschaftete. Wissen Sie, wo das liegt?«, unterbrach sie sich und wandte sich ihren Zuhörerinnen zu.

Beide verstanden, dass Pani Elżbieta diese Zwischenfrage für eine Pause nutzen wollte, und Małgorzata bot bereitwillig an, eine Karte aus dem Auto zu holen, damit sie sich ansehen konnten, wo die Orte lagen, die in Pani Elżbietas Lebensgeschichte eine Rolle gespielt hatten.

Sie beugten sich gemeinsam über die Landkarte und machten die verschiedenen Punkte aus. Małgorzata und Marie bekundeten ihre Bewunderung für Pani Elżbieta, die in dieser schwierigen Zeit ihr Schicksal völlig auf sich allein gestellt hatte meistern müssen. Bei ihrem Onkel auf dem Hof hatte sie eine Unterkunft gefunden; ob der erfreut war, sie zu sehen, konnte sie nicht sagen, aber da der einzige Sohn gerade zum Militärdienst eingezogen war, schien zumindest dessen Mutter froh über eine gewisse Arbeitsentlastung zu sein.

»Ich gab mir Mühe, obwohl ich von landwirtschaftlicher Arbeit keine Ahnung hatte und das Melken immer ein Angang für mich war – und vielleicht auch für die Kühe«, setzte sie mit einem leichten Lächeln hinzu, dem ersten Lächeln auf ihren etwas verhärmten Zügen. »Aber ich hatte es warm, und es gab genug zu essen, und über die weitere Zukunft machte ich mir keine Gedanken.«

»Dann war es also eine richtige Entscheidung von Ihnen, hierherzukommen«, nahm Małgorzata den Faden auf.

Pani Elżbieta stockte. »Wie man es nimmt«, sagte sie ausweichend und schwieg. Małgorzata biss sich auf die Zunge, hatte sie mit ihrer Bestätigung die Erzählung abgewürgt?

Auch Marie war die Veränderung nicht entgangen, und sie überlegte, wie sie Pani Elżbieta zu weiteren Ausführungen motivieren konnte. Sie blickte sich verlegen im Zimmer um, und plötzlich war ihr klar, was fehlte: Bilder.

»Haben Sie eigentlich Bilder aus der Zeit?«, fragte sie Pani Elżbieta und setzte erklärend hinzu: »Darauf kann man häufig auch sehr gut erkennen, was für Zeiten es damals waren.«

Das war offensichtlich ein guter Vorschlag: Pani Elżbieta stand auf, ging in das Nachbarzimmer und kam mit einer braunen Papiertüte zurück, deren Inhalt sie auf den Küchentisch schüttete. Es waren kleine Fotos im Format sechs mal sechs, schwarz-weiß und mit einem gezackten weißen Rand. Marie erinnerte sich ihrerseits auch an solche Fotografien in den Alben ihrer Familie, meistens mit einer einfachen kleinen Agfa-Box aufgenommen; offensichtlich hatte es etwas Analoges auch in Polen gegeben. Sie blickte interessiert auf die zahlreichen kleinen Bilder.

Pani Elżbieta suchte unterdessen nach einem Bild, das sie zeigen wollte: ein ernst dreinblickendes kleines Mädchen mit langen Zöpfen in einer etwas unförmigen Jacke, rechts und links neben ihr zwei Erwachsene, ein großer Mann mit langem grauen Mantel und dunklem Hut und eine kleine zierliche Frau in einem mit einem kleinen Pelzkragen besetzten Mantel, und im Hintergrund ein großes Backsteingebäude.

»Das bin ich, mit meinen Eltern in Płock bei einem Spaziergang, es muss so Anfang der fünfziger Jahre gewesen sein, ich glaube, das Gebäude im Hintergrund könnte das Schloss sein. Ich erinnere mich, dass ein Freund meines Vaters das Foto gemacht hat. Und hier ist ein Foto von meiner Kommunion.«

Wieder erkannten Marie und Małgorzata das ernste kleine Mädchen mit den dunklen Augen, diesmal in einem langen weißen Kleid. Während Pani Elżbieta die Bilder auf dem Tisch ausbreitete, fiel Maries Blick auf das Foto eines Mannes in Uniform auf einem Motorrad.

»Wer ist das?«, wollte sie wissen.

»Ach, das ist ein Bekannter«, lautete die etwas einsilbige, leicht abwehrende Antwort.

»Und diese Uniform?«

Auch Małgorzata bekundete inzwischen ihr Interesse an der Aufnahme. »Ist das nicht die Uniform, die von den Männern bei der ORMO oder der ZOMO getragen wurde?«

Pani Elżbieta schien die Frage zu überhören, wühlte weiter in ihrem Stapel und förderte ein Bild zutage, das sie als lachende junge Frau bei der Landarbeit in Więcki zeigte.

»Das war bei Ihren Verwandten? Es muss doch eine schöne Zeit gewesen sein, Sie sehen so fröhlich aus«, kommentierte Małgorzata.

Pani Elżbieta schob ihr das Foto zum Betrachten über den Tisch.

»Oh, hier sind Sie ja noch einmal, diesmal in Begleitung«, rief da Marie; sie hatte ein weiteres Foto von Pani Elżbieta als junger Frau entdeckt, auf dem ein großer Mann in Uniform ihr den Arm um die Schultern legte. Sie betrachtete es voller Interesse.

Die junge Elżbieta auf dem Foto sah glücklich aus, bei der älteren am Küchentisch legte sich dagegen schlagartig ein resignativer Zug auf die Lippen. »Nun, das wollten Sie ja wohl schon die ganze Zeit wissen«, herrschte sie Marie ungehalten an, »ja, es ist Józef Koszak, mein Vetter.«

Marie und Małgorzata sahen sich betreten an. Sie hatten zwar eine Verbindung zwischen Pani Elżbieta und ihrem Vetter nicht ausgeschlossen, waren aber nun doch betroffen über das, was sie da losgetreten hatten und was offensichtlich in der Erinnerung von Pani Elżbieta viel Belastendes barg. Schweigen breitete sich aus.

Marie überlegte schon, ob und wie sie Małgorzata signalisieren sollte, dass es vielleicht am klügsten sei, sich mit ein paar entschuldigenden Worten zu verabschieden, da fuhr Pani Elżbieta in unterdrückter Erregung und mit gepresster Stimme fort: »Dann können Sie auch gleich die ganze Geschichte erfahren. Józef Koszak tauchte, wie Sie wohl schon vermutet haben, eines Tages in seiner Uniform bei meinem Onkel und meiner Tante auf. Mein Onkel hatte etwas gegen ihn und wollte ihn nicht auf seinem Hof sehen; ich glaube, er hatte politische Gründe, und meine Tante warnte mich vor Józef, er habe einen schlechten Charakter. Mich reizte er trotzdem. Mir fielen die Worte meines Vaters ein, dass die Kommunisten nur das Beste für unsere Gesellschaft wollten, und dieser hochgewachsene Mann in Uniform und mit einem schweren Motorrad, der immer in geheimer Mission unterwegs zu sein schien und nie. etwas über sich erzählte, faszinierte mich. Wir haben uns dann heimlich getroffen, immer an entlegenen Orten, in der Ruine eines alten Herrenhauses oder in einem der alten Bunker, und meistens hatte er Kognak dabei. Mich hätte das alles stutzig machen sollen, aber es brachte Spannung in mein eintöniges Leben auf dem Hof. Eine ganze Weile lief das so weiter; dann meldete er sich seltener. Vielleicht hatte er eine andere Frau gefunden, vielleicht sogar eine gute Partie? Ich habe es nie erfahren.«

Sie machte eine Pause. »Als ich ihn wiedersah, musste ich ihm mitteilen, dass ich inzwischen schwanger war. Er war außer sich vor Wut, beschimpfte mich und beschwor mich, das Kind abzutreiben. Als er merkte, dass ich das nicht wollte, versuchte er, mich auf andere Weise zu ködern, um sich freizukaufen. Unter der Voraussetzung, dass ich das Kind nicht behielte, werde er mir eine Stelle bei der Policja in Gołdap verschaffen, er habe gute Verbindungen dorthin. Und auch eine kleine Wohnung könne er mir besorgen. Sogar eine Frau, die das Ganze günstig machte, nannte er mir, aber damit habe er dann, so ließ er verlauten, auch seine Schuldigkeit getan. Wenn ich das jedoch alles nicht wolle, so drohte er, müsse ich eben sehen, was aus mir werde. Ihn gehe das alles nichts mehr an.«

Schon die bloße Erinnerung an diese Szene schien Pani Elżbieta alle Kraft abzuverlangen, ihre Stimme zitterte.

Marie hatte das Gefühl, dass Pani Elżbieta die Geschichte noch nicht oft, vielleicht noch nie erzählt hatte, und bemühte sich, zu zeigen, wie sehr sie mitfühlte.

»Und dann?«, fragte sie behutsam.

»Vom Hof musste ich weg. Meine Tante hatte inzwischen gemerkt, dass ich schwanger war, sie machte mir große Vorwürfe und wollte mich los sein. Da fiel mir ein, dass ich noch eine alte Freundin in Płock hatte, zu der ich vielleicht gehen könnte. Von Józef ließ ich mir das Geld für eine Abtreibung geben, um damit nach Płock zu fahren, wo ich mein Kind kriegen wollte. Anschließend könnte ich dann wieder zurückkommen und in Gołdap arbeiten. So war zumindest mein Plan.«

»Und konnten Sie den Plan umsetzen?« Małgorzata war es, die vorsichtig den Gesprächsfaden aufnahm.

»Ja, aber es war furchtbar.« Pani Elżbieta stockte. Ein heftiges Schluchzen schüttelte sie. Dann sprach sie weiter: »Meine Fahrt nach Płock musste ich geheim halten, Józef sollte ja denken, ich lasse das Kind abtreiben. Aber irgendwie muss er doch etwas geahnt haben, jedenfalls erschien er am Abend vor meiner Abreise, gemeinsam mit einem zweiten Mann. Es war Mirosław, der Sohn meiner Tante und meines Onkels, der – wie ich wusste – in diesen Tagen aus dem Militärdienst entlassen werden sollte. Beide waren reichlich angetrunken. Dann stürzten sie sich auf mich, ich war nur noch Freiwild für sie; sie hatten ja nichts zu befürchten. Ich schrie, aber weder mein Onkel noch meine Tante kamen mir zu Hilfe. Vielleicht dachten sie, es geschehe mir recht. – Am nächsten Morgen bin ich nach Płock gefahren.«

Nach ihrer Erzählung machte sich ein beklemmendes Schweigen breit. Weder Marie noch Małgorzata wagten eine weitere Frage.

»Ich habe einen Sohn gekriegt und ihn sofort nach der Geburt zur Adoption freigegeben«, setzte da Pani Elżbieta nach längerem Schweigen ihre Erzählung fort. »Was aus ihm geworden ist, weiß ich nicht und werde es wohl nie mehr erfahren. Aber«, und jetzt wurde sie von heftigem Weinen geschüttelt, »Sie können sich nicht vorstellen, wie das ist, jeden Tag und jede Nacht – bis heute – denke ich daran, und ich konnte es niemandem erzählen, vor allem nicht Józef!«

»Aber er hat es geahnt?«, wagte sich Małgorzata vor.

»Er hat mir die Abtreibung nicht geglaubt. Immerhin hat er Wort gehalten und mir die Wohnung und die Schreibstelle bei der Policja besorgt, und dann ist er, als er keine Chancen mehr bei der ZOMO sah, Geodät geworden. Da war er wohl anfangs auch ganz erfolgreich, er war ja intelligent und wusste immer über alles Bescheid. In den ersten Jahren tauchte er auch hier bei mir häufig auf, und das war immer unangenehm. Wenn er getrunken hatte, drangsalierte er mich, versuchte, mich zu erpressen, und drohte, allen in Gołdap zu erzählen, dass ich ein Kind abgetrieben hätte – und Sie wissen ja, wie man in Polen zu Abtreibungen steht.«

Marie hatte inzwischen große Mühe, der Erzählung zu folgen, denn Pani Elżbietas Sprechweise nahm an Tempo zu; es war, als wolle sie ihre Geschichte möglichst schnell hinter sich bringen.

»Offensichtlich hoffte er«, fuhr sie nach kurzer Pause hektisch fort, »dass ich ihm aus Angst vor den Gerüchten, die er in die Welt setzen wollte, die Wahrheit, die er ahnte, erzählen würde. Aber ich habe eisern geschwiegen. Irgendwann muss er in Płock etwas herausgefunden haben, er verstand sich ja von jeher aufs Nachspionieren. Mich hat er dann jedenfalls über lange Jahre in Frieden gelassen. Er hatte wohl, wie ich manchmal hörte, wechselnde Frauengeschichten und ist seiner Arbeit als Geodät in der Woiwodschaft nachgegangen. Als er vor gut zwei Jahren bei mir wieder auftauchte, war er Alkoholiker geworden, hatte seine Arbeit und seine Wohnung verloren und war ziemlich abgewrackt und apathisch. Er wollte nach England und bat mich, ihn aufzunehmen, bis alles für die Fahrt klar war. Das habe ich getan, und den Rest wissen Sie. Ob er je etwas erfahren hat über meinen – und seinen – Sohn, ob der überhaupt noch lebt, weiß ich nicht. Das war ein Tabuthema, über das nicht gesprochen wurde.«

Ihre Erzählung war fast aus ihr herausgebrochen, und Pani Elżbieta war erschöpft zurückgesunken und saß nun, in sich zusammengesackt, auf einem der Küchenhocker. Marie und Małgorzata schwiegen.

Endlich fragte Małgorzata: »Mögen Sie uns das Datum der Geburt Ihres Sohnes sagen?«

Pani Elżbieta nickte. »Es muss im August 1980 gewesen sein, genau weiß ich es nicht; ich war damals wie in Trance.«

»Können wir irgendetwas für Sie tun?«, fragte Małgorzata nach einer Pause.

»Nein, Sie haben mir zugehört, und das war wichtig. Ich bin ja alt, und wer interessiert sich denn schon für meine Geschichte.«

»Dann könnte ich vielleicht ab und zu mal vorbeikommen, wenn ich einen Termin hier in der Nähe habe, und gucken, ob Sie irgendwas brauchen?« Małgorzata hatte das Gefühl, dass ihnen beiden, ihr und Marie, durch Pani Elżbietas Erzählung eine Verantwortung für die alte Dame auferlegt worden war, der sie nachkommen mussten, doch Pani Elżbieta richtete sich wieder auf und fand zu ihrer etwas spröden Grundhaltung zurück; sie schien jetzt allein sein zu wollen.

»*Przepraszam panie*, entschuldigen Sie; ich habe Sie durch meine Erzählung viel zu lange aufgehalten, und wenn Sie noch nach Sejny wollen, dann sollten Sie sich beeilen. Vielen Dank für Ihren Besuch und für die Blumen.«

Dann fiel Marie noch eine Frage ein. »Was war eigentlich mit dem anderen Vetter – hieß er nicht Mirosław? Haben Sie den mal wiedergesehen?«

Pani Elżbieta stutzte einen Moment. Hatte sie den Namen genannt, ohne es gewollt zu haben?

»Ja, er war mal hier, und er wollte Józef sprechen.«

Damit geleitete sie die beiden zur Tür.

Wieder draußen im warmen Sonnenlicht schauten sich Marie und Małgorzata unschlüssig an. Sie waren noch ganz benommen von der Geschichte.

»Hoffentlich habe ich mit meiner Frage nach den Bildern nicht etwas ausgelöst, mit dem Pani Elżbieta jetzt nicht fertigwird.« Marie machte sich ernsthafte Vorwürfe.

»Ich glaube nicht«, entgegnete Małgorzata. »Wenn sie es nicht gewollt hätte, hätte sie die Bilder nicht geholt. Ich hatte eher den Eindruck, sie wollte endlich ihre Geschichte loswerden und war dankbar für die Gelegenheit. Aber«, fuhr sie fort, wobei die zweifelnde Juristin in ihr Oberhand gewann, »meinst du, das, was sie uns da erzählt hat, hat sich so zugetragen und ist wahr?«

»Ach, was ist schon Wahrheit? Es ist auf jeden Fall die Rekonstruktion ihrer Lebensgeschichte aus ihrer gegenwärtigen Sicht, und vermutlich hat der Tod von Józef Koszak dazu beigetragen, dass sie sie in dieser Weise erzählt hat. Er wird nichts mehr dazu sagen können; sie hat jetzt die alleinige Autorität über ihre Geschichte.«

»Und sie hat ihn, bei allem, was er ihr angetan hat, eigentlich ganz gut davonkommen lassen«, spann Małgorzata den Faden weiter, »anscheinend hat sie ihn irgendwann mal sehr geliebt.«

Inzwischen hatten sie ihr Auto erreicht. »Fahren wir nun eigentlich wirklich noch nach Sejny, oder was machen wir?«, wollte Małgorzata als Fahrerin wissen.

»Ich weiß nicht recht, wie es dir geht; ich bin noch mit den Eindrücken bei Pani Elżbieta so sehr beschäftigt, dass ich mich am liebsten irgendwo still hinsetzen und nachdenken würde.« Małgorzata stimmte zu. »Weißt du einen guten Ort hier in der Nähe?«

Marie kannte sich in der Gołdaper Gegend weniger gut aus, besser in der Gegend um Węgorzewo herum. »Lass uns am besten den Rückweg antreten, in der Nähe von Węgorzewo liegt auf einem Hügel ein Friedhof mit einem traumhaften Blick auf den Jezioro Święcajty, den Schwenzaitsee. Danach ist mir jetzt zumute.«

Małgorzata kannte den Friedhof noch nicht und war einverstanden.

Kurz hinter Węgorzewo bogen sie in einen kleinen Sandweg, der auf eine erhöht liegende freie Fläche führte, einstmals das Exerziergelände eines preußischen Jägerregiments. Dort war für die russischen und deutschen Soldaten, die im Ersten Weltkrieg in der Winterschlacht an den Masurischen Seen umgekommen waren, ein Friedhof angelegt worden. In einem großen mit Föhren bestandenen Rundkreis aus Findlingen waren konzentrisch Gräber angeordnet, versehen mit Steintafeln, auf denen noch die Namen der Gefallenen zu erkennen waren, russische und deutsche. Einige der Bäume hatten im Laufe der Zeit so breite Kronen gekriegt, dass sie nun großen Schutzschirmen glichen, die über die Gräber wachten. In der Mitte der Anlage stand ein hohes schlichtes Holzkreuz.

Marie und Małgorzata durchschritten das Eingangstor in der Mauer aus Feldsteinen. Rechts und links des Tors waren Steintafeln in die Mauer eingesetzt – auf der einen Seite mit der deutschen Aufschrift »Kriegsfriedhof 1914–1915«, auf der anderen mit dem polnischen Hinweis »Cmentarz wojenny 1914–1915«.

Sie waren die einzigen Besucher, niemand störte sie. Sie folgten dem Rundkreis und versuchten, einige der Namen auf den verwitterten Steinen zu entziffern. An der dem Eingangstor gegenüberliegenden Seite öffnete sich der Blick, und direkt tief unter ihnen lag der Schwenzaitsee und leuchtete blau in der Sonne. In Gedanken versunken setzten sie sich auf eine Bank.

Allmählich wirkten sich die Mittagsstille und der weite Blick auf den See beruhigend auf die beiden aus.

»Was machen wir jetzt mit unseren Erkenntnissen?«, ergriff Małgorzata nach längerem Schweigen als Erste wieder das Wort. »Und haben wir, neben einer eindrucksvollen Lebensgeschichte, überhaupt etwas erfahren, was uns in dem Mordfall weiterhilft?«

»Ich denke schon«, antwortete Marie. »Wir wissen jetzt, dass es diesen ominösen Neffen, dem Józef Koszak ein paar Grundstücke zugeschanzt hat, wirklich gibt oder gegeben hat und dass der Eintrag nicht nur eine Finte war, um seinen eigenen Besitz zu verschleiern. Wenn ich richtig informiert bin, wollte man in Węgorzewo im Zuge der Ermittlungen ja sowieso nach dem Neffen fahnden; vielleicht können wir da mit einem Hinweis auf Płock als möglichen Geburtsort sogar helfen? Und wir wissen ein Zweites, nämlich dass mein freundlicher Besucher, den ich gestern in der Parafia kennengelernt habe, gelogen hat. Er war keineswegs zum ersten Mal wieder hier in der Gegend, denn er war bei seiner Cousine, von der er natürlich, vor allem sonntags nach der Kirche, nichts mehr wissen wollte, denn wenn ihre Geschichte stimmt – aber davon gehe ich aus –, hat er sie gemeinsam mit Józef vergewaltigt, als sie schon schwanger war. Es fragt sich nur, ob seine Frau auch gelogen hat oder ob sie tatsächlich glaubt, sie beide seien das erste Mal in Masuren. Und es könnte sogar sein, dass er den Neffen doch kennt oder zumindest von dessen Existenz weiß, was er bisher ja abgestritten hat.«

»Du hast recht; ich denke, wir sollten jetzt zu Staszek fahren und mit ihm alles Weitere bereden. Denn ich muss heute Abend wieder nach Olsztyn.«

Bei Staszek wurden sie als Erstes begeistert von Jasper begrüßt. Er hatte seine Arbeit geleistet und eine gelungene Nachsuche abgeliefert; Staszek war zufrieden mit ihm und hatte ihm eine besonders große Portion Rindfleisch versprochen. Und auch mit dem Bericht von Małgorzata und Marie war er zufrieden. Im Nachhinein erwies sich als goldrichtig, dass die beiden Frauen zu Pani Elżbieta gefahren waren; wäre er als Mann dabei gewesen, hätte die Lebensgeschichte vermutlich anders geklungen oder wäre gar nicht erzählt worden.

Allen dreien wurde im Gespräch klar, dass jetzt nach dem Neffen gefahndet werden musste, außerdem müsste Mirosław Koszak überprüft werden. Aber bevor Małgorzata ihre juristischen Verbindungen spielen lassen sollte, war es sinnvoll, zu hören, wie weit Piotr und seine Leute inzwischen gekommen waren. Staszek würde ihn über Maries und Małgorzatas Besuche bei Pani Elżbieta informieren, ihn dabei in groben Zügen von ihrer Lebensgeschichte in Kenntnis setzen und ihm ferner den Hinweis auf die Standesamtsregister in Płock geben.

»Aber bitte sag ihm auch, dass er, wenn er die alte Dame noch einmal befragen will, Marie oder mich dazubitten sollte«, ergänzte Małgorzata, »das ganze Setting war doch sehr emotional aufgeladen, und ich glaube einfach, sie wird sich einer Frau gegenüber eher öffnen.«

»Jaja«, Staszek schmunzelte, »ich weiß, ihr Frauen seid nun mal besser!«

»Du hast es genau erfasst, dann mach es auch so«, war die klare Antwort.

»Aber unabhängig davon, ob noch weitere Gespräche mit Pani Elżbieta nötig sind oder nicht«, und damit wandte sich Staszek wieder an Marie, »solltest du auf jeden Fall eines machen, wenn du es nicht schon längst erledigt hast: deine Geburtstagsgäste von vor zwei Jahren von den Vorfällen unterrichten.

Stell dir vor, wie überrascht sie wären, wenn sie plötzlich Post von der Polizei aus Węgorzewo bekämen. Und dann könntest du bei dieser Gelegenheit auch gleich fragen, ob einer deiner Gäste in der Nähe des Teichs ein Messer mit schwarzem Stilett verloren hat.«

Marie musste zugeben, dass das eine gute und sinnvolle Idee war; Staszek behielt eben immer den systematischen Überblick, und sein logisches, auf pragmatisches Handeln ausgerichtetes Denken war einfach Gold wert.

Für Marie hatten sich in den letzten Tagen die Ereignisse überschlagen – kaum dass sie noch dazu gekommen war, morgens ihre Runden im See zu drehen –, und so hatte sie die Benachrichtigung ihrer Gäste von einem Tag auf den anderen verschoben. Zwar glaubte sie nicht, dass sich irgendjemand auf dem Revier in Węgorzewo die Mühe machen würde, sie alle zu kontaktieren, aber letztlich konnte man das ja nie wissen, und der Fund des Messers war ein zusätzlicher Grund, zu schreiben; jedenfalls war ihre Aufgabe für den Abend klar.

Wieder zurück auf ihrem Hof, schrieb sie alle ihre Geburtstagsgäste an, die vor zwei Jahren bei ihr gewesen waren. Es wurde eine längere Mail, die sie, mit einem Foto von einer tiefrot blühenden Stockrose vor dem Hühnerstall, als »Nachricht aus Masuren« deklarierte. Sie wollte nicht gleich mit der Tür ins Haus fallen, sondern begann mit einer kurzen Erinnerung an ihr Fest, berichtete dann von ihrer gegenwärtigen Situation, davon, dass die Eigentumsverhältnisse ihres Grundstücks nun glücklicherweise endgültig geklärt seien, erzählte von dem herrlichen Sommerwetter und von ihrem Vorhaben, ihr Buch über Biografien zu schreiben.

Erst dann kam sie auf die Entdeckung der seit ungefähr zwei Jahren am Teich in der Nähe ihres Hauses liegenden Leiche zu sprechen, die inzwischen einem etwa siebzigjährigen Mann zugeordnet worden sei, und zwar dem Geodäten Józef Koszak aus Gołdap. In diesem Kontext habe die Polizei sie als damalige Eigentümerin des Teichs um eine Gästeliste ihres Geburtstagsfests gebeten. Sie habe das für überflüssig gehalten und bleibe auch bei dieser Ansicht, aber die Polizei wolle einfach wissen, wer sich innerhalb einer gewissen Zeitspanne in der Nähe des Teichs aufgehalten habe. So sei ihr, auch nach Absprache mit ihrer Anwältin Małgorzata Olszewska, nichts weiter übrig geblieben, als eine solche Liste zu erstellen. Zwar gehe auch ihre Anwältin nicht davon aus, dass einer von ihnen kontaktiert würde, trotzdem wolle sie, Marie, ihnen mitteilen, was sich hier zugetragen habe. Vor Kurzem sei zudem auf einer Weide in der Nähe des Teichs ein teures Taschenmesser mit schwarzem Stilett von der Firma BlackField gefunden worden, vielleicht habe ja jemand eines verloren? Das Ganze beendete Marie mit dem Versprechen, bei wichtigen Neuigkeiten weiterhin zu informieren, und guten Wünschen für den Sommer.

Nun blieb ihr nur, zu hoffen, dass sich niemand darüber beschweren würde, dass sie der Polizei alle Namen gegeben hatte, ohne sie alle zuvor zu fragen; manchmal reagierten ja sogar die nettesten Menschen verrückt, wenn sie Verstöße gegen den Datenschutz witterten. Sie ging ihre Gäste in Gedanken durch: Eigentlich fiel ihr nur einer ein, der ihr daraus einen Strick drehen könnte, der war, so kannte sie ihn, hochsensibel, wenn es um seine emotionale Befindlichkeit ging, die ihm höher stand als alles andere. Aber letztlich war ihr das in dieser Situation egal; die ganze Sache war für sie ohnehin schon anstrengend und nervig genug.

Mittlerweile war es später Nachmittag geworden, Tea-Time. Marie kochte sich einen grünen, leicht mit Pfirsich aromatisierten Tee, mit dem sie sich auf den Hügel begeben wollte, um die Nachmittagssonne noch etwas zu genießen. Aber als sie sich ihre Mail noch einmal durchlas, wurde ihr klar, dass sie sich wohl besser mit dem Laptop an den Tisch hinter dem Haus als in den Korbsessel auf dem Hügel setzte, hatte sie doch gerade vollmundig behauptet, sie schreibe an einem Buch über

Biografien, was bisher leider eher in ihrer Phantasie als in der Realität der Fall war.

Ihr Besuch bei Pani Elżbieta war aber ein guter Ansatzpunkt; Małgorzata und sie hatten ein Gespräch mit ihr geführt, das in die Erzählung ihrer Lebensgeschichte gemündet war. Und diese Lebensgeschichte hatte sich nicht in einzelnen Stationen des Aufwachsens und Erwachsenwerdens erschöpft, war nicht nur verbunden gewesen mit den Menschen, die die Erzählerin geprägt und begleitet hatten und deren Werthaltungen sie übernommen hatte, sondern war – und das wurde im Polen der Nachkriegszeit besonders deutlich – eng verknüpft mit der politischen und wirtschaftlichen Situation des Landes. Die Bedeutung des gesellschaftlichen Rahmens zeigte sich offensichtlich vor allem in Lebensgeschichten, die sich in Umbruchzeiten abspielten.

Bedingungen herauszuarbeiten, die eine Biografie bestimmten, das war konstitutiv für Maries Vorhaben. Dabei wollte sie ihre Überlegungen aus einzelnen Lebensgeschichten ableiten, ein Vorgehen, das ihrer Herangehensweise sehr entgegenkam. An einzelnen Fallstudien könnte sie unterschiedliche Wege und Möglichkeiten aufzeigen, wie Menschen ihr Leben unter bestimmten Gegebenheiten gestalteten, und möglicherweise ließen sich Ähnlichkeiten für ähnlich gelagerte Gruppen finden, etwa die in Polen verbliebenen Deutschstämmigen. Letztlich aber – und das war Marie klar – würden weder sie noch andere Forscher allgemeingültig klären können, in welcher Weise die einzelnen Menschen ihre jeweiligen Lebensbedingungen aufnahmen und verarbeiteten und wie sie dann zu denjenigen würden, als die sie ihren Mitmenschen begegneten.

Mit diesen Überlegungen war Marie fürs Erste zufrieden, als Dominik mit der Schubkarre um die Ecke kam. Er war dabei, Holz auf den Hügel zu bringen.

»Schön, dass du wieder da bist, wir wollen doch heute Abend grillen, und ich habe gute Steaks besorgt. Ach, und im Übrigen«, er machte eine Pause, »da fällt mir noch ein, du bist heute mehrfach vermisst worden, als Erster war ein Mann mit einem grauen Golf hier; er sprach Deutsch mit einem leichten polnischen Akzent, ich glaube, den habe ich auch am Sonntag schon flüchtig bei dir gesehen, bevor wir unsere Radtour gestartet haben. Und später kam dann noch einer mit einem Fahrrad.«

»Und was wollten dic?«

»Das weiß ich nicht, aber der mit dem Fahrrad war so ein richtig netter Typ.« Dominik war ganz begeistert. »Wir haben uns über Rennräder unterhalten, der hatte viel Ahnung. Und er wollte noch mal vorbeikommen; ich könnte mir sogar vorstellen, mit ihm gemeinsam etwas zu unternehmen, ich hätte da schon eine gute Idee für eine Tour.«

Marie erkannte die Besucher unschwer als ihre Gäste vom Sonntag: Mirosław Koszak, den Vetter von Józef Koszak, und Andreas, den Kripobeamten aus Hannover. Er wollte zwar eigentlich auf seinem Segeltrip sein, aber bei solchen Touren änderten sich manchmal die Termine, sodass er seine sportlichen Ambitionen offenkundig nun erst einmal auf das Fahrradfahren verlegt hatte.

Inzwischen war auch Paula dazugekommen; sie trug bereits eine große Schüssel mit Salat in der Hand, die sie auf den Hügel brachte, und erinnerte ihren Mann freundlich, aber bestimmt daran, dass sie bald essen wollten und er sich besser um den Grill kümmern statt über Fahrradtouren reden solle. Marie nahm die Vorbereitungen auf das Essen als Zeichen, ihre Arbeit zu beenden, und packte ihre Sachen ein.

Bald darauf ließen sie alle miteinander den Tag auf dem Hügel ausklingen. Das allabendliche Naturschauspiel des Sonnenuntergangs spiegelte nichts von den Abgründen wider, die sich Marie heute offenbart hatten: Der Himmel zeigte sich, wie so oft, in den schönsten Farben, bis schließlich die Sonne wie ein roter Feuerball im See versank. Marie hatte überlegt, was sie von ihren heutigen Erlebnissen erzählen sollte, sich dann aber entschlossen, Pani Elżbietas Geschichte erst einmal für sich zu behalten; sie ließ lediglich durchblicken, dass Mirosław Koszak offenkundig schon einmal dort gewesen sei und die familialen

Beziehungen vermutlich doch enger seien, als sie bisher angenommen hatte.

Sie tranken noch ein Glas Rotwein – dieses Mal einen einfachen jungen frischen Bordeaux mit dem schönen Namen »La Rose du Pin rouge«, den Dominik in einer Fünf-Liter-Box von Jacques' Wein-Depot aus Deutschland mitgebracht hatte – und begaben sich dann in ihre Häuser. Marie lag noch lange wach und reflektierte die vergangenen Tage: Genau eine Woche war es her, dass sie abends aus Berlin angekommen war und sich auf eine ruhige Zeit mit viel Muße zum Schreiben in Masuren gefreut hatte. Aber was war seitdem alles geschehen ...

Wie gewohnt stand sie am nächsten Morgen früh auf und fuhr mit Dominik zum See. Paula hatte am Vorabend versprochen, Frühstück für alle zu machen, sodass die beiden sich viel Zeit lassen und ausgiebig ihre Runden schwimmen konnten. Das Wasser war etwas kühler geworden und sehr erfrischend, und Marie hoffte, mit kühlem Kopf an ihren Fallgeschichten arbeiten zu können. Und darin, dass sie einen kühlen Kopf brauchte, sollte sie sich nicht getäuscht haben.

Nach dem Schwimmen saßen sie im Innenhof auf den Picknickbänken bei einem ausgedehnten Frühstück, tranken einen Kaffee und dann noch einen und ließen den Tag ruhig angehen: Paula, Dominik und Marie. Nikolaus und Maren waren noch nicht erschienen, Ferien bedeuteten für sie an erster Stelle ausschlafen. Dominik und Paula schienen ganz froh darüber zu sein, dass sie noch eine Weile in Ruhe für sich sein konnten, und Marie sinnierte weiter über ihr Buch. Für den Nachmittag hatte sich Edelbert mal wieder angesagt, aber bis dahin hatte sie noch viel Zeit zum Schreiben, denn was den Mordfall anging, so sah sie im Moment keine Aufgabe für sich; sie konnte zwar Gespräche führen und nachdenken, und sie wusste theoretisch auch, welche Dokumente man suchen und finden müsste, doch das war nicht ihr Metier, sondern blieb der Polizei in Węgorzewo überlassen. So nahm sie eine letzte Tasse Kaffee aus Paulas ergiebiger Kanne und war dann bereit, an ihren Laptop zu gehen.

Bevor sie aber richtig in die Biografien einsteigen konnte, kam erneut, wie schon vor ein paar Tagen, ein Eingriff von außen. Ein Polizeiwagen erschien auf dem Hof. Es waren Piotr und der kleine Rothaarige, alles wie gehabt – ein einziges Déjà-vu? Die beiden stiegen aus und kamen auf die Gruppe zu.

»*We want to speak to Marie*«, sagte Piotr in offiziellem Ton.

»*Dzień dobry, Piotr, proszę usiąść*«, antwortete Marie freundlich und wies auf freie Plätze auf der Bank. »*Would you like to have a coffee?*«

»*We would rather talk to you alone.*«

Piotr zeigte keinerlei Ambitionen, auf Maries Angebot einzugehen, sondern verharrte in seinem offiziellen Habitus. Wenn Marie noch nicht irritiert gewesen war, als der Polizeiwagen auf ihr Grundstück fuhr, so war sie es jetzt.

»Was ist los, Piotr?«

»Ich möchte dich bitten, mir noch mal von deinem gestrigen Besuch bei Pani Elżbieta zu berichten.«

»Aber ich denke, Staszek hat dir schon alle wichtigen Informationen gegeben? Ich kann nur das wiederholen, was Małgorzata und ich Staszek erzählt haben, und die Verabredung war, dass er alles an dich weiterleiten wollte.«

»Ich möchte es von dir noch einmal hören …«

»Also«, begann Marie, nun auch ihrerseits ganz förmlich, »ich war mit Małgorzata Olszewska, der Anwältin aus Olsztyn, die du ja kennst, bei Pani Elżbieta Koszak. Wir wollten nach Sejny fahren und dachten, es sei nett, bei ihr vorbeizugucken, um ein paar freundliche Worte mit ihr zu reden. Dann hat sie uns ihre Lebensgeschichte erzählt, sodass sich unser Besuch hinzog und es sich nicht mehr lohnte, noch nach Sejny zu fahren. So sind wir am frühen Nachmittag wieder bei Staszek angekommen. Das alles kann dir Małgorzata bestätigen.«

Piotr nickte.

»Und über das, was sie uns über ihr Leben anvertraut hat«, fuhr Marie fort, »hat Staszek dich ja wohl auch ins Bild gesetzt.«

Marie stockte. Es war ihr zuwider, Ereignisse, die sie in einer vertraulichen Situation erfahren hatte, weiterzuerzählen, aber hier sollte ein Mordfall aufgeklärt werden, für den die Familienverhältnisse entscheidend sein konnten. So fuhr sie so sachlich wie möglich fort und informierte Piotr über Pani Elżbietas Sohn, dessen Vater Józef Koszak war und den sie zur Adoption freigegeben hatte.

»Möglicherweise ist der Sohn derjenige, den er als seinen Neffen – der er ja auch ist – ausgegeben hat. Ich denke, ihr solltet nach dem Neffen fahnden, er müsste im August 1980 in Płock geboren sein.«

»Das ist mir alles bekannt; wann seid ihr in Gołdap weggefahren?«

»Das muss so zwischen elf und elf Uhr dreißig gewesen sein.«

»Und wann wart ihr wieder bei Staszek?«

»So gegen vierzehn Uhr dreißig.«

»Und in der Zwischenzeit?«

»Ich habe Małgorzata den Soldatenfriedhof am Schwenzaitsee gezeigt, und wir haben in der Sonne gesessen.«

»Kann das jemand bezeugen?«

»Du meinst, ein anderer Besucher? Nein, wir waren dort allein. Aber Piotr, was spielt das für eine Rolle? Geh doch mal besser dem Neffen nach, wenn du den Mord an Józef Koszak aufklären willst!« Marie wurde ungeduldig.

»Ich werde dir sagen, was das für eine Rolle spielt: Elżbieta Koszak ist tot.«

»Was?« Marie war fassungslos. »Aber gestern habe ich sie doch noch besucht, und sie war gesund und munter!«

»Ja, eben, du und Małgorzata, ihr wart bei ihr, und deshalb sind wir hier.«

Schlagartig wurde Marie klar, was der Besuch bedeutete, Małgorzata und sie waren vermutlich die letzten Menschen, die Pani Elżbieta lebend gesehen hatten.

»Piotr, so sag doch, was ist passiert?«, bedrängte sie ihn.

»Das ist es, was ich von dir wissen möchte. Vorerst nur so viel: Wegen eures Hinweises auf Płock habe ich Tadeusz gebeten, noch ein paar Nachfragen bei Pani Elżbieta zu stellen, und –«

Bevor er weitersprechen konnte, unterbrach ihn Marie etwas ärgerlich. »Wir hatten doch extra darum gebeten, dass bei solchen sensiblen Gesprächen Małgorzata oder ich anwesend sein sollten!«

»Nun, das musst du schon uns überlassen, aber, so zynisch es klingt, in diesem Fall kannst du ganz beruhigt sein; es ist zu keinem Gespräch mehr gekommen. Auf Tadeuszs Klingeln und Klopfen hat niemand geöffnet. Das kam ihm eigenartig vor, und so hat er sich den Schlüssel vom Hausmeister geben lassen und fand Pani Elżbieta gekrümmt auf dem Fußboden in der Küche liegend. Auf dem Tisch standen drei benutzte Teetassen, außerdem lagen Blumen und ein paar Kuchenkrümel herum. Ich nehme an, ihr habt gemeinsam Kuchen gegessen und Tee getrunken?«

Marie fröstelte – trotz des Sonnenscheins und der Wärme. Es war der zweite unnatürliche Todesfall binnen einer Woche, in den sie in irgendeiner Weise involviert war.

»Und dir ist klar«, fuhr Piotr fort, »dass das alles eine Reihe von Fragen an dich und Małgorzata aufwirft.«

Sie nickte.

»Also«, begann Piotr erneut, und der kleine Rothaarige zückte den Stift zum Schreiben, »vielleicht kannst du uns jetzt schon einmal sagen, ob ihr die Blumen und den Kuchen mitgebracht habt und wo ihr beides gekauft habt?«

»Ja, natürlich.« Marie nannte die Läden, und der kleine Rothaarige machte sich Notizen. »Ja, und dann fällt mir noch etwas ein; die Zinnien, die wir gekauft hatten, sahen so steif aus, da haben wir unterwegs angehalten und den Strauß mit ein paar weißen Dolden aufgefüllt.«

»So«, meinte Piotr lakonisch und blickte auf sein Handy, auf das er ein paar Fotos von Tadeusz bekommen hatte, »dann habt ihr also das giftige Heracleum, den Bärenklau, mitgebracht.«

»Ja, mein Gott, das sah schön aus, aber an Bärenklau stirbt man doch nicht!«

»Nein, man kann aber, wenn man die Säfte des Stängels einatmet – die Furocumarine, die in Verbindung mit Sonnenlicht freigesetzt werden –, einen Kreislaufschock kriegen, und das ist nach dem, was Tadeusz mitgeteilt hat, nicht ausgeschlossen.«

Piotr hatte sich offensichtlich schon kundig gemacht, was ja mit Hilfe des Internets keine große Schwierigkeit war.

»Und wie soll es weitergehen?«

»Warte es ab. Wir werden alle notwendigen Untersuchungen veranlassen, das, was wir auf dem Tisch vorgefunden haben, ins Labor bringen und den Leichnam zur Obduktion nach Olsztyn schaffen lassen. Tadeusz ist einverstanden, die Rechtsmedizin in Olsztyn hat mehr Kapazitäten als die in Suwałki, die eigentlich zuständig wäre. Du wirst von uns hören.«

Damit verabschiedeten sich die beiden.

Marie war erschüttert. Diese nette ältere Dame – hatte sie das Gespräch so aufgeregt, dass sie mit einem Herzanfall reagiert hatte? Oder war sie Allergikerin und hatte irgendeine Substanz in dem Kuchen nicht vertragen? Denn davon musste sie doch noch einiges gegessen haben; Piotr hatte nur noch ein paar restliche Krümel erwähnt, aber als sie und Małgorzata gegangen waren, hatten noch zwei von den Mohntörtchen auf dem Teller gelegen. Die Geschichte mit den Aerosolen, die sich aus dem Bärenklau gelöst haben sollten, erschien ihr hingegen eher unwahrscheinlich, und außerdem hatten sie in ihrer Erinnerung doch gar nicht den großen giftigen Riesenbärenklau gepflückt, sondern die kleinere Wiesenart. Trotzdem, es wäre schier unerträglich, wenn sie und Małgorzata etwas mit dem Tod der alten Dame zu tun haben sollten! Um ihre Ruhe für das Schreiben war es jedenfalls erst einmal geschehen.

SECHS

Marie war ratlos, so hatte sie sich ihre Sommerferien nicht vorgestellt. Die ganze Geschichte hatte Fahrt aufgenommen, und sie geriet immer wieder in Verdacht. Sie musste dringend Małgorzata und Staszek erreichen, aber Małgorzata hatte, wie sie wusste, mehrere Gerichtstermine in Westpolen, in Piła und in Koszalin, und war erst übermorgen wieder in Olsztyn. Sie versuchte trotzdem, sie zu erreichen, leider ohne Erfolg. So blieb ihr nur, sie um einen Rückruf zu bitten. Aber Staszek müsste zu Hause sein, und sie würde zu ihm fahren. Er war ja bis auf die neuesten Ereignisse auf dem Laufenden. Und er könnte sich auch in Węgorzewo nach dem Stand der Untersuchung erkundigen, denn dass man ihr etwas sagen würde, wagte Marie zu bezweifeln.

Als sie bei Staszek ankam, saß er an seinem Schreibtisch und war in die letzten Mitteilungen seines Jagdverbandes, den er juristisch beriet, vertieft.

»Ich wollte mir gerade einen Cappuccino aus meinem neuen Jura-Kaffeeautomaten machen, trinkst du auch einen?«, begrüßte er Marie.

»Ja, gerne, aber ich habe furchtbare Neuigkeiten und muss dich unbedingt sprechen.«

»Warte einen kleinen Augenblick, bis ich den Kaffee fertig habe, dann reden wir in Ruhe.«

Staszek war, wie immer, bemüht, erst einmal Ruhe in die Situation zu bringen. Dann hörte er Maries aufgeregtem Bericht zu. Auch er war geschockt von der Nachricht des plötzlichen Todes von Pani Elżbieta Koszak in Gołdap, bei dem nicht klar war, ob er eine natürliche oder unnatürliche Ursache hatte. Staszek wusste aus Erfahrung, dass gerade diese Frage nicht immer leicht zu beantworten war, trotzdem versuchte er, Marie erst mal mit dem Hinweis auf die noch ausstehenden Ergebnisse der forensischen Untersuchung zu beruhigen.

»Ihr beide – ich nehme ja an, du hast Małgorzata schon informiert – solltet abwarten, was bei der Rechtsmedizin herauskommt. Und im Übrigen, Marie«, fuhr er dann sachlich fort, »die These mit den Furocumarinen halte ich für ziemlichen Blödsinn; da hat der gute Piotr zu viel im Internet recherchiert! Die Furocumarine müssten in Verbindung mit starkem Sonnenlicht über längere Zeit in die Luft geraten sein, wenn es zu einem Atemschock hätte kommen sollen, und so ein paar Stängel, noch dazu von der kleineren Variante des Wiesenbärenklaus, tun nichts. Diese Sorte ist weniger giftig als die große, und wenn überhaupt, dann sondert sie auch nur im Juni und Juli giftige Stoffe ab. Aber eine andere Frage: Habt ihr irgendjemanden gesehen, der nach euch noch zu Pani Elżbieta gegangen sein könnte?«

Marie bekannte, dass sie beide doch ziemlich mitgenommen gewesen seien von der Lebensgeschichte, die fast einer befreienden Beichte geglichen habe, und dass sie keinerlei Aufmerksamkeit auf Personen verwandt hätten, die möglicherweise Pani Elżbieta auch noch hätten besuchen wollen. Und dass sie leider Małgorzata bisher nicht erreicht habe, ihr aber auch die Nachricht nicht auf den Anrufbeantworter habe sprechen mögen, sondern nur um einen Rückruf gebeten habe.

Staszek dachte über Maries Bericht nach.

»Hast du nicht eben gesagt, Piotr habe von ein paar kleinen Kuchenresten auf dem Küchentisch gesprochen, und du bist sicher, es waren noch zwei Törtchen dort, als ihr gegangen seid?«

»Das ist mir auch schon aufgefallen«, räumte Marie ein, »aber Pani Elżbieta schienen die Tart z makiem ja zu munden, vielleicht hat sie sie aufgegessen.«

Staszek hatte Pani Elżbieta nicht kennengelernt, aber die Rede war immer von einer zierlichen kleinen Frau gewesen, die – ihren etwas schlabbernden Röcken zufolge – eher etwas abgemagert aussah, und die sollte die ganzen Mohntörtchen gegessen haben?

»Hat sie eigentlich in eurem Beisein ihre Fotos wieder in der

Tüte verstaut? Wir müssen von Tadeusz noch genauer erfahren, was er vorgefunden hat, vermutlich hat er das ja alles mit dem Handy festgehalten. Bevor wir nichts von der Spurensicherung wissen und nichts über die Todesursache und den Todeszeitpunkt, spekulieren wir nur.«

Marie musste zugeben, dass Staszek recht hatte. Sie musste sich in Geduld fassen.

Staszek hingegen, der sich nach dem Mittag mit Mitgliedern seines Jagdverbandes zu einer Besprechung in Węgorzewo treffen wollte, beschloss, dem dortigen Revier einen Besuch abzustatten, und zwar allein und nicht mit einer der beiden Frauen, die ja inzwischen beide in das Visier der Ermittlungen geraten waren.

Marie fuhr zurück; sie wollte die Zeit bis zu Edelberts Besuch zum Schreiben nutzen. Als sie sich vorgenommen hatte, ihre Erkenntnisse zur Biografieforschung anhand von Fallstudien, die auf der Basis von Interviews entstehen sollten, zu verdeutlichen, hatte sie vorrangig an die hier in Masuren gebliebenen Deutschen gedacht. Zu gezielten Gesprächen und Interviews mit Angehörigen dieser Gruppe war es aber bisher nicht gekommen; stattdessen hatten sich ihr ganz andere Biografien offenbart: die der Familie Koszak. An erster Stelle die von Mirosław Koszak, einem der zahlreichen Migranten, die aus Polen nach Deutschland gegangen waren und sich dort über ihre Arbeit eine neue Existenz aufgebaut hatten, dann – vermittelt über ihn – die seines Vetters Józef Koszak, des Mordopfers, und nun kam als Drittes noch die Lebensgeschichte von Pani Elżbieta hinzu.

Alle drei Erzählungen waren eng miteinander verbunden, und derjenige, der im Mittelpunkt stand, war Józef Koszak. Sowohl Mirosław als auch Elżbieta schienen unter ihm gelitten zu haben. Für Marie stellte es sich so dar, als sei dieser Józef mit seinem Verhalten kaum jemals an ein starkes Gegenüber geraten, und wenn, so schien er sich Situationen, die ihn hätten begrenzen können, immer wieder geschickt entzogen zu haben. Vermutlich hatte er alles erprobt, was sich ihm bot, und das durchaus mit einer klaren Kenntnis der Schwächen seiner Mitmenschen. Die Verpflichtung, sich in seinen Handlungen auch an deren Wünschen und Bedürfnissen zu orientieren, hatte er dagegen wohl weniger verspürt. Je mehr er dadurch in eine Außenseiterstellung geriet, desto mehr versuchte er dann offenkundig, Überlegenheit und Stärke zu dokumentieren und Macht auszuüben.

Auch die kleinen Landmauscheleien schienen in dieses Muster zu passen: Er konnte es sich leisten, das Land unkorrekt zu vermessen, denn in der Regel merkte es niemand. Selbst wenn ihm ein solches Verhalten, vorausgesetzt, man konnte es ihm überhaupt nachweisen, keinerlei Anerkennung brachte. Marie schien es fast, als erfülle es ihn mit einer gewissen Befriedigung. Er, der vieles über Menschen seiner Umgebung wusste, war in der Lage, zu manipulieren; er hatte Macht. Marie war gespannt, ob man in Węgorzewo Akteneintragungen gefunden hatte, die ein solches Psychogramm bestätigen könnten.

In Węgorzewo waren Wojtek und sein Team im Laufe der vergangenen Woche zwar nicht untätig gewesen, allerdings auch noch auf keine heiße Spur gestoßen. Das Ergebnis ihrer Recherchen war eher ernüchternd: Die Untersuchung, wo überall Józef Koszak unkorrekt gemessen hatte, hatten sie ad acta gelegt; es waren zu viele und zugleich auch zu unbedeutende Fälle. Maries Gästeliste lag vorerst ebenfalls auf Eis, niemand konnte sich so recht vorstellen, dass sie zu einer Lösung des Falls führen würde. Aber auch der Versuch, aus den Akten das Leben von Józef Koszak zu rekonstruieren, war äußerst dürftig geblieben, die militärischen Akten zu ORMO und ZOMO, die vielleicht über Józef Koszaks Tätigkeiten von Mitte der sechziger bis Anfang der achtziger Jahre hätten Aufschluss geben können, waren derzeit noch unter Verschluss und nicht ohne Weiteres von Polizeibeamten einzusehen, dafür müssten erst umfassende Anträge gestellt werden, und es war keineswegs klar, dass die Akteneinsicht dann irgendwann einmal genehmigt würde.

Wojtek war fast schon geneigt gewesen, dem Fall mindere Priorität zuzuweisen, als Piotr am Montagmorgen mit den neuen Informationen gekommen war, die wieder einmal über Marie gelaufen waren. Wojtek kannte diese Marie nicht, und das, was bisher in seiner Dienststelle über sie bekannt geworden war, hatte bei ihm zumindest einen ambivalenten Eindruck hervorgerufen. Aber als Piotr dann bereit war, sich – nach dem Gespräch mit Staszek und Małgorzata und entgegen seiner früheren Skepsis – für ihre Glaubwürdigkeit in Bezug auf die Familienkonstellationen zu verbürgen, erinnerte sich Wojtek wieder an Patrycjas Frage vom Freitagabend, was denn eigentlich mit dem Neffen sei. Vielleicht waren ja doch bisher noch unbekannte Familienmitglieder involviert?

So hatte er seine Aufforderung vom vergangenen Freitag wiederholt und Patrycja und Paweł gebeten, sich der Suche nach dem Neffen zu widmen, möglicherweise ergäben einzelne Grundstückseintragungen ja einen Hinweis. Piotr sollte unterdessen die Kommunikation zu Tadeusz aufrechterhalten und, wenn er es noch schaffte, die Teichanrainer mit dem gefundenen Springmesser konfrontieren; vielleicht führte das weiter.

Nur – wenn das alles nichts brächte, würde er, Wojtek, wohl oder übel darüber nachdenken müssen, ob er den Fall Józef Koszak nicht erst einmal hintanstellen und sich anderen anstehenden Aufgaben widmen sollte, obwohl das – bei dem ersten Kapitalverbrechen in Węgorzewo unter seiner Ägide – weder seinem Selbstbild noch seinem Ehrgeiz entgegenkäme.

Aber dann hatte sich am Dienstagmorgen alles überschlagen. Zunächst war – wieder über Marie – der Hinweis auf Płock als möglichen Geburtsort des Neffen eingetroffen, eine gute Chance für Patrycja, bei der frustrierenden Suche nach einem Neffen, von dem man nicht mehr kannte als ein paar unvollständige Eintragungen beim Katasteramt, vielleicht doch noch etwas zu finden. Und dann, kurze Zeit drauf, die Nachricht vom Tod von Elżbieta Koszak in Gołdap. Da hatte Tadeusz zum Glück außerordentlich professionell reagiert und angesichts des plötzlichen Todes von Pani Elżbieta, die er ein paar Tage zuvor noch ohne jegliches Anzeichen von Gebrechlichkeit erlebt hatte, nicht nur sofort Fotos in der Wohnung gemacht, sondern auch die Rechtsmedizin in Olsztyn eingeschaltet: Der zweite Fall Koszak für den netten Rechtsmediziner Konstanty binnen einer Woche!

Der Vormittag brachte nichts Neues, die Suche nach dem Neffen ging weiter. Patrycja hatte eine Aufstellung aller männlichen Geburten in Płock in der fraglichen Zeitspanne und darüber hinaus gemacht, aber natürlich war dort niemand mit Namen Koszak eingetragen, das hatte man wohl auch kaum erwarten können. Immerhin hatte sie lange Listen verfertigt, auf die sie nun blickte, wie man manchmal auf ein Sudoku guckt, immer in der Hoffnung, dass die Zahlen plötzlich von selbst eine Lösung offenbaren. Aber die blieb aus. Auch die Ergebnisse aus der Rechtsmedizin in Olsztyn standen noch aus. Tadeusz aus Gołdap hatte versprochen, alle Erkenntnisse, die ihm übermittelt würden, sofort nach Węgorzewo weiterzuleiten, denn eine Verbindung zwischen den beiden Fällen schien auf der Hand zu liegen.

Auch Wojtek vermutete eine solche Verbindung, ohne schon eine Ahnung zu haben, worin sie denn bestehen könnte. Er, der ja erst seit Kurzem die Dienststelle in Węgorzewo leitete, war angesichts dieser ganzen Ereignisse außerordentlich froh, mit Piotr jemanden in seinem Team zu haben, der gute Verbindungen nach Gołdap und in die Umgebung hatte, und mit Konstanty schon einen Rechtsmediziner kennengelernt zu haben, mit dem er sich gut verstand. Zudem schien sich auch die Praktikantin Patrycja ganz gut zu machen.

Nur diese Marie und den emeritierten Juraprofessor Staszek, die Gewährsleute von Piotr, kannte er noch nicht, vielleicht sollte er sie sich einmal ansehen? Von Pan Staszek Majer hatte er schon viel gehört, sogar einige seiner scharfsinnigen Expertisen für die Partia Zielona gelesen, und auch der Kontakt mit der Anwältin aus Olsztyn, Małgorzata Olszewska, die in den Berichten eine Rolle spielte, könnte letztlich nicht schaden. Was es hingegen mit dieser Marie auf sich hatte und welche Rolle sie spielte, war ihm ein Rätsel. Er checkte seinen Terminkalender, um zu überprüfen, wann ein Treffen mit ihr möglich wäre, als Paweł klopfte und seinen Kopf in Wojteks Büro steckte.

»Ich soll fragen, ob Sie Zeit für einen Besucher haben.«

Wojtek war nicht geneigt, sich in seinen Überlegungen stören zu lassen. »Wer ist es denn?«, fragte er leicht genervt.

»Ein Professor Staszek Majer«, holte Paweł die Information nach, die er besser gleich gegeben hätte.

»Gut, er kann reinkommen.«

Einen emeritierten Juraprofessor hatte sich Wojtek weiß Gott anders vorgestellt: mit Anzug, Hemd, Krawatte, einer verblichenen Aktentasche für seine Unterlagen unter dem Arm, möglicherweise – aus gesundheitlichen Gründen – auch mit Rucksack auf einem leicht gebeugten Rücken. Und – natürlich – schon älter, mit schütterem weißem Haar, vielleicht mit einer Baskenmütze auf dem Kopf, auf jeden Fall aber einem durchgeistigten Gesichtsausdruck und etwas abgehoben, möglicherweise sogar leicht vertrottelt. Stattdessen trat ein dynamischer, altersmäßig kaum definierbarer Mann in grüner Jagdkleidung bei ihm ein, mit dickem rotbraunem Haar und wachen blauen Augen, und stellte sich ohne jeglichen Dünkel als Staszek Majer vor.

Wojtek war überrascht, offensichtlich barg sein neuer Posten hier in Węgorzewo mit den Bewohnern des Kreises ungeahnte Potenziale. Nach einer freundlichen Begrüßung und den üblichen Höflichkeitsfloskeln kam Staszek zur Sache. Er wolle natürlich keineswegs Wojteks Untersuchungen, die dieser ja, soweit er das beurteilen könne, außerordentlich professionell durchführe, beeinflussen, sondern lediglich ein paar seiner Gedanken mitteilen; vielleicht könne Wojtek etwas davon für sein weiteres Vorgehen verwenden, aber das müsse er natürlich selbst entscheiden. Trotz dieser elaborierten Relativierung seines Angebots ließ sein Auftreten aber keinen Zweifel daran, dass er bei dem Gespräch das Heft in der Hand behalten wollte; auch Wojtek hatte es bemerkt, und er war gespannt auf das, was er von seinem Besucher erwarten konnte.

Staszek kam zu den Einzelheiten. »Es geht um Pani Marie, die Deutsche, und Pani Małgorzata Olszewska, die Anwältin; mit beiden bin ich gut bekannt.« Dass er mit Małgorzata seit Längerem liiert war, ließ er außen vor, das tat hier schließlich nichts zur Sache. »Die beiden Frauen haben, wie Sie schon von Pan Piotr wissen, gestern ein längeres Gespräch mit Pani Elżbieta Koszak geführt. Sie könnten die Letzten gewesen sein, die die alte Dame lebend gesehen haben. Aber genau das scheint mir nach längerem Nachdenken zweifelhaft zu sein. Als die beiden gegangen sind, sei, so haben sie übereinstimmend berichtet, Pani Koszak zwar etwas aufgewühlt, aber wohl auch froh und erleichtert gewesen, ihre ganze Lebensgeschichte erzählt zu haben. Auf dem Tisch hätten die Blumen gestanden, die sie mitgebracht hatten, und es seien noch zwei Mohntörtchen vorhanden gewesen. Auf den Fotos hingegen, die Pan Tadeusz heute in Gołdap gemacht hat und die Pan Piotr Pani Marie hat sehen lassen, liegt auf dem Tisch alles verstreut herum, und die Mohntörtchen sind weg. Natürlich könnte Pani Koszak sie gegessen haben, aber hätte sie dann nicht die Reste weggeräumt? Und auch die Blumen hätten ja nicht einfach verstreut auf dem Tisch gelegen, sondern hätten weiter in der Vase gestanden. Das hat mich zu der Frage gebracht, ob möglicherweise noch ein weiterer Besucher gekommen ist. Aber«, und er machte eine bedeutungsvolle Pause, »vermutlich müssen Sie erst einmal die genauen Daten aus der Spurensicherung und aus der Rechtsmedizin abwarten.«

Wojtek nickte. »Das ist richtig, vorher sind wir auf Spekulationen angewiesen, aber es ist ein interessanter Gedanke, dass außer den beiden Frauen noch jemand dort gewesen sein könnte, nur, wer könnte das gewesen sein?«

»Wie ist es mit dem ominösen Neffen? Haben Sie über den inzwischen etwas in Erfahrung bringen können?«

»Leider nein.« Wojtek hatte etwas mit seiner Antwort gezögert, normalerweise gab er Außenstehenden keinerlei Informationen aus einem laufenden Verfahren, andererseits hatte er über Staszek und dessen Verbindungen erst von Płock als möglichem Geburtsort des Neffen erfahren, er konnte ihn also als einen wichtigen Informanten betrachten.

Nach einigen weiteren, letztlich aber unerheblichen Überlegungen verabschiedeten sich die beiden Männer voneinander, nicht ohne sich ihrer gegenseitigen Hochachtung zu versichern.

Staszek machte sich auf den Heimweg. Viel Neues hatte er nicht erfahren, aber er hatte seinen Hut in den Ring der Ermittlung geworfen und wusste nun zumindest, dass sie in Węgorzewo mit der Suche nach dem Neffen noch nicht weitergekommen waren.

Er fuhr bei Marie vorbei. Dort saß Edelbert, der sich für den Nachmittag angekündigt hatte, in dem altersschwachen Korbsessel auf dem Hügel in der Sonne. Auf einen kleinen Hocker davor hatte Marie ihm eine Kanne Tee und einen Teller mit ein paar Stücken Sękacz gestellt, dem masurischen Baumkuchen, der nach einem traditionellen Rezept aus dem 19. Jahrhundert in der Ciastkarnia Mark in Giżycko hergestellt wurde. Edelbert ließ sich Tee und Sękacz schmecken und hörte begierig dem Bericht über die neuesten Ereignisse zu. Er war am Sonntag ausnahmsweise nicht im Gottesdienst und bei dem Erzählcafé gewesen, da er eine lange Radtour gemacht hatte. Angesichts der Menschen, die Marie dort kennengelernt hatte, bedauerte er das jetzt zutiefst. Besonders interessierten ihn der Vetter des Geodäten, Mirosław Koszak, und dessen Frau, von der es hieß, dass sie Wurzeln in Giżycko hatte.

»Weißt du, wie deren Eltern hießen? Du hast doch gesagt, sie stammten aus Giżycko«, fragte er Marie.

»Nein, danach habe ich nicht gefragt, und was sollte es denn auch mit diesem Fall zu tun haben?«

Edelbert, dessen Vorfahren ebenfalls aus Giżycko kamen und der immer sofort bereit war, neue Verbindungen zu entdecken, überlegte halblaut: Vielleicht könnten ja sein Großvater und der Großvater dieser deutschen Frau aus Hannover einander gekannt haben oder sogar verwandt miteinander gewesen sein?

Marie war an diesen Spekulationen nicht sonderlich interessiert und auch Staszek nicht, aber er nahm Edelberts Frage nach dem Vetter auf. »Marie, lass uns doch noch einmal überlegen, was wir über diesen Mirosław Koszak wissen. Ich habe das Gefühl, wir haben ihn ein bisschen aus den Augen verloren.«

»Das kann gut sein. Ich war ja zunächst ganz angetan von seiner Geschichte, weil sie Licht in die Biografie von Józef Koszak zu bringen schien, aber dann sind mir einige Ungereimtheiten aufgefallen, und nach dem Gespräch mit Pani Elżbieta stellte sich heraus, dass er gelogen hat: Zum einen muss er von ihr als seiner Cousine gewusst haben, und zum anderen war er nicht, wie er behauptet hat, jetzt das erste Mal wieder hier in Masuren, nachdem er Anfang der achtziger Jahre nach Deutschland migriert war, sondern auch schon zuvor.«

Staszek hatte von diesen Widersprüchen ja bereits gehört, aber noch wusste er sie nicht schlüssig zu deuten; er dachte nach.

Edelbert hingegen war mit seinen Gedanken offensichtlich immer noch bei irgendwelchen potenziellen Beziehungen seines Großvaters zu den Vorfahren der Frau von Mirosław Koszak.

»Was weißt du denn über die Frau?«, erkundigte er sich bei Marie.

»Über die kann ich nicht viel sagen; sie hat wohl als Sekretärin bei ›Arbeit und Leben‹ gearbeitet, mir ist sie vor allem dadurch aufgefallen, dass sie, nachdem sie zuvor sehr zurückhaltend war, dann, als es um das Leben von Mirosław Koszak in Deutschland ging, das Gespräch an sich genommen hat, fast, als wolle sie ihren Mann daran hindern, sich zu äußern. Sie hat ihn in höchsten Tönen gepriesen: Er habe sehr schnell Deutsch gelernt, sich in Deutschland wunderbar zurechtgefunden und sehr erfolgreich bei VW gearbeitet.«

»Weißt du denn, wo sie in Giżycko wohnen?« Edelbert, der im Pfarrhaus logierte, schien zu überlegen, ob er sie vielleicht schon mal in Giżycko gesehen haben könnte.

»Nein, aber sie waren mit einem grauen Golf mit hannoverschem Kennzeichen unterwegs. Das deutet darauf hin, dass sie nicht irgendwo zelten, sondern eher in einem Hotel oder einem Privatquartier untergebracht sind.«

»Ich werde mal die Augen offen halten, und ich könnte auch den Pfarrer nach den beiden fragen«, versprach Edelbert, bevor er wieder zurück nach Giżycko radelte.

Staszek war die ganze Zeit still gewesen. Abgesehen davon, dass ihn Edelberts genealogische Überlegungen nicht sonderlich interessierten, war er in Gedanken dabei, nach bestimmten Mustern zu suchen, die eine Verbindung der beiden Fälle erkennen ließen. Auch Marie war in Gedanken versunken.

»Staszek, ich habe eine Idee«, unterbrach sie plötzlich das Schweigen, »was hältst du davon, wenn wir morgen nach Płock fahren, um dort nach dem Neffen zu fahnden?«

Staszek war skeptisch. »Wie stellst du dir das vor?«

Aber Marie war schon weiter mit ihren Plänen. »Du hast doch mal erzählt, dass du als Gerichtsreferendar in Płock warst; da müsstest du doch noch Verbindungen haben, zumindest kennst du dich aus, und das ist doch viel wert.«

»Und warum willst du die Recherche in Płock nicht der Mitarbeiterin von Wojtek überlassen?«

»Weil sie bisher nichts herausgekriegt hat und das auch nicht zu erwarten ist. Ich habe im Unterschied zu ihr die Lebensgeschichte gehört, und mir könnten vor Ort oder bei bestimmten Namen vielleicht einzelne Puzzlesteine einfallen, die ich euch noch gar nicht berichtet habe.«

Damit mochte Marie recht haben, dennoch brauchte Staszek erst einmal etwas Zeit, um sich mit ihrer Idee anzufreunden. Diese Spontanaktionen von Marie waren nicht seine Sache, allerdings musste er zugeben, dass sie damit häufig richtiglag. Lieber wäre es ihm zwar, er könnte Małgorzata für so eine Fahrt mit Marie gewinnen, aber die war in den nächsten Tagen von ihren Gerichtsterminen in Westpolen okkupiert, und außerdem musste er zugeben, dass ihn der Fall inzwischen auch bewegte und vielleicht sogar seinen kriminalistischen Sinn anfachte; warum um alles in der Welt wäre er wohl sonst heute Nachmittag nach Węgorzewo gefahren?

Am nächsten Morgen in aller Herrgottsfrühe fuhren sie los. Bis Płock würden sie drei bis dreieinhalb Stunden brauchen. Am Vorabend hatte sich Małgorzata bei Marie und bei Staszek gemeldet; sie fand die Idee, nach Płock zu fahren, sehr einleuchtend, meinte sogar, dass sie selbst auch darauf hätte kommen können, und das hatte letztlich auch Staszek endgültig von der Tour überzeugt.

Sie waren mit Maries Auto unterwegs, waren relativ gut vorangekommen und standen dank Staszeks Ortskenntnis schon gegen neun Uhr vor dem großen klassizistischen Rathaus auf dem alten Marktplatz von Płock. Marie, die sich mal mit E. T. A. Hoffmann beschäftigt hatte, fiel ein, dass der eine Zeit lang in Płock gelebt hatte, auch hier am Alten Markt. Er war Anfang des 19. Jahrhunderts wegen seiner Karikaturen dorthin strafversetzt worden: Während einer Fastnachtsredoute in Posen, wo er damals als Gerichtsassessor tätig war, waren nämlich von einer Gruppe Maskierter Karikaturen von Militärs und Adligen verteilt worden, und man hatte – wohl zu Recht – vermutet, dass E. T. A. Hoffmann mit hinter dieser Aktion steckte und die Zeichnungen von ihm stammten. Die Konsequenz war seine Strafversetzung nach Płock gewesen, wo er sich aber nicht sonderlich wohlgefühlt hatte, vielmehr immer wieder über »miserables Einerley« und »*dies tristes*« geklagt hatte. Das Haus, in dem er in Płock gelebt hatte, musste ganz in der Nähe sein.

»Können wir nicht mal eben gucken, wo E. T. A. Hoffmann

hier gelebt hat?«, fragte sie Staszek in Erinnerung an ihre literaturwissenschaftlichen Seminare.

Aber da stieß sie auf deutlichen Widerstand. »Ich dachte, du wolltest nach dem Neffen suchen?«

Und schon wandte er sich dem Eingang des Rathauses zu, und Marie blieb nichts anderes übrig, als ihm zu folgen.

Mit dem Geburtenregister waren die beiden schnell fertig. Es wies in der Tat keine Geburt auf, bei der eine Elżbieta Koszak als Mutter genannt war. Auch weitere Rückschlüsse ließen sich aus den vorhandenen Eintragungen nicht ziehen: Weder fehlte bei einer der Geburten der Name des Vaters, noch gab es Namensähnlichkeiten mit Koszak oder ein Anagramm.

»Eigentlich sollte uns das nicht wundern«, kommentierte Marie. »Wenn ich eine Geburt geheim halten und das Kind zur Adoption freigeben will, lasse ich doch am besten das Kind gar nicht eintragen.«

»Dafür hätten wir also nicht nach Płock zu fahren brauchen, ich habe es mir ja gleich gedacht«, ließ Staszek sich leicht grummelnd vernehmen, aber Marie verteidigte die Fahrt und blieb optimistisch. Sie war in Gedanken bei Pani Elżbietas Erzählung, der zufolge sie in Płock eine alte Freundin besucht hatte, bei der sie dann wohl auch ihren Sohn bekommen hatte. Vielleicht ließe sich ja diese Freundin ausfindig machen?

»Und wie soll das gehen?« Staszeks Skepsis dem ganzen Unternehmen gegenüber wuchs erneut; dennoch zeigte er sich bereit, sich seinerseits in einem nächsten Schritt mit dem örtlichen Jugendamt in Verbindung zu setzen, obwohl ihm klar war, dass er bei einer anonymen Adoption kaum Erfolg mit seinen Recherchen haben dürfte.

Marie hingegen dachte weiter darüber nach, welche Anhaltspunkte es in dem Gespräch mit Pani Elżbieta gegeben hatte, die ihr den Weg zu der Freundin weisen könnten. Sie wusste keinen Namen, aber die Freundin musste, wie sie sich erinnerte, ganz in der Nähe von Elżbieta Koszak gewohnt haben, möglicherweise sogar in demselben Haus. Pani Elżbieta hatte davon gesprochen, dass sie gemeinsam aufgewachsen und morgens zusammen zur Schule gegangen waren. Wenn sie im selben Haus oder nah beieinander gewohnt hätten – und das war zumindest nicht ausgeschlossen –, müsste sie, um weiterzukommen, nur herauskriegen, wo die Familie Koszak vor fünfzig, sechzig Jahren gewohnt hatte. Jetzt war der Lokaltermin in Płock doch von Nutzen, denn hier würde sie die alten Melderegister einsehen können.

Kurz überlegte sie, ob sie Staszek bitten sollte, ihr zu helfen, aber der war ja erst mal mit dem Jugendamt beschäftigt. So ging sie allein die entsprechenden Unterlagen durch, und in der Tat fand sich ein Eintrag aus dem Jahr 1965, der den Namen Koszak in der Ulica Piekarska auswies. Die Piekarska war, wie Marie auf dem Stadtplan feststellte, in der Altstadt, also nicht weit. Das würde zu dem Bild vom Sonntagsspaziergang an der Weichsel mit dem Schloss als Hintergrund passen. Und wenn, so spann sie in Gedanken weiter, Elżbieta Koszak die ganze Zeit mit ihren Eltern dort gewohnt hätte, hätte ihre Kommunion, von der sie ebenfalls ein Bild gesehen hatte, in einer der nahe liegenden Kirchen stattfinden müssen, in der Bartholomäus-Pfarrkirche etwa oder vielleicht sogar in der Kathedrale? Und gemeinsam mit besagter Freundin?

Um das zu verifizieren, würde sie die Kirchenbücher einsehen müssen, und die wären im Rathaus kaum zu finden, sondern in den einzelnen Gemeinden. Das wäre dann der nächste Schritt. Da sie mit Staszek erst gegen dreizehn Uhr wieder verabredet war, beschloss sie, einen kleinen Spaziergang zur Piekarska zu machen und das Haus, in dem 1965 eine Familie Koszak gewohnt hatte, auf sich wirken zu lassen, vielleicht würde sie das zu weiteren Ideen inspirieren.

Aber bevor sie sich auf den Weg in die Piekarska machte, wollte sie doch erst das Haus sehen, in dem E. T. A. Hoffmann gelebt hatte. Sie brauchte sich nur ein paar Schritte nach rechts zu wenden, da stand sie auch schon vor dem schlichten ockerfarbenen »Dom Darmstadt«, dem ehemaligen »Hotel Berlinski«, dessen Wirt vor mehr als zweihundert Jahren eine Wohnung an E. T. A. Hoffmann vermietet hatte und das heute die Touristeninformation beherbergte. Zwei Plaketten schmückten das Haus, die eine gab darüber Auskunft, dass das Gebäude von der Stiftung für deutsch-polnische Zusammenarbeit und unter Beteiligung der Partnerstädte Płock und Darmstadt restauriert worden war, die andere, die zum zweihundertzwanzigsten Geburtstag von E. T. A. Hoffmann angebracht worden war, pries ihn in all seinen künstlerischen Facetten: Poeta, Pisarz, Kompozytor, Dyrygent, Malarz, Karykaturzysta, Reżyser, Artysta.

In der ersten Etage des Hauses befand sich ein kleiner Balkon mit einer kunstvoll verzierten schmiedeeisernen Brüstung; schade, dass sich dahinter nicht ein kleines Café verbarg, in dem Werke von E. T. A. Hoffmann auslagen, die man dort hätte lesen können. Marie sah sich im Geiste auf dem kleinen Balkon sitzen und eine ihrer Lieblingserzählungen, die von »Klein Zaches genannt Zinnober«, lesen. Aber auf die Idee eines Cafés war die Tourist-Information noch nicht gekommen, und vermutlich wäre das angesichts der vielen Sehenswürdigkeiten, die Płock zu bieten hatte, auch etwas zu speziell. Zudem, riss sie sich aus ihrer literarischen Nostalgie, wollte sie ja auch in die Piekarska gehen und nicht auf E. T. A. Hoffmanns Spuren wandeln.

Die Piekarska war ganz in der Nähe. Sie hatte mit Sicherheit im Laufe der Jahre ihr Gesicht erheblich verändert; die teilweise noch alten Häuser waren schön renoviert, und die zentrale Lage zwischen Altem Markt und Weichsel hatte mehrere Hotelbauten nach sich gezogen. Ein paar halb fertige Neubauten ließen zudem vermuten, dass hier eine große Gentrifizierung im Gange war.

Marie blieb vor einem kleinen Haus, dessen alte Bausubstanz noch deutlich zu erkennen war, stehen, verglich die Hausnummer, die sie in dem alten Melderegister gefunden hatte, mit der am Klingelschild und studierte die Namen. Natürlich fand sich der Name Koszak nicht; wie sollte er auch. In diesem Moment kam eine alte, gepflegt aussehende Dame aus dem Haus und fragte, als sie Marie etwas unschlüssig vor den Klingeln stehen sah, ob sie helfen könne.

Marie suchte mühsam ihr Polnisch zusammen: *»Szukam Elżbiety Koszak, która tutaj kiedyś mieszkała.«*

»Elżbieta?«, antwortete die Dame fragend. *»Ona już dawno tutaj nie mieszka.«*

Marie hätte sich nicht träumen lassen, auf ihre Frage, die eigentlich mehr ein Versuchsballon gewesen war, für den ihr zufällig sogar ein paar polnische Brocken zur Verfügung standen, überhaupt eine ernst zu nehmende Antwort zu bekommen. Sollte das etwa die Freundin sein? In gebrochenem Polnisch erklärte sie ihr Anliegen: dass sie aus Deutschland sei und Pani Elżbieta Koszak in Gołdap kennengelernt habe. Die habe ihr viel aus ihrem Leben erzählt, und darin habe eine gute Freundin in Płock eine wichtige Rolle gespielt, und nun sei sie auf der Suche nach dieser Freundin, in der Hoffnung, von ihr noch mehr über die gemeinsame Kindheit und Jugend der beiden Freundinnen erfahren zu können. Deshalb sei sie mit einem guten Freund, einem emeritierten Juraprofessor aus Warschau, nach Płock gefahren.

Die alte Dame hörte mit einiger Verwunderung, aber doch bereitwillig zu und sagte nach einigem Überlegen: *»Tak, może będę mogła pani pomóc.«*

Marie konnte es kaum fassen; wenn sie es richtig verstanden hatte, hatte die alte Dame ihr signalisiert, dass sie helfen könne. Aber mit ihrem Polnisch war sie inzwischen am Limit, und so bat sie, um der besseren Verständigung willen ihren polnischen Freund, der im Rathaus etwas zu erledigen habe, zu dem weiteren Gespräch hinzuziehen zu dürfen. Sie hatte bisher den Zweck ihres Besuchs ja nur vage umschrieben, denn weder für die komplizierte Frage nach dem Sohn noch für das Überbringen der Todesnachricht stand ihr das geeignete Vokabular zur Verfügung.

Staszek ließ nicht lange auf sich warten. Seine Recherchen beim Jugendamt hatten zu nichts geführt; dass er ohne richterlichen Beschluss keine Einsicht in die Unterlagen der Adoptionsvermittlung würde bekommen können, war ihm als Juristen natürlich klar gewesen, aber es war ihm nicht einmal gelungen, herauszufinden, ob für den fraglichen Zeitraum überhaupt noch Akten vorhanden waren. Insofern war er froh, den Schauplatz wechseln zu können, und fand sich schnell in der Piekarska ein.

Die alte Dame, die sich inzwischen als Katarzyna Piłkowska vorgestellt hatte, bat ihre beiden fremden Gäste ins Haus. Sie war, so stellte sich heraus, in der Tat die Freundin von Elżbieta Koszak; beide waren in dem kleinen Haus in der Piekarska, in dem Pani Piłkowska nun schon fast ein Leben lang lebte, aufgewachsen. Sie hatte längere Zeit nichts mehr von ihrer Freundin gehört und war gespannt auf Nachrichten. Staszek übernahm es, ihr die Informationen zu geben, die notwendig waren, um sein und Maries Kommen genauer zu erklären, von dem Mord an Józef Koszak und dem plötzlichen Tod Pani Elżbietas zu berichten, wobei er sich zu deren Todesursache nicht äußerte. Pani Katarzyna reagierte gefasst.

»Ja, wir sind schon alt, nur hätte ich sie so gern noch einmal wiedergesehen! Aber«, wandte sie sich nach einer Pause an Marie, »sie hat Ihnen am Tag zuvor ihre Lebensgeschichte erzählt? Das war sicher eine Befreiung für sie. Sie hat niemals darüber sprechen wollen, es war ja auch alles zu schlimm.«

Marie stimmte ihr zu; auch sie hatte empfunden, dass die Erzählung eine Befreiung für Pani Elżbieta gewesen war. Aber es seien Fragen offengeblieben, deren Antworten möglicherweise zur Aufklärung des Mordes an Józef Koszak beitragen könnten, und vielleicht könnte Pani Katarzyna da helfen.

Pani Katarzyna zögerte; Marie und Staszek meinten, ihr fast ansehen zu können, wie sie mit sich rang und überlegte, ob sie das ihrer Freundin mutmaßlich versprochene Schweigen brechen dürfte.

»Was möchten Sie wissen?«, fragte sie nach einer Weile, offensichtlich noch abwägend, was sie preisgeben wollte.

Marie antwortete mit einer Gegenfrage: »Was ist aus dem Kind geworden, das Elżbieta hier in Płock bekommen hat?«

Pani Katarzyna schluckte. Sie hatte offenbar befürchtet, dass die Fragen in diese Richtung gehen würden.

»Ja, wissen Sie«, begann sie stockend, »es waren damals, kurz vor Ausrufung des Kriegsrechts, schwierige Zeiten. Sie hat den Jungen hier zur Welt gebracht; ich habe ihr geholfen. Sie wollte ihn Andrzej nennen. Wir haben ihn, als er ein paar Tage alt war, in das Klasztor Mariawitów, das Kloster der Mariaviten, gebracht, und die Nonnen dort haben versprochen, sich seiner anzunehmen und ihm gute Eltern zu suchen. Es war ja die Zeit um Mariä Himmelfahrt, wo das Kloster immer von vielen Gläubigen besucht wird, vielleicht haben sie ja gleich Eltern für ihn gefunden. Es war sicher eine gute Entscheidung.«

Marie schauderte es; die Vorstellung, ein Kind gleich nach der Geburt weggeben zu müssen, war ihr unerträglich.

Staszek, der ihre emotionale Reaktion bemerkte, sprang ein. »Haben Sie je gehört, was aus dem Jungen geworden ist?«, fragte er.

Da war es wieder, das Zögern in der Miene Pani Katarzynas. Er hakte vorsichtig nach. »Sie sollten es mir sagen, wenn Sie etwas wissen«, begann er, bemüht, vertrauensvoll zu klingen, »Sie schaden niemandem damit, aber uns könnten Sie jetzt sehr helfen.«

»In den ersten Jahren habe ich manchmal noch eine Nachricht bekommen; die Nonnen hatten den kleinen Jungen einem deutschen Ehepaar anvertraut, das ihn als eigenes Kind ausgab und ihn später adoptierte. Anfangs bekam ich von Siostra Felicitas auch hin und wieder die Nachricht, dass es ihm gut ging, aber irgendwann versiegte diese Quelle, ich glaube, die gute alte Nonne, der wir den Jungen gebracht hatten, war gestorben, und Elżbieta ihrerseits hatte ja auch nie reagiert, es fiel ihr einfach zu schwer, sich damit auseinanderzusetzen.«

Die Adoption in Deutschland war eine Wendung, mit der Staszek und Marie nicht gerechnet hatten und die sie erst einmal verdauen mussten. Und die Frage blieb: Hatte Józef Koszak, um den es hier ja eigentlich ging, von seinem Sohn, den er ja wohl in den Grundbüchern als Neffen deklarierte, etwas Genaueres gewusst, oder beruhten seine Eintragungen nur auf Vermutungen? Staszek, der Józef Koszak als jemanden kannte, der immer über alles in seinem Umfeld informiert war, konnte sich nur schwer vorstellen, dass er ahnungslos geblieben war.

»Hat sich Józef Koszak je hier blicken lassen?«, fragte er deshalb weiter.

»Er war häufiger in Płock, weil er hier zu tun hatte. Und dann kam er immer auch zu mir, er wusste von meiner Verbindung zu Elżbieta. Und immer erkundigte er sich nach einem Kind. Aber ich habe nie etwas gesagt. Irgendwann muss er dann – fragen Sie mich nicht, wie – etwas herausbekommen haben, er verstand sich ja, wie ich von Elżbieta wusste, sehr gut aufs Spionieren; jedenfalls redete er von einem Sohn und machte mir schwere Vorhaltungen, ihm etwas zu verheimlichen, aber ich habe geschwiegen. Ob er bis zum Kloster vorgedrungen ist, weiß ich nicht. – Aber«, fuhr sie nach einer Weile fort, »bei allem aufbrausenden Wesen, das er an den Tag legte – und er war mir weiß Gott nicht der Angenehmste –, bei seinen letzten Besuchen war er zurückgenommener, und ich hatte den Eindruck, er suche auch deshalb nach seinem Sohn, weil er etwas wiedergutmachen wollte. Vor ungefähr drei Jahren habe ich ihn das letzte Mal gesehen, da sah er ziemlich mitgenommen aus.«

»Das deckt sich mit dem, was wir in Gołdap und Węgorzewo über ihn gehört haben«, pflichtete Staszek ihr bei.

Aber bevor er mit Dankesformeln eine Verabschiedung einleiten konnte, fielen Marie noch zwei weitere Punkte ein, zunächst die Frage nach dem zweiten Vetter von Pani Elżbieta, Mirosław Koszak. Pani Katarzyna hatte von dessen Existenz nichts gehört, geschweige denn ihn je zu Gesicht bekommen. Der zweite Punkt war ungleich diffiziler. Marie war eingefallen, dass in Deutschland mancherorts Mütter, bevor sie ihr Kind zur Adoption freigeben, nicht nur einen Namen für das Kind nennen, sondern ihm auch ein Erinnerungsstück mitgeben dürfen. Pani Katarzyna, die die ganze Zeit über bei all den aufwühlenden Erinnerungen Fassung bewahrt hatte, traten Tränen in die Augen.

»Ja, wir haben ihm ein kleines Goldkettchen mit einem Kreuz mitgegeben.«

Dann bat sie, wieder gefasster, von der bevorstehenden Trauerfeier für ihre Freundin Elżbieta benachrichtigt zu werden. Staszek und Marie versprachen das und machten sich auf den Weg.

»Was nun, fahren wir jetzt ins Kloster?«, fragte Marie.

»Was hätte das jetzt für einen Sinn? Dass wir etwas über den Verbleib des Jungen Andrzej erfahren, glaube ich nicht, in der Regel sind Nonnen noch verschwiegener als das Jugendamt. Und vor allem: Wir suchen nach dem Mörder von Józef Koszak, und für diese Rolle eignet sich der unbekannte Sohn respektive der Neffe eigentlich nicht. Ich glaube, wir bleiben besser in dem bisherigen Umkreis, notfalls kommen wir noch einmal wieder, aber dann würde ich gerne erst ein paar Beziehungen zum Kloster spielen lassen, obwohl das bei den Mariaviten nicht einfach sein dürfte.«

Marie war einverstanden. »Aber«, und damit kam sie wieder auf den Boden der Realität, »könnten wir nicht vielleicht irgendwo hier in Płock eine Kleinigkeit essen?«

Diesmal stimmte Staszek freudig zu. »Das ist eine sehr gute Idee, und ich weiß auch schon, was ich dir jetzt zeige.«

Sie nahmen den Weg in Richtung Amphitheater. Das Amphitheater in Płock war auf dem Tumskie-Hügel an der Weichsel gebaut und perfekt in die Landschaft eingepasst. Es sah leicht und schwerelos aus; Stahl und Glas schienen die überwiegenden Materialien zu sein, aber das Aufregendste war für Marie das nahezu schwebend wirkende geschwungene Dach, das nur von einigen Parabolbögen aus Stahl getragen wurde. Marie erinnerte die Architektur an das Kongresszentrum in Berlin, die »schwangere Auster«, mit der das Amphitheater in der Tat auch noch eine weitere Gemeinsamkeit hatte: Es war instabil, allerdings war es verstärkt worden, bevor es, wie das Dach in Berlin, einstürzte.

Aber die moderne Architekturszenerie in Płock ging weiter: In Korrespondenz zu dem erhöht liegenden Amphitheater war unten am Weichselufer ein einige hundert Meter langer Pier in den Fluss gebaut worden – ähnlich wie die Landungsbrücken an der See. Er verlief parallel zum Flussufer und gewährte einen herrlichen Blick auf die oberhalb des Flusses liegende Kathedrale und das Schloss. An seinem Ende war der Pier zu einem Rondell erweitert, auf dem sich, an einen abgeflachten runden Korb erinnernd, ein Café befand, das »Molo Cafe«. Hierhin führte Staszek Marie, die von der Lage schwer begeistert war. Auch er war immer wieder angetan von dieser Konstruktion, hatte er doch schon oft genug davon geträumt, auf einem seiner Seen eine Art Ponton zu bauen, auf dem sitzend man abends einen Schoppen Wein trinken könnte.

Die Speisekarte des »Molo Cafe« wies vor allem Desserts und Eissorten aus; wie gut sie waren, konnte Marie, die kein Fan dieser süßen Speisen war, nicht beurteilen. Während Staszek sich einen großen, bombastisch aussehenden Schokoladeneisbecher bestellte, beließ sie es angesichts der schreiend bunten Farben mancher Produkte doch lieber bei einem einfachen Latte macchiato. Da saßen sie nun bei schönstem Wetter an einem der Tische auf den Holzbohlen des Piers, mitten auf der Weichsel, die hier nach Maries Schätzung gut einen Kilometer breit war, und blickten auf der einen Seite auf die beeindruckenden Bauwerke vergangener Epochen auf dem Tumskie-Hügel und auf der anderen auf das im Sonnenlicht glitzernde Wasser des Stroms, der gravitätisch dahinfloss.

Doch auch die schönste Kulisse konnte nicht von dem Zweck ihrer Fahrt ablenken. Staszek musste zugeben, dass Marie mit ihrer Spontanaktion einen richtigen Riecher gehabt hatte; sie hatten, was sie beide kaum für möglich gehalten hatten, die Freundin von Pani Elżbieta aufgetan und von ihr erfahren, dass es einen Sohn Andrzej gegeben hatte oder gab, der offensichtlich von einem deutschen Ehepaar adoptiert worden war.

Marie musste unwillkürlich an die Zeit des Nationalsozialismus denken, in dessen Zuge die Nationalsozialistische Volkswohlfahrt in Posen unter Beteiligung einer deutschen Entwicklungspsychologin polnische Kinder daraufhin hatte untersuchen lassen, ob sie zur »Germanisierung« und damit zur Überführung ins »Reich« taugten. Die entsprechenden historischen Forschungen in Deutschland, die Klarheit in diese Aktion bringen sollten, waren allesamt noch etwas vorläufig und nicht endgültig abgeschlossen. Der konkrete Fall dagegen – viele Jahrzehnte später – war offensichtlich völlig anders gelagert, und Marie hoffte sehr, dass es bei der Adoption von Andrzej wirklich ausschließlich um das Kindeswohl gegangen war und keinerlei andere Interessen mit in diesen Akt hineingespielt hatten.

Aber – und damit kamen sie erneut auf den Zweck der Fahrt zurück – was hatten sie erfahren, das für den Mord an Józef Koszak von Bedeutung sein konnte? Da war einmal die Existenz des Neffen respektive des Sohns von Józef Koszak erneut belegt worden. Außerdem gab es die Vermutung von Pani Katarzyna, Józef Koszak habe etwas wiedergutmachen wollen. Doch hatte Józef Koszak seinen Sohn und Neffen überhaupt je gefunden? Die vagen Grundbucheintragungen, die er in Nordostpolen offenkundig zu dessen Gunsten getätigt hatte, sprachen nicht dafür, dass er Genaueres gewusst hatte; sie ließen es aber auch immer unwahrscheinlicher erscheinen, dass in dieser Person der Mörder Józef Koszaks zu finden wäre.

So schön es in der Sonne war, Marie und Staszek beschlossen, zeitig zurückzufahren. Den verbleibenden Rest des Tages wollten sie nutzen, um Informationen mit Piotr und Wojtek auszutauschen.

Als sie auf Maries Hof ankamen, trafen sie auf Paula und Dominik, die gerade am Picknicktisch im Innenhof Platz genommen und einen Tee und ein paar kleine Rogaliki, die kleinen Hörnchen mit den leckeren süßen und pikanten Füllungen, vor sich stehen hatten.

Paula winkte sie herbei: »Setzt euch zu uns. Habt ihr in Płock etwas Neues erfahren?«

»Ja, vielleicht«, sagte Marie etwas zögerlich, »ich glaube, so ganz wissen wir selbst noch nicht, wie wir das alles einschätzen sollen.«

»Und gibt es neue Ergebnisse aus der Rechtsmedizin?«

Staszek verneinte. »Bisher haben wir noch nichts gehört, ich will mich nachher erkundigen.«

Paula und Dominik hatten durch Piotrs Besuch am Vortag mitgekriegt, was in Gołdap nach Maries und Małgorzatas dortigem Besuch passiert war. Paula, die Staatsanwältin, fieberte mit und hätte gar zu gerne ermittelt, aber schließlich waren es ihre Familienferien, und sie hatte den Kindern versprochen, nicht zu arbeiten, doch ihre Sichtweise und einige Hypothesen konnte sie ja trotzdem beisteuern.

»Im Übrigen, Marie«, warf da Dominik in die sich anbahnenden Diskussionen ein, »du scheinst einen neuen Verehrer zu haben. Der mit dem grauen Golf war heute schon wieder hier. Er war ja auch Montag schon mal da, ich habe dir doch abends erzählt, dass zwei Leute hier waren.«

»Ja, stimmt, aber wir sind gar nicht weiter darauf eingegangen. Das waren die Gäste, die ich in dem Kirchcafé kennengelernt hatte. Der eine von denen hat sich zufällig als Vetter von Józef Koszak entpuppt. Er heißt Mirosław Koszak. Weil ich hoffte, von ihm mehr über den Toten zu erfahren, habe ich ihn und seine Frau mit hierhergenommen, und dann kam auch noch ein weiterer Gast mit, Andreas, der einfach an allem sehr interessiert zu sein schien und sich als Kripobeamter aus Hannover vorgestellt hat. Das Gespräch mit dem Vetter war sehr aufschlussreich, aber irgendwie hatte ich das Gefühl, es stimmte nicht alles, was er erzählte. Und spätestens bei dem Besuch am Montag bei seiner Cousine hat sich das bestätigt. Entgegen seiner Behauptung, nichts von ihr zu wissen, kannte er sie, und er war auch nicht das erste Mal seit seiner Migration wieder hier in Masuren, zumindest ist er in der Zwischenzeit auch bei ihr aufgetaucht. Und unter dem Aspekt ist es schon interessant, zu wissen, was er eigentlich am Montag und dann heute schon wieder wollte.«

»Eigentlich hat er nur gesagt, dass er dich sprechen wollte, und dann hat er sich jedes Mal erkundigt, wo du bist.«

»Und das hast du ihm gesagt?«

»Na ja«, druckste Dominik herum, dem es inzwischen angesichts der neuen Informationen etwas mulmig wurde, »heute nicht so genau, aber ich glaube, am Montag habe ich gesagt, du hättest etwas von Gołdap erwähnt.«

Staszek schaltete sich ein. »Und was hast du heute gesagt?«

»Nur, dass ihr wohl nicht vor heute Abend zurück wäret.«

»Ja, heute war Dominik verschwiegener«, bestätigte Paula, »wir hatten nämlich am Montag eine kleine Auseinandersetzung, weil ich es nicht richtig fand, dass er einem Fremden gesagt hat, wo Marie hingefahren ist. Und dann hat der auch noch gefragt, ob sie mit ihrem Auto unterwegs sei.«

»Und das hast du bestätigt?«, erkundigte sich Marie bei Dominik.

»Ja, habe ich«, bekannte der kleinlaut.

Marie grinste. »Na, das war nicht weiter tragisch, mein Auto stand nämlich bei Staszek, und wir waren mit Małgorzatas Auto unterwegs. Aber«, fuhr sie, wieder ernst, fort, »weißt du noch, wann das Ganze war?«

»Das muss so gegen zehn Uhr gewesen sein.«

Marie begann zu rechnen. Wäre Mirosław Koszak am Montag von hier aus nach Gołdap zu seiner Cousine gefahren, müssten sie und Małgorzata gerade weg gewesen sein, als er ankam. Glück oder nicht? Sie wusste es nicht. Aber gesetzt den Fall, er wäre nach Gołdap gefahren, dann könnte er es sein, der nach ihrem und Małgorzatas Besuch bei Elżbieta Koszak war und vielleicht sogar verantwortlich für ihren Tod war. Aber natürlich war das bisher alles nur eine Vermutung.

Staszek, der offensichtlich ähnliche Gedanken hegte, wandte sich erneut an Dominik. »Ist dir irgendetwas an ihm aufgefallen, als er am Montag hier war?«

»Eigentlich nicht ... Doch, halt, er hat sich nicht einmal vorgestellt und hatte so etwas Gehetztes an sich. Und darüber, dass er Marie nicht antraf, schien er verärgert zu sein, und dann ist er schnell losgefahren.«

»Und heute?«

»Heute ist er auch wieder gefahren, kaum dass er hier war, aber das lag sicher auch an mir; ich hatte keinerlei Ambitionen, mit ihm länger zu reden, und er wollte sich noch mal melden.«

Auch Paula hatte angesichts der Fakten, die da ausgebreitet wurden, gerechnet. »So, wie du es erzählt hast, Dominik«, und dabei blickte sie ihren Mann an, »könnte es ja durchaus möglich sein, dass er am Montag so schnell losgefahren ist, weil er auch nach Gołdap zu seiner Cousine wollte und auf jeden Fall vor Marie dort sein wollte. Aber«, unterbrach sie sich selbst mit ihren Vermutungen, »nehmen wir an, es war so, was für einen Grund könnte er haben, Marie an dem Kontakt zu seiner Cousine zu hindern? Hat er etwas zu verbergen, was im Zusammenhang mit dem Mord an seinem Vetter steht? Und was könnte das sein?«

»Vielleicht ein dunkles Familiengeheimnis wie in englischen Schauerromanen des 19. Jahrhunderts, so wie bei Wilkie Collins.« So ganz ernst war es Marie mit dieser Bemerkung nicht, sie wollte einfach nur aus der sie belastenden Realität herauskommen, musste sich jedoch eingestehen, dass die Geschichte von Pani Elżbieta durchaus auch an ein Familiengeheimnis erinnerte.

Paula hingegen schloss das dunkle Familiengeheimnis mehr oder weniger aus und erdete Maries Phantasie. »Nein, wenn es nicht Morde aus Eifersucht oder aus dem Affekt heraus sind, dreht sich in der Regel immer alles um Geld, um Erbschaften etwa. Gibt es da irgendwelche Hinweise?«

Damit war eine nächste Frage aufgekommen, die an Wojtek

und Piotr gehen musste: die nach den Vermögensverhältnissen von Józef Koszak. In seinen letzten Lebensjahren war er von allen Seiten als verarmt und heruntergekommen geschildert worden, aber was sagte das schon wirklich über sein Vermögen aus?

»Und warum war der Mirosław heute schon wieder hier?«, nahm Marie den Faden wieder auf. »Meint ihr, er weiß schon von dem Tod seiner Cousine?«

Darauf wusste keiner eine Antwort.

»Doch noch viel wichtiger, wo ist er jetzt? Und was hat er vor?« Staszek schien sich ernsthaft Sorgen zu machen.

Die Spekulationen zu Mirosław schienen sich erschöpft zu haben, und Marie fiel der zweite Besucher ein.

»Was wollte denn eigentlich der andere, der nette sportliche Rennradfan Andreas?« Und während Dominik noch überlegte, ob er außer über Rennräder über irgendetwas mit ihm gesprochen hatte, fügte sie schon hinzu: »Da gibt es übrigens etwas, was ich euch noch gar nicht erzählt habe: Andreas hat auf den Weiden dahinten ein Springmesser gefunden. Ich habe es an die Polizei weitergeleitet, und dort wird es auf Spuren überprüft. Und Piotr will versuchen, den Besitzer zu finden.«

»Aber«, wandte Paula erneut ein, »das ist doch nicht die Mordwaffe, sie sollten sich doch besser erst einmal auf das Umfeld von Józef Koszak konzentrieren, so wie du, Marie, das ja schon angefangen hast. Ich glaube, letztlich führt das weiter als die Suche nach dem Besitzer eines Springmessers.«

»Ich denke, dass du recht hast«, pflichtete Marie ihr bei, »nur wenn sie die Messerfrage überprüfen und die Sache im Sande verläuft, können sie zumindest eine Spur ausschließen.«

Marie beschloss, den Rest des Abends zum Schreiben zu nutzen. Bei den Fallgeschichten, die sie in ihr Buch einbauen wollte, stand ihr immer wieder Józef Koszak vor Augen, den sie zwar nicht hatte interviewen können, wie sie es für ihre Studie vorhatte, den sie nun jedoch – fast notgedrungen – aus unterschiedlichen Perspektiven präsentiert bekam: Er war, bei allem Verständnis für seine schwierige Kindheit, von den meisten seiner Mitmenschen nicht als sonderlich angenehmer Zeitgenosse beschrieben worden, auch Marie hatte ja nicht den besten Eindruck von ihm gehabt.

Wie aber passten Pani Katarzynas Äußerungen über einen Józef Koszak, der ihrer Ansicht nach etwas wiedergutmachen wollte, in dieses Bild? War er einsam gewesen und hatte sich gegen Ende seines Lebens an die Vorstellung geklammert, vielleicht einen Sohn zu haben, dem er gerne etwas Gutes tun wollte? Was hatte er dafür getan, diesen Sohn zu finden? Und wie war sein Verhalten seiner Cousine in Gołdap gegenüber zu erklären? Könnte es vielleicht auch darauf zurückzuführen gewesen sein, dass er nicht an sie herankam, weil sie angesichts dessen, was sie erlebt hatte, nicht mehr bereit war, mit ihm zu reden, und eisern schwieg? Ein solcher Widerstand hätte ihn, der ja gewohnt war, mit Macht das zu bekommen, was er wollte, sehr treffen müssen.

Marie versuchte, alle diese Züge zu systematisieren und in eine Fallstudie einfließen zu lassen, und bei dieser Arbeit, die eigentlich aus ihrem Biografieprojekt resultierte, wurde ihr immer deutlicher, dass sie sich inzwischen in einem anderen Projekt befand, nämlich einer Mordermittlung, in die sie unversehens hineingeschlittert war. Inwieweit sich die beiden Stränge miteinander verbinden ließen, würde sich zeigen.

SIEBEN

Während Marie und Staszek nach Płock gefahren waren, hatte Piotr seine Ermittlungen wegen des Springmessers aufgenommen. Die Spurensicherung hatte, wie auch schon bei dem Bandmaß, das er in dem Wäldchen gefunden hatte, nicht viel Brauchbares feststellen können; es hatte im Gras gelegen, wie lange, ließ sich nicht genau sagen; ein paar Wochen vielleicht, seit Beginn des Sommers, hatten die Beamten von der Spurensicherung geschätzt. Das Fabrikat »BlackField« war deutlich zu erkennen, ferner gab es Schmierspuren, die nicht zugeordnet werden konnten, und ein paar frische Fingerabdrücke, die wohl von Andreas stammten, der das Messer ja gefunden und dann erst einmal aufgehoben hatte, bevor er es in einem Plastikbeutel verstaut hatte. Marie hatte erzählt, dass es sich bei ihm um einen Kripobeamten aus Hannover handelte. Notfalls könnte er, Piotr, den deutschen Kollegen aufsuchen; er hoffte, Marie hatte dessen Kontaktdaten. Aber zunächst einmal erfüllte ihn am heutigen Morgen seine Fahrt ins Ermittlungsfeld nicht mit allzu viel Enthusiasmus.

Ein schöner Kaffee in der Morgensonne vor Maries Haus hätte helfen können, seine Laune zu verbessern, aber der Abstecher zu ihr würde nichts bringen, er hatte sie heute Morgen mit Staszek in Richtung Giżycko fahren sehen, und auch jetzt war ihr Auto noch nicht wieder da. Zudem musste er sie wegen des Springmessers nicht befragen, sie war es ja gewesen, die es an ihn weitergeleitet und außerdem noch versprochen hatte, sich bei allen Gästen ihrer Geburtstagsfeier zu erkundigen, ob sie auf ihrem Grundstück ein Springmesser verloren hätten. Das war ein nettes kooperatives Angebot gewesen, das Piotr gerne angenommen hatte, wenngleich er sich kaum vorstellen konnte, dass es in irgendeiner Weise weiterhelfen würde, hatte doch auch die Überprüfung von Maries Gästen keinerlei brauchbare

Ergebnisse gezeigt: Keines der Delikte, die Patrycja bei ihnen herausgefunden hatte – weder die Steuerhinterziehung noch der Drogenbesitz und nicht einmal die kommunistischen Verbindungen des Politikprofessors aus Bremen –, hatte auch nur ansatzweise eine Verbindung zu dem Mordopfer Józef Koszak erkennen lassen.

So hatte sich Piotr etwas gelangweilt und gleichgültig auf den Weg gemacht zu Besuchen bei Roman und Natalia und bei Pani Wróblewska und ihren Söhnen und Enkeln, um sie mit dem Springmesser zu konfrontieren. Er hielt es für ein aussichtsloses Unterfangen, aber Wojtek wünschte es nun mal so, und zudem hatten sie, bevor nicht die Ergebnisse aus der Rechtsmedizin in Olsztyn vorlagen, auch keine andere naheliegende Spur. Einzig das schöne Wetter und die Tatsache, dass er nicht über Akten sitzen musste, versöhnten ihn mit seiner Aufgabe.

Als Erstes fuhr er zu Roman und Natalia. Er entdeckte Roman schon, bevor er ausgestiegen war. Der schlurfte mit hängenden Schultern und missmutig um sich blickend über seinen Hof, eine Schubkarre mit einem Vorschlaghammer, mehreren Zangen und einer Rolle Maschendraht vor sich her schiebend. Und der Polizeiwagen, der die Auffahrt hochkam, war offenbar auch nicht dazu angetan, seine Laune zu verbessern.

Piotr spürte, da war offensichtlich außer ihm noch jemand, dem seine Tagesaufgabe nicht nach der Mütze war.

»Was ist los, Pan Roman, geht es nicht gut?«

»Ach, der Fuchs!«, schimpfte Roman vor sich hin. »Gerade hatte ich den Hühnerauslauf repariert, da hat er sich hier am Pfosten unter dem Draht ein Loch gegraben und drei Hühner gerissen. Natalia ist stocksauer.«

Piotr kannte diesen Ärger über den Fuchs von seinem Großvater, der auch Hühner gehalten hatte; er konnte Roman gut verstehen.

»Kann ich dir helfen?«, fragte er freundlich mit Blick auf das Handwerkszeug in Romans Karre.

»Ja, der Pfosten hier muss tiefer in den Boden, und dann

muss ich einen neuen Draht ziehen. Vielleicht können wir den Pfosten gemeinsam setzen?«

Piotr, der groß und kräftig war und während seiner NATO-Zeit viele Arbeiten im Gelände durchgeführt hatte, war gerne dazu bereit, und nach kurzer Zeit hatten sie die Vorarbeiten so weit erledigt, dass Roman den Rest allein würde schaffen können.

Bevor Piotr jedoch zu seiner eigentlichen Mission übergehen konnte, ergriff Roman, froh über den Pfosten, das Wort. »Gibt es was Neues von dem Geodäten?«

»Wir sind dabei, alle Spuren zu verfolgen, und deshalb bin ich auch noch einmal hier.«

Roman war verwundert; Piotr hatte ihn doch schon befragt, und er hatte alles gesagt, was er wusste; was wollte er denn nun in dieser Angelegenheit noch von ihm?

»Ich habe hier ein Messer«, setzte Piotr an, »das hat jemand auf der Weide, nicht weit von deinem Haus, gefunden. Ist das vielleicht zufällig deines?« Er hielt Roman das Springmesser hin.

Der betrachtete es zögerlich und schien zu überlegen. »Ich glaube, ich hatte mal so eins, zumindest sah das ganz ähnlich aus, aber es ist mir gestohlen worden.«

»Oder hast du es einfach weggeworfen, nachdem du den Geodäten wegen der Geschichte mit Natalia bedroht hattest?«

Roman glaubte seinen Ohren nicht zu trauen, darüber hatten sie doch schon bei Piotrs letztem Besuch gesprochen, und überhaupt: Erst ihm so freundlich bei dem Pfosten helfen und dann ihn verdächtigen; er war zutiefst empört.

Just in dem Augenblick kam Natalia, fröhlich dreinblickend, aus dem Haus und ging auf die beiden zu; sie hatte voller Freude gesehen, dass Piotr ihrem Mann geholfen hatte, den Pfosten tiefer in die Erde zu schlagen, als der das bei seiner letzten Reparatur geschafft hatte.

»Danke, dass du Roman geholfen hast«, wandte sie sich Piotr zu, »ich hatte schon geahnt, dass er den Pfosten nicht tief genug in die Erde geschlagen hatte«, und dabei wies sie auf Roman, aber ein Blick auf dessen Miene ließ sie Abstand davon nehmen, sich weiterhin über seine Arbeit auszulassen. So fragte sie, wie schon ihr Mann ein paar Minuten zuvor: »Was gibt es Neues von dem Mord an dem Geodäten?«

»Noch nicht viel, aber wir verfolgen alle Spuren und haben ein Messer gefunden, nach dessen Besitzer wir fahnden.«

Natalia blickte auf das Messer in Piotrs Hand. »Oh, das? Das sieht doch aus wie das teure Messer, das ich dir vor ein paar Jahren zum Geburtstag geschenkt habe«, rief sie und blickte dabei Roman an, »ja, ich erkenne es genau wieder! Und das Messer war dann plötzlich weg. Und woher kommt es jetzt?«

»Es ist dahinten auf der Weide gefunden worden.«

»Aha«, stellte sie Piotr anblickend fest, »und er hat«, und dabei zeigte sie empört auf Roman, »mir damals weismachen wollen, es sei ihm gestohlen worden, verloren hat er es, schlicht verloren!«

Ihre gute Laune über den jetzt korrekt gesetzten Pfosten war verflogen; es war eben immer das Gleiche mit Männern und speziell mit ihrem Mann: die Sachen entweder nur halb machen oder sie verschusseln.

Piotr merkte, wie er hier unversehens in eine eheliche Auseinandersetzung geriet, wenn er dem nicht Einhalt gebot. »Lasst uns doch mal versuchen, zu überlegen, wann was war«, schlug er vor, »es würde uns allen weiterhelfen, denn wir sind ja immer noch in der Mordermittlung im Fall Koszak, und bevor das nicht abgeschlossen ist, gehen wir allen auch noch so kleinen Spuren nach.«

Beide, Roman und Natalia, ließen von ihren Streitereien ab und bemühten ihre Erinnerungen. Natalia hatte Roman vor zwei Jahren, zu dessen fünfundsechzigstem Geburtstag, ein Originalmesser von BlackField geschenkt. Es war schwierig gewesen, das Messer zu beschaffen, sie hatte dafür sogar noch ihre Schwester in England einschalten müssen. Roman hatte sich sehr gefreut, aber nach einem halben Jahr war das Messer verschwunden, und Natalia war enttäuscht darüber gewesen, dass er, nachdem sie so viel Aufwand betrieben hatte, es zu bekommen, nicht besser darauf geachtet hatte. Roman hatte es, wie so vieles, in seiner Werkstatt in der Scheune liegen lassen, und als er Natalia von dem Diebstahl erzählte, sei er, so berichtete er, überzeugt gewesen, es seien noch mehr Dinge verschwunden. Aber da dort immer sehr viel Werkzeug liege, habe er nicht genau sagen können, was noch alles weg gewesen sei, nur das mit dem Messer, das habe er hundertprozentig gewusst. Und im Übrigen glaube er, das alles sei im letzten Frühjahr gewesen.

Natalia bestätigte seinen Bericht, auch sie meinte sich zu erinnern, dass Roman im letzten Frühjahr davon gesprochen habe, dass ihm einiges an Werkzeug gestohlen worden sei, aber sie sei bei derartigen Geschichten skeptisch, denn Roman gehe nicht sehr ordentlich mit seinen Sachen um.

Für Piotr war weniger Romans Ordnung als vielmehr die Zeitangabe von Interesse: Wenn Roman das Messer erst vor zwei Jahren bekommen hätte, hätte er wohl kaum, wie Piotr ihm vorwerfen wollte, den Geodäten damit bedrohen können, und als Tatwaffe kam es ja sowieso nicht in Frage. Aber wenn das Messer wirklich erst seit Sommerbeginn im Gras gelegen hätte, wie die Spurensicherung meinte, Roman es aber schon über ein Jahr vermisste – und für Piotr gab es keinen Grund, daran zu zweifeln –, dann müsste es in der Zwischenzeit im Besitz von jemand anderem gewesen sein. Neben Roman hatte nur die Großfamilie von Pani Wróblewska einen unmittelbaren Zugang zu der Fundstelle, insofern könnte es nicht schaden, bei ihnen vorbeizuschauen, obwohl ein solcher Besuch zur Aufklärung des Mordfalls wohl kaum beitragen könnte. Aber bei Roman und Natalia hatte sich sein Auftrag erledigt.

Blieb nur noch eine Frage an Roman: »Wieso hast du denn den Diebstahl damals nicht angezeigt?«

»Ach, was hätte das schon genützt, da hätte ich von euch nur Sicherheitsauflagen gekriegt, und gefunden hättet ihr den Dieb doch nicht.«

Piotr musste zugeben, dass Roman mit seiner Analyse nicht ganz falschlag; bei so kleinen Diebstählen fanden sie selten den Täter, es sei denn, der Zufall wollte es.

Auf Pani Wróblewskas Hof war niemand zu sehen, als Piotr ankam, aber auf der Weide hinter dem Haus drehte jemand mit einem lauten, offensichtlich getunten Moped seine Runden, vermutlich einer der Enkel. Als er in die Nähe des Hofs kam, winkte ihm Piotr, stehen zu bleiben. Sichtbar ungnädig folgte der junge Mann dieser Anweisung.

Piotr entschied sich, erst einmal nichts zu dem Moped zu sagen, sondern ihn gleich mit dem Messer zu konfrontieren. »Kennst du dieses Messer?« Er hielt ihm das Corpus Delicti hin.

»Nie gesehen.« Die Antwort kam wie aus der Pistole geschossen, ohne dass er auch nur einen Blick auf das Messer hätte werfen können.

Während Piotr noch überlegte, wie er weiter verfahren wollte, erschien der jüngere Bruder, offensichtlich davon angelockt, dass im Moment kein Mopedgeräusch zu hören war.

»He, jetzt bin ich dran«, rief er dem älteren zu und lief auf das Moped zu. Da fiel sein Blick auf das Messer, das Piotr in der Hand hielt, und noch ehe sein Bruder ihn hindern konnte, das zu kommentieren, entfuhr es ihm schon: »Da ist ja auch unser BlackField-Messer, wo war das denn? Du hast doch gesagt, du hast es verloren?«

Damit waren die letzten Besitzer offensichtlich identifiziert, und Piotr ahnte, was sich abgespielt hatte. Er beschloss, sich die beiden Knaben energisch vorzuknöpfen.

»Hört zu, ihr beiden, das Moped stellt ihr jetzt da an die Wand, und was ihr mit dem Motor gemacht habt, interessiert mich im Moment nicht. Aber wenn das euer Messer ist, dann will ich jetzt wissen, woher ihr es habt. Also?«

Er wartete.

Der ältere schien eine Version zu überlegen, und Piotr meinte, geradezu sehen zu können, wie es in ihm arbeitete.

»Lüg mich nicht an«, fuhr er ihn deshalb an, »sondern sag mir die Wahrheit, sonst sage ich dir, woher du das Messer – und vermutlich auch noch einiges andere – hast, aber das machen wir dann auf der Wache; ihr könnt gleich mit mir hinfahren.«

Bei dem Stichwort »Wache« zuckten die beiden, und Piotr wusste nicht so recht, ob sie mehr Angst vor der Wache oder ihrer Großmutter hatten, die einen solchen Ausflug doch unweigerlich mitkriegen würde. Sie wurden etwas zugänglicher, und Piotrs Ahnung bestätigte sich: Die Jungen waren vor längerer Zeit einmal mehr oder weniger zufällig an Pan Romans Scheune vorbeigekommen und hatten dort – ebenfalls zufällig – ein paar Dinge liegen sehen, von denen sie geglaubt hätten, Pan Roman brauche sie nicht mehr; deshalb hätten sie sie an sich genommen. Und das Messer hatte der ältere in der Tat vor einiger Zeit verloren, worüber die beiden miteinander schon in einen heftigen Streit geraten waren, wie sie gestanden.

»Euch ist schon klar, dass das Diebstahl ist? Was wir mit euch machen, hängt nicht allein von mir ab«, fügte er hinzu und ließ sie im Ungewissen schmoren. »Was ich euch nur raten kann, ist, dass ihr jetzt mal alles zusammensucht, was damals da noch so gelegen hat und, wie ihr meint, nicht mehr gebraucht wurde, es ordentlich putzt und mit einer Entschuldigung zu Pan Roman zurückbringt. Und dann bietet ihr ihm eure Hilfe bei dem Bau seines Hühnerauslaufs an. Ist das klar?«

Damit war diese Mission erst einmal erledigt. Piotr war gespalten. Der Vormittag hatte ihn keinen Schritt weitergebracht, stattdessen hatte er zwei – werdende? – kleinkriminelle Jugendliche ertappt und mit seiner Intervention, wenn es gut ging, präventive Sozialarbeit geleistet, und wenn es schlecht lief, versäumt, ihnen zur rechten Zeit knallhart die Grenzen zu zeigen.

Was jedoch den Mord an dem Geodäten betraf, so bestätigte sich das, was er schon vermutet hatte, nämlich, dass ihre bisherigen Recherchen keinerlei Anhaltspunkte ergaben, die auf einen Täter in der Nachbarschaft schließen ließen. Aber wer könnte sich dann mit dem Geodäten an einem so abgelegenen Ort getroffen haben? War es doch der große Unbekannte? Im Spiel war ja auch immer noch der Neffe, nur ihre Nachforschungen nach ihm waren bislang ergebnislos geblieben.

Wojtek, Paweł und Patrycja befanden sich in dem kleinen stickigen Besprechungsraum, als Piotr im Revier eintraf. Die Luft war schwül und unbeweglich, und etwas davon schien sich auch auf die Stimmung der drei gelegt zu haben. Das Ergebnis aus der Rechtsmedizin in Olsztyn zu Pani Elżbietas Tod lag vor, aber es hatte nichts gebracht, was Dynamik in den Fall oder die Fälle Koszak hätte bringen können; die Frage, ob es sich um einen natürlichen oder unnatürlichen Tod handelte, konnte, wie schon vermutet worden war, nicht eindeutig beantwortet werden. Den Todeszeitpunkt hatte Konstanty zwar ziemlich genau auf Montagmittag zwischen zwölf und vierzehn Uhr eingrenzen können; was die Todesart betraf, blieben jedoch Fragen offen.

Die ganzen Umstände, die sich Tadeusz, als er am Dienstagmorgen zu Pani Elżbieta gegangen war, offenbart hatten – die alte Dame, die er ein paar Tage zuvor noch anscheinend gesund angetroffen hatte, auf der Erde liegend, der Küchentisch in Unordnung –, all das hatte nach einem nicht natürlichen Tod ausgesehen, und Tadeusz hatte zu Recht sofort die Rechtsmedizin eingeschaltet.

Bei der Obduktion hatten sich jedoch keinerlei Spuren von äußerer Gewalteinwirkung feststellen lassen. Todesursache war vielmehr eine akute Herzinsuffizienz, der, wie Konstanty inzwischen von Pani Elżbietas behandelndem Arzt in Gołdap erfahren hatte, eine seit Jahren diagnostizierte koronare Herzkrankheit vorausgegangen war. Insofern konnte es sich trotz des ganzen Settings durchaus um einen natürlichen Tod handeln.

Wieso es jedoch am Montagmittag zu dem akuten Herzstillstand gekommen war, ob es etwas gegeben hatte, was Pani Elżbieta so sehr aufgeregt hatte, dass ihr Herz versagt hatte, das zu klären lag außerhalb von Konstantys Bereich. Das war die Aufgabe der Polizei.

Wojtek war angesichts dieses Befundes hin- und hergerissen. Er hatte schon befürchtet, dass die Obduktion ein solches Ergebnis zeitigen würde. Fast war er, wie schon zwei Tage zuvor, geneigt, die ganze Sache ad acta zu legen und zu den Tagesgeschäften überzugehen: Der Mord an Józef Koszak lag über zwei Jahre zurück; und der Tod seiner Cousine ließ sich, nach Aussagen der Rechtsmedizin, nicht zwingend als unnatürlicher Tod darstellen, also, was sollte es?

Seit über einer Woche waren sie nun mit der Klärung zugange, und außer dem Ausschluss einiger Hypothesen und der Aufklärung eines Kleindiebstahls durch zwei Jugendliche hatten sie nichts in Erfahrung gebracht. Auf der anderen Seite: Sollte das sein Einstand in Węgorzewo sein? Als Erstes ein oder, je nach Lesart, eineinhalb bis zwei ungeklärte Fälle?

Sein Blick fiel auf sein Team: auf Paweł, den kleinen Rothaarigen, der meistens eine etwas unbeteiligte Miene zeigte und den Eindruck vermittelte, es gehe ihn alles nicht so recht etwas an, der aber trotzdem ganz solide arbeitete, auf die vife und agile Patrycja, die sie alle mit ihren manchmal etwas schrägen Fragen und unerwarteten Hypothesen gelegentlich verblüffte und in deren Gesichtsausdruck sich ihre beständige Suche nach kreativen Lösungen widerspiegelte, und auf Piotr, der wie ein Fels dastand. Er war von den dreien der Pragmatischste, dazu besaß er eine gewisse Intuition, und Wojtek hatte in der kurzen Zeit ihrer Zusammenarbeit bereits begonnen, ihn sehr zu schätzen. Auch jetzt schätzte er ihn: Piotrs ständiger Appetit auf etwas Süßes und seine Ernüchterung über die Ergebnisse seiner morgendlichen Recherche hatten ihn dazu verleitet, unterwegs beim Tanken eine Packung Schokoladeneis zu kaufen, die er nun großzügig auf den Tisch stellte und anbot. Patrycja holte – ihrer Frauen- und Praktikantinnenrolle geschuldet? – kleine Glasteller und Löffel, und die bleierne Stimmung wich allmählich wieder einer konstruktiveren Atmosphäre.

»Lasst uns doch noch einmal genau durchgehen, was wir bisher haben«, schlug Piotr vor, nachdem sie das Eis auf die Teller verteilt und – wegen der Hitze – schnell gegessen hatten. Da war einmal der circa zwei Jahre zurückliegende Mord an dem Geodäten Józef Koszak und dann der plötzliche Tod seiner Cousine Elżbieta Koszak, kurz nachdem sie von dem Mord an ihrem Vetter erfahren hatte. Ein Zusammenhang schien evident, aber wo waren die Verbindungsglieder? Für den Mord an dem Geodäten gab es bisher keine tragfähigen Hinweise; alle Spuren, denen sie nachgegangen waren, waren im Sande verlaufen.

»Wir sollten unseren Blick trotz des unbefriedigenden Ergebnisses der Obduktion noch einmal nach Gołdap richten«, schlug Wojtek vor und berichtete der Runde in diesem Zusammenhang von Staszeks gestrigem Besuch bei ihm und von dessen Überlegung, dass nach den beiden Frauen, Marie und der Anwältin Małgorzata Olszewska, jemand anders bei Pani Elżbieta gewesen sein müsste. Ihm, Wojtek, so gab er zu, habe das durchaus eingeleuchtet.

Auch Piotr und Patrycja und sogar Paweł konnten der Idee etwas abgewinnen, für Piotr kam hinzu, dass er schon mehrfach die Erfahrung gemacht hatte, dass Staszeks Gedanken durchaus hilfreich sein konnten.

»Es könnte also jemand bei der alten Dame gewesen sein«, griff er den Hinweis auf, »der sie, vielleicht allein durch seine Anwesenheit, furchtbar aufgeregt hätte.«

Da war er wieder, der große Unbekannte, den sie bisher noch nicht identifiziert hatten. Der Neffe, von dem bisher niemand auf dem Revier wusste, ob es ihn noch gab und wo er abgeblieben war? Patrycjas Suche jedenfalls war bislang ergebnislos geblieben.

»Könnte der große Unbekannte vielleicht auch eine Frau gewesen sein?«, meldete sie sich da zu Wort.

Aber ihr Einwand wurde überhört; es schien, als habe in der derzeitigen Situation niemand Lust, ihn aufzunehmen und weiterzuführen.

»Wie dem auch sei«, befand Wojtek nach einer kleinen Pause, »wir werden versuchen, in der Nachbarschaft von Pani Elżbieta etwas zu erfahren. Vielleicht hat jemand gesehen, wer an dem fraglichen Tag und zur fraglichen Zeit außer den beiden Frauen in ihr Haus gegangen ist. Ich werde das mit Tadeusz absprechen und schlage vor, vorausgesetzt, er ist einverstanden, dass Patrycja und Paweł morgen nach Gołdap fahren und die Befragung der Nachbarn von Pani Elżbieta übernehmen.«

Damit hatte er immerhin ein paar weitere Schritte in die Wege geleitet, was aber keineswegs hieß, dass er zufrieden mit dem Stand ihrer Ermittlungen war. Im Moment sah er noch nicht, worauf das alles hinauslaufen könnte; es war ein wenig wie ein Stochern im Nebel mangels Alternativen. Vielleicht sollte er endlich Kontakt mit der Anwältin aus Olsztyn und ihrer Freundin Marie aufnehmen, die Pani Elżbieta kurz vor ihrem Tod besucht hatten? Und wenn die Anwältin noch bei ihren Gerichtsterminen in Westpolen war, wie Staszek gesagt hatte, dann könnte er ja mit dieser Marie beginnen und bei ihr vorbeifahren.

Piotr war, wie auch die anderen Mitglieder des Teams, am Abend leicht frustriert nach Hause gefahren; sie hatten zwar weitere Aufgaben verteilt, aber im Grunde – und das war bei der Besprechung klar geworden – traten sie auf der Stelle. So war er nur erfreut, als Staszek ihn anrief und ihn um ein Treffen bat. Staszek wollte sich nach den Ergebnissen aus der Rechtsmedizin erkundigen und Piotr über seine und Maries Fahrt nach Płock informieren.

Piotr, der nur allzu gern bereit war, noch eine kleine Fahrradtour in den Wald zu machen und auf der Terrasse von Staszeks Blockhaus ein Żywiec zu trinken, machte sich schnell auf den Weg. Schon in der Zufahrt wurde er bellend und springend von Jasper begrüßt, der wegen Staszeks und Maries Płock-Unternehmung den ganzen Tag allein hatte verbringen müssen und die menschliche Gesellschaft bitter vermisst hatte. Piotr, der den Hund sehr mochte, hatte ein Leckerchen in der Tasche, was Jasper noch freudiger und anhänglicher machte.

»Verwöhn ihn mir nicht zu sehr«, rief da der Hausherr von seiner Terrasse, »und dann komm rauf; das Bier ist schon kalt gestellt.«

Die beiden Männer setzten sich auf die Bank an der Hauswand und tauschten sich aus. Die Ergebnisse aus der Rechtsmedizin verwunderten Staszek nicht sonderlich, er wusste, wie schwierig die Unterscheidung zwischen einem natürlichen und einem unnatürlichen Tod war, wenn es keine sichtbaren äußeren Einwirkungen gab; umso wichtiger war es, zu eruieren, was in der Zeit nach Maries und Małgorzatas Besuch bei Pani Elżbieta passiert war.

Dass Wojtek angesichts der Ergebnisse aus der Rechtsmedizin seinen Vorschlag einer Recherche in Gołdap aufgegriffen hatte, hörte er mit großer Zufriedenheit. Er kannte ja Wojtek noch nicht und musste erst einmal abwarten, wie sich ihr Verhältnis gestalten würde; nicht, dass er vorhätte, sich in die Polizeiarbeit reinzuhängen, aber wenn ihm etwas auffiel, war er froh über einen vernünftigen Ansprechpartner im Polizeirevier.

Dann berichtete er Piotr von seinem und Maries Besuch in Płock, davon, dass Marie – mehr auf gut Glück als auf rationaler Grundlage – eine alte Freundin von Pani Elżbieta ausfindig gemacht hatte, die ihrerseits die Geburt des Sohnes von Elżbieta bestätigt hatte. Den Säugling hätten die beiden dann in das Kloster der Mariaviten gebracht, und die Nonnen hätten ihn vermutlich an ein Ehepaar aus Deutschland vermittelt. Ob man da aber jemals etwas Genaueres erfahren würde, wenn man es denn überhaupt dort nach fast vierzig Jahren noch wisse, das wage er, Staszek, sehr zu bezweifeln; er glaube nicht, dass man hier weiterkomme.

Allerdings, fuhr er fort, hätten sie auch noch etwas anderes gehört, dem nachzugehen aus seiner Sicht durchaus lohnend sein könnte: Das Vermögen des Geodäten sei möglicherweise deutlich größer gewesen, als sie bisher angenommen hätten.

Piotr staunte nicht schlecht über diese neuen Erkenntnisse und auch über Maries Intuition. Aber sosehr ihn das Schicksal des kleinen Jungen, der inzwischen Ende dreißig, also ein paar Jahre jünger als er, sein müsste, auch interessierte, Staszek hatte vermutlich recht: Mit dieser Geschichte war die Suche nach dem Neffen wohl beendet, denn dass sie ohne jeglichen Namensanhaltspunkt, allein auf der Basis der Erinnerung einer älteren Frau, jemals einen Sohn oder Neffen von Józef Koszak in Deutschland fänden, konnte er sich nicht gut vorstellen.

Der Hinweis auf das Vermögen war hingegen konkreter, ihm konnten sie im Revier nachgehen, und vielleicht könnte sich aus dem Blick auf die finanziellen Verhältnisse sogar eine neue Perspektive für den Mord entwickeln: Wenn der Geodät, von dem es bisher immer nur geheißen hatte, er habe in den letzten Jahren heruntergekommen gewirkt, tatsächlich wohlhabender als angenommen gewesen wäre, könnte das ein Motiv sein, das schlüssiger wäre als die bisher aufgedeckten kleinen Landmauscheleien.

Das aber hieße – und Piotr überlegte sogleich, wie sie eine solche Untersuchung umsetzen könnten –, sie müssten alle Grundstücke, die auf den Namen Koszak eingetragen waren, auf ihren Wert hin überprüfen. Denn sie machten vermutlich einen Teil des Vermögens aus, zumindest dann, wenn es sich um Bauland oder Bauerwartungsland handelte.

Und dann wäre noch die Frage zu klären, ob es Gelder auf irgendwelchen Konten gab. Zwar konnten sich weder Piotr noch Staszek vorstellen, dass der Geodät Józef Koszak ein Nummernkonto in der Schweiz oder in Liechtenstein besessen hätte, aber wie wäre es mit einem Konto in Deutschland?

Piotr würde das alles am nächsten Morgen mit Wojtek besprechen, vielleicht könnte der die in diesen Dingen findige Patrycja auf die Vermögensverhältnisse ansetzen und ihn dafür mit dem kleinen Rothaarigen nach Gołdap schicken? Das käme ihm sehr entgegen, nicht nur, weil die Arbeit im Feld eher sein Metier war, sondern auch, weil ein Treffen mit Tadeusz schon längst mal wieder fällig war. Hochzufrieden mit dem Ausklang des Tages machte er sich auf den Heimweg.

Auch Marie war am Mittwochabend nach ihrem und Staszeks Besuch in Płock zufrieden. Wenngleich auch sie nicht glaubte, den Sohn und Neffen zu finden, so war es ihr doch gelungen, etwas mehr Licht in die Lebensgeschichte von Pani Elżbieta zu bringen. Sie konnte sich lebhaft vorstellen, wie Pani Katarzyna ihrer Freundin Elżbieta in den letzten Wochen vor der Geburt des kleinen Jungen beigestanden hatte, wie sie ihr bei der Geburt geholfen und Mutter und Kind umsorgt hatte und wie die beiden Freundinnen es dann, angesichts fehlender Alternativen, schweren Herzens für das Beste gehalten hatten, den Jungen zu den Nonnen zu bringen. Marie erinnerte sich an Pani Elżbietas Erzählung, daran, wie bewegt sie – noch nach Jahren – gewesen war, als sie von dieser Situation sprach. Es war eine traurige Geschichte, in vielerlei Hinsicht sicher den Umständen der damaligen Zeit geschuldet, was es jedoch nicht besser machte.

Marie nahm solche Geschichten immer in ihre Phantasien und ihre Träume mit. Sie hoffte, es würde ihr gelingen, die Lebensgeschichte von Pani Elżbieta, anonymisiert natürlich und mit der nötigen Distanz, als Fallstudie mit in ihr geplantes Buch aufzunehmen, aber abgesehen davon, dass sie dazu noch sehr viel mehr würde recherchieren müssen, hätte sie die alte Dame gern um ihr Einverständnis gebeten, und das konnte sie nicht mehr. Immerhin hatte sie mit Pani Elżbieta wenigstens ein persönliches Gespräch führen können – im Unterschied zu Józef Koszak, an den sie selbst sich nur schwach und auch dann nur in seiner Funktion als Geodät erinnerte, dessen Lebensgeschichte sie ebenfalls als Fallstudie für ihr Buch in Erwägung gezogen hatte.

Sie setzte sich in die Abendsonne hinter dem Haus und versuchte, ihre Überlegungen zu Papier zu bringen. Vielleicht sollte sie den Fokus verändern und mit Hilfe von Fallstudien den Blick auf die Sozialisation von Frauen und Männern im Polen der Nachkriegszeit lenken? Da könnte der fremde Blick, den sie auf das dortige Geschehen hatte, durchaus hilfreich sein, und ihre Schwierigkeiten mit der Sprache würden sie umso mehr zu detaillierten ethnografischen Betrachtungen anhalten. Doch auch mit dieser neuen Idee fiel ihr der Einstieg in das Schreiben schwer, die beiden ungeklärten Todesfälle in der Familie Koszak okkupierten ihre Gedanken. Sie blieb immer wieder bei Józef und Elżbieta Koszak hängen. Hinzu kamen die Bekannten aus dem Kirchcafé: Mirosław Koszak und seine Frau und Andreas, von dem sie aber, außer dass er bei der Kripo in Hannover war, so gut wie gar nichts wusste. Und beide Männer waren, wie Dominik berichtet hatte, am Montagmorgen, als sie mit Małgorzata schon zu Pani Elżbieta unterwegs war, bei ihr auf dem Hof gewesen, Mirosław war sogar gestern, als sie mit Staszek in Płock war, noch einmal vorbeigekommen, und das sicher nicht, um bei ihr Kaffee zu trinken oder ihren Hof zu bewundern.

Marie lehnte sich zurück und ließ, statt sich zum Schreiben zu zwingen, die Begegnungen und Gespräche am Sonntag noch einmal in Ruhe vor ihrem geistigen Auge vorüberziehen. Zwei Punkte tauchten auf, denen sie bisher keinerlei Bedeutung beigemessen hatte: Da war zum einen die Neugier von Andreas – und dann auch von den Koszaks – auf den Ort des Leichenfunds. Sie waren geradezu fixiert darauf gewesen, dorthin zu gehen. Bei Andreas, dem Kripobeamten, konnte Marie sich das mit professionellen Gründen erklären, aber bei den Koszaks? Mirosław Koszaks gespanntes Verhältnis zu seinem Vetter hatte es doch kaum nahelegen können, dass er dort an der Stelle des Mordes eine stille Gedenkminute einlegen wollte.

Und was Andreas betraf, so hatte sich ihr Bild, ausgehend von dem Segeltörn, den er gebucht hatte, auf das eines sportlichen Kripobeamten beschränkt, der, wie so viele Urlauber, in seinen Ferien auf den großen Masurischen Seen segeln wollte. Warum er jedoch am Montag, nachdem sein Segeltörn ausfiel, zu ihr gekommen war, blieb ihr ein Rätsel. Und erst jetzt, beim

Nachdenken, fiel ihr auf, wie wenig er am Sonntag über seine Person hatte verlautbaren lassen. Bei der Runde im Kirchcafé hatte er eher die Rolle eines Moderators als die eines Erzählenden übernommen, und das war ihr angesichts der Konstellation am Sonntag nur recht gewesen. So hatte sie sich, ohne weiter darüber nachzudenken, damit begnügt, von seinem Aussehen auf seine sportlichen Urlaubsambitionen zu schließen, und Dominiks Bericht über seine Rennradbegeisterung hatte sie in diesem Eindruck bestätigt.

Der nächste Punkt betraf Mirosław Koszaks Frau. Ihr Verhalten gab Marie im Nachhinein betrachtet einige Rätsel auf. Es war Edelbert gewesen, der ihr durch seine eindringlichen Nachfragen nach den Vorfahren der Frau Koszak die Augen für den ungewöhnlichen Gesprächsverlauf geöffnet hatte. Denn eigentlich hätte man, und damit hatte Edelbert recht, erwarten können, dass Frau Koszak, in einer Runde wie dem Kirchcafé, von ihren Wurzeln in Giżycko erzählte, zumal sie und ihr Mann, zumindest ihrer Darstellung nach, doch wohl auf den Spuren ihrer alten Heimat ihre Reise unternommen hatten.

Aber das spielte weder in der Parafia noch bei Marie zu Hause eine Rolle. Marie erinnerte sich zwar, dass sie Mirosław Koszak, allein schon, um ihn nicht nur als Informationsquelle zu seinem Vetter zu benutzen, auch nach seinem Ergehen in Deutschland gefragt hatte. Darauf, dass seine Frau das Gespräch übernahm, war sie jedoch nicht gefasst gewesen, auch nicht darauf, dass nicht etwa mögliche Schwierigkeiten des Ankommens und des Einlebens ein Thema waren, sondern nur der – äußere? – Erfolg ihres Mannes. Aber letztlich, so hatte sie sich sagen müssen, war die Erfolgsstory in Deutschland ja auch ein Teil des Lebens der beiden.

Dennoch – es fehlte etwas. Normalerweise – und Marie kannte eine Reihe solcher Geschichten – berichteten Besucher mit masurischen Wurzeln von ihren Eltern und Großeltern, nannten Straßen, in denen die mal gewohnt hatten, und häufig begannen die Erzählungen mit Jahreszahlen der Kasualien, die in der Kirche von Giżycko stattgefunden hatten: Taufen, Konfirmationen und Hochzeiten wurden da gegenwärtig. Und in einem zweiten Schritt ging es dann um die Zeit, in der sie selbst oder ihre Mütter und Väter nach Deutschland geflohen oder migriert waren.

Aber von alledem war bei der ältlichen Blondine im adretten Hosenanzug nicht die Rede gewesen. Stattdessen hatte sie von ihrer Tätigkeit bei der Organisation »Arbeit und Leben« berichtet und davon, wie sie dort ihren Mann kennengelernt hatte. Sollte sie möglicherweise gar keine Beziehung zu Giżycko haben? Marie überkamen leise Zweifel. Und wieso war im Anschluss an das Kirchcafé ihr Mann Mirosław zweimal gekommen, um sie, Marie, auf ihrem Hof aufzusuchen?

Ihr fiel ein, dass Edelbert sich im Pfarrhaus nach dem Ehepaar umhören wollte, und sie beschloss, ihn am nächsten Tag zu fragen, ob er Erfolg gehabt hatte. Und dann könnte sie sich auch im Internet über »Arbeit und Leben« kundig machen, vielleicht bekäme sie darüber eine Inspiration. Über all diese Gedanken merkte sie, wie müde sie nach dem Tag in Płock war, der alles in allem zwar sehr informativ, aber eben auch anstrengend gewesen war.

Am nächsten Morgen wartete Marie nicht erst ab, ob sich einer ihrer Gäste für ein gemeinsames Morgenschwimmen zeigte. Sie wollte nur schnell in den See eintauchen und ein paar Runden schwimmen, hoffte jedoch auch, Staszek zu treffen. Am Abend zuvor waren ihr ein paar Fragen gekommen, die ihr nun auf der Seele lagen und die sie gerne mit ihm bereden wollte.

Staszek war zwar zum Schwimmen am See, jedoch nicht zu einem längeren Morgenplausch aufgelegt, sein Gutachten, an dem er immer noch schrieb, beschäftigte ihn. Trotzdem versuchte Marie es mit ihrem Anliegen.

»Staszek«, begann sie vorsichtig, als sie den kleinen engen Weg vom See hochliefen, »ich weiß, du sitzt an deinem Gutachten, aber darf ich dich trotzdem mit ein paar Fragen behelligen?«

Staszek runzelte die Stirn. »Um was geht es denn?«, fragte er schließlich zögernd.

Sie habe, erläuterte Marie, gestern Abend das Gespräch am Sonntag noch einmal Revue passieren lassen und halte es von daher für klug, mit den Koszaks zu reden. Edelbert habe ja versprochen, sich im Umfeld der Kirchengemeinde nach ihrem Urlaubsaufenthalt zu erkundigen, und wenn ihm das gelinge, wolle sie zu ihnen fahren. Es könne aber auch sein, dass Mirosław Koszak, der ja schon zweimal bei ihr gewesen sei, noch ein drittes Mal komme, dann wolle sie gerüstet sein.

»Was willst du denn eigentlich genau von ihnen?«, fragte Staszek zielgerichtet.

»Das ist es ja, was ich mit dir besprechen möchte«, hob Marie an, und dann versuchte sie, ihm das eigenartige Gefühl zu erklären, das sie bei der gestrigen Reflexion ihrer Gespräche am Sonntag beschlichen und dazu geführt hatte, dass ihr nicht nur das Verhalten von Mirosław Koszak, sondern auch das seiner Frau suspekt vorkam.

Staszek hörte sich leicht skeptisch Maries Interpretation des Gesprächsverlaufs an; überzeugt schien er nicht. »Hast du eigentlich einen konkreten Verdacht? Dann nenn ihn bitte, ich kann ihn nämlich noch nicht erkennen.«

Marie versuchte, ihre Gedanken zu ordnen. »Gesetzt den Fall, das Ehepaar Koszak ist schon häufiger hier in Masuren gewesen – und zumindest von Mirosław Koszak wissen wir das –, dann könnten sie sich doch mit dem Geodäten Józef Koszak getroffen haben?«, leitete sie ihre Überlegungen ein. »Und wenn sie dann festgestellt haben sollten, dass Józef Koszak nicht so unvermögend war, wie wir bisher vermutet haben, könnten sie möglicherweise sogar Anspruch auf sein Geld erhoben haben.«

»Gesetzt den Fall, es wäre so«, begann nun auch Staszek seine Antwort mit dieser Einschränkung, »mit welcher Begründung sollten sie Ansprüche anmelden?«

»Zum einen gehen sie vermutlich davon aus, dass es keine Erben in der nächsten Generation gibt, zum anderen könnte es ihnen unter moralischem Aspekt als eine Art Wiedergutmachung für Mirosławs Kindheit erschienen sein, Geld zu kriegen. So wie er es dargestellt hat, hat er unter seinem Vetter gelitten, es könnte sogar sein, er ist seinetwegen nach Deutschland migriert, aber das weiß ich natürlich nicht.«

Während er das erste Argument noch nachvollziehen konnte, hielt Staszek das zweite für eine abstruse Ausgeburt von Maries Phantasie. »Du steigerst dich da in etwas hinein, bleib besser auf dem Boden der Realität und warte ab, ob sich Mirosław noch einmal bei dir meldet und was dann bei einem Treffen rauskommt.«

Da war sie wieder, diese Rationalisierung der Situation; Marie verdrehte die Augen; natürlich hatte Staszek recht, aber trotzdem!

»Im Übrigen, wenn er sich bei dir meldet, ruf mich doch einfach an; ich komme dann gerne dazu.«

Wieder zurück auf ihrem Hof, beschloss Marie, bevor sie sich ans Schreiben setzte, erst die weiteren Punkte, die sie sich für den Vormittag vorgenommen hatte, abzuarbeiten. Als Erstes wollte sie bei »Arbeit und Leben« recherchieren, ob dort eine Frau Koszak beschäftigt war. Auch ohne eine spezifische Frage daran zu binden, konnte es nichts schaden, etwas über ihren Arbeitsplatz zu wissen.

Die gewerkschaftsnahe Bildungsorganisation »Arbeit und Leben« war Marie wohlbekannt; zudem informierte ein ausführlicher Internetauftritt über alle Aktivitäten und nannte sogar die Namen einzelner dort tätiger Personen. Eine Frau Koszak war nicht dabei. Das hieß natürlich gar nichts, vielleicht hatte sie keine besondere Position oder war schon in Rente, sodass sie nicht im Internet erwähnt wurde. Was Marie aber fand, war der Name eines Studienfreundes, der seit Langem bei »Arbeit und Leben« tätig war und der inzwischen im Vorstand war. Sie hatte völlig vergessen, dass er dort an der Quelle saß; er müsste eigentlich etwas über die Mitarbeiterinnen wissen oder es zumindest herausbekommen können, warum also nicht ihn anrufen?

Sie hatte Glück, Horst, der auch schon einmal auf ihrem Hof in Masuren Ferien gemacht hatte, war noch nicht im Urlaub, er war sogar gleich am Telefon. Er war erfreut, mal wieder von ihr zu hören, noch dazu, wo sie gerade in Masuren war, und erkundigte sich interessiert nach dem kleinen Gästehaus, in dem er mit seiner Familie gewohnt hatte, und nach Hügel und See. Nachdem sie einige Masurenimpressionen ausgetauscht hatten und Horst davon geschwärmt hatte, wie schön doch der Urlaub damals gewesen sei, kam Marie zur Sache und berichtete ihm von dem Mord an einem Geodäten namens Józef Koszak, der sich vor ungefähr zwei Jahren an ihrem Teich zugetragen haben sollte; zumindest habe man dort jetzt seine Leiche gefunden.

Über diese Mitteilung war Horst nun doch geschockt, einen Mord in dem so friedlich erscheinenden Masuren, und das noch dazu in der Nähe von Maries Haus, das hatte er nicht erwartet.

»Das ist ja furchtbar!« Er zeigte volles Mitgefühl für Marie, die in diese Geschichte allein durch die Nähe ihres Hauses zu dem Fundort der Leiche hineingeraten war. »Aber was kann ich in dieser Sache tun?«

»Ja, das wollte ich dir gerade erklären. In dem Kirchcafé, das immer im Anschluss an den deutschsprachigen Gottesdienst in Giżycko stattfindet – ich weiß nicht, ob du dich daran erinnerst –, habe ich kürzlich den Vetter des Toten und dessen Frau kennengelernt. Ich war dann im Anschluss an den offiziellen Teil mit den beiden hier auf dem Hof und habe mich noch lange mit ihnen unterhalten, um auf diese Weise ein paar Informationen über den Ermordeten zu bekommen. Das war alles sehr interessant, nur, im Nachhinein betrachtet kommt mir einiges von dem, was sie sagten, widersprüchlich vor. Die Frau Koszak hat aber von einer Sache gesprochen, die man überprüfen kann und bei der du mir vielleicht weiterhelfen kannst: Sie war nämlich seit den achtziger Jahren – vermutlich zunächst noch unter ihrem Mädchennamen – bei ›Arbeit und Leben‹ für Migranten aus Polen zuständig, und zwar vor allem für deren Deutschkurse, und ich würde gerne etwas mehr über sie wissen.«

Marie war sich darüber im Klaren, dass ihr Anliegen außerordentlich unspezifisch war, so wie auch ihr ganzes Vorgehen, und eine einleuchtende Begründung für ihr Interesse hatte sie Horst auch nicht geliefert.

»Und was hat das mit dem Mord zu tun?«, fragte Horst dann auch prompt.

Marie räumte ein, das nicht sagen zu können, es sei lediglich ein vages Gefühl, und letztlich könne man nie ausschließen, dass die Lösung eines Mordfalls in der Familie liege, zumindest in den einschlägigen Krimis sei das häufig so.

Horsts anfängliche Bestürzung über den Mord war inzwischen gewichen, und er reagierte angesichts ihrer weiteren Ausführungen fast amüsiert. »Also bist du inzwischen unter die Hobby-Detektivinnen gegangen? Eine neue Miss Marple oder vielleicht eher Miss Fisher?«, fragte er.

»Nicht unbedingt, aber da ich in der Mordsache schon verdächtigt wurde, halte ich es für das Beste, mich selbst etwas umzuhören, und«, versprach sie ihm, »sollte sich das Ganze irgendwann aufklären, liefere ich dir gerne eine extraspannende Version mit Widmung.«

Horst wusste nach dieser Einleitung nicht so recht, wonach er eigentlich suchen sollte. Natürlich könnte er prüfen, ob eine Frau Koszak je bei ihnen gearbeitet hatte, aber was sollte das bringen? Und bei weiteren Informationen über die Frau Koszak, so es denn da überhaupt etwas gäbe, müsste er achtgeben, nicht mit dem Datenschutz in Konflikt zu geraten. Dennoch versprach er, zu sehen, was er in Erfahrung bringen könne.

»Gibt es sonst noch was, was ich für dich tun kann?«

Marie war sich nicht sicher, wie ernst dieses Angebot gemeint war, und entsprechend – auch nur halb ernst – war ihre Antwort: »Oh ja, wenn du schon fragst, hätte ich noch eine spannende Aufgabe. Du könntest nach einem Kripobeamten mit Namen Andreas in Hannover Ausschau halten. Er ist ein sportlicher, gut aussehender Typ, vielleicht so Ende dreißig, und ich tippe drauf, dass er in der Polizeidirektion am Waterlooplatz sitzt, und zwar in den oberen Rängen. Ihn habe ich auch im Anschluss an besagten Gottesdienst kennengelernt, und von ihm habe ich eine Handynummer. Vielleicht nützt das was.«

»Und wofür brauchst du den?«

»Man kann ja nie wissen«, lachte Marie.

»Also doch die Privatdetektivin«, kommentierte Horst, und Marie meinte, sein Grinsen geradezu durch die Leitung hören zu können, »ich rufe dich an, wenn ich etwas erfahren habe.«

Was Marie sich kaum hätte träumen lassen, nach einer Weile meldete sich Horst bei ihr.

»Stell dir vor, Marie«, er schien selbst ganz angetan von seinen Ergebnissen zu sein, »es hat bei uns in der Tat mal eine Waltraut Koszak gegeben, aber die ist schon vor vielen Jahren gegangen, vermutlich ist ihr sogar nahegelegt worden, ›Arbeit und Leben‹ zu verlassen. Ihr Name stand in den alten Verzeichnissen, sodass ich zum Glück keine Akteneinsicht zu beantragen brauchte; das ist ja, wie du weißt, immer ein recht offizieller Vorgang, der akribisch festgehalten wird und den ich nur ungern in Gang gesetzt hätte. Aber es kommt noch besser. Als ich vorhin zum Essen ging, habe ich auf der Treppe zufällig auch noch ihren früheren Chef getroffen. Der konnte sich, obwohl ihre Tätigkeit dort schon lange zurücklag, noch gut an sie erinnern. Sie sei, so erzählte er, vermutlich der Ansicht gewesen, mit freien Angeboten von Integrationskursen mehr Geld verdienen zu können als bei uns, und habe sich mit ihrem bei uns erworbenen Know-how selbstständig gemacht. Außerdem hat sie sich wohl um das Vermögen von Aussiedlern und Migranten gekümmert, und sie soll ihnen auch – nicht immer ganz legale – Wege aufgezeigt haben, wie sie am besten ihre Vermögenswerte nach Deutschland transferieren könnten, ohne dass irgendwelche zusätzlichen Zahlungen nötig wurden. Aber darüber wusste er nichts Genaues, auch nicht darüber, was aus ihr geworden ist.«

Marie bedankte sich herzlich; mit ihrer Idee, Waltraut – wie sie offensichtlich hieß – Koszak unter die Lupe zu nehmen, näherte sie sich möglicherweise deutlich stärker der Realität an, als ihr guter Freund Staszek vermutet hatte.

Aber Horst war noch nicht am Ende mit seinen Nachrichten. »Und im Übrigen, du wirst es kaum glauben, im Polizeirevier am Waterlooplatz bin ich auch fündig geworden. Es gibt dort zwei Personen, auf die deine Beschreibung zutreffen könnte, beide sind als Kommissare bei der Kripo, und der eine, Andreas Müller, ist zurzeit in Urlaub. Ob er in Masuren ist, konnte ich leider nicht auch noch feststellen.«

Für Marie war das mehr an Informationen, als sie zu hoffen gewagt hatte, und sie überlegte, wie sie sie einordnen könnte. Wenn dieser Andreas tatsächlich bei der Kripo war, würde sie ihm vertrauen können, wenn er sich noch einmal melden sollte. In Bezug auf Waltraut Koszak könnten, was immer sich noch ergeben würde, ihre Alarmglocken zu Recht geschrillt haben. Sie hatte mit polnischen Migranten in Deutschland und mit Geld zu tun; könnte sie möglicherweise auch mit polnischen Bürgern und deren Vermögen, vor allem deren Grundstücken, etwas zu tun haben?

Bei dieser Überlegung fiel ihr ein, dass sie nicht einmal wusste, ob sich jemand darum gekümmert hatte, was aus dem Hof von Mirosławs Eltern geworden war. Vielleicht wäre auch das eine Frage, die sie den Koszaks stellen sollte. Sie machte sich ein paar Notizen und ging dann an ihre Arbeit.

Währenddessen waren Wojtek und seine Mitarbeiterinnen dabei, ihr Programm vom Vorabend umzusetzen. Patrycja sollte die Vermögensverhältnisse des Geodäten noch einmal gründlich überprüfen, und Piotr und Paweł waren nach Gołdap gefahren, wo sie herausfinden sollten, ob am vergangenen Montag zwischen elf und vierzehn Uhr jemand Pani Elżbieta besucht hatte oder auch nur in ihr Haus gegangen war.

Piotr, der Übung mit solchen Aufträgen hatte und wusste,

wie viel Zeit eine solche Untersuchung kostete, hatte dem kleinen Rothaarigen erklärt, dass es das Beste sei, wenn sie sich trennten und die Bewohner des Hauses von Pani Elżbieta sowie der angrenzenden und gegenüberliegenden Häuser jeweils allein befragten. Und für alle Fälle hatte er – mit einem etwas schlechten Gewissen zwar, weil er sie nicht um Erlaubnis gebeten hatte – von Marie und Małgorzata Fotos aus dem Netz gezogen. Die könnten sie notfalls den Nachbarn zeigen und darauf verweisen, dass sie von deren Besuch wüssten und nun nach einer weiteren Person suchten, möglicherweise auch nach mehreren Personen.

Die Fahrt nach Gołdap gestaltete sich langwierig. Einige Mähdrescher waren unterwegs, ferner ein paar Trecker mit Anhängern, auf denen die Strohballen bedrohlich hin- und herschwankten. Da sie keinen Anlass hatten, mit Blaulicht zu fahren, bot sich ein Überholmanöver nicht an. Hinter Banie Mazurskie waren außerdem Straßenarbeiten im Gange, sodass die Straße halbseitig gesperrt war, und natürlich kamen sie dort gerade an, als die Ampel auf Rot umsprang; das bedeutete weitere fünf Minuten Verzögerung.

Während der kleine Rothaarige das alles mit einem gewissen Stoizismus hinnahm, wurde Piotr allmählich ungeduldig. Er hatte gewusst, dass das Ganze ein ermüdendes Unterfangen war, aber dass das schon auf dem Weg nach Gołdap beginnen würde, hatte er nicht geahnt. Immerhin hatte er sich vorsorglich zum Mittag in dem Restaurant »Matrioszka«, unweit des Marktplatzes, mit Tadeusz verabredet. Aber bei diesem langsamen Fortkommen würde er vermutlich gleich nach ihrer Ankunft in Gołdap dorthin gehen müssen, denn viel Zeit für die Befragungen würde ihm bis zum Mittag nicht mehr bleiben.

Das Restaurant »Matrioszka« erwies sich als guter Tipp. Piotr war noch nie dort gewesen, er hatte sich auf Tadeuszs Empfehlung verlassen. Matrioszkas, die aus Holz gefertigten und bunt bemalten russischen Puppen, die man ineinanderstecken konnte, standen in allen Größen überall herum, zudem gab es einen kleinen Garten, der zum Sitzen einlud. Vor allem aber gab es eine große Auswahl an polnischen und russischen Gerichten auf der Speisekarte.

Tadeusz war schon da, als Piotr eintraf. Als Erstes wählten sie, hungrig, wie sie beide waren, die Gerichte aus; Piotr liebäugelte natürlich mal wieder mit den Kartacze, den Kartoffelklößen mit Fleischfüllung, zu denen hier zusätzlich zu den geschmorten Zwiebeln auch noch eingelegte Gurken serviert wurden, entschied sich dann jedoch angesichts des warmen Wetters und der vielen russischen Spezialitäten, die es gab, für Pielmieni moskiewskie z mięsem, eine russische Piroggenvariante mit Fleisch, die er mit einer ordentlichen Portion Śmietana toppte. Tadeusz, der in Gołdap ständig das Angebot russischer Gerichte hatte, blieb hingegen bei Pierogi z kurkami, Piroggen mit Pfifferlingen. Dazu nahmen beide, da sie im Dienst waren, ein Piwo bezalkoholowe.

Natürlich waren die Fälle Koszak das Thema. Piotr dankte seinem Freund Tadeusz, auch im Namen von Wojtek, noch einmal für seine Bereitschaft, Pani Elżbieta am Dienstag aufzusuchen, und dann aber vor allem für sein umsichtiges Verhalten, als er sie tot aufgefunden habe. Es sei goldrichtig gewesen, gleich die Rechtsmedizin einzuschalten.

»Ja, nur gebracht hat es nicht viel«, ließ Tadeusz verlauten, der inzwischen natürlich auch Konstantys Ergebnisse aus Olsztyn auf dem Tisch liegen hatte. »Wie weit seid ihr denn mit dem Mord an dem Geodäten?«

»Da tappen wir noch im Dunkeln, einige Überlegungen konnten wir ausschließen, aber richtig weitergekommen sind wir bis jetzt nicht. Zurzeit sind unsere Recherchen hier in Gołdap die heißeste Spur. Es geht darum, ob jemand – und wenn ja, wer – nach den beiden Frauen, Małgorzata und Marie, noch bei Pani Elżbieta war; und wir hoffen, dass uns die Befragungen in ihrer Umgebung weiterbringen.«

Tadeusz hatte von diesem Plan ja schon von Wojtek erfahren und den Kollegen aus Węgorzewo gerne die Genehmigung erteilt, in seinem Gebiet zu recherchieren, zumal er seinerseits das Vorgehen auch für eine kluge Idee hielt.

»Wart ihr schon im Parterre des Nachbarhauses von Pani Elżbieta? Unten rechts wohnt ein alter Mann, ein ehemaliger Armeeangehöriger, der sitzt immer am Fenster und guckt hinter seiner Gardine hervor; er könnte etwas gesehen haben. Allerdings ist er schwerhörig und öffnet oft auf das Klingeln hin nicht die Tür, aber seine Augen sind gut.«

Die Bewohner des Nachbarhauses hatte Paweł, der kleine Rothaarige, zu befragen. Ob er schon dort gewesen war? Und wo war er überhaupt?

Verdammt, er, Piotr, war nicht auf die Idee gekommen, ihn zum Essen mitzunehmen, ganz fair war das nicht, aber mit Tadeusz allein redete es sich auch gut, und immerhin hatte er jetzt eine wichtige Information. Allzu lange konnten die beiden das Essen sowieso nicht ausdehnen; beide hatten viel zu tun.

Wieder vor Pani Elżbietas Haus angelangt, entdeckte Piotr den kleinen Rothaarigen, wie er sich gerade an dem Klingelschild des Nachbarhauses zu schaffen machte. Mit großen Schritten ging er schnell auf ihn zu und bot ihm an, ihn in die Wohnung rechts unten zu begleiten. Wie erwartet, wurde nicht geöffnet. Für Piotr mit seiner Größe von fast zwei Metern war das kein Problem. Er musste nur die Fenster richtig zuordnen, dann konnte er sich durch lautes Klopfen bemerkbar machen.

Und richtig, es funktionierte. Ein alter weißhaariger Mann erschien am Fenster, machte einen Flügel auf und steckte seinen Kopf heraus. Piotr zeigte seine und Pawełs Polizeimarke und bat mit lauter Stimme, sie hereinzulassen. Der Alte nickte und öffnete ihnen nach einer Weile die Tür.

Die Verständigung war mühsam; Piotr, froh, vorgewarnt worden zu sein, war schon fast ratlos, als er sah, dass Paweł sein Smartphone zückte. Er hatte sich offensichtlich, aus Sorge, bei der Befragung etwas vergessen zu können, die einschlägigen Fragen schon vorher notiert und konnte sie nun einfach vorzeigen. Und so erfuhren sie von drei Frauen, die im fraglichen Zeitraum bei Pani Elżbieta gewesen waren. Zwei waren zweifellos Marie und Małgorzata, die der Alte treffend beschrieb und auch anhand der mitgebrachten Fotos identifizieren konnte. Aber kurz nachdem die beiden gegangen waren, sei noch eine dritte gekommen; er habe sich sehr gewundert, wieso Pani Elżbieta an einem Tag so viel Besuch erhalten habe, wo doch sonst manchmal wochenlang niemand kam.

Ob er die Frau beschreiben könne?

»Oh ja, sie war schon älter, hatte aber sehr blonde Haare und trug einen hellen Hosenanzug. Sie war sehr vornehm.«

»Kannten Sie die Frau?«

Der alte Mann überlegte. Es könnte sein, meinte er schließlich, er habe sie vor ein oder zwei Jahren schon einmal gesehen, aber das wisse er nicht mehr so genau.

Ob er sich denn noch an weitere Besucher erinnere?

Ja, da sei ab und zu mal ein Mann gekommen, nein, nicht der Vetter, den kenne er, denn der habe ja dort eine Zeit lang gewohnt, noch ein anderer, aber den könne er nicht genau beschreiben, der sei immer nur im Dunkeln da gewesen.

Piotr und Paweł dankten dem Alten vielmals für seine Auskünfte und deuteten an, dass sie möglicherweise noch einmal wiederkämen, wenn sie weitere Fragen hätten. Sie hatten einen wichtigen Schritt getan: Sie wussten jetzt, dass nach Marie und Małgorzata noch eine Frau bei Pani Elżbieta gewesen war, und sie wussten, dass dort immer wieder mal ein Mann aufgetaucht war. Nur wer die Frau und der Mann waren, wussten sie noch nicht, aber das würden sie auch herauskriegen.

Das Treffen am Abend in Węgorzewo war endlich mal nicht so frustrierend wie in den Tagen zuvor. Nicht nur Piotr und Paweł waren mit Neuigkeiten gekommen, auch Patrycja hatte einiges herausgefunden: Der Hof von Mirosław Koszaks Eltern war nicht an ihn gegangen, der Polen Anfang der achtziger Jahre verlassen hatte, mit deutscher Staatsangehörigkeit in Deutschland lebte und offensichtlich den Kontakt zu seinen Eltern weitgehend verloren hatte, sondern an Józef Koszak. Darüber hinaus gab es noch eine Reihe weiterer Grundstücke, die auf seinem Namen standen, unter anderem drei wunderschön gelegene Baugrundstücke mit Blick auf den See in der Nähe von Maries Hof. Alles in allem war das ein beträchtliches Vermögen.

Aber in den Grundbüchern gaben die Eintragungen Rätsel auf. Zwar war Józef Koszak als Besitzer eingetragen, doch immer gab es einen handschriftlichen Zusatzvermerk in einer Randspalte, der nicht nur unüblich, sondern auch reichlich mysteriös war. Aus ihm ging hervor, dass Józef Koszak alles gleichsam nur als Leihgabe gehörte, bis der eigentliche Eigentümer ihn ablösen würde, und der wurde mit A. Koszak oder M. Koszak angegeben. Der erste Buchstabe war sehr undeutlich geschrieben, sollte man nicht wissen, wer gemeint war?

Wie es zu derart verwirrenden Eintragungen hatte kommen können, war ihnen ein Rätsel. Sie konnten es sich nur damit erklären, dass Józef Koszak als Geodät gute Beziehungen zum Grundstücksamt gehabt und die für diese Form der Eintragung genutzt hatte. Aber wozu diese – offensichtlich gewollten – Unklarheiten? Hatte Józef Koszak seinen Verwandten, bevor er deren Hof erbte, versprechen müssen, das Erbe, sollte er sich wieder melden, ihrem Sohn Mirosław als wahrem Eigentümer zu übereignen, sich aber dann nicht mehr an das Versprechen halten wollen und das M. zu einem A. umgestaltet? Und wer war A. Koszak?

Marie und Małgorzata hatten zwar Pani Elżbietas Lebensgeschichte entnommen, dass sie einen Sohn geboren hatte, dessen Vater der Geodät Józef Koszak war, aber dieser Sohn war nirgends aktenkundig geworden, und seine Spuren, wenn es denn je welche gegeben hatte, hatten sich in Deutschland verlaufen. Ob der Geodät die Eintragungen so frisiert hatte, weil er hoffte oder ahnte, dass irgendwo dann doch noch sein Neffe beziehungsweise sein Sohn auftauchte?

Die Variante »A. Koszak« zog eine Fülle von Fragen nach

sich, über die sie nur spekulieren konnten. Anders dagegen die Variante »M. Koszak«. Hier lag es nahe, dass es sich um den Vetter des Geodäten, Mirosław Koszak, handelte, und den müssten sie ebenso finden können wie die blonde Frau, die Pani Elżbieta besucht hatte.

Diejenige, die Mirosław Koszak und seine Frau kennengelernt und sie auf diese Spur gesetzt hatte, war diese Marie. Vielleicht wusste sie mehr, vielleicht sogar, wo das Ehepaar Koszak in Masuren Urlaub machte. Wojtek würde sie am nächsten Tag besuchen.

ACHT

Marie hatte sich nach den Gesprächen mit Horst ein paar Punkte zum Fall Koszak notiert, und dann war es ihr tatsächlich gelungen, sich auf ihre Arbeit zu konzentrieren. Sie setzte sich, ausgestattet mit ihrem Laptop und allen Skripten und Unterlagen, an den Tisch hinter dem Haus in die noch milde, warme Nachmittagssonne. Inzwischen war sie fast zwei Wochen hier, aber für ihr Buch zur Biografieforschung hatte sie außer grundsätzlichen Überlegungen und ein paar skizzenhaften Notizen zu ersten Fallstudien bisher nichts zu Papier gebracht. So nahm sie einen neuen Anlauf und begann, ihre Unterlagen zu ordnen: nach Fallstudien und Lebensgeschichten und nach Theorien, die zu deren Verstehen beitragen konnten.

Gerade war sie einigermaßen in der Thematik, da klingelte ihr Handy. Kurz überlegte sie, ob sie das Gespräch annehmen sollte, dann sah sie, dass es Edelbert war, auf dessen Anruf sie ja wartete.

»Ich habe etwas für dich herausgefunden«, begrüßte er sie fröhlich mit nicht zu überhörendem Stolz in der Stimme, »ich glaube nämlich, ich weiß, wo der Herr Koszak mit seiner Frau wohnt.« Und dann erzählte er mit der ihm eigenen Ausführlichkeit, wie er von Pani Agnieszka, die im Sommer Zimmer an Feriengäste vermietete und – zusammen mit anderen Frauen – in der Gemeinde engagiert war, gehört hatte, dass sie ein Ehepaar aus Hannover zu Gast habe. Er habe sie dann nach dem Namen ihrer Gäste gefragt und zu seiner Überraschung und Freude erfahren, dass sie Koszak hießen. Pani Agnieszka wohne im Übrigen in einem Ortsteil von Miłki, südlich von Giżycko, am Jezioro Buwełno, dem Martinshagener See, und er sei gerne bereit, mit ihr jetzt gleich dorthin zu fahren.

Marie war sehr erfreut und bedankte sich, zögerte jedoch etwas, Edelberts Angebot sofort anzunehmen, und vertröstete ihn. Zum einen hatte sie gerade begonnen, an den Biografien zu arbeiten – wobei sich allerdings mit Edelberts Anruf mal wieder die Akteure der Causa Koszak dazwischengedrängt hatten –, zum anderen aber wollte sie sich lieber gezielt auf ein Gespräch vorbereiten, hatte ihr doch die Diskussion mit Staszek gezeigt, wie vage ihre diesbezüglichen Überlegungen waren. Zudem könnte es ja auch der Fall sein, dass sich das Ehepaar Koszak oder zumindest Mirosław Koszak bei ihr melden würde. Marie wollte das abwarten. Mit Małgorzata würde sie das alles wunderbar besprechen können, aber es war erst Donnerstag, und Małgorzata war noch immer in Westpolen. Der Prozess in Piła hatte sich verzögert, und wenn sie dort alles erledigt hatte, würde sie erst einmal in ihre Kanzlei nach Olsztyn fahren müssen und wäre frühestens am Freitagabend wieder bei Staszek zu erwarten. So blieb Marie nichts anderes übrig, als allein ihre Gedanken zu ordnen.

Aus dem Arbeiten war dank des Anrufs wieder einmal nichts geworden. Zwar hatte sie auf einen spontanen Besuch mit Edelbert in Miłki verzichtet, aber in ihren Gedanken war sie trotzdem erneut von ihrem Buch abgekommen. Sie ging ins Haus, kochte sich einen erfrischenden grünen Tee und dachte über eine mögliche Begegnung mit Pan Koszak nach. Aus dessen zweimaligem Besuch war ja eigentlich nur zu schließen, dass er einen triftigen Grund haben musste, mit ihr zu sprechen, insofern wäre es nur folgerichtig, wenn er noch einmal käme. Oder sollte sich der Grund inzwischen mit dem Tod von Pani Elżbieta erledigt haben? Hatte er vielleicht nur verhindern wollen, dass sie nach Gołdap fuhr? Aber was sollte dann der zweite Besuch zwei Tage später? Und hatte er zu dem Zeitpunkt schon von Pani Elżbietas Tod gewusst? Ja, war er möglicherweise sogar Zeuge dessen geworden?

Marie überlegte, ob sie ihm derartige Fragen bei einem Treffen stellen könnte, war sich aber unschlüssig. Natürlich könnte sie nach dem Grund seiner Besuche fragen, sie könnte ihn auch damit konfrontieren, dass sie von Pani Elżbieta erfahren hatte, dass er nicht nur von deren Existenz gewusst, sondern sie auch in Gołdap aufgesucht hatte, aber wie sollte sie reagieren, wenn er das alles schlicht leugnete? Pani Elżbieta konnte ja schließlich nicht mehr gefragt werden. Und – vor allem – selbst wenn er die Bekanntschaft und die Treffen bestätigte, welche Schlussfolgerungen konnte sie daraus ziehen?

Auch in Bezug auf den Sohn von Józef Koszak hatte sie nichts in der Hand, was sie ihm entgegenhalten könnte; Pani Elżbieta und ihre Freundin hatten zwar von der Geburt eines Sohnes von Elżbieta erzählt – und Marie glaubte ihnen –, aber aktenkundig war das, zumindest in Polen, offensichtlich nicht geworden. Mirosław Koszak könnte also bei einer Konfrontation mit Fug und Recht weiterhin behaupten, er wisse nichts davon und es gebe keinen Sohn. Und außerdem glaubte Marie, ohne einen genauen Grund dafür angeben zu können, es sei besser, ihre und Staszeks Erkundungen in Płock Mirosław Koszak gegenüber erst einmal zurückzuhalten.

Was dessen Frau betraf, war das Ganze nicht einfacher. Von ihr wusste Marie kaum etwas, lediglich das, was sie von Horst erfahren hatte. Das allerdings relativierte den positiven Eindruck, den Waltraut Koszak mit der Darstellung ihres Engagements in der polnischen Migrantenszene in Deutschland erweckt hatte, und stellte ihre Aktivitäten, Integrationskurse und Vermögensberatungen, eher in den Kontext einer gewissen Geschäftstüchtigkeit, die vielleicht mit den Geldtransfers sogar gelegentlich an Illegitimität grenzte. Aber alles in allem würde man ihr so etwas wohl kaum nachweisen können. Und nicht zuletzt entbehrte Maries finstere, bisher jedoch kaum ausgesprochene Vermutung, Mirosław Koszak könne kurz nach ihr und Małgorzata bei Pani Elżbieta aufgetaucht und zum Auslöser für deren Herzschlag geworden sein, bisher jeglichen Belegs.

Ihr Unbehagen blieb. Sie merkte, wie müde sie nach den Ereignissen der letzten Tage war, immer wieder neue Menschen und neue Orte, und immer wieder kreiste sie um neue Ideen und Hypothesen. Sie konnte Staszek, der sich hinter sein Gutachten zurückgezogen hatte, gut verstehen, hatte sie doch heute das Gleiche mit ihrer Arbeit versucht. Doch im Unterschied zu ihm war es ihr nur partiell gelungen. Immerhin hatte sie im Laufe des Tages aber einiges über Waltraut Koszaks Tätigkeiten in der polnischen Migrantenszene in Hannover und den Urlaubsort der Koszaks in Masuren erfahren.

Gedankenverloren ging sie auf den Hügel und guckte auf den See. Sie war in diesem Jahr erst relativ spät nach Masuren gekommen; es war schon August, und der Sommer hatte seinen Höhepunkt überschritten. Nach Mariä Himmelfahrt musste man damit rechnen, dass sich allmählich die Vorboten des Herbstes zeigten. Die Jungstörche hatte Marie schon seit zwei Tagen nicht mehr gesehen, sie hatten sich offensichtlich schon auf ihren Flug Richtung Süden gemacht. Und am Wegesrand zu ihrem Hof leuchteten die Vogelbeeren in einer Palette von verschiedenen Rottönen – von Orange bis Scharlachrot –, und die Tage wurden allmählich kürzer; die Sonne ging schon vor acht Uhr abends unter, und auch morgens schien sie etwas später in ihr Fenster. Tagsüber war es nach wie vor sehr heiß, aber abends wurde es kühler, und morgens waren auf den Grashalmen kleine silbrige Tautropfen zu sehen, und zwischen den dicken Stängeln der inzwischen verblühten Stockrosen schwangen fein gewirkte Netze aus glitzernden Spinnweben im Sonnenlicht hin und her. Der Altweibersommer bahnte sich an. Wenn Marie in diesem Sommer noch ein Hügelfest für ihre Gäste und alle ihre Freunde arrangieren wollte, müsste sie allmählich an die Planung gehen. Sie würde noch einen Abendschoppen mit ihren Gästen trinken und dann früh schlafen gehen; morgen war ein neuer Tag.

Am nächsten Morgen sah die Welt in der Tat wieder anders aus. Marie hatte sich am Abend zuvor mit Dominik, Maren und Nikolaus zum Schwimmen verabredet. Morgens, um kurz nach halb acht, trafen sie sich im Innenhof. Sogar Nikolaus und Maren waren pünktlich, das bald bevorstehende Ende ihrer Ferien warf offensichtlich seine Schatten voraus und hatte sie dazu bewogen, früher als sonst aufzustehen, um wenigstens ein Mal des Morgens mit zum Schwimmen zu kommen. Sie stiegen in Dominiks VW Bulli und fuhren zu dem kleinen Waldsee in der Nähe von Staszeks Haus, den die beiden Jugendlichen bisher noch nicht kennengelernt hatten.

Dominik hätte gern die Probe aufs Exempel gemacht und bewiesen, dass er mit seinem Bulli auch das letzte schmale abschüssige Stück des Weges zum See hinunterfahren konnte, aber Marie plädierte sehr dafür, das Auto wie gewohnt in einiger Entfernung stehen zu lassen und den Rest zu Fuß zu gehen. Zwar waren keine Waldhimbeeren mehr am Wegesrand zu finden, sie waren abgeerntet oder vertrocknet, dafür aber lockten, besonders unter den Kiefern, Pilze, vor allem Butterpilze mit ihren glatten, etwas schleimig glänzenden Hüten, deren Farbe an Milchschokolade erinnerte. Marie bedauerte, dass sie nicht ihr kleines scharfes Pilzmesser dabeihatte, um die Pilze dicht über dem Boden abzuschneiden; ohne Messer musste sie versuchen, sie vorsichtig aus der Erde herauszudrehen, so wie Staszek es ihr gezeigt hatte.

Es schien eine gute Stelle zu sein, die sie erspäht hatte, zwischen zwei Kiefern fand sie gleich eine ganze Gruppe von Butterpilzen, alle ohne Maden, und das Herausdrehen des Stiels aus der Erde gelang ihr auch. Ein Stückchen weiter im Unterholz entdeckte sie einen Parasol, einen großen Riesenschirmpilz mit hellbraunen Schuppen auf einem weißlichen Dach, und ein paar Schritte daneben einige – allerdings schon etwas wurmstichige – Maronen, die sie zunächst für Steinpilze gehalten hatte. Aber die fand sie nie; Staszek wusste, wo sie wuchsen, doch so gut er und Marie auch miteinander befreundet waren, die Steinpilzstellen blieben sein Geheimnis, und Marie war sich nicht einmal sicher, dass er sie an Małgorzata weitergab.

Bevor sie weiter nach Pilzen suchen konnte, drängten Nikolaus und Maren; sie waren so früh aufgestanden, weil sie schwimmen wollten, nicht weil sie Pilze suchen wollten, und auch als Marie ihnen von dem nussigen Geschmack des wie ein Schnitzel panierten und in Butter gebratenen Parasols vorschwärmte, half das nichts; sie mochten keine Pilze. Marie sah das ein; sie könnte ja noch einmal und dann auch mit dem richtigen Handwerkszeug ausgestattet wiederkommen, und sollte sie mittags oder abends keine Gäste haben, würde ihre Ausbeute ohnehin reichen.

Als sie den See durch die Bäume blinken sahen, liefen Dominik, Nikolaus und Maren um die Wette den kleinen Abhang hinunter; Marie mit ihrer Pilzernte kam langsamer und vorsichtiger nach. Am Steg trafen sie auf Staszek, der mit dem freudig bellenden Jasper gerade von der anderen Seite aus dem Wald gekommen war, und nach einer kurzen Begrüßung sprangen sie alle, Jasper eingeschlossen, mit großem Gejohle und Gespritze in das Wasser.

Es war etwas kühler als noch ein paar Tage zuvor, vor allem am Ufer, wo die Sonnenstrahlen die Wasseroberfläche noch nicht erwärmt hatten. Sie schwammen schnell los; aber während Dominik von seinen Kindern zu einem Wettschwimmen zum gegenüberliegenden Ufer und zurück herausgefordert wurde, gingen es Marie und Staszek, nachdem sie die von der Sonne beschienenen Stellen erreicht hatten, gemächlicher an und drehten langsam ihre Runden. Das morgendliche Schwimmen war für sie auch immer ein Austausch von Neuigkeiten. Staszek erkundigte sich nach ihrem weiteren Vorgehen in Bezug auf das Ehepaar Koszak und versprach, sobald er sein Gutachten fertiggestellt habe, wieder mit Rat und Tat zur Verfügung zu stehen, aller Voraussicht nach dann auch gemeinsam mit Małgorzata, die am Abend von ihrer Tour nach Westpolen zurückkommen müsste.

Marie fiel ein, dass sie ja noch ein Hügelfest ausrichten wollte. Gemessen an ihrer sonstigen Gästebetreuung hatte sie mit Paula und Dominik und deren Kindern nur wenig unternommen, sie hatte die vier im Wesentlichen sich selbst überlassen; sie war einfach mit den Todesfällen zu sehr okkupiert. Zum Glück schienen sie sich auch ohne Marie gut zurechtgefunden zu haben. Aber wenigstens das Hügelfest musste sein, für Marie allein schon deshalb, damit sie ihr schlechtes Gewissen ein wenig beruhigen konnte.

»Ach, Staszek, ehe ich es vergesse«, rief sie ihm über das Wasser zu, »nehmt euch nichts für das Wochenende vor, am Sonnabend oder Sonntag mache ich ein Hügelfest, und ihr seid natürlich herzlich eingeladen!«

Staszek versprach, auf jeden Fall zu kommen, und fügte hinzu, dass, mit Blick auf das Wetter, zu dessen Vorhersage er von jeher seinem Ellenbogen mehr traute als den Meteorologen, vermutlich der Sonntag besser geeignet sei.

Allmählich kehrten alle zum Ufer zurück. Das Wettschwimmen zwischen Dominik und seinen Kindern war beendet. Zunächst hatte es ausgesehen, als ob Maren ihren Vater schlagen würde. Marie war gespannt gewesen, ob er ihr den Vorsprung lassen würde; über lange Zeit schien das der Fall zu sein. Aber dann wurde Dominik offensichtlich doch von Ehrgeiz gepackt, und als sie alle wieder in sichtbarer Nähe zum Steg waren, hatte er einen Endspurt hingelegt und war schnell, mit kräftigen Zügen, davongezogen. Marie fand das nicht sonderlich pädagogisch, aber vermutlich kannte Maren ihren Vater so gut, dass sie ihm ein anderes Verhalten gar nicht abgenommen hätte. Auf dem Rückweg hatten sie es alle eilig, Paula hatte ihnen ein großes Frühstück mit frisch gebrühtem Kaffee, krossen Brötchen und Rührei und Schinken versprochen, auch Staszek war eingeladen, aber der wollte lieber weiter an seinem Gutachten arbeiten.

Der Innenhof von Maries Grundstück war schon von der warmen Morgensonne beschienen, als sie sich zum Frühstück an die Picknicktische setzten. Nach den sportlichen Morgenaktivitäten waren alle hungrig; Paula hatte Wort gehalten und einen üppigen, brunchähnlichen Frühstückstisch vorbereitet. Marie steuerte noch schnell eine selbst gekochte Marmelade aus Schwarzen Johannisbeeren bei und bot an, ihre Pilzausbeute zuzubereiten. Paula und Dominik stimmten begeistert zu; Maren und Nikolaus hielten sich vorsichtig zurück.

Die Butterpilze, in Butter mit Pfeffer und Salz gebraten, waren köstlich, ebenso wie der Parasol. Marie hatte den großen Hut in drei Teile geteilt, die sie erst in Mehl und einem verschlagenen Ei und dann in Paniermehl gewälzt und wie ein Schnitzel serviert hatte. Als das Frühstück beendet und der Tisch bis auf die Kaffeetassen und die große Kanne abgeräumt war, ging es um die Pläne für die nächsten Tage. Marie kündigte zur großen Begeisterung aller ihr Hügelfest an.

Dominik und Paula versuchten sich mit ihren Kindern währenddessen auf ein Tagesprogramm zu verständigen, aber das war nicht so einfach: Maren und Nikolaus waren vorrangig an einem guten Sandstrand interessiert, Paula wollte ihre Tour zu den alten Herrenhäusern fortsetzen und hatte zu diesem Zweck schon das Buch »Schlösser und Gutshäuser im ehemaligen Ostpreußen« von Małgorzata Jackiewicz-Garniec und Mirosław Garniec aus der kleinen Bibliothek des Gästehauses geholt und vor sich auf dem Tisch liegen, und Dominik hätte am liebsten seine Familie mit dem Bus irgendwohin fahren lassen und wäre dann mit dem Rennrad gefolgt. Es war nicht leicht, alle Wünsche unter einen Hut zu kriegen, aber irgendwann im Laufe des Vormittags war ihnen ein Kompromiss gelungen, und sie brachen auf.

Sie waren noch nicht lange weg, da kam Pani Halina, Maries Nachbarin, mit dem Fahrrad um die Ecke gebogen; auf den Fahrradkorb am Lenker eine Hacke geklemmt und im Korb ein paar Tomaten und einen Blumenstrauß, fuhr sie die hucklige Auffahrt hoch, ein Balanceakt, der Marie stets vollste Bewunderung abnötigte. Pani Halina wollte das Gemüse- und Blumenbeet, das sie im Frühjahr für Marie angelegt hatte, einer Inspektion unterziehen und einmal durchhacken. Und nicht genug damit, sie drückte Marie auch noch einen Strauß aus bunt gemischten Dahlien in die Hand, frisch geschnitten in ihrem Blumengarten, der groß und üppig und Halinas ganzer Stolz war.

Jede einzelne Blüte war wunderschön: die rosafarbene, die an eine Seerose erinnerte, die weiß-rote, deren Stiel den schweren, von dichten Blütenblättern gefüllten Kopf kaum tragen konnte, die dunkelroten Pompondahlien und die gelbe leuchtende kugelige Balldahlie. Es war ein richtiges Gemälde. Marie freute sich sehr, war zugleich aber auch etwas beschämt über Halinas Großherzigkeit, zumal die ihr auch noch drei dicke tiefrote Malinowski-Tomaten auf den Tisch gelegt hatte.

Sie lud Halina zu einem Milchkaffee und einem Stück Apfelkuchen ein, aber Halina bestand darauf, erst arbeiten zu wollen, im Anschluss daran wolle sie dann gerne mit Marie einen Kaffee trinken. Die Verständigung der beiden klappte inzwischen besser: Marie hatte sich, nach fast zwei Wochen, wieder in die polnische Sprache eingehört und sich an vieles erinnert, was sie einmal gelernt hatte; zumindest ihr passiver Wortschatz war ganz brauchbar, und für den aktiven nahm sie ihr großes grünes Wörterbuch, das »Duży słownik polsko-niemiecki« und »niemiecko-polski«, zur Hand. Marie und Halina hatten schon Übung darin, bei ihren Treffen einzelne Wörter nachzuschlagen, und meistens auch viel Spaß dabei. Seit Kurzem bemühte Marie auch das Sprachprogramm DeepL, das sie auf ihren Laptop geladen hatte, sodass alles in allem die Unterhaltung ganz gut klappte und es nicht mehr ganz so peinlich für Marie war, noch immer nicht richtig Polnisch zu sprechen.

Darüber hinaus gab es feste Themen für ihre Konversation mit Pani Halina: das Wetter; Maries morgendliches Schwimmen, das Halina selbst bei größter Sommerhitze nur mit Kopfschütteln kommentierte, sodass Marie sich manchmal fragte, ob Halina überhaupt schon jemals in einem der Seen geschwommen war; die Blumen im Garten; das schmackhafte Gemüse auf dem Beet, das Halina angelegt hatte: die süßen Möhren, die glänzenden grünen Zucchini, die manchmal schneller wuchsen, als Marie sie verarbeiten konnte, und die kleinen Buraczki, die aromatischen Roten Beten mit dem leicht erdigen Geschmack, die roh oder gekocht eine gute Grundlage für Salate und Suppen bildeten. Ergänzt wurden diese Gespräche durch Fragen nach den Enkelkindern, nach der Gesundheit und nach Pani Halinas Arbeit; das gab genug Stoff und war zugleich ein Terrain, das Marie im Laufe der Jahre zu beherrschen gelernt hatte und auf dem sie sich relativ sicher fühlte.

Damit war in der Regel der Themenkreis der Konversation der beiden umfasst. Aber diesmal lief es anders. Zu Maries Erstaunen schnitt Pani Halina beim Milchkaffee von sich aus einen weiteren Punkt an: den Tod des Geodäten Józef Koszak an Maries früherem Teich. Sie erkundigte sich bei Marie, ob sie etwas Neues von den Ermittlungen gehört habe; weder sie, Halina, noch ihr Sohn Tomek hätten von der Polizei etwas erfahren. Marie wurde klar, dass Piotr seine Ermittlungen und Nachbarschaftsbefragungen offenkundig nicht bis zu Halina, deren Hof weiter entfernt vom Teich lag, ausgedehnt hatte und Halina nun hoffte, Marie könne sie informieren. Viel würde sie ihr nicht erzählen können, aber die Verwandtschaftsverhältnisse von Józef Koszak würden Halina sicher interessieren. Damit wurde die Unterhaltung jedoch ungleich schwieriger, Marie hatte sich auf das entsprechende Wortfeld nicht vorbereitet. Sie kannte zwar die polnischen Wörter für einzelne Familienmitglieder – das war in allen Polnischkursen eine der ersten Lektionen –, aber die Zusammenhänge zu erklären fiel ihr schwer.

So dauerte es etwas, bis es ihr gelang, Halina davon in Kenntnis zu setzen, dass sie Verwandte des Geodäten kennengelernt hatte: einen hier aus der Gegend stammenden, aber seit Jahren in Deutschland lebenden Vetter mit seiner deutschen Frau und eine schon ältere Cousine in Gołdap, die aber leider in der letzten Woche an einem Herzschlag gestorben war. Einen möglichen Zusammenhang zwischen dem Auftauchen des Vetters und dem Tod der Cousine in Gołdap hütete sie sich jedoch zu thematisieren; selbst wenn sie betonen würde, dass sie der Ansicht sei, beides habe nichts miteinander zu tun, könnte das zu Gerüchten führen. Außerdem stand ihr die differenzierte Diktion, die für derart diffizile Sachverhalte notwendig war, trotz DeepL nicht zur Verfügung. So ließ sie es denn bei der Erwähnung der aufgetauchten Verwandten bewenden.

Pani Halina hatte inzwischen ihren Milchkaffee ausgetrunken und den Kuchen gegessen, machte aber keine Anstalten, zu gehen. Marie staunte erneut, denn in der Regel brach Halina, wenn sie zu Marie kam, immer schnell wieder auf, weil Arbeit auf sie wartete. Offensichtlich hatte sie noch etwas auf dem Herzen; Marie bot ihr einen zweiten Kaffee an, Halina nahm gerne an und löffelte genussvoll lächelnd den seidig glänzenden Milchschaum, den Marie in ihrem einfachen Milchaufschäumer aus Edelstahl gezaubert hatte. Dann wurde sie ernst und begann mit ihrer Geschichte, hörbar bemüht, langsam und deutlich und in einfachen Sätzen zu Marie zu sprechen.

Am vergangenen Montag sei sie mit dem Fahrrad auf dem Weg ins Dorf gewesen. Auf dem Sandweg an der Einbiegung in den Grasweg zu Marie habe eine blonde, ihr unbekannte Frau gestanden. Sie, Halina, sei vom Fahrrad gestiegen und habe gefragt, ob sie ihr helfen könne, sei sich aber nicht sicher gewesen, ob die Frau das verstanden habe. In dem Moment sei ein Auto mit deutschem Kennzeichen in schnellem Tempo von Maries Hof gekommen, sei an der Wegkreuzung erst rücksichtslos in die Kurve gegangen und habe dann so scharf gebremst, dass die Räder im Sand durchgedreht seien. Sie, die mit dem Fahrrad dort gestanden habe, habe zur Seite springen müssen. Der Fahrer habe der Frau kurz etwas zugerufen – Pani Halina meinte, deutsche Worte gehört zu haben –, die Frau sei daraufhin schnell auf den Wagen zugelaufen und sei eingestiegen, und die beiden seien losgerast, ohne sich auch nur im Geringsten um sie mit ihrem Fahrrad zu kümmern.

Marie hoffte, alles richtig verstanden zu haben, musste sich allerdings eingestehen, dass die Geschichte nicht zu ihrer vormittäglichen Entspannung beitrug.

»Ist Ihnen etwas passiert?«, fragte sie als Erstes voller Anteilnahme.

Pani Halina schüttelte den Kopf, schwieg dann aber.

Marie dachte nach. Welchen Grund mochte Halina haben, das alles zu erzählen? Welche Botschaft verbarg sich hinter der Geschichte? Wollte Pani Halina auf das rücksichtslose Verhalten einiger deutscher Touristen aufmerksam machen? Marie als Deutscher war sehr daran gelegen, ein gutes Verhältnis zu ihren polnischen Nachbarn zu haben. Dass sich einer ihrer Gäste so verhielte, konnte sie sich kaum vorstellen, trotzdem fragte sie vorsichtshalber: »Könnte das einer meiner Gäste gewesen sein?«

Pani Halina verwaltete die Schlüssel zu Maries Gästehaus und kannte daher die meisten ihrer Gäste, und die Schlüsselübergaben waren in der Regel, auch ohne große sprachliche Kommunikation, von beiden Seiten geschätzte Begegnungen, die nicht selten in ein Tauschverhältnis von Tomaten und Blumen gegen Wein oder Pralinen aus Deutschland mündeten.

»Nein, nein, von Ihren Gästen war das niemand, das sind immer sehr nette Leute. Aber«, fuhr sie dann zögernd fort, »als der Mann bremste, konnte ich sein Gesicht erkennen, und ich hatte das Gefühl, ich hätte ihn schon mal gesehen, und zwar hier in der Nähe, aber genau erinnere ich mich nicht mehr.«

Marie war hellhörig geworden.

»Ich war am Montagvormittag, als das passiert ist, nicht zu Haus, aber meine Gäste haben mir von zwei Besuchern berichtet, die unabhängig voneinander kamen und mich sprechen wollten. Der eine könnte Mirosław Koszak gewesen sein, der Vetter des ermordeten Geodäten, von dem ich gerade gesprochen habe. Er macht hier Ferien mit seiner Frau, weil, wie sie erzählt haben, ihre Vorfahren aus Giżycko stammen. Ich habe sie im deutschsprachigen Gottesdienst kennengelernt, und am Sonntag nach der Kirche kamen beide mit hierher, und wir haben uns noch etwas unterhalten. Können Sie die Frau beschreiben?«

»Nicht so gut, aber sie schien stark geschminkt zu sein und trug einen hellen Hosenanzug. Sie sah nach einer Touristin aus, nicht wie eine von hier.«

»Die Frau von Mirosław Koszak trug am Sonntag auch einen

hellen eierschalenfarbenen Hosenanzug«, erinnerte sich Marie.
»Und blond ist sie auch; das würde also passen.«

Beide, Marie und Pani Halina, schwiegen. Nach einer Weile nahm Marie den Gesprächsfaden wieder auf.

»Pani Halina, können Sie sich vielleicht doch noch erinnern, wann Sie den Mann schon einmal gesehen haben? Vielleicht fällt Ihnen etwas ein, wenn Sie versuchen, sich das Bild vorzustellen; wissen Sie noch, was für ein Wetter und was für eine Jahreszeit es war?«

Pani Halina dachte nach, aber sosehr sie sich auch bemühte, es war ihr ein Rätsel, wo und wann und unter welchen Umständen sie den Mann gesehen haben könnte. Es war mehr so ein schemenhaftes Bild ohne scharfe Konturen, das sie in ihrem Kopf hatte, und immer wenn etwas Klarheit durchschimmerte, verschwamm das Ganze wieder. Aber sie werde weiter nachdenken und Marie auf jeden Fall Bescheid geben, wenn ihr etwas einfalle.

Marie war unruhig. Im Lichte dieser neuerlichen Begebenheit verstärkten sich ihre bisher eher vagen Vorbehalte gegen Mirosław Koszak. Ob und was er mit dem Tod seines Vetters zu tun gehabt haben könnte, war ihr zwar nach wie vor nicht klar, aber dafür, dass er im Anschluss an ihren Besuch in Gołdap seinerseits bei Pani Elżbieta gewesen sein musste – vielleicht sogar mit seiner Frau? –, war sie fast bereit, ihre Hand ins Feuer zu legen.

Sie versuchte, sich ein Szenario auszumalen: Mirosław Koszak musste nach dem Besuch bei ihr geahnt haben, dass sie mit der Cousine, nach der sie ihn gefragt hatte, Kontakt aufnehmen würde. Das konnte er nicht gewollt haben, nicht zuletzt deshalb hatte er ja am Sonntag ihre diesbezügliche Frage so brüsk zurückgewiesen. Vielleicht hatte er Sorge, dass Pani Elżbieta ihr, Marie, etwas erzählen könnte, bei dem auch er eine Rolle, und zwar keine sonderlich gute, spielte; vielleicht dachte er sogar an die Vergewaltigung, von der Pani Elżbieta gesprochen und die sie offenkundig bis an ihr Lebensende traumatisiert hatte, vielleicht aber auch nur daran, dass er behauptet hatte, zu seinem Vetter keinerlei Kontakt mehr gehabt zu haben. Zudem musste ihm klar sein, dass zu einem Zeitpunkt, zu dem, bisher erfolglos, nach dem Mörder des Geodäten gesucht wurde, eine wie auch immer geartete Beziehung zu dem Opfer zu allerlei Verdachtsmomenten Anlass geben könnte.

Wenn Marie das alles zusammennahm, konnte sie sich vorstellen, dass er Pani Elżbieta gleichsam »mundtot« hatte machen wollen, nicht im physischen Sinne, eher könnte er vorgehabt haben, ihr Schweigen zu erbitten, ihr vielleicht sogar etwas dafür geboten haben. Und als er dann bei seiner Cousine angekommen war und die Kaffeetafel und die Fotos auf dem Tisch sah, musste ihm geschwant haben, was geschehen war: Marie war vor ihm dort gewesen, und Elżbieta könnte ihr all die Dinge berichtet haben, die nachteilig für ihn waren. Er könnte sich darüber aufgeregt und seine Cousine angeschrien haben, sodass die – selbst noch emotional bewegt durch ihre Lebensbeichte zwei fremden Frauen gegenüber – allein durch sein Erscheinen einen Herzanfall gekriegt hätte, der ihn zur Flucht getrieben hätte. Um seine Cousine hätte er sich nicht gekümmert, er hätte nur schnell die Fotos eingesammelt, das Gebäck mitgenommen und wäre weggegangen. Und Pani Elżbieta, mit Atemnot und in Angst, hätte an der Tischdecke ziehend die Vase umwerfen können.

Maries zweite Phantasie endete ähnlich wie die erste. Nur der Anfang war anders. Danach wäre Mirosław Koszak mit einer konkreten Forderung gekommen, hätte etwas Bestimmtes von seiner Cousine erhalten wollen. Zu diesem Zweck könnte er zunächst versucht haben, seine Cousine mit Freundlichkeit zu umgarnen, sich beim Anblick der Mohntörtchen sentimental an das Backwerk seiner Kindheit in Polen erinnert und die Törtchen dankend verzehrt haben. Wenn er dann bemerkt hätte, dass seine Bemühungen um eine gute Atmosphäre nicht zu dem gewünschten Erfolg führten und sie ihm das, dessentwegen er gekommen war, all seinen Bemühungen zum Trotz verweigerte, hätte er wütend auf sie zugehen und sie schubsen können, und bei dem Gerangel wäre die Vase um- und seine Cousine auf die Erde gefallen.

Letztlich liefen aber beide Versionen darauf hinaus, dass Mirosław Koszak, seine Cousine entweder hilflos oder tot zurücklassend, aus der Wohnung gegangen wäre und die Fotos mitgenommen hätte. Aber könnten die Fotografien wirklich das gewesen sein, was er haben wollte? Und hätte die Situation wegen ein paar Fotos und eines vermuteten Gesprächs unbeteiligten Dritten gegenüber, selbst wenn ihn das vermutlich nicht in allzu gutem Licht hatte erscheinen lassen, wirklich so eskalieren können? Marie war sich ziemlich sicher, dass da noch ein Baustein im Puzzle fehlte, und zwar möglicherweise der, der auch bei Józef Koszaks Tod eine Rolle gespielt hatte. Finsteres Familiengeheimnis oder Geld – oder beides?

Bei dem Stichwort Geld fiel ihr ein, dass sie nicht wusste, inwieweit die Polizei eigentlich Pani Elżbietas Wohnung durchsucht hatte, und zwar nicht nur nach Spuren potenzieller Besucher, sondern auch nach Gegenständen, die man nicht erwarten würde, und dazu zählten aus ihrer Sicht auch eine größere Geldsumme oder Wertgegenstände. Danach müsste sie unbedingt Piotr fragen; für sie zumindest wurde es, je länger sie nachdachte, desto klarer, dass das Familiengeheimnis, sofern es denn eines gab, weniger an Fotos als vielmehr an Geld gebunden war.

Von Mirosław Koszak gingen ihre Gedanken wieder zurück zu dessen Vetter, dem Geodäten. Pani Katarzyna in Płock hatte nicht ausgeschlossen, dass er etwas von seinem Sohn wusste, und hatte Staszek und ihr von ihrem Eindruck berichtet, er habe in den letzten Jahren etwas wiedergutmachen wollen. Gesetzt den Fall, beides träfe zu und Józef Koszak hätte über die nötigen Mittel verfügt, wo hätte er sie besser verstecken können als bei seiner Cousine, die, sollte der Sohn jemals auftauchen, als Mutter die beste Treuhänderin des Geldes wäre, die man sich nur vorstellen konnte?

Marie fiel es wie Schuppen von den Augen. Wenn ihre Überlegungen zuträfen und Geld im Spiel wäre, wäre es wohl kaum auf einem Schweizer Nummernkonto zu finden, sondern eher irgendwo zwischen all den Habseligkeiten und Kartons in Pani Elżbietas kleiner Wohnung, vermutlich in dem Schlafraum neben der Wohnküche. Hatte Mirosław Koszak etwas davon gewusst – oder zumindest geahnt – und danach suchen wollen, dann aber angesichts des Herzanfalls seiner Cousine schnell die Wohnung verlassen, und die Törtchen und die Fotos, die verschwunden waren, waren nur ein Ablenkungsmanöver gewesen?

Aber was sagten die Fakten? War Mirosław Koszak an dem fraglichen Montag überhaupt in Gołdap gewesen? Marie konnte nur hoffen, dass Wojtek bereits diesbezügliche Nachforschungen eingeleitet hatte. Denn, da war sie sich sicher, ohne einen schlüssigen Beweis würde Mirosław Koszak eine Geschichte, wie sie sie konstruiert hatte, niemals bestätigen, warum, um alles in der Welt, sollte er? Und auch ihre weitere Überlegung, dass Józef Koszak in Pani Elżbietas Wohnung eine größere Geldsumme, gedacht für einen Sohn, von dem er nicht einmal genau wusste, ob es ihn gab, versteckt haben könnte, bedürfte einer Überprüfung, wenn man sie in irgendeiner Weise in das ganze Szenario einbeziehen wollte.

Ein Grund für einen erneuten Anruf bei Piotr. Sie versuchte mehrfach, ihn auf dem Handy zu erreichen, leider vergeblich, und auch bei Staszek gelang es ihr nicht, er schaltete sein Handy manchmal aus, wenn er nicht gestört werden wollte. Nun gut, dann eben später, beide würden ja sehen, dass sie angerufen hatte.

Marie räumte das Kaffeegeschirr und den Kuchenteller von Pani Halina ins Haus. Sie war in Gedanken noch bei deren Besuch und ihrer Erzählung und versuchte immer wieder neu, aus den einzelnen Puzzlesteinen, die sich vor ihr ausbreiteten, eine schlüssige Geschichte zu konstruieren. Da hörte sie ein Auto den Weg heraufkommen. Vielleicht war es Staszek, der ihren Anruf gesehen hatte; jemanden wie ihn könnte sie jetzt sehr gut brauchen. Aber es war kein kleiner roter Polo, der da um die Ecke kam, sondern ein grauer Golf mit hannoverschem Kennzeichen: Mirosław Koszak, den zu sprechen und zu befragen sie sich zwar gewünscht hatte, dessen Kommen sie nun aber doch mit einer gewissen Beklommenheit erfüllte. Worum würde es gehen? Sie beschloss, ihn erst einmal reden zu lassen, bevor sie ihre Fragen stellte.

Pan Koszak stellte seinen Wagen im Innenhof ab und stieg aus. Marie ging ihm ein Stück entgegen, und sie begrüßten sich, wobei Marie das Gefühl nicht loswurde, dass eine beiderseitige Wachsamkeit mitschwang, zumindest von ihrer Seite war das der Fall. Sie hatte Pan Koszak ja erst ein Mal, vor ein paar Tagen, gesehen. Da hatte er, zumindest über eine geraume Zeit, recht entspannt gewirkt, eben wie jemand, der Ferien machte; jetzt dagegen kam er ihr gehetzt vor, aber vielleicht war das auch nur ihre Einbildung, weil sie sich inzwischen eine ihn betreffende Geschichte zurechtgelegt hatte und nicht mehr ausschloss, dass er eine Rolle bei dem Mord an seinem Vetter gespielt haben könnte.

Sie bot ihm einen Platz an den Picknicktischen im Innenhof an und war dankbar für das Ritual der polnischen Gastfreundschaft, Gästen, wer immer sie waren und wo immer sie herkamen, erst einmal etwas anzubieten. Pan Koszak bat um ein Wasser, und Marie ging ins Haus und kam mit einer im Soda-Streamer frisch gesprudelten Flasche Wasser und zwei Gläsern zurück.

Mirosław Koszak war unterdessen aufgestanden und ein paar Schritte im Innenhof auf und ab gegangen, es machte den Eindruck, als wolle er sich die Beine ein wenig vertreten, vielleicht aber wollte er sich auch gezielt umsehen. Marie merkte, wie sie von Misstrauen durchzogen wurde, sie war allein mit Mirosław Koszak auf dem Hof; was hätte sie nur darum gegeben, wenn Staszek plötzlich aufgetaucht wäre. Sie ärgerte sich über sich selbst, ihre Phantasien waren lächerlich, trotzdem ging sie noch einmal ins Haus und verstaute ihr Handy in einer der tiefen Taschen ihres weiten bunten Rocks.

Pan Koszak hatte sich inzwischen wieder gesetzt. »Schön haben Sie es hier«, begann er das Gespräch und bedankte sich für die Erfrischung.

»Ja, Masuren und der Hof hier sind einfach ein wunderschönes Stückchen Erde«, antwortete Marie und nahm damit den unverbindlichen Ton des Gesprächs auf. »Wie ist es Ihnen denn in den Tagen seit Sonntag ergangen, haben Sie etwas Schönes unternommen?«, erkundigte sie sich freundlich.

»Ja, wir sind viel umhergefahren und haben viel gesehen.« Aber weiter äußerte sich Pan Koszak nicht, es schien, als gehe es ihm um anderes.

Marie beschloss, entgegen allen Regeln einer gelingenden Konversation, nicht etwa interessiert nachzufragen, sondern abzuwarten. Pan Koszak nahm einen Schluck Wasser und sah schweigend in die Ferne. Vielleicht, mutmaßte Marie, überlegte er erst mal, wie er in das Gespräch mit ihr einsteigen sollte, vielleicht wusste er aber auch gar nicht genau, was er eigentlich von ihr wollte.

Marie konnte solche Situationen nicht gut aushalten, trotzdem schwieg sie tapfer weiter. Eine vormittägliche Stille hatte sich auf dem Hof ausgebreitet. Über ihnen am Himmel, dessen Blau nur von einigen vereinzelt dahinziehenden leichten weißen Wolkenstreifen durchbrochen wurde, kreiste ein Raubvogel. Mit seinem langen gegabelten und wippenden Schwanz musste es ein Rotmilan sein. In der Ferne war Hundegebell zu hören.

»Sie waren bei meiner Cousine in Gołdap«, stieß Mirosław Koszak schließlich hervor.

»Ja«, sagte Marie. Damit war also klar, dass Pan Mirosław nach ihr in Gołdap bei Pani Elżbieta gewesen sein musste, und wenn das so war, wüsste er vermutlich auch von ihrem Tod.

»Und was wollten Sie da?«, fragte er fast inquisitorisch weiter.

Marie merkte, wie sie aufpassen musste, sich mit ihrer Strategie des Schweigens nicht in die Enge drängen zu lassen; sie wollte schließlich das Heft in der Hand behalten.

»Ich habe ihr mein Beileid ausgesprochen zum Tode ihres Vetters, aber wieso wollen Sie das wissen?«

»Das sind meine Familienangelegenheiten«, erwiderte er kurz, »und die gehen Sie nichts an.«

Marie wusste nichts darauf zu antworten. Natürlich hätte sie sagen können, dass der Geodät ja auf ihrem Grundstück zu Tode gekommen und sie deshalb in die ganze Geschichte ohne ihr Zutun hineingezogen worden sei, aber das würde wohl kaum bei Pan Koszak verfangen. Insofern hüllte sie sich weiterhin in ein abwartendes Schweigen und beobachtete den Milan, der noch immer seine Kreise am Himmel zog. Plötzlich schnellte er in einem Sturzflug nach unten auf die Weide, offensichtlich hatte er dort eine Beute, eine Maus vielleicht, erspäht.

»Also, ich sage es noch einmal«, setzte Pan Koszak da erneut an, »halten Sie sich aus meinen Angelegenheiten heraus, das habe ich Ihnen schon am Sonntag zu verstehen gegeben.«

»Sind Sie deshalb gekommen, um mir das zu sagen?« Marie konnte sich nun doch nicht verkneifen, in die Diskussion einzusteigen, aber vermutlich war es nicht gerade die diplomatischste Frage, die ihr da eingefallen war.

Pan Koszak antwortete nicht; er sah wieder in die Ferne, in Gedanken versunken.

Auch Marie schwieg. Sie ärgerte sich über sich selbst, da hatte sie doch so sehr versucht, sich auszumalen, was alles sie Pan Koszak fragen könnte, und nun versteckte sie sich hinter einer Strategie des Schweigens, die nichts anderes als Feigheit war. Aber schließlich war sie nicht die Polizei, sie konnte zwar überlegen, was passiert sein könnte, einer direkten Konfrontation war sie jedoch nicht gewachsen. Unter diesen Umständen schien es ihr klüger zu sein, das Gespräch und den Besuch zu beenden und sich dann an Piotr zu wenden.

Gerade war sie mit ihren Gedanken an diesem Punkt angelangt, da brach es aus Mirosław Koszak heraus. »Ich habe unter dem gelitten, mein ganzes Leben lang; meine Kindheit und Jugend hat er mir versaut, seinetwegen bin ich nach Deutschland gegangen, mein Erbe hat er gekriegt, weil ich in Deutschland war, und als er mir meinen Teil geben sollte, hat er mich erst vertröstet, und als ich es einklagen wollte, nur höhnisch gelacht. Das alles hätten meine Eltern ihm, der ja in Polen geblieben war, gegeben, und er bewahre es für seinen Sohn, und ich hätte keinerlei Anspruch darauf.«

Er schlug die Hände vor sein Gesicht; offensichtlich hatte Maries kleiner masurischer Vierseithof in ihm Erinnerungen geweckt und etwas gelöst, was er bisher tief in seinem Innern vergraben hatte.

Für Marie konnte seine Rede kaum bestimmt sein, denn Pan Koszak musste klar sein, dass er sich mit seinen Worten erheblich belastete. Sie bedauerte, ihr Handy nicht auf Aufnahme gestellt zu haben, traute sich aber in dieser angespannten Situation nicht, nach der richtigen Einstellung zu suchen.

Nach einer Weile erkundigte sie sich vorsichtig: »Und nun sind Sie hier, um nach dem Sohn zu suchen?«

»Wo der ist, mag der Henker wissen; aus der alten Hexe in Gołdap war nichts rauszukriegen.«

Pan Koszaks Stimme war jetzt schneidend geworden. Unterdrückte Wut schwang mit. Marie konnte förmlich körperlich spüren, wie sich seine ihn belastenden Kindheitserinnerungen in blanken Hass verwandelten. Sie musste versuchen, die Situation zu entspannen, doch bevor ihr etwas einfallen konnte, war sie auch schon in sein Visier geraten und gleichsam zur Projektionsfläche seines Unglücks geworden.

»Sie wissen doch, wo der ist, also los, sagen Sie es mir!«, forderte er mit drohendem Unterton.

Marie überlegte, ob er etwas von Staszeks und ihrem Ausflug nach Płock wissen könnte, aber wie sollte er, und außerdem hatten ihre Nachforschungen dort ja zu keinerlei Erfolg geführt.

»Wieso sollte ich das wissen?«, entgegnete sie, um Sachlichkeit bemüht. »Ich habe doch den Geodäten kaum gekannt, geschweige denn einen Sohn –«

»Tun Sie doch nicht so unschuldig«, schnitt er ihr scharf das Wort ab und setzte dann seine gegen Marie gerichteten Vorwürfe unbeirrt fort. »Sie, Sie haben schon genug Unheil gestiftet!«, steigerte er sich in seine Erregung hinein. »Hätten Sie diesen Teich nicht verkauft, würde er da vergammelt sein, und niemand hätte ihn je vermisst, und dann finden Sie auch noch – wie so eine neugierige alte Miss Marple – heraus, um wen es sich bei der Leiche handelt! Dann sagen Sie mir wenigstens, wo der Sohn ist und wo das Geld versteckt ist, es muss ja irgendwo sein.«

Marie bekam es jetzt wirklich mit der Angst zu tun, ihr Besucher war entweder ein Psychopath oder ein Verbrecher, vielleicht auch beides, und sie war ihm ausgeliefert. Sie überlegte angestrengt, wie sie das ganze Szenario halbwegs zivil beenden könnte, ohne Pan Koszak noch mehr in Rage zu bringen. Da sah sie auf ihrem Zufahrtsweg Waltraut Koszak kommen. Sie war zu Fuß unterwegs; offensichtlich hatte ihr Mann sie wieder an der Wegkreuzung abgesetzt, wo Pani Halina sie ein paar Tage zuvor gesehen hatte. Würde sie eine Hilfe sein, oder war es ein abgekartetes Spiel, das die beiden mit ihr trieben?

Waltraut Koszak hatte ein dickes Make-up aufgetragen und sich die Lippen kirschrot angemalt, und sie trug erneut einen Hosenanzug, offensichtlich ihre Standardbekleidung, diesmal mit einem hochgeschlossenen Oberteil und in Altrosa. In ihrem Outfit erinnerte sie Marie in fataler Weise an die einzige ihrer Sekretärinnen, mit der sie je Schwierigkeiten gehabt hatte.

»Oh, sind Sie das letzte Stück zu Fuß gegangen?«, begrüßte sie sie dennoch freundlich und versuchte, möglichst unbefangen zu wirken und nichts von der angespannten Situation durchscheinen zu lassen. »Ihr Mann ist ja schon ein Weilchen hier; darf ich Ihnen auch ein Wasser anbieten?«

»Ja, gerne.« Waltraut Koszak setzte sich auf die Picknickbank, nicht ohne zuvor zu prüfen, ob der Platz auch sauber genug war.

»Ich kann Ihnen gerne ein Kissen holen«, bot Marie an und ging ins Haus, um eine neue Flasche Wasser zu sprudeln und schnell zu versuchen, Staszek oder Piotr zu erreichen, beides aber leider wieder vergebens, und die Einstellung für das Mithören des Gesprächs auf ihrem Handy fand sie auch auf die Schnelle nicht.

Währenddessen tauschten sich die beiden Koszaks aus; Marie hörte, als sie wieder aus dem Haus kam, gerade noch, wie er seiner Frau erklärte: »Sie behauptet, sie weiß nichts, nicht, wo der Sohn ist, und nicht, wo das Geld ist.«

Mit dem Kissen und dem Wasser in der Hand ging Marie zurück nach draußen und trat an den Tisch.

Frau Koszak nahm das Sitzkissen, bedankte sich nickend und wandte sich dann verständnisheischend an Marie. »Sie scheinen sich doch hier in der Gegend gut auszukennen und können uns sicher helfen.« Marie wartete ab, und Waltraut Koszak fuhr fort: »Wir sind nämlich sicher, Sie wissen mehr, als Sie uns sagen. Sie waren doch bei Elżbieta und haben lange mit ihr geredet, und was sie mir, als ich zu ihr kam, nicht gesagt hat, wird sie Ihnen zuvor erzählt haben. Sie hat so eine Andeutung gemacht, dass sie mit Ihnen über alles gesprochen hat. Vermutlich wissen Sie, wo der Sohn von Józef Koszak ist, und auch, wo das Geld ist. Der Sohn interessiert uns nicht, aber das Geld. Das gehört meinem Mann, und das wollen wir haben.«

Damit waren die Karten auf dem Tisch.

Maries Gedanken überschlugen sich fast. Also war es Waltraut Koszak, die nach ihr und Małgorzata bei Pani Elżbieta gewesen war! Bedeutete das, dass sie es war, die etwas mit Elżbietas Tod zu tun hatte, ja ihn möglicherweise verschuldet hatte? Marie wurde mulmig zumute. Und was wollte Waltraut Koszak jetzt von ihr? Marie war unschlüssig, wie sie sich angesichts dieser Situation verhalten sollte. »Entschuldigung, ich verstehe im Moment überhaupt nichts mehr, können Sie mir vielleicht genauer erläutern, worum es hier eigentlich geht?«

»Es geht um Geld oder etwas anderes Wertvolles, das hat

Ihnen doch auch mein Mann schon gesagt. Seine Cousine hat, als ich bei ihr war, auf Sie verwiesen, also reden Sie. Hat sie Ihnen das Geld mitgegeben, damit Sie es hier verstecken? Es gehört meinem Mann. Sein Vetter hat es für ihn hinterlegt.«

»Aber was soll ich mit alldem zu tun haben?«, fragte Marie.

»Wir sind sicher, Sie wissen etwas«, beharrte Waltraut Koszak.

»Aber weder habe ich Ihren Vetter richtig gekannt, noch weiß ich irgendetwas von Geld, geschweige denn von einem Versteck.«

Maries Angst schlug allmählich in Ärger um, den sie nur mühsam unterdrücken konnte. Was hatte dieser tote Geodät ihr doch alles eingebrockt; erst wurde sie selbst verdächtigt, etwas mit seinem Tod zu tun zu haben, und jetzt sollte sie von irgendwelchen geheimen Verstecken wissen; am liebsten hätte sie ihre Besucher hinausgeworfen, aber die beiden waren zu zweit, und Marie befürchtete, das würde die Situation noch weiter eskalieren lassen.

Waltraut Koszak gab nicht auf. »Bisher haben Sie ja alles Mögliche rausgekriegt, auch das, was Sie nichts angeht«, fuhr sie fort, »da werden Sie wohl inzwischen wissen, um was es uns geht, und uns dabei behilflich sein, an das zu kommen, was uns zusteht.«

Marie dachte fieberhaft nach, wie sie die Situation, die sie inzwischen als äußerst bedrohlich empfand, entspannen könnte. Sie selbst hatte ja auch schon erwogen, dass Geld im Spiel war; aber weder hatte sie darüber mit Pani Elżbieta gesprochen, noch war hier auf ihrem Grundstück etwas versteckt. Wenn sich hier in der Nähe etwas Wertvolles befand, was dem Geodäten gehört hatte, dann waren es die Grundstücke mit Seeblick, die an ihres angrenzten. Sie versuchte es mit dieser Erklärung.

»Ich weiß nur, dass die Grundstücke dort drüben, mit Sicht auf den See, wertvoll sein sollen, vielleicht ist das gemeint? Darüber erhalten Sie sicher auf dem Grundbuchamt die nötigen Auskünfte.«

Aber die Koszaks ließen sich nicht abbringen von ihrer Behauptung, Pani Elżbieta habe Marie etwas Wertvolles mitgegeben, damit sie es für sie aufbewahre. Sie nickten einander sich bestätigend zu und maßen Marie mit herausfordernden Blicken. In der Ferne war ein Auto zu hören; Waltraut Koszak erhob sich und blickte suchend umher. Sie schien etwas gesehen zu haben, ließ sich aber vorerst nichts anmerken, sondern ging energisch auf Marie zu. »Wir gehen jetzt in Ihr Haus und gucken uns dort um; irgendwo werden wir das Gesuchte schon finden.«

Aber damit hatte sie einen Punkt getroffen, an dem Marie – allen Deeskalationsbemühungen und aller Angst zum Trotz – nicht mehr bereit war, mitzuspielen. Kurzzeitig gelang es ihr sogar, die Situation von außen zu betrachten: Sie hatte sich ausgemalt, was sie die Koszaks fragen könnte oder wollte, wie sie sie unter Druck setzen wollte, nun hatten die den Spieß umgedreht und sie in die Enge getrieben. Hätte sie das Ganze nicht zutiefst beunruhigt, hätte sie fast die Komik dieser kuriosen Situation goutieren können.

»Nein«, sagte sie bestimmt, »wenn hier auch nur irgendjemand etwas auf meinem Grundstück sucht, dann ist es die Polizei, vorausgesetzt, sie hat eine richterliche Verfügung. Und ich denke, die Polizei rufe ich jetzt an.«

Sie holte ihr Handy aus ihrer Rocktasche, hatte aber in dem Moment nicht mit Waltraut Koszak gerechnet, die ihr das Handy aus der Hand riss und sie dabei so heftig schubste, dass sie strauchelte und hinfiel.

Und dann hörte Marie noch, wie Waltraut Koszak ihrem Mann zurief: »Lass uns schnell fahren«, und ehe sie überhaupt kapierte, was los war, waren die beiden in ihr Auto gesprungen und hastig davongefahren.

Benommen stand Marie auf. Sie war zum Glück nicht verletzt, doch ihr war etwas schummerig zumute. Was war das eben gewesen? Ein böser Traum? Auf dem Tisch standen die Gläser, aus denen die Koszaks Wasser getrunken hatten, und ihr Handy war weg; das hatte Waltraut Koszak; wer weiß, was sie damit machen würde. Sie müsste zu Pani Halina laufen und die Polizei anrufen, und wenn sie Piotr nicht erreichte, dann das Revier in Węgorzewo.

Doch so weit kam es nicht mehr. Ein nächster Wagen erschien auf ihrem Grundstück, ein blauer Škoda mit einem Kennzeichen von Węgorzewo. Ein ihr unbekannter mittelgroßer Mann in mittlerem Alter mit graubraunen Haaren und in einer dunkelblauen Leinenhose und einem hellen Sakko stieg aus. Der nächste unangenehme Besuch?

Spontan bemühte sich Marie, sich das polnische Kennzeichen einzuprägen. Denn was ihr passiert war, hatte vielleicht ja auch etwas mit ihrer Naivität und Gutgläubigkeit zu tun. Aber es schien, als sei erneutes Misstrauen überflüssig. Es war Pan Wojtek Mańko, der aus dem Auto stieg. Er zeigte seinen Dienstausweis und stellte sich in fließendem Englisch höflich vor.

Marie konnte sich nicht erinnern, je so erleichtert gewesen zu sein, wenn jemand ihr Grundstück betrat, wie heute.

»Ich denke, Sie ahnen, warum ich hier bin«, begann Pan Wojtek, »ich möchte Sie bitten, mir noch einmal aus Ihrer Sicht zu berichten, in welchem Zustand Sie und Pani Małgorzata am letzten Montag Pani Elżbieta in ihrer Wohnung verlassen haben.«

»Das will ich gerne tun, aber vielleicht sollte ich Ihnen vorher kurz berichten, was ich eben hier erlebt habe; Sie haben mich nämlich fast gerettet!«

Und in aller Eile versuchte Marie, einigermaßen strukturiert zusammenzufassen, was sich abgespielt und was sie erfahren hatte: Das Ehepaar Koszak sei bei ihr gewesen, auf der Suche nach Geld, das ihnen zustehe und das sie bei Pani Elżbieta geglaubt, aber dort nicht gefunden hätten. Da seien sie auf die Idee gekommen, Pani Elżbieta habe es ihr, Marie, gegeben und sie verstecke es irgendwo. Als die beiden ihr Haus durchsuchen wollten, habe sie die Polizei rufen wollen, und da habe Waltraut Koszak sie geschubst und ihr das Handy entrissen, und dann seien die beiden, auf ein Zeichen von Frau Koszak, aufgesprungen und losgefahren. Das sei jetzt ungefähr fünf Minuten her.

Wojtek war alarmiert. Vor fünf Minuten war er den Sandweg hochgekommen, war jedoch zunächst an der Zufahrt zu Maries Grundstück vorbeigefahren und hatte zwei Höfe weiter umkehren müssen. Hatten Maries Besucher sein Auto gesehen und deshalb zu einem überhasteten Aufbruch geblasen? Aber dann hätte er doch auch ein Auto sehen müssen? Allerdings hatte er, als er gewendet hatte, nur auf den Weg und auf nichts anderes geachtet, damit er die Zufahrt nicht ein zweites Mal verpasste.

Jetzt sah er sich in einer Zwickmühle: Da war er gekommen, um diese Marie kennenzulernen, von der er ja bisher kein eindeutiges Bild hatte, und nun bescherte sie ihm gleich eine solch abenteuerliche Geschichte, bei der sie sich gleichsam als Opfer inszenierte. Er zögerte kurz. Was, wenn sie sich das alles nur ausgedacht hatte und alles nur ein Ablenkungsmanöver war? Auf der anderen Seite schien ihr Bericht durchaus plausibel zu sein, und wenn die Person, die bei Pani Elżbieta gewesen war, Waltraut Koszak war, so stimmte das mit den Ermittlungen von Piotr und Paweł überein; vielleicht würde Marie ihnen ja sogar helfen können? Und möglicherweise – dachte Wojtek – war sie ja in Gefahr gewesen, hatte er sie eigentlich gefragt, ob sie verletzt worden war?

Was immer auf dem Hof gelaufen war, eines war klar: So krude die Phantasien der Koszaks in Bezug auf versteckte Wertgegenstände auf Maries Hof auch waren, durch ihre Forderungen an Marie hatten sie zugegeben, an dem Todestag von Pani Elżbieta nach Marie und Małgorzata bei ihr in Gołdap gewesen zu sein, ein Punkt, der für die Ermittlungsarbeit durchaus von Bedeutung war. Auch die weiteren Details, die Marie berichten konnte, erhärteten die Verdachtsmomente gegen sie: So hatte Mirosław Koszak seinen ermordeten Vetter hier in Masuren einmal, wenn nicht gar mehrmals, getroffen, ferner hatte ihn eine von Maries Nachbarinnen als jemanden identifiziert, den sie schon vor einiger Zeit hier in der Gegend gesehen hatte, und nicht zuletzt natürlich der tätliche Angriff auf Marie. Die Nebel in der Geschichte schienen sich allmählich etwas zu lichten, die Koszaks gerieten in den Fokus.

Aber – sie waren weg.

»Wo könnten die beiden hingefahren sein?«, überlegte Wojtek. »Haben Sie einen Anhaltspunkt?«

»Entweder in ihr Ferienquartier nach Miłki, die Adresse kann ich Ihnen geben, oder noch einmal in die Wohnung von Pani Elżbieta. Und was das Letztere anbelangt, wollte ich Ihnen schon gestern mitteilen, dass auch ich vermute, dass in der Wohnung von Pani Elżbieta, irgendwo zwischen all ihrem Hab und Gut, Geld versteckt sein könnte. Insofern könnten die beiden Koszaks gar nicht so ganz falschliegen mit ihrer Annahme.«

So unwahrscheinlich Wojtek diese Überlegung auch schien, es war eine Spur. Vor allem aber blieb ihm jetzt keine große Zeit zum langen Nachdenken, denn wenn es so war, wie Marie berichtet hatte, musste er handeln, und zwar schnell. Er zückte sein Handy für einen Anruf bei Piotr.

»Oh, bevor Sie irgendeinen Anruf tätigen, könnten Sie mich bitte mal kurz anrufen?«, bat Marie.

Wojtek war gern dazu bereit, denn die Wahrscheinlichkeit, dass Waltraut Koszak das Handy, das sie Marie entwendet hatte, behalten und somit die Gefahr eingehen würde, geortet zu werden, war nicht sehr groß. Eher würde sie es, nachdem sie es Marie entwunden hatte, weggeworfen haben. Wojtek wählte Maries Nummer, und sie beide lauschten. Zunächst war nichts zu hören, dann klang hinten von den Wiesen am Weg ein ferner Handyton durch die mittägliche Stille herüber: Maries Handy.

Glück im Unglück, nun konnte sie mit der Suche beginnen.

Piotr war, als Wojtek ihn anrief, wieder in Węgorzewo erreichbar gewesen. Wojtek bat ihn, in Absprache mit Tadeusz schnellstens dafür zu sorgen, dass die Wohnung von Pani Elżbieta haarklein durchsucht wurde und Mirosław Koszak und seine Frau, sollten sie dort auftauchen, unverzüglich festgenommen und auf die Wache nach Węgorzewo gebracht wurden. Außerdem solle er eine Fahndung nach den beiden Koszaks, unterwegs mit einem grauen Golf mit hannoverschem Kennzeichen, herausgeben. Er selbst wolle schnell nach Miłki in deren Ferienquartier fahren.

»Und Sie«, wandte er sich Marie zu, »halten sich zu unserer Verfügung.«

Dann machte er sich auf den Weg.

NEUN

Wojtek war abgefahren, und Marie war wieder allein; sie war immer noch benommen. Aber es half nichts, sie musste versuchen, sich zu sammeln, und die Ereignisse des Vormittags sortieren. Und sie musste ihr Handy finden. Sie beschloss, ihre Auffahrt und die zu beiden Seiten angrenzenden Wiesen Stück für Stück bis zur Einmündung in den Sandweg zu durchsuchen, in der Hoffnung, dass das entfernte Klingeln, das sie gehört hatte, keine Einbildung gewesen war. Der kleine Gang würde ihr guttun, und bei dem Blick auf all die Blumen und Gräser, die den Weg säumten, steckte sie schnell die Gartenschere ein, um die Suche nach dem Handy mit dem Schneiden eines großen bunten Straußes zu verbinden. Blumen und Gräser pflücken und Sträuße binden, das hatte etwas Entspannendes, fast Meditatives. Es war das, was Marie jetzt brauchte, um die dramatische Situation mit den Koszaks hinter sich zu lassen.

Am Wegesrand und auf der Wiese ließ sich bei genauem Hinsehen vieles finden, was ihr, wenn sie dieses Stück mit dem Auto fuhr, gar nicht ins Auge fiel: der Rotklee mit seinen kugeligen Blütenständen, die weiße Schafgarbe mit ihren vielen kleinen Blüten, die wie kleine Sterne aussahen, und dahinter etwas Blauviolettes: Gundermann oder kleine Braunellen? Marie wusste es nicht, versuchte jedoch, möglichst lange Stängel für ihren Strauß zu schneiden. Etwas weiter auf der Wiese hatte sich Dost, der intensiv duftende rosafarbige Oregano, ausgebreitet, und daneben fand sich zartrosa Leimkraut mit Blüten wie Glöckchen. Auf der anderen Seite des Weges entdeckte sie eine leuchtende Königskerze, aber die stand auf der Wiese wie ein prachtvoller Solitär, sodass Marie sie nicht schneiden mochte, lieber pflückte sie den Herbstlöwenzahn und ein paar Stiele von der Goldrute. Nur ihr Handy hatte sie noch nicht gefunden, sie hielt weiter Ausschau.

Inzwischen war ein leichter Wind aufgekommen, typisch für das Spätsommerwetter in Masuren. Er umstrich sie angenehm, und fast hatte sie das Gefühl, als wehe er alles Belastende von ihr ab, als wäre die ganze schreckliche Situation mit den Koszaks nur ein schlechter Traum gewesen. Aber da hörte sie den Klingelton ihres Handys und war schnell wieder in der keineswegs unbeschwerten Gegenwart gelandet. Sie ging dem Klingeln nach, hoffend, dass es noch einige Zeit andauerte, und dann entdeckte sie ihr kleines iPhone: zwischen Brennnesseln und hohen Grasbüscheln an der Kreuzung zum Sandweg. Kaum dass sie es aufgehoben hatte, versiegte das Klingelzeichen; da hatte sie gerade noch Glück gehabt, dass das Klingeln sie bis zu dem Fundort geführt hatte.

Zu ihrer großen Erleichterung erkannte sie Staszeks Nummer; als sie jedoch sofort versuchte, zurückzurufen, meldete er sich nicht, vermutlich war er in einer Sitzung. Aber immerhin wusste sie nun, dass er ihren Anruf registriert hatte. So ging sie, etwas beruhigter, zum Haus zurück, schnitt auf dem Rückweg noch etwas Bärenklau und ein paar Zweige mit leuchtend roten Vogelbeeren und holte von ihrem Beet im Innenhof dunkelblau blühenden Salbei und band alles zusammen. Sie arrangierte die Blumenpracht in einem glänzenden Zinkeimer, stellte ihn auf den Picknicktisch und setzte sich davor.

Ganz allmählich wurde ihr bewusst, in welcher Situation sie gewesen war. Mirosław Koszak hatte zwei Motive genannt, die ihn zu einer Schlüsselfigur in dieser Mordgeschichte machten und den Verdacht, seinen Vetter, den Geodäten, getötet zu haben, auf ihn lenkten. Das eine Motiv schien, wie Marie schon vermutet hatte, in seiner Kindheit begründet zu liegen. Vermutlich war es ihr alter Vierseithof gewesen, der bei ihm seine Kindheitserinnerungen hatte aufkommen lassen und ihn dazu geführt oder verführt hatte, seine Wut und Trauer über eine Kindheit und Jugend herauszuschreien, in der er aus seiner Sicht zu kurz gekommen war. Sein aufgestauter Frust darüber hatte sich Bahn gebrochen. Er fühlte sich betrogen, das war klar.

Und dieses Gefühl machte er dann an einer zweiten Sache fest: dem Geld, das sein Vetter angeblich besaß, von dem er aber – unabhängig von allen rechtlichen Gegebenheiten – glaubte, es stehe ihm zu, und wenn auch nur als eine Form der Wiedergutmachung, aus seiner Sicht das mindeste, was man ihm zu geben habe. Diese beiden Stränge schienen sich zu verquicken und sich gegenseitig zu verstärken, und sie führten Mirosław Koszak offenkundig zu dem Schluss: Wenn schon Kindheit und Jugend nicht zurückgeholt und neu erlebt werden konnten, dann sollte deren Verlust doch wenigstens materiell kompensiert und er für sein emotionales Leid entschädigt werden.

Marie ließ ihre Phantasien weiter in diese Richtung schweifen. Mirosław Koszak hatte möglicherweise seinen Streit mit seinem Vetter in der Nähe ihres Hofes ausgefochten: Ansprüche von Mirosław Koszak, höhnische Abweisung von Józef Koszak, ein Handgemenge, das dann für Józef Koszak tödlich ausgegangen war? Aber wieso hatten sie sich hier getroffen? Vielleicht doch wegen der Grundstücke? Insgesamt könnte es eine ähnliche Situation gewesen sein wie bei Pani Elżbieta: Fragen, Ansprüche auf der einen Seite, Schweigen und Verweigerung auf der anderen, nur dass bei Pani Elżbieta die Eskalation nicht in einem tödlichen Schlag oder Stoß, sondern in akutem Herzversagen geendet hatte?

Und Waltraut Koszak, war sie bei dem Tod des Geodäten dabei gewesen, oder war sie gar Täterin? Dass es ihr offensichtlich um Geld und Macht ging, hatte Marie schon im Anschluss an das Gespräch mit Horst vermutet; vielleicht war ihr Mann doch nicht so erfolgreich gewesen, wie sie ihn gemacht hatte? Und die beiden waren keineswegs so glücklich miteinander, wie sie es Marie am letzten Sonntag hatten glauben machen wollen? Wenn er über seine Kindheit geklagt hatte, hatte sie es vielleicht nicht mehr hören können und sich dann vorgenommen, ihm – und damit natürlich auch sich selbst – zu seinem »Recht« zu verhelfen?

Was auch immer an Maries Gedanken der Wirklichkeit nahekam, vermutlich hatte sie vor einer Stunde dem Mörder oder der Mörderin von Józef Koszak gegenübergesessen, und eines war ihr klar geworden: Bei all der Trauer und Wut von Mirosław Koszak war es in heiklen Situationen offensichtlich seine Frau, die die Regie übernahm, und sie würde, so wie sie Marie geschubst und ihr das Handy aus der Hand gerissen hatte, nicht bereit sein, die Segel vorzeitig zu streichen.

Nach den Erlebnissen des Vormittags fühlte Marie sich doch sehr beklommen, zumal sie allein war. Ihre Gäste würden nicht so schnell zurückkommen, und Staszek hatte ihren Ruf nicht angenommen und sich auch noch nicht wieder gemeldet. Selbst der Blumenstrauß auf dem Tisch konnte ihr inneres Frösteln nicht aufhalten. Sie versuchte sich mit Gedanken an ihre Arbeit abzulenken. Wie lautete doch Staszeks Devise? Konzentriere dich auf deine Arbeit, dann geht es dir besser, aber der Einstieg in das Schreiben an ihrem Buch gelang ihr nicht; vielleicht sollte sie besser an die Seminarvorbereitungen für das Wintersemester gehen? Das stand sowieso an, und Formalia, wie Seminardaten und Literaturlisten, erforderten nicht so viel innere Konzentration wie ein Buchmanuskript.

Inzwischen war das Wetter umgeschlagen. Um die Sonne herum hatte sich ein gleißend weißer Hof gebildet. Am Horizont war der Himmel fast schwarz geworden; dicke Gewitterwolken waren aufgezogen, und vom Süden her kamen dumpfe Donnerschläge. In der Ferne zuckten Blitze. Alles sah nach einem heftigen Gewitter aus. Aber dann trieb der Wind die Wolken nach Nordwesten; der Donner wurde wieder leiser und ging in ein fernes Grummeln über; es wurde wieder heller. Marie atmete befreit auf. Wenigstens das war ihr erspart geblieben. Ein Gewitter war ja ein spannendes Naturschauspiel, aber der heutige Tag hatte ihr schon genug an Dramatik gebracht. Sie versuchte erneut, Staszek zu erreichen.

Bei der Polizei hatte Piotr inzwischen die Fahndung nach dem Ehepaar Koszak in einem grauen Golf mit hannoverschem

Kennzeichen eingeleitet, und Wojtek hatte sich – wie abgesprochen – von Marie aus auf den Weg Richtung Miłki gemacht, in der Hoffnung, das Ehepaar noch in seinem Ferienquartier zu erreichen. Er musste, erstmals bei einem Einsatz in dieser Gegend, ohne Beifahrer mit Ortskenntnis auskommen, und die Zeit, sich ausführlich anhand der Karte zu orientieren, wie er es gerne gemacht hätte, war nicht gegeben. So hatte er sich gezwungen gesehen, die ihm von Marie genannte Adresse in sein Navi einzugeben – trotz seines tiefen Misstrauens dieser Technik gegenüber.

Er war schnell losgefahren und hoffte nun darauf, dass ihm die kürzeste Verbindung nach Przykop, einem Ortsteil von Miłki, südlich von Giżycko, angezeigt wurde. Immerhin hatte er mit einem Blick auf den Screen gesehen, dass er von Giżycko aus in Richtung Łomża fahren musste, und er erinnerte sich dunkel daran, dass er in Vorbereitung auf seinen neuen Arbeitsplatz in einem der gängigen Reiseführer gelesen hatte, dass in Miłki, direkt an der Straße Richtung Süden, eine der ältesten Kirchen Masurens stehen sollte; das war wenigstens ein Orientierungspunkt. Hinter der Kirche würde er dann nach Przykop abbiegen müssen.

Aber wo in Przykop musste er hin? Marie hatte ihm zwar den Ort nennen können, in dem die Koszaks sich aufhielten, dann aber lediglich gewusst, dass das Pensjonat, in dem sie abgestiegen sein sollten, von einer Pani Agnieszka geführt wurde, und sie hatte vermutet, dass das Haus deren Namen trage. Dem Navi hatte diese vage Angabe nicht gereicht, und Wojtek sah sich schon stundenlang nach einem Pensjonat Agnieszka suchen.

Es war nicht weit von Giżycko nach Przykop, aber bereits auf dem Weg von Maries Hof nach Giżycko gab es Hindernisse. Kaum auf der Straße angelangt, saß Wojtek in einer Schlange von Autos und einem Trecker mit zwei Anhängern fest; alle krochen sie hinter einem breiten Mähdrescher her, der keine Anstalten machte, an den Rand zu fahren, um wenigstens ein paar Wagen vorbeizulassen. Wojtek blickte auf die Uhr. Sein Navi hatte fünfundzwanzig Minuten für die Fahrt angegeben, die Zeit würde sich von Minute zu Minute verlängern, wenn der Mähdrescher nicht bald abbiegen würde. Nach ein paar Minuten, die Wojtek wie eine Ewigkeit erschienen, fuhr er zum Glück nach rechts ab in einen kleinen Feldweg, und der Fahrer des Treckers hatte ein Einsehen und ließ die Pkws vor.

In Anbetracht der zahlreichen Straßenbauarbeiten in Giżycko entschloss sich Wojtek, das Blaulicht auf seinen Wagen zu setzen: Den Koszaks könnte angesichts der Ereignisse der letzten Tage ihr Aufenthalt in Masuren zu heikel geworden sein. Wenn sie dann von Marie aus in ihre Pension gefahren wären und ihre Sachen gepackt hätten, um Masuren so schnell wie möglich zu verlassen, war Eile geboten. Er musste auf jeden Fall versuchen, sie zu erreichen, bevor sie sich aus dem Staub machen konnten, hatte sie jedoch zunächst mit dem Blaulicht auf seinem Wagen nicht misstrauisch machen wollen. Aber inzwischen müsste ihr Vorsprung, wenn sie von Marie aus in ihre Pension gefahren wären, schon so groß sein, dass sie das Blaulicht nicht mehr weiter in die Flucht treiben würde.

Mit seinem Signal auf dem Dach kam er erwartungsgemäß schneller durch den Verkehr, lediglich an der geschlossenen Bahnschranke hinter Giżycko musste er warten, hier konnte auch das Blaulicht nicht helfen. In Miłki bog er hinter der Kirche rechts ab, nahm das Blaulicht vom Dach und fuhr langsam Richtung Przykop, rechts und links nach einem Pensjonat Agnieszka Ausschau haltend. Er hatte Glück: Nicht weit vom Jezioro Buwełno, dem Martinshagener See, entdeckte er ein modernes eineinhalbgeschossiges weißes Haus, vor dem ein großes blaues Schild mit der Aufschrift »Gościniec Agnieszka« stand, darunter in kleineren Lettern und offensichtlich als Gütesiegel gedacht der Hinweis, dass das Haus einem polnischen Verband angehörte, dem Polskie stowarzyszenie »Bed and Breakfast«. Das Haus war von einem gepflegten Garten umgeben. In der ersten Etage hatte es einen großen Balkon, der vermutlich zu einem der vermieteten Zimmer gehörte. Aber ein grauer Golf mit hannoverschem Kennzeichen war nicht zu entdecken.

Wojtek klingelte, und eine freundliche, etwas füllige Frau, ungefähr Mitte vierzig, in dunkler Hose und hellblauem Pullover öffnete.

»*Jest pani panią Agnieszką?*«, fragte er und zückte seinen Polizeiausweis.

Pani Agnieszka nickte; leicht erschrocken fragte sie: »Oh, worum geht es?«

Wojtek beruhigte sie, er habe nur eine Frage nach ihren Gästen, und zwar nach dem Ehepaar Koszak.

Das tue ihr leid, erwiderte Pani Agnieszka, die hätten am Morgen vorzeitig ihre Koffer gepackt und bezahlt und seien abgereist. Sie habe das Gefühl gehabt, sie seien sehr in Eile gewesen, denn sie hätten sie darum gebeten, sich gegen einen Aufpreis um die Rückgabe der Leihräder zu kümmern. Das habe sie nicht so gern übernommen, weil es etwas umständlich sei, habe sich dann aber doch von Pan Koszak breitschlagen lassen, denn eigentlich seien die beiden nette Gäste gewesen, vor allem er. Mit ihr habe sie weniger geredet, ja manchmal sogar den Eindruck gehabt, sie verstehe gar kein Polnisch, obwohl sie behauptet habe, sie komme hier aus der Gegend.

Ob er das Zimmer noch einmal sehen dürfe?

Ja, natürlich, nur habe sie noch nicht sauber gemacht.

Wojtek ging in die erste Etage. Es war das Zimmer mit dem Balkon und einem schönen Blick auf den nicht weit entfernt liegenden See. Von den Sachen der Koszaks war nichts mehr zu sehen, allerdings war der Papierkorb noch nicht geleert. In ihm steckte eine Reihe von Prospekten, wie sie in der Touristeninformation in Giżycko zum Mitnehmen auslagen. Die beiden Koszaks hatten sich dort offensichtlich großzügig bedient, alles in doppelter Ausführung mitgenommen und vor ihrer Abfahrt das, was sie nicht mehr benötigten, weggeworfen. Lediglich die Karte von der polnischen Grenzregion zu Litauen, der Gegend um Sejny, war nur einmal im Papierkorb zu finden. Das musste nichts heißen, könnte aber, wenn sie eigentlich auch doppelt vorhanden gewesen war, darauf verweisen, dass die Koszaks ein Exemplar behalten hatten. Und das könnte bedeuten, dass sie noch einmal nach Gołdap fahren und dann über Litauen Polen verlassen wollten.

Wojtek steckte die Karte ein und ging wieder nach unten zu Pani Agnieszka.

»Dürfte ich die Anmeldedaten der beiden wohl bitte sehen?«, erkundigte er sich freundlich.

»Gerne, hier ist das Buch.«

Wojtek fotografierte die Daten und fragte vorsichtshalber noch einmal nach, ob sie diese mit den Ausweisen verglichen habe.

Pani Agnieszka errötete. »Es war an dem Abend, als sie kamen, so viel los, da habe ich darauf verzichtet.«

Wojtek hatte sich so etwas schon fast gedacht, er wusste, dass die bürokratische Kontrolle häufig nur als lästig empfunden und deshalb nicht durchgeführt wurde, aber das zu ahnden war nicht seine Sache, vor allem nicht jetzt.

»Machen Sie das nächstes Mal anders«, mahnte er und fuhr dann fort: »Ist Ihnen eigentlich irgendetwas Besonderes an den beiden aufgefallen?«

Pani Agnieszka dachte nach. Am Anfang ihres Aufenthalts, sagte sie schließlich, hätten die beiden sehr fröhlich und optimistisch gewirkt, im Laufe der Woche habe sie jedoch den Eindruck gewonnen, sie fühlten sich nicht mehr so wohl, und dafür stehe ja auch ihre heutige verfrühte Abreise.

Wojtek bedankte sich, reichte ihr seine Karte und bat sie, sich zu melden, wenn ihr noch etwas einfalle oder die Koszaks, was er allerdings kaum glaube, noch einmal zurückkommen sollten.

Er stieg in seinen Wagen und fuhr los, noch unsicher, ob er gleich nach Gołdap fahren sollte oder nicht. Das Navi hatte verschiedene Optionen für die Fahrt angezeigt, aber welche Route auch immer er wählte, er würde eine gute Stunde benötigen, um die fünfundsiebzig Kilometer zu bewerkstelligen. So entschloss er sich, über Węgorzewo zu fahren, dann könnte er, sollte es sich als sinnvoll erweisen, zwischendurch in der Dienststelle vorbeifahren.

Es war ihm inzwischen klar, dass den Koszaks hier in Masuren etwas aus dem Ruder gelaufen war, vermutlich waren sie jetzt auf der Flucht. Vielleicht wusste Piotr mittlerweile mehr. Er rief ihn an, um zu erfahren, wie sich die Situation in Gołdap entwickelt hatte, erreichte ihn aber erst beim zweiten Anlauf.

»*Dzień dobry*, Piotr, wie sieht es in Gołdap aus?«, rief er laut in seine Freisprechanlage. »Ist Pan Tadeusz mit seinen Leuten vor Ort?«

Die Antwort war ein unverständliches Knattern, durchsetzt mit ein paar deftigen Schimpfworten, auf die er sich keinen Reim machen konnte.

Bevor er jedoch nachfragen konnte, war die Verbindung abgebrochen, und ein Blick in den Himmel zeigte ihm, woran das lag. Er hatte zwar unterschwellig eine Veränderung des Wetters wahrgenommen, war aber in seinen Gedanken so von dem Fall Koszak okkupiert gewesen, dass er dem keine Bedeutung beigemessen hatte. Dunkle Gewitterwolken hatten sich aufgebaut, und der Donner grollte. Hier an den Seen konnte das eine Weile dauern, häufig steckte das Gewitter über einem See fest, zog nicht weiter, sondern kam immer wieder zurück. Er war froh, im Auto zu sitzen. Die Donnerschläge wurden heftiger, grelle, gezackte Blitze flammten auf, und dicke Regentropfen klatschten an die Windschutzscheibe und auf das Autodach. Der Scheibenwischer schaffte es nicht mehr, für klare Sicht zu sorgen.

Wojtek fuhr an den Straßenrand und versuchte erneut, Piotr zu erreichen. Wider Erwarten hatte er diesmal Glück, und die Verbindung war fast störungsfrei. Dafür war das, was er von Piotr hörte, umso mehr dazu angetan, ihn zu stören. Tadeusz hatte zwei seiner Mitarbeiter in die Wohnung von Pani Elżbieta geschickt; er selbst hatte nachkommen wollen. Den beiden hatte er mehrfach eingeschärft, sich vorsichtig und umsichtig zu verhalten, umso entsetzter sei er dann gewesen, als er – etwas später kommend – den Polizeiwagen direkt vor dem Haus von Pani Elżbieta parken sah. Und noch eins habe er gesehen: einen grauen Golf mit deutschem Kennzeichen, der angesichts der Polizeistreife abdrehte und schnell in Richtung Marktplatz fuhr. Gleich hinter dem Markt gabelten sich die Straßen und führten in verschiedene Richtungen. Tadeusz habe noch versucht, so berichtete Piotr, den Golf zu verfolgen, ihn aber aus den Augen verloren.

Er und Tadeusz hätten daraufhin überlegt, wohin die Koszaks gefahren sein könnten. Am nächsten lag, nur ein paar Kilometer entfernt, die russische Grenze, doch da wurde streng kontrolliert, und ohne die entsprechenden Visa kam man nicht weiter; im Osten, in Budzisko, bot sich die Grenze nach Litauen für eine Ausreise an – dort hatten EU-Bürger kein Problem –, aber natürlich gab es auch noch eine Straße nach Süden und viele andere kleine Wege, wenn man in Polen bleiben und untertauchen wollte. Piotr und Tadeusz hatten vorsichtshalber die Grenzposten am Übergang nach Russland benachrichtigt, vor allem aber die in Budzisko, an der litauischen Grenze, und die Fahndung, die Piotr für die Gegend von Giżycko bis Gołdap schon kurz vor Mittag herausgegeben hatte, auf das nördliche Gebiet von Podlachien, den Nordosten Polens, erweitert.

Wojtek war verärgert über die Gołdaper Kollegen; andererseits: Solche Fehler passierten, und in Węgorzewo konnten sie sich eigentlich glücklich schätzen, unbürokratische Hilfe aus Gołdap bekommen zu haben. Und dass Piotr und Tadeusz die Kollegen an der litauischen Grenze umgehend benachrichtigt hatten – er selbst hatte das auch gerade vorgehabt –, versöhnte ihn dann doch etwas mit der Panne. Jetzt konnte er nur noch hoffen, dass die Kollegen aus Gołdap die Wohnung von Pani Elżbieta gründlich durchsuchten, auch wenn er nicht sicher war, dass an der Geschichte mit dem Geld, die Marie aufgebracht hatte, etwas dran war. Aber immerhin waren die Koszaks in der

Nähe der Wohnung gesehen worden, und das sprach dann doch dafür, dass sie dort noch etwas Wichtiges erledigen wollten.

Allmählich hatte der prasselnde Regen aufgehört, die Zeitspanne zwischen den in der Ferne aufleuchtenden Blitzen und den Donnerschlägen war länger geworden, und das Gewitter war über den Jezioro Niegocin, den Löwentinsee, in Richtung Nordwesten abgezogen. Wojtek startete seinen Wagen und fuhr los.

Piotr rief erneut an und fragte, was er tun solle, nach Gołdap fahren oder in Węgorzewo bleiben?

»Ich halte es für das Beste, du wartest in Węgorzewo auf mich«, schlug Wojtek vor, »ich müsste in spätestens einer halben Stunde zurück sein.«

In der Tat kam er ohne nennenswerte Staus voran, die Straßen waren zwar nass, aber es gab keine tiefen Pfützen. Ein solch klatschender Sturzregen, wie er ihn erlebt hatte, war in Richtung Węgorzewo offensichtlich ausgeblieben. Als er in der Dienststelle eintraf, hatten sich Piotr, Paweł und Patrycja schon in dem kleinen Besprechungszimmer zusammengefunden. Die Fenster hatten sie weit geöffnet, um nach der mittäglichen Schwüle nun klare, frische Luft durch den engen Raum ziehen zu lassen. Wojtek berichtete von seinem Besuch bei Marie, seinem schnellen Aufbruch und seiner Fahrt nach Przykop. Dann ließ er sich seinerseits noch einmal ausführlich über den Einsatz in Gołdap informieren.

Was konnten die Koszaks vorhaben? Masuren war groß, und es gab unzählige Schlupfwinkel, nicht nur im Wald, in der Puszcza Romincka, der Rominter Heide, nördlich von Gołdap, und in den dichten Wäldern an der Grenze zu Litauen und Belarus, sondern auch in alten Bunkern, verlassenen Bauernhäusern, Ställen oder Ruinen von Herrenhäusern. Die Grenzübergänge mochten sie abgesichert haben, aber waren die wirklich die Anlaufstelle der Koszaks? Es war zu vermuten, dass sich Pan Mirosław, der seine Kindheit und Jugend hier verbracht hatte, nach wie vor gut in der Gegend auskannte, auch wenn nicht klar war, wie oft er nach seiner Migration wieder in Masuren gewesen war. Klar war nur: Sie mussten ihn finden. Denn dass ihm eine Schlüsselrolle bei dem Mord an dem Geodäten zukam, davon gingen sie inzwischen alle aus.

Und wieder war es Patrycja, die sich mit einer Idee zu Wort meldete. »Aus den Grundbüchern ist hervorgegangen, dass der Hof von Mirosław Koszaks Eltern in der Nähe von Więcki lag. Ob wir die Gegend miteinbeziehen sollten?«

»Das wäre sinnvoll«, antwortete Wojtek, »aber wir können nicht alles durchsuchen, allenfalls mit vermehrter Aufmerksamkeit dort Streife fahren. Ich werde dafür sorgen, dass die Verkehrspolizei heute schwerpunktmäßig in der Gegend nördlich von Węgorzewo eingesetzt wird.«

Dass die Kontrollen schnell zum Erfolg führten, war nicht sonderlich wahrscheinlich; die Suche nach dem grauen Golf in der weitläufigen Region Masuren glich eher der nach der Nadel im Heuhaufen. Sie konnten nur, und das wussten sie alle, auf den Zufall hoffen.

»Eine letzte Frage noch«, kam es da von Piotr, ehe sie auseinandergingen, »meint ihr, Marie ist in Gefahr?«

Sie schauten sich betreten an.

Schließlich ergriff Wojtek das Wort. »Ich glaube, sie war in erheblicher Gefahr heute Morgen, und vermutlich bin ich gerade rechtzeitig gekommen, aber ich kann mir nicht vorstellen, dass die Koszaks noch einmal zu ihr fahren werden. Trotzdem, Piotr, kann es nicht schaden, wenn du heute Abend noch mal bei ihr vorbeifährst.«

Marie hatte es indessen nicht lange bei ihren Seminarvorbereitungen ausgehalten, zu aufgewühlt war sie von den Vormittagsbesuchen. Alles, was Pani Halina erzählt hatte, deutete darauf hin, dass die Koszaks sich mehrfach hier in der Gegend aufgehalten hatten; Mirosław Koszaks Reden waren mehr als belastend für ihn, ja eigentlich schon fast ein Geständnis, dazu kamen der plötzliche Aufbruch und der tätliche Angriff auf sie:

aus ihrer Sicht Hinweise genug, um das Ehepaar nicht nur für dringend verdächtig zu halten, sondern auch festzunehmen. Aber das alles hatte sie ja an Pan Wojtek weitergegeben.

Auch Staszek hatte sie inzwischen gesprochen, allerdings nur kurz; er war in der Tat in einer Sitzung, aber immerhin hatte sie ihm alles Wichtige mitteilen können. Er war bereit gewesen, alles gleich abzubrechen, um zu ihr zu kommen, aber Marie hatte gemeint, sie glaube nicht, dass die Koszaks noch einmal wiederkämen, und ihre Hausgäste müssten dann ja auch allmählich zurück sein. So hatten sie sich für den späten Nachmittag verabredet; Staszek wollte sie dann gemeinsam mit Małgorzata abholen, und sie wollten zu dritt zum Essen fahren. Davon hatte Staszek seit Langem gesprochen, aber, da es eine Überraschung sein sollte, nichts weiter preisgegeben.

Małgorzata war nur kurz in ihrer Kanzlei in Olsztyn gewesen; sie hatte im Laufe der Woche ja von Staszek und Marie immer wieder neue aufregende Nachrichten gehört. Es drängte sie, die beiden zu treffen und sich mit ihnen auszutauschen, erst recht nach den Ereignissen heute, die, wie Staszek ihr kurz berichtet hatte, offensichtlich zu einer Art Kulminationspunkt geführt hatten. Der Auftritt der Koszaks bei Marie zeigte, dass sie unter großem Druck standen, und gab Anlass zu der Vermutung, dass die Geschichte noch nicht beendet war.

Piotr hatte Marie inzwischen – Schweigepflicht hin oder her – über das weitere Geschehen informiert, sowohl über den hastigen Aufbruch der Koszaks in Przykop als auch über die anstehende Durchsuchung der Wohnung von Pani Elżbieta und die auf den ganzen Nordosten von Polen ausgedehnte Fahndung nach den Koszaks. Er befand, das seien sie Marie, die ihrerseits viele wertvolle Informationen geliefert hatte und noch dazu heute in Gefahr geraten war, schuldig. Außerdem hatte er ihr, nicht zuletzt auf Wojteks Geheiß, seinen Schutz angeboten und war sichtlich erleichtert, als er von ihrer Verabredung mit Staszek hörte.

Nachmittags, schon so gegen fünf, erschienen Małgorzata und Staszek bei Marie, um sie zu dem versprochenen Essen abzuholen. Staszek kam mit seinem schwarzen Range Rover; er hatte sich bereit erklärt, den Chauffeur für seine beiden Freundinnen zu spielen: Małgorzata war gerade aus Westpolen zurückgekommen und war genug gefahren, und Marie genoss nach den Ereignissen des Tages alles, was ihr Entlastung bot. Voller Freude lief sie auf ihre beiden Freunde zu und umarmte sie fest; so tapfer sie sich Staszek gegenüber am Telefon gezeigt hatte, so erleichtert war sie doch, jetzt nicht mehr allein zu sein. Zu dritt würden sie alles besprechen und vielleicht sogar Maries dunkle Phantasien vertreiben können.

Aber bevor sich die beiden Frauen auf ein längeres Gespräch bei Marie einrichteten, drängte Staszek: Er habe für achtzehn Uhr ein Essen bestellt, und sie hätten ein längere Anfahrt. Sie könnten sich auf dem Weg unterhalten und später, nach dem Essen und bei einem guten Wein, gemeinsam überlegen, ob sie weiterhin etwas tun könnten oder ihre Tätigkeit im Fall Koszak als beendet betrachten und alles Weitere der Polizei überlassen sollten. Denn dass Marie weiterhin unter Verdacht stand, war ausgeschlossen, allenfalls müsse man überlegen, wie sie zu schützen sei.

»Wohin geht es?«, fragte Marie neugierig, als sie den Hof verließen.

»Wartet ab; das werdet ihr schon sehen«, war die vielsagende Antwort, gleich an beide Frauen gerichtet, denn auch Małgorzata wusste nicht, wohin sie fuhren.

Marie kannte diese Attitüde. Staszek machte aus seinen Tipps für gute Restaurants ein fast ebenso großes Geheimnis wie aus den Stellen, an denen Steinpilze wuchsen; für gewöhnlich wurde er mit den Restaurants erst dann großzügiger, wenn sie auch im Internet prominent zu finden waren.

Da er nicht geantwortet hatte, versuchte Marie, sich die Fahrtroute einzuprägen. Hinter Węgorzewo fiel ihr ein Schild nach Więcki ins Auge.

»Wisst ihr eigentlich«, wandte sie sich an Małgorzata und Staszek, »dass die Eltern von Mirosław Koszak in dieser Gegend ihren Hof hatten und er hier aufgewachsen ist?«

Den beiden war das neu. »Wissen das auch Wojtek und sein Team?«, erkundigte sich Staszek.

»Ich denke, ja; Patrycja hat doch die Grundstückseintragungen von Józef Koszak alle überprüft und ist dabei auch auf den Hof von Mirosławs Eltern gestoßen.«

Über ihr Gespräch hatte Marie die Orientierung verloren, zumal Staszek, was er immer gerne tat, Schleichwege nahm, aber dann kamen sie über einen Fluss. Das musste die Węgorapa, die Angerapp, sein; Marie war mit ihrem Mann einmal mit dem Kajak auf der Angerapp gefahren, und sie erinnerte sich daran, dass sie das dauernd umsetzen mussten, weil Baumstämme den Fluss blockierten, es war sehr anstrengend gewesen. Hinter der kleinen Brücke fuhr Staszek nach links in einen Feldweg, und dann war ein Vierseithof zu sehen, ähnlich angelegt wie Maries, aber größer und umgeben von Weiden, auf denen Herden von Skudden umherliefen, jener alten masurischen Schafrasse, die als besonders genügsam galt.

Marie wusste jetzt, wohin sie gefahren waren: Staszek hatte vor einiger Zeit von einem Agrotouristik-Hof in der Nähe der russischen Grenze gesprochen, der nach ökologischen Standards bewirtschaftet wurde und einem Verband von Häusern angeschlossen war, die dem kulinarischen Erbe Masurens und des Ermlands, dem »Dziedzictwo Kulinarne«, verpflichtet waren. Das konnte nur dieser Hof sein. In der Regel wurden dort ausschließlich Pensionsgäste beköstigt, aber Staszek hatte es geschafft, dass der Wirt für ihn und seine Freunde eine Ausnahme machte.

Marie freute sich auf das Essen; Staszek hatte ihr erzählt, dass immer die Dinge serviert wurden, die es in der Landwirtschaft gerade gab: frisch geerntetes Obst und Gemüse, Fleisch von den Schafen und Gänsen, die auf dem Hof gehalten wurden, Fische aus den Seen, selbst gebackenes Brot und Kuchen als

Dessert, und alles ganz vorzüglich zubereitet. Eine Karte gab es nicht.

Marie war begeistert. »Ich erinnere mich, von diesem Hof hast du schon letztes Jahr erzählt, und nie hatten wir eine Gelegenheit, hierherzufahren. Das ist ein versöhnlicher Abschluss für den Tag heute!«

Der Parkplatz war ziemlich voll, und Staszek parkte den Range Rover auf einem Wiesenstück. Die drei stiegen aus und gingen ein wenig umher. Marie bewunderte die Anlage: die gekonnt renovierten Gebäude mit dem sogenannten deutschen Band, einer Art Fries aus übereck gelegten Backsteinen, die an Sägezähne erinnerten. Auf ihrem Hof hatte das Gästehaus auch ein deutsches Band, aber das war bei Weitem nicht so gut herausgearbeitet wie dieses. Und die Fenster und Türen der alten Gebäude wiesen die für alte masurische Stallungen typischen Rundbögen auf, wobei die Rundungen durch die Anordnung der Klinker jeweils unterstrichen wurden; alles in allem ein sehr gut instand gesetztes Ensemble, das Marie große Anerkennung abnötigte.

Plötzlich stockte sie mit ihren Betrachtungen und hielt Małgorzata und Staszek zurück.

»Die Leute, die da über den Hof laufen und jetzt in das Restaurant gehen, die sehen aus wie die Koszaks!«

»Ach komm, du siehst wohl jetzt schon Gespenster«, kommentierte Staszek ungläubig.

»Vielleicht sind sie ja hier abgestiegen«, beharrte Marie, »ich gehe da erst hinein, wenn ich weiß, dass sie nicht hier sind.«

»Lass uns doch einmal nachsehen, ob wir den Wagen hier irgendwo entdecken«, schlug Małgorzata vor.

Damit war auch Staszek einverstanden. Auf dem Parkplatz war kein grauer Golf mit hannoverschem Kennzeichen zu sehen.

»Gut, dann gucken wir noch mal hinter der Scheune und dem Stall, und wenn wir da auch kein Auto finden, gehen wir rein«, befand Staszek, schließlich habe er Hunger.

Hinter der Scheune meinten die beiden Frauen, Pkw-Spuren

zu entdecken, und auch Staszek musste einräumen, dass dort etwas zu sehen war. Er schritt das Gelände prüfend ab, während Małgorzata und Marie versuchten, durch die Ritzen der Tür einen Blick in die Scheune zu erhaschen.

»Da«, rief Marie aufgeregt, »das ist der Wagen!« Und in der Tat, auch Staszek und Małgorzata sahen es jetzt: Neben einem Trecker stand ein grauer Golf. Das Kennzeichen war nicht zu erkennen, aber für Marie gab es keinen Zweifel. »Wir müssen die Polizei verständigen, aber das macht besser einer von euch.«

»Ich werde jetzt erst einmal den Wirt verständigen«, übernahm Staszek die Direktive, »damit er die beiden im Auge behält und nicht entkommen lässt, und dann hole ich meinen Wagen und parke ihn hier vor dem Eingangstor. Inzwischen könnt ihr beiden telefonieren.«

Marie gab Małgorzata die Handynummern von Piotr und Wojtek; nach dem, was sie heute von den Kollegen aus Gołdap, den Mitarbeitern von Tadeusz, gehört hatte, erschien es ihr geratener, die beiden mit der Leitung des Falls betrauten Kollegen direkt anzurufen, als sich auf dem Revier zu melden. Beide versprachen, sich sofort auf den Weg zu machen, und Wojtek wollte zudem Verstärkung aus Węgorzewo anfordern. Auf keinen Fall sollten Staszek und seine beiden Begleiterinnen etwas unternehmen, bevor sie da seien.

Marie bereitete das Warten hinter der Scheune Unbehagen, und sie bat Małgorzata, mit ihr ein paar Schritte Richtung Skuddenweide zu gehen; von dort müssten sie den Eingang, in dem die Koszaks verschwunden waren, gut im Blick haben können. Da sahen sie Mirosław Koszak mit einem großen Schlüsselbund in der Hand mit schnellen Schritten über den Hof kommen. Wollte er den Wagen holen, oder hatte er nur etwas im Wagen vergessen?

»Ich werde ihn aufhalten, mich kennt er nicht«, flüsterte Małgorzata, »am besten, du verschwindest in Richtung Parkplatz.«

In dem Moment kam Staszek um die Ecke gefahren, um das

Scheunentor zu blockieren. Er hatte den Wirt nicht informieren können, weil der sich gerade nicht im Restaurant aufgehalten hatte, und deshalb zuerst seinen Wagen geholt. Zum Glück begriff er die Situation sofort. Er stieg aus und ging freundlich auf Mirosław Koszak zu.

»Oh, das ist ja gut, dass ich hier jemanden treffe, der Schlüssel hat. Mir hat der Wirt nämlich erlaubt, meinen Wagen in der Scheune abzustellen, weil der Parkplatz voll ist.«

Małgorzata kam hinzu, auch ihr war schlagartig klar geworden, was hier lief und welche Rolle Staszek spielte. Sie zeigte sich ebenso wie Staszek sehr erfreut, ihren Wagen gut abstellen zu können. Pan Mirosław schloss die Scheune auf. Und während Małgorzata den Small Talk weiterführte, sich nach dem Essen, das es heute gebe, erkundigte, peilte Staszek die Lage und überlegte, wie er – ohne dass es zu sehr auffiele – sein Auto am geschicktesten so parken könnte, dass es Pan Mirosław am Verlassen der Scheune hindern würde.

Aber Małgorzata hatte das schon eingefädelt. »Sie bleiben über Nacht hier?«, fragte sie, als sie sah, dass Pan Mirosław einen Koffer aus dem Auto holte. »Dann haben Sie doch sicher nichts dagegen, wenn mein Mann sich vor Ihren Wagen stellt; wir fahren nach dem Essen wieder.«

Pan Mirosław nickte, und Małgorzata rief Staszek, der inzwischen wieder am Steuer saß, ein fröhliches »Das geht in Ordnung« zu.

Fast bekam sie in dieser netten und selbstverständlichen Situation ein schlechtes Gewissen, weil sie mit gezinkten Karten spielte, aber hier hatte sie es mit einem Verdächtigen in einem Mordfall zu tun, und wenn er – wider Erwarten – nicht schuldig sein sollte, würde sich das ja herausstellen; Małgorzata als Anwältin hegte letztlich trotz aller gelegentlichen Bedenken Vertrauen in die polnische Justiz.

Marie stand indessen auf dem Parkplatz am Eingang und hielt Ausschau nach Wojtek und Piotr. Wojtek, der in Węgorzewo wohnte, hätte schon längst hier sein müssen; hoffentlich fand er den Hof. Ihr war mulmig zumute, die Vormittagsbegegnung steckte ihr doch tiefer in den Knochen, als sie es wahrhaben wollte. Von Staszek und Małgorzata war nichts zu sehen, wahrscheinlich waren sie in die Gaststube gegangen, nur für Marie empfahl sich das nicht, bevor die Polizei hier war.

Endlich kam ein Auto den Feldweg entlang; Piotr konnte es noch nicht sein, aber Wojtek war es auch nicht; also waren es Fremde. Ein silberner Ford mit Warschauer Kennzeichen fuhr nach einem Platz suchend auf den Parkplatz: Warschauer oder Touristen, die sich einen Leihwagen genommen hatten? Zwei junge Männer stiegen aus, und Marie staunte nicht schlecht, als sie in dem einen Andreas, den sportlichen Kripobeamten, erkannte. Sie wollte rasch zur Seite gehen, aber er hatte sie schon erspäht.

»Marie«, rief er, »so ein Zufall, wie kommen Sie hierher?«

Marie, die nach dem Gespräch mit Horst geglaubt hatte, Andreas vertrauen zu können, war angesichts dieses Zusammentreffens aufs Neue alarmiert. Wer war der Mann, und was wollte er?

»Das Gleiche kann ich Sie fragen«, antwortete sie so unbefangen wie möglich, »dies ist doch eigentlich ein Geheimtipp, woher kennen Sie den?«

Andreas stellte ihr seinen Mitfahrer vor. »Das ist Rafał; wir waren zusammen segeln, und er hat mir von dem Essen hier vorgeschwärmt, und zum Glück war der Wirt bereit, uns heute Abend zu seinen Hausgästen dazukommen zu lassen. Mögen Sie mit uns hineingehen?«

»Nein, danke, ich warte noch auf Freunde, und« – es blieb ihr nichts anderes übrig, als zumindest mit halbwegs offenen Karten zu spielen – »ich vermute, dass drinnen die Koszaks sitzen, die Sie bei mir vor ein paar Tagen kennengelernt haben. Verraten Sie ihnen bitte nicht, dass ich hier draußen warte, es soll eine Überraschung werden.«

»In Ordnung«, stimmte Andreas zu, »aber sagen Sie mir doch

gleich noch eins: Hat sich inzwischen etwas in dem Mordfall ergeben?«

»Leider nein, und ich könnte mir denken, dass die Polizei das Verfahren auch einstellt; es ist doch schon alles so lange her.«

Andreas nickte. »Ja, das ist manchmal so, aber vielleicht finden sie ja noch etwas.«

Damit gingen die beiden in Richtung Restaurant, und Marie musste sich eingestehen, dass Andreas' Reaktion nicht so geklungen hatte, als sei er in irgendeiner Weise verdächtig. Aber das hatte sie am Anfang von den Koszaks auch geglaubt.

Sie wartete weiter. Nichts passierte. Die Zeit wurde ihr unendlich lang, obwohl sicher noch nicht viel mehr als eine Viertelstunde seit Małgorzatas Anruf bei Piotr und Wojtek vergangen war. Endlich kam jemand aus der Gaststube und näherte sich dem Parkplatz. Am Gang erkannte Marie, dass es Staszek war.

»Mit dem Auto ist alles klar, und Małgorzata unterhält sich mit den Koszaks; sie sitzen uns gegenüber«, berichtete er ihr, »und der Wirt weiß auch Bescheid und hat den Hinterausgang verriegelt.«

»Gut, aber was du noch wissen solltest, eben ist Andreas, der Kripobeamte aus Hannover, zusammen mit einem polnischen Segelkameraden gekommen. Er kennt die Koszaks. Beobachte ihn mal etwas. Wenn er wirklich nur zufällig hier ist und nicht doch irgendwie in den Fall verwickelt ist, könnte er möglicherweise hilfreich sein.«

»Das kann ich gut machen; wir sitzen ja alle gemeinsam an einer langen Tafel, nur die beiden Segler haben da keinen freien Stuhl mehr gefunden und sich an einen kleinen Tisch an der Wand platziert, direkt in meinem Blickfeld. Aber ich muss wieder nach drinnen gehen, damit niemand Verdacht schöpft. Kann ich dich allein hier auf dem Parkplatz lassen?«

Das war eher eine rhetorische als eine echte Frage, und Marie blieb nichts anderes übrig, als zu nicken, wenngleich es ihr überhaupt nicht recht war.

»Und bitte sei so gut und komm erst nach ins Restaurant,

wenn Piotr und Wojtek da sind«, fügte er besorgt hinzu. Damit ging er wieder.

Endlich kam Piotr; er war in Zivil. Er hatte erwartet, schon Kollegen aus Węgorzewo vorzufinden, stattdessen stand nun Marie auf dem Parkplatz am Eingang.

»Wo ist Wojtek mit seinen Leuten?«

»Das möchte ich auch wissen, vielleicht irgendwo zwischen den Skudden.«

Marie war inzwischen sehr nervös und auch etwas verärgert, wo steckte Wojtek nur? Vermutlich hatte er Schwierigkeiten, den etwas abseits liegenden Hof zu finden, aber eigentlich durfte, so befand sie, das nicht passieren. Immerhin konnte sie Piotr davon in Kenntnis setzen, dass Staszek mit seinem Wagen den Koszaks die Ausfahrt verstellt hatte, was Piotr mit großer Zufriedenheit zur Kenntnis nahm. Das bot die Chance, dass ein Zugriff – anders als am Morgen in Gołdap – klappen könnte, aber Wojtek hatte ihnen allen eingeschärft, keine Alleingänge zu machen.

Angesichts der fortschreitenden Zeit war Piotr jedoch unschlüssig. Er versuchte, Wojtek zu erreichen, vergeblich, hier oben an der russischen Grenze gab es ebenso viele Funklöcher wie Skudden. Wie lange sollte er noch warten?

»Kannst du den Andreas beschreiben und mir etwas über ihn sagen?«, fragte er Marie.

»Ja, aber ich weiß nicht viel von ihm und hoffe nur, dass er nicht doch mit den Koszaks gemeinsame Sache macht«, wandte sie ein.

Von Wojtek war immer noch nichts zu sehen, aber zum Glück kamen wenigstens Paweł und ein weiterer Kollege vom Streifendienst in einem Dienstwagen. Es wurde immer später, und Piotr wurde immer ungeduldiger: Wer weiß, was Wojtek auf dem Weg passiert war! Es half nichts, er musste jetzt das Kommando übernehmen. Er wies die beiden Kollegen ein. »Unsere Aufgabe ist es, Pan und Pani Koszak unverzüglich zur Vernehmung auf das Polizeirevier zu bringen, ich werde hineingehen und sie bitten, mitzukommen, und ihr sichert die Tür. Keine Gewaltaktionen, aber lasst sie nicht entkommen«, mahnte er. »Und du, Marie, kannst du mir die Koszaks zeigen? Aber halte dich dann im Hintergrund; du weißt ja, wozu sie fähig sind.«

Die vier begaben sich zur Eingangstür der Gaststube und blickten vorsichtig hinein. Die Koszaks saßen an dem der Tür gegenüberliegenden Ende der großen Tafel, Andreas und sein Freund an einem der kleinen Nebentische. Marie verharrte vorn an der Tür, dicht neben einer alten Truhe, auf der – als Zeichen für den Ökohof – dekorativ eine alte Holzmolle platziert war, gefüllt mit Körnern unterschiedlicher Getreidesorten.

Piotr ließ sein Auge umherschweifen, tauschte einen kurzen Blick mit Staszek und ging dann auf das Ehepaar Koszak zu.

»Czy są panstwo panstwem Koszak?«, fragte er, sich vergewissernd.

Dann legitimierte er sich und bat die beiden höflich, ihn zu begleiten, er habe eine dringende Angelegenheit mit ihnen zu klären. Er wollte die Festnahme möglichst zivil über die Bühne bringen, aber er hatte nicht mit Waltraut Koszak gerechnet. In Windeseile hatte sie eine Dose Pfefferspray aus ihrer Handtasche gezogen, sprühte es Piotr, Małgorzata und Staszek, die ihr gegenübersaßen, direkt ins Gesicht und fuchtelte dann mit der Dose spritzend im Raum umher.

Im Nu war die Luft von dem Reizstoff so erfüllt, dass alle, die in der Nähe saßen, husteten und nach Luft rangen. Dann stürzte sie inmitten des Chaos, ihren Mann mit sich ziehend, zum Ausgang.

Marie, die hinter der Tür stand und zum Glück unentdeckt geblieben und auch von dem Pfefferspray nur wenig tangiert worden war, packte mit aller Kraft die Getreidemolle, die am Eingang stand, und warf sie in den Weg, den Koszaks direkt vor die Füße. Waltraut Koszak wurde knallrot vor Wut und wollte sich gerade auf Marie stürzen, da sprang Andreas, der die ganze Szene beobachtet hatte, auf. Er entwand Pani Koszak die Spraydose und bog ihr die Arme auf den Rücken und hielt sie fest.

Blieb Mirosław Koszak. Der zögerte kurz mit Blick auf seine Frau, stürmte aber dann nach draußen, geradewegs in die Arme von Paweł und seinem Kollegen – und Wojtek, dem es inzwischen gelungen war, den Weg zu finden, und der gerade noch rechtzeitig kam, um Zeuge des Showdowns zu werden.

Während das Ehepaar Koszak zur Vernehmung nach Węgorzewo gebracht wurde, stellte der Wirt flaschenweise Wasser zum Spülen der Augen auf den Tisch und riss Türen und Fenster auf, um frische Luft hereinzulassen. Die Gaststube sah leicht verwüstet aus, ein paar Stühle waren umgefallen, die Körner aus der Molle waren überall auf den Boden gerollt, das Tischtuch auf der großen Tafel hing schief, und auf dem Boden standen Pfützen von dem Wasser, das sich alle ins Gesicht gegossen hatten. Auch in der Küche war einiges durcheinandergeraten, und der Wirt bat um Verständnis dafür, dass er an diesem Abend nur noch seine Hausgäste beköstigen würde.

Den meisten Gästen ging es nach einiger Zeit wieder besser. Am schlimmsten hatte es Piotr, Staszek und Małgorzata getroffen, sie kämpften mit den Folgen, aber langsam ging auch bei ihnen die Schwellung der Schleimhäute zurück, und der heftige brennende Schmerz in den Augen legte sich. Marie erbot sich, den Range Rover zu fahren – sie hatte am wenigsten abbekommen –, und Staszek stimmte sogar zu. Piotr wollte auf das Revier gebracht werden – sein Auto würde er am Tag darauf holen –, und die drei anderen wollten bei Marie auf dem Hügel mit einem guten Glas Rotwein die Ereignisse verarbeiten und den Tag ausklingen lassen.

Doch bevor sie losfuhren, wollte sich Marie noch bei Andreas bedanken; er hatte sie durch sein beherztes Eingreifen vor der eiskalten Wut von Waltraut Koszak gerettet.

»Andreas, mögen Sie nach dieser Aufregung für ein Glas Rotwein auf meinen Hof mitkommen?«

»Gerne, ich will nur vorher mit Rafał irgendwo etwas essen;

wir haben beide einen Mordshunger. Wenn es dann noch nicht zu spät ist, komme ich vorbei. Vielleicht können Sie mir ja dann erklären, was hier passiert ist.«

Staszek ließ sich von dem Wirt den Schlüssel für die Scheune geben, und Marie musste den Range Rover vorsichtig hinausrangieren; ein ungewohntes Unterfangen. Sie hatte den Range Rover, den Staszek nur zu besonderen Gelegenheiten nutzte, noch nie gefahren, aber es ging ganz gut. Staszek brachte dem Wirt den Scheunenschlüssel zurück und bekam von ihm ein großes Stück kalten Braten und ein selbst gebackenes Brot mit auf den Weg, als Ersatz für das entgangene Festessen.

Nachdem sie Piotr in Węgorzewo, wo er gemeinsam mit Wojtek die Koszaks verhören würde, abgeliefert hatten, fuhren die drei auf Maries Hof zurück. Es war noch relativ früh, nicht einmal acht Uhr. Maries Gäste waren bislang nicht von ihrem Tagesausflug zurück, aber sie war ganz froh darüber, so konnte sie die Ereignisse des Tages in Ruhe mit Staszek und Małgorzata reflektieren.

Die Augenlider der beiden waren inzwischen wieder abgeschwollen; die Wirkung des Pfeffersprays hatte nachgelassen. Das Wetter und der Abend ließen es zu, sich noch auf den Hügel zu begeben: Marie packte einen großen Korb mit Geschirr, Gläsern und Wein sowie Brot und Braten von dem Ökohof, fügte Butter und Käse, ein paar Tomaten und etwas Pesto hinzu, und Małgorzata brachte alles auf den Hügel. Währenddessen hatte Staszek Holz aus der Scheune geholt und ein Feuer in der Feuerstelle angezündet. Die drei nahmen an dem Tisch, der auf dem Hügel fest installiert war, Platz und genossen ihr improvisiertes Abendessen, mit Blick auf die Sonne, die, wie so oft, als roter Feuerball im See versank.

»Wissen wir nun eigentlich genau, wer den Geodäten getötet hat?«, ließ sich Małgorzata nach einiger Zeit vernehmen.

»Ich habe die ganze Zeit gedacht«, sagte Marie, »es sei Mirosław Koszak gewesen, dessen Streit mit seinem Vetter eskaliert ist, aber inzwischen bin ich nicht mehr so sicher, inwieweit nicht Waltraut Koszak ihre Hände im Spiel hatte, zumal sie ja wohl diejenige war, die über ihre Kontakte zu polnischen Migranten etwas über die Vermögensverhältnisse von Józef Koszak wissen konnte. Wir werden ja sehen, was die beiden in Węgorzewo von sich geben.«

»Glaubst du, dass sie die Wahrheit sagen?«, erkundigte sich Małgorzata.

»Ich weiß es nicht, aber ich kann mir vorstellen, Mirosław wird versuchen, seine Frau zu schützen, indem er die Schuld auf sich nimmt.«

»Und sie, wird sie auch versuchen, ihn zu schützen?«

Da war Marie unsicher.

Allmählich wurde es kühler, und die drei waren ans Feuer gerückt. Auf der Zufahrt zu Maries Hof kam ein Auto angefahren.

»Ich gucke mal, wer das ist«, erbot sich Staszek, »vielleicht ist es ja Andreas.«

»Was ist das denn für ein Typ?«, wollte Małgorzata wissen.

»Wenn ich das nur wüsste«, seufzte Marie, »er sagt, er sei Kripobeamter in Hannover, und das scheint auch zu stimmen, und am letzten Sonntag im Kirchcafé habe ich ihn als angenehm und hilfreich erlebt, nur als er heute Abend in das Restaurant kam, war ich doch verunsichert. Es war mir einfach zu viel Zufall, dass er dort in derselben Agrotouristik auftauchte, in der auch die Koszaks waren.« Sie machte eine Pause und setzte dann fort: »Obwohl er ja auch da hilfreich war ...«

Małgorzata stimmte zu, war jedoch auch ihrerseits etwas ratlos.

Es war in der Tat Andreas. Staszek hatte gleich noch ein weiteres Rotweinglas geholt und kam mit Andreas auf den Hügel. Nach dem üblichen Small Talk über den in der Dämmerung liegenden See, das Feuer und den aufgehenden Mond bedankte sich Marie noch einmal bei ihm dafür, dass er sie vor dem Angriff von Waltraut Koszak gleichsam gerettet hatte.

»Ach, das war doch selbstverständlich«, gab er zurück. Ihm

sei bei Piotrs Auftritt klar gewesen, dass das Ehepaar vermutlich in Verdacht geraten sei, etwas mit dem Tod des Geodäten zu tun zu haben, und als die Situation eskalierte, habe er gar nicht anders gekonnt, als einzugreifen.

Marie erzählte daraufhin von dem Vormittagsbesuch der Koszaks, der sie ja in der Tat beide zu Verdächtigen machte.

Andreas hörte sich das alles an und wandte sich dann mit der Frage an Marie, warum sie ihm das alles denn nicht gleich auf dem Parkplatz erzählt habe?

Damit lag der Schwarze Peter nun bei ihr. Sie entschloss sich zur Ehrlichkeit.

»Ich weiß nichts von Ihnen, am letzten Sonntag war es ein nettes Zusammentreffen mit Ihnen, aber auch mit den Koszaks. Die stehen aber nun ihrerseits, wie sich im Laufe der Woche gezeigt hat, in enger Verbindung zu dem Mordfall, und zwar als Tatverdächtige, was ich mir am letzten Sonntag nicht hätte träumen lassen. Und was Sie angeht? Was weiß denn ich, weshalb Sie eigentlich nach Masuren gekommen sind.«

Schweigen breitete sich aus. Alle warteten gespannt auf Andreas' Antwort.

»Das ist eine etwas komplizierte Geschichte. Vor gut zwei Jahren erhielt ich einen Brief von einem Geodäten namens Józef Koszak mit einer Adresse in Gołdap. Er teilte mir mit, er sei mit mir verwandt und wolle mir etwas vererben und ich möge mich melden. Ich war skeptisch, man kennt ja diese Mails, in denen einem ein Erbe angeboten wird. Erst als ich, mehr aus Zufall als aus Neugier, im Internet einen Geodäten des Namens gefunden hatte, habe ich mich bei ihm gemeldet, aber nie eine Antwort erhalten. Das Ganze habe ich dann vergessen. Vermutlich habe ich ihm erst geschrieben, als er schon ermordet worden war, und jetzt kann ich nicht mehr herausfinden, ob an der Geschichte etwas dran war oder nicht.«

»Wollen Sie es denn?«, fragte Marie.

Andreas machte eine Pause und sah gedankenversunken ins Feuer.

»Ich weiß es nicht«, sagte er endlich, um dann mit seiner Geschichte fortzufahren. »Vor ein paar Wochen starb meine Mutter, sie war vor ihrem Tode verwirrt, redete aber immer wieder von Masuren und einem Urlaub dort, der kurz vor meiner Geburt stattgefunden haben musste. Ich konnte mir keinen Reim auf ihre Erzählungen machen, beschloss jedoch, meinen Sommerurlaub dieses Jahr in Masuren zu verbringen, um einen Eindruck von der Landschaft zu erhalten, die meine Mutter offensichtlich emotional zutiefst bewegt hatte. Und weil mich die Prospekte von Masuren begeistert haben, habe ich einen Segeltörn gebucht.« Er machte eine Pause. »Die Mitteilungen, die ich von Ihnen am Sonntag hörte, haben mich dann sehr aufgewühlt, und ich habe den Segeltörn um einen Tag verschoben und wollte am Montagmorgen mit Ihnen sprechen, aber da waren Sie leider nicht da.«

Alle schwiegen.

»Mögen Sie uns etwas aus Ihrem Leben erzählen?«, bemühte sich Marie, das Gespräch wieder aufzunehmen.

Und Andreas berichtete von einer schönen und unbeschwerten Kindheit in Hannover und liebevollen Eltern. Er habe Abitur gemacht und Jura studiert und sei dann zur Polizei gegangen. Polen habe in seinem Leben kaum eine Rolle gespielt, allenfalls mal im beruflichen Kontext. Jedoch erinnere er sich, wenn er richtig nachdenke, dass in den letzten Jahren in seinem Elternhaus ab und zu mal von irgendwelchen Ereignissen in Polen die Rede gewesen sei, aber das habe er in keinerlei Zusammenhang mit seiner Person gesehen. Erst der Mord an einem Menschen, der ihm einmal mitgeteilt hatte, er sei mit ihm verwandt, habe ihn nachdenklich gemacht und Fragen aufgeworfen.

Marie und Staszek blickten sich an. Auch ohne Worte zu wechseln, stand ihnen die Erzählung von Pani Katarzyna in Płock vor Augen. Sollten sie etwas davon verlauten lassen? Staszek war offensichtlich genauso unsicher wie Marie; er setzte sich etwas zurück. Ein Zeichen dafür, dass er Marie die Entscheidung darüber überlassen wollte? Ihr war eines klar: Wenn Andreas mehr wissen wollte, müsste er nur die richtigen Fragen stellen, zumindest über die beiden Vettern Józef und Mirosław Koszak würde er einiges in Erfahrung bringen können. Aber das musste von ihm ausgehen.

»Was wollen Sie nun machen?«, erkundigte sie sich.

Andreas antwortete nicht gleich, er schien nachzudenken. Endlich sagte er leise: »Ich weiß es nicht, und ich weiß nicht einmal, ob ich überhaupt etwas wissen will.«

Erneut schwiegen alle und hingen ihren Gedanken nach.

»Aber eines habe ich herausgefunden«, fuhr Andreas nach einiger Zeit mit fester Stimme fort. »Als ich von dem Mord hörte und per Zufall Menschen gleichen Namens aus Hannover kennenlernte, habe ich bei der hannoverschen Polizei recherchieren lassen. Gegen Mirosław Koszak lag nichts vor, doch gegen eine Frau Waltraut Koszak hat es mehrfach Anzeigen von polnischen Migranten wegen Veruntreuung von Geldern gegeben. Aber aus Mangel an Beweisen und vermutlich auch, weil die Anzeigen immer so unspezifisch waren, kam es nie zu einem Verfahren. Trotzdem blieb bei mir ein gewisses Misstrauen, insofern war ich etwas vorgewarnt, als es heute Abend zu dem Angriff kam.«

Damit waren sie wieder in der Gegenwart gelandet, bei dem Abend in dem Restaurant.

Małgorzata griff den Stimmungswechsel schnell auf. »Ich bin gespannt, was bei der Polizei herauskommt, wer von den beiden Józef Koszak getötet hat.«

»Das werden wir vermutlich morgen im Laufe des Tages von Piotr erfahren«, meldete sich Staszek, wieder etwas nach vorn zum Feuer rückend. »Und Marie, wie ist es, wolltest du nicht am Sonntagabend ein Hügeldinner machen? Die Wetteraussichten sind vorzüglich, und die Klärung des Mords an dem Geodäten scheint ja auch gelaufen zu sein. Aber wir haben jetzt Freitagabend, und ich denke, du musst dringend mit den Einladungen beginnen, und vielleicht lädst du ja auch Piotr ein.«

Marie lachte. »Ja, dann kann er unsere Neugier stillen! Und«, sie wandte sich an Andreas, »natürlich sind auch Sie herzlich eingeladen, allein schon, damit Sie die Gelegenheit haben, die emotionale Begeisterung Ihrer Mutter von Masuren nachvollziehen zu können.«

»Das ist doch schon einmal ein Anfang! Aber lass uns morgen weiterplanen und den Abend beenden. Ich glaube, der heutige Tag war für uns alle aufregend und anstrengend genug.« Es war wieder Staszek, der hier strukturierend eingegriffen hatte; Marie war ihm dankbar dafür, denn sie war ihrerseits todmüde.

Epilog

Die Einladungen hatte Marie trotz ihrer Müdigkeit noch am Abend erledigt. Am nächsten Morgen war das Wichtigste der Einkauf, und da hatte sie, ähnlich wie die Besitzer des Agrotouristikhofs an der russischen Grenze, die Maxime, dass alles, was sie servierte, aus der Region stammen musste. Als Vorspeise wollte sie oben auf dem Hügel Sielawy, Kleine Maränen, grillen, und die bekam sie in Ogonki, einem Dorf an der Straße nach Węgorzewo. Es lag zwischen zwei Seen: dem Jezioro Stręgiel, dem Groß Strengelner See, und dem Jezioro Święcajty, dem Schwenzaitsee, auf den sie ein paar Tage zuvor auf ihrer Rückfahrt von Gołdap gemeinsam mit Małgorzata von dem Gefallenenfriedhof aus herabgeblickt hatte. Und beide Seen lieferten fangfrische Fische in eine kleine Verkaufsstelle nach Ogonki. Der einzige Nachteil war, dass außer Marie auch andere Menschen – Restaurantbesitzer, die dann immer große Mengen kauften – von diesem Tipp wussten und sich so meistens, schon bevor die Fische zwischen acht und neun Uhr morgens gebracht wurden, eine Schlange von Käuferinnen formierte, vor allem für solche gesuchten Sorten wie Zander oder Sielawa.

Marie machte sich schon um kurz nach acht auf den Weg. Sie hatte einen Krimi von Jean-Luc Bannalec dabei, mit dem sie sich die Wartezeit vertreiben wollte; in Ermangelung masurischer Krimis las sie in Masuren gerne die bretonischen Krimis, die zwar in einer anderen Landschaft spielten, aber mit dem Blau des Wassers und dem Wassersport, gelegentlich sogar mit den blau gestrichenen Türen, eine gewisse Ähnlichkeit zwischen Masuren und der Bretagne aufscheinen ließen.

Die Straße nach Węgorzewo war noch leer, die meisten Touristen machten sich erst später auf den Weg. Kurz hinter einem kleinen Bunker am Straßenrand, einem Relikt aus dem Zweiten Weltkrieg, bog Marie nach links ab zu dem Fischladen. Sie hatte

Glück, es standen nur zwei Personen vor ihr an, und bald wurde auch geöffnet. Marie kaufte zwei Kilo von den kleinen silbrig glänzenden Maränen und sah sich im Geist schon stundenlang im Innenhof sitzen und sie ausnehmen. Aber das musste sein.

Als Nächstes fuhr sie auf den Markt nach Giżycko. Auch hier hatte sie Glück, dass es noch leer war. Auf den Gemüseständen lagen, leuchtend in der Morgensonne, große Säcke mit roten und gelben Paprika. Marie erinnerte sich an das Rezept für eine gelbe Paprikasuppe, das sie mal von einem Freund bekommen hatte, und beschloss, einen Sack voller Paprika mitzunehmen. Die Suppe konnte sie gut vorbereiten, man konnte sie auch kalt essen und sie einfach in einem großen Topf mit auf den Hügel nehmen, vielleicht als weitere Vorspeise für den Fall, dass der Hauptgang nicht reichte? Auch Himbeeren und Blaubeeren kaufte sie – wenn sie keinen Apfelkuchen mehr backen würde, wäre das ein guter Nachtisch –, und an den Käseständen mit Spezialitäten von der litauischen Grenze besorgte sie zwei große Stücke Käse, eines mit Knoblauch und Paprika und eines mit Nüssen und Rosmarin. Von ihrem Gemüsebeet würde sie dann noch ein paar Zucchini holen, die sie in Scheiben anbraten und mit einer Vinaigrette überziehen würde. Das war eigentlich schon genug, aber in Maries Vorstellung fehlte noch ein Hauptgang, und so kaufte sie zusätzlich zwei lange Schweinefilets, die sie mit Kräutern, Zucchini und Tomaten füllen wollte.

Beladen mit ihren Einkäufen fuhr sie zu ihrem Hof zurück. Ihre Hausgäste waren beim Frühstück im Innenhof. Marie setzte sich dazu, trank kurz einen Kaffee mit ihnen und ging dann ins Haus, um, versehen mit ihrer Fischschürze, einer dunklen, grob gewebten Leinenschürze, mit zwei großen Schüsseln – eine mit Wasser gefüllt, die andere für die Fischabfälle bestimmt – und einem scharfen Fischmesser wiederzukommen und von den Ereignissen des vergangenen Tages zu erzählen.

Alle hörten voller Spannung zu, während Marie die kleinen, ungefähr fünfzehn bis zwanzig Zentimeter langen Sielawy ausnahm. Im Laufe der Jahre hatte sie Übung darin bekommen:

Sie hielt den kleinen Fisch mit dem Bauch nach oben in der linken Hand, stach das Messer flach in das sogenannte Waidloch ein und zog es bis zum Ansatz des Kiemendeckels durch, klappte dann die Bauchlappen auseinander und löste die Eingeweide. Dann säuberte sie den Fisch in der großen Wasserschüssel. Maren und Nikolaus guckten neugierig zu, aber zum Mitmachen war ihnen die ganze Angelegenheit offensichtlich zu schleimig und zu blutig. Sie wollten lieber schon einmal die Paprikaschoten waschen. Dann konnte Marie die Suppe noch vorbereiten, und wenn ihr die Menge zu groß erschien, könnten sie gemeinsam bereits am Abend davon kosten.

Marie war gespannt auf das Hügelfest. Alle hatten zugesagt: Jan und Ulla von der Halbinsel – und Ulla hatte versprochen, einen Nachtisch zuzubereiten –, Edelbert aus dem Pfarrhaus, den Marie überredet hatte, seine Geige mitzubringen und auf dem Hügel zu spielen, Beate aus Sztynort, auf deren großartige Hündin Mona sich Marie schon ebenso freute wie Maren, die ganz vernarrt in die Hündin war, und Urs, der Ethnologe, der sogar die umständliche Fahrt aus der Einsamkeit des Borkenwalds auf sich nehmen wollte, um dazuzustoßen. Mikołaj, der Maler aus Warschau, war ebenfalls gerade in der Gegend, und auch Anna, die Deutschlehrerin, hatte sich gemeldet und angeboten, einen großen Laib von ihrem selbst gebackenen Brot zu spendieren.

Dazu kamen Maries Hausgäste, und aus gegebenem Anlass hatte sie Piotr eingeladen, der seinerseits gefragt hatte, ob er Patrycja mitbringen dürfe, und, nach den ganzen Ereignissen, natürlich auch Andreas. Sie wären ungefähr zwanzig Personen und zwei Hunde. Das waren gute Voraussetzungen für ein gelingendes Hügeldinner. Die Hausgäste könnten die Tische und Bänke aus der Scheune und das Holz für das Feuer auf den Hügel tragen, und sie, Marie, würde sich um die Vorspeisen, den Braten und die Kartoffeln kümmern. Aber das hatte Zeit bis morgen.

Gegen Mittag kam Piotr. Er sah müde und übernächtigt aus und ließ sich gerne einen Kaffee servieren und holte dann zu einem längeren Bericht aus. Auf dem Revier hatten Wojtek und er die Koszaks so lange getrennt verhört, bis sie eine einigermaßen konsistente Version dessen, was sich abgespielt hatte, erhalten hatten: Vor einigen Jahren hatte Waltraut Koszak durch Kontakte zu polnischen Migranten, die über die Namensgleichheit erstaunt waren, von einem Geodäten namens Józef Koszak in Masuren Kenntnis erhalten und zugleich erfahren, dass er einer derjenigen war, die es in Polen trotz schwieriger wirtschaftlicher Bedingungen zu einem gewissen Wohlstand gebracht hatten.

Waltraut Koszak hatte ihren Mann dann immer wieder auf seinen Namensvetter angesprochen, doch der hatte lange Zeit gemauert, bis er sich endlich doch breitschlagen ließ, Einzelheiten über seine Kindheit in Masuren preiszugeben. Bis dahin hatte er sich hinter ein paar Erzählungen von einer armen, aber trotzdem idyllischen Kindheit auf dem Lande verschanzt, von wo aus er allein und ohne jegliche verwandtschaftliche Bindung nach Deutschland migriert sei. Seine Frau hatte ihm das über Jahre abgenommen und gemeinsam mit ihm an der Erfolgsstory in Hannover gebastelt.

Als sie dann jedoch die Erzählungen ihres Mannes über seine keineswegs so harmonische Kindheit gehört und begriffen hatte, dass besagter wohlhabender Geodät Józef Koszak ein Vetter ihres Mannes war, und zwar jener Vetter, unter dem er als Kind so gelitten hatte, hatte sie ihn überredet, Kontakt mit ihm aufzunehmen. Ihr war es auch gelungen, herauszubekommen, dass der Hof der Eltern ihres Mannes an ebenjenen Józef Koszak gegangen war – in ihren Augen ein Fall von Erbschleicherei – und dass Koszak mutmaßlich keine Erben hatte.

Mit diesem Wissen hatte sie ihren Mann überredet, eine Fahrt in seine alte Heimat zu unternehmen und sich dort mit seinem Vetter zu treffen. Das musste etwa drei Jahre zurückliegen. Aber dieses Treffen sei nicht von Erfolg gekrönt gewesen, Józef Koszak habe, so dessen Frau Waltraut, ihren Mann nur hingehalten, ihm zwar zugestanden, dass er als Sohn eigentlich den Hof hätte erben sollen, doch Józef habe ihn bekommen, weil Mirosław nicht auffindbar gewesen sei. Erst als Mirosław dann auf ihr Anraten hin mit einem Prozess wegen des erschlichenen Erbes gedroht habe, habe Józef Koszak in eine Entschädigungszahlung eingewilligt. Nur sei die nicht erfolgt.

Das hatte die beiden dazu gebracht, vor zwei Jahren erneut nach Masuren zu fahren, um sich – diesmal gemeinsam – mit dem Geodäten zu treffen und das Geld einzufordern. Der habe sich jedoch einem Treffen verweigert. Aber sie hätten ihn aufgespürt und seien ihm eines Abends nachgefahren. Er sei mit Bier und Wodka und einem Campingstuhl auf ebenjene Grundstücke mit Seeblick in der Nähe von Maries Hof gefahren, vielleicht habe er einfach nur den Abend dort in Ruhe genießen wollen. Die beiden Koszaks hatten ihm dann keine Ruhe gelassen, sondern waren erneut mit ihren Ansprüchen an ihn herangetreten. Er dagegen habe nur, so die Aussage von Waltraut Koszak, über die Ansprüche ihres Mannes gelacht und außerdem behauptet, er habe einen Erben.

»Aber nicht genug damit«, setzte Piotr seinen Bericht fort, »wohl um sie endgültig neidisch zu machen, hat der Geodät, der offensichtlich betrunken war, voller Stolz seine Grundstücke gezeigt, die in der Tat einen beträchtlichen Wert haben, und vermutlich auch noch von Bargeld gefaselt, jedoch nichts Genaueres darüber verlauten lassen. Das Ehepaar hat sich verhöhnt gefühlt, und es sei, so haben beide berichtet, zu einer Auseinandersetzung und Handgreiflichkeiten gekommen. Dabei habe sich der Geodät, jedenfalls nach Aussage der beiden, wohl bedrängt gefühlt und sei in Richtung Teich gelaufen, und als die beiden Koszaks hinterherkamen, hätten sie ihn angeblich da am Teich blutend liegen sehen. Er sei wohl unglücklich gestürzt, meinten sie. Auf unsere Frage, ob er noch gelebt habe, konnten sie keine Auskunft geben. Waltraut Koszak will noch einen weiteren Mann gesehen haben, der gerade weglief, aber davon hat Mirosław Koszak nichts gesagt, und bei einer direkten Nachfrage hat er angegeben, keine weitere Person gesehen zu haben. Auf jeden Fall hätten sie dann, und da waren sie sich beide einig, unter Schock die Stelle verlassen und seien abgereist.«

»Also«, konstatierte Marie, »mindestens unterlassene Hilfeleistung, vermutlich auch Verletzung mit Todesfolge. Doch eine andere Frage: Glaubt ihr das alles?«

Piotr zuckte die Achseln. »Ich bin skeptisch, die Verletzungen weisen ja eher auf einen tödlichen Schlag hin, das werden weitere Gutachter und das Gericht entscheiden. Aber auch über die Verletzung hinaus bleiben Fragen zum Tathergang offen: Wieso sollte der Geodät, noch dazu, wenn er betrunken war, über das unwegsame Gelände in Richtung Teich gelaufen sein und nicht zur Straße? Wir nehmen eher an, dass sie ihn in das kleine Wäldchen am Teich gedrängt und ihn, was auch immer geschehen ist, dort tot oder halb tot liegen gelassen haben. Sicher ist nur, dass es nicht ganz einfach sein wird, ihnen einen Mord nachzuweisen, ein Verteidiger wird vermutlich auf Totschlag plädieren. Was mit dem angeblichen Erben ist, wissen wir noch nicht, kannst du uns dabei weiterhelfen, Marie?«

Marie dachte nach. Sie meinte, die Zusammenhänge zu kennen, aber sie jetzt gegenüber Piotr aufzudecken, sah sie nicht als ihre Aufgabe an. »Warum sind sie denn eigentlich in diesem Jahr wiedergekommen?«, fragte sie stattdessen.

»Das haben wir uns auch gefragt«, meinte Piotr. »So genau hat es sich nicht erschließen lassen. Vermutlich dachten sie, da sie nie wieder etwas aus Masuren gehört hatten, dass niemand den Geodäten vermisst und allmählich Gras über alles gewachsen sei, vor allem auch über den toten Józef Koszak am Teich. Jetzt wollten sie angeblich in ihre alte Heimat fahren, vielleicht um herauszufinden, was denn nun mit den Grundstücken war, aber wohl auch, um die Cousine in Gołdap zu besuchen.«

»Bei der sie Geld vermuteten, das sie haben wollten«, ergänzte Marie.

»Ja, so war es wohl.«

»Womit wir bei Pani Elżbieta wären: Was ist in Gołdap geschehen?«, erkundigte sich Marie.

Auch da wusste Piotr einiges zu berichten: Waltraut Koszak hatte die Adresse von Pani Elżbieta Koszak herausgefunden und geglaubt, über sie an das Erbe von Józef zu kommen. Deshalb hatte sie sie aufsuchen wollen und sich von ihrem Mann nach Gołdap fahren lassen. Als sie ankam, fand sie den Tisch noch gedeckt vor und konnte daraus schließen, dass Elżbieta Besuch gehabt hatte, und wohl auch erfahren, dass Marie, die Frau, auf deren Grundstück der tote Geodät gefunden worden war, bei Elżbieta gewesen war und dass sie mit ihr ein längeres Gespräch geführt hatte. Sie habe auf Pani Elżbieta eingeredet und sie gebeten, ihr ein paar Informationen zu geben, aber die habe entweder nichts verstanden oder nichts verstehen wollen, jedenfalls habe sie nichts herausgekriegt und sei wütend geworden. Dabei seien die Blumen umgefallen, und Pani Elżbieta sei gestürzt. Dann habe sie in Panik alles, was auf dem Tisch gestanden habe, eingesteckt und die Wohnung verlassen.

»Hat sie Pfefferspray benutzt?«, fragte Marie.

»Sie behauptet, nein. Wir haben natürlich Konstanty gefragt, ob er die Leiche noch einmal auf irgendwelche Spuren untersuchen kann. Aber sie war ja, als sie gefunden wurde, schon fast vierundzwanzig Stunden tot, da wird der Nachweis schwierig.«

»Was auch immer passiert ist, unterlassene Hilfeleistung war es allemal und damit ähnlich wie wohl auch bei Józef Koszak«, stellte Marie fest und fügte hinzu: »Glaubst du, wenn ich mir etwas gebrochen oder mich ernstlich verletzt hätte, als sie mich geschubst hat, hätte sie mich auch liegen lassen?«

»Ja, davon kannst du ausgehen, das scheint ihr Muster zu sein«, konnte Piotr nur bestätigen. »Aber noch etwas anderes kann ich dir berichten: Die Mitarbeiter von Tadeusz haben in der kleinen Wohnung von Pani Elżbieta in der Tat einen Karton gefunden, in dem – in braunes Packpapier eingewickelt – zweihunderttausend PLN lagen. Auf dem Papier steht ein großes A.

Woher das Geld ist, ist nicht zu ersehen, aber sie mutmaßen in Gołdap, dass es entweder Józef oder Elżbieta Koszak hinterlegt haben. Möglicherweise lässt sich noch anhand einer DNA-Untersuchung feststellen, wer von den beiden das Päckchen in der Hand gehabt hat, vielleicht lässt sich mit einer Schriftprobe sogar identifizieren, wer das ›A‹ geschrieben hat. Und zu vermuten ist, dass es das ist, was die Koszaks gesucht haben, aber dazu haben sie sich nicht geäußert.«

Marie atmete tief durch. Wie hatte sie sich doch am letzten Sonntag anfangs nur so täuschen können? Ob es der geschützte Rahmen gewesen war, in dem sie die Koszaks kennengelernt hatte, der Erzählkreis in der Parafia, der ihr eine falsche Sicherheit suggeriert hatte? Auf die Widersprüche und die blinden Flecken, die die Erzählungen der beiden beinhalteten, war sie erst mit einiger Verspätung gekommen. Sie hatte ihrer Geschichte geglaubt, und was die Erfolgsstory in Hannover anging, so war das ja auch ein wesentlicher Teil ihres Lebens. Nur dass es da eben auch noch andere Teile in seiner Lebensgeschichte gab, die Mirosław Koszak, wie es schien, über Jahre erfolgreich verdrängt hatte und die ihm erst zum Verhängnis wurden, als seine Frau ihn dazu brachte, sich mit seiner Kindheit und Jugend in Polen auseinanderzusetzen. – Und was wäre passiert, wenn Małgorzata und sie etwas länger bei Pani Elżbieta geblieben wären, könnte sie dann noch leben?

Das mutmaßliche Mörderpaar oder, vielleicht vorsichtiger formuliert, das Ehepaar, das die beiden Todesfälle verursacht hatte, war gefasst, und es beruhigte Marie ungemein, dass es sich – obwohl auf ihrem Grundstück geschehen – um ein Familiendrama handelte, das nichts mit ihr zu tun hatte. Dennoch schien es ihr, als sei das Drama noch nicht zu Ende: Was, wenn Andreas Fragen stellte? Sollte sie ihm von ihrem Wissen und ihren Vermutungen erzählen? Sie war unsicher. Durch ihre Nachforschungen hatte sie sich so weit in die Familiendynamik der Koszaks hineinbegeben und deren Lebensgeschichten miterlebt, dass sie sich kaum davon lösen konnte. Sie ging auf den Hügel, legte sich in die Sonne und blickte nachdenklich in die Wolken.

Am Sonntag am frühen Abend startete das Hügeldinner. Es war, wie Staszek vorausgesagt hatte, herrliches Wetter, und er prognostizierte auch einen schönen Sonnenuntergang. Marie hatte alles gut vorbereitet. Bei der gelben Paprikasuppe hatten sie und ihre Hausgäste am Abend zuvor zwar schon kräftig zugelangt, aber für ein Schälchen für jeden würde sie noch reichen; die Sielawy waren ausgenommen und mussten nur gesalzen und auf den Grill gelegt werden, Zucchini waren angebraten und in eine Vinaigrette aus Kürbiskernöl, Knoblauch und Balsamico eingelegt, und in die Schweinefilets hatte Marie der Länge nach mit dem Stiel eines Kochlöffels ein breites Loch gebohrt, das sie mit klein geschnittenen Tomaten und Zucchini und allerlei Kräutern gefüllt hatte. Dann hatte sie die Filets mit einer Marinade aus Honig, Senf, Öl, Knoblauch sowie Rosmarin und Thymian bestrichen und über Nacht ruhen lassen. Jetzt mussten sie nur zu gegebener Zeit in den Ofen gesetzt werden, ebenso wie die Kartoffeln, die in Öl gewälzt und mit Salz und Knoblauch gewürzt waren und um die sich während des Essens, in altbewährter Manier, Ulla kümmern wollte. Und zum Abschluss hätten sie Käse, ein paar Früchte und eine Nachspeise von Ulla. Marie war zufrieden.

Dominik hatte inzwischen mit Nikolaus eine lange Tischplatte und ein paar Böcke sowie weitere Bänke aus der Scheune geholt und auf den Hügel getragen. Marie bedeckte die Platte mit einem riesigen blau leuchtenden Tischtuch mit kleinem Muschelmuster, das sie einmal von einem großen Stoffballen auf einem Markt in der Bretagne erstanden hatte, und stellte einen großen vierarmigen Leuchter auf den Tisch: Wenn es nicht zu windig sein würde, könnten sie am späten Abend die Kerzen anzünden, sonst müssten sie sich mit kleinen Windlichtern begnügen.

Und während Dominik und Nikolaus die Feuerstelle für den Grill vorbereiteten und Maren Geschirr, Gläser und Bestecke nach oben brachte, saßen Paula und Marie auf der Terrasse hinter dem Haus, tranken einen ersten Schluck von der Gimmeldinger Meerspinne, einem trockenen Riesling aus der Pfalz, den Marie mitgebracht hatte, und hörten dazu die Goldberg-Variationen von einer alten Aufnahme mit Alexis Weissenberg. Es war ein Moment der Stille, den Marie vor einem Fest immer brauchte und den sie genoss.

Nach und nach kamen ihre Gäste, gruppierten sich auf dem Hügel und tauschten sich über die neuesten Ergebnisse im Fall Koszak aus. Staszek übernahm es, alle mit Getränken zu versorgen, und warf zum Horsd'œuvre die Sielawy auf den Grill, dazu gab es das selbst gebackene Brot von Anna. Für den Suppengang – die Suppe wurde kalt serviert – hatte Marie auf dem Beistelltisch ein Schälchen mit orangefarbenen Blüten von Ringelblumen und Kapuzinerkresse stehen, und sie ließ es sich nicht nehmen, jeden Teller mit einer Blüte zu verschönern. Ästhetik und Geschmack taten ihre Wirkung.

Dann klopfte Staszek an sein Glas und hielt eine kleine Rede, die in einem Toast auf den gemeinsamen Fahndungserfolg mündete. Er lobte Piotr und Patrycja für ihre Recherchen, aber auch Andreas für sein beherztes Eingreifen auf dem Hof an der russischen Grenze und wandte sich dann in seiner Rede an Małgorzata und Marie, die mit Empathie und Intuition dazu beigetragen hatten, dass der Fall aufgeklärt wurde.

Piotr schloss sich an, dankte Staszek für einige kluge Hinweise und brachte dann einen Toast auf Marie aus, die er zugleich um Entschuldigung für seine anfänglichen Verdächtigungen bat.

Marie bedankte sich ihrerseits für alle Unterstützung, entzog sich aber, mit Verweis auf die Küche und den nächsten Gang, einer längeren Replik und überließ die Gesellschaft ihrer weiteren Unterhaltung.

Inzwischen hatten sich neue Grüppchen gebildet; Małgorzata und Paula, die Juristinnen, hatten sich mit Andreas zusammengefunden und debattierten die juristisch möglichen Folgen, die sich aus den Aussagen der Koszaks ergeben könnten: Paula und Andreas aus deutscher, Małgorzata aus polnischer Perspektive. Nikolaus und Maren halfen währenddessen beim Auftragen und brachten die Bratenplatten, die Marie noch schnell mit ein paar gelben Zucchiniblüten von ihrem Gemüsebeet verziert hatte, und die kross gebackenen Kartoffeln nach oben. Dann konnte Marie erleichtert aufatmen; für sie war mit dem Servieren des Hauptgangs ihre Küchenaufgabe erledigt, den Rest konnte sie getrost ihren Gästen überlassen. Alle nahmen wieder Platz, und da es ziemlich windstill war, konnten sie sogar, während die großen Platten herumgingen, die Kerzen an dem großen Leuchter anzünden.

Neben Andreas, der, wie Marie gesehen hatte, heute eine Kette mit einem kleinen goldenen Kreuz trug, war ein Platz frei geworden. Dorthin begab sich Marie. Sie kam gerade dazu, als die zwei Juristinnen und der Kriminalbeamte bei der Frage angelangt waren, was eigentlich mit einem Erbe geschehe, wenn der Erbnehmer unbekannt sei, was, wie die Polizei bisher meinte, bei Józef Koszak wohl der Fall sei. Natürlich, das war allen klar, würde das Nachlassgericht nach einem Erben suchen und könnte auch einen Abwesenheitspfleger einsetzen, aber weder Andreas noch Paula wussten, wann eine solche Suche aufgegeben würde. Auch Małgorzata konnte das nicht auf Anhieb beantworten und meinte, es hänge von den Chancen ab, jemanden zu finden, aber ein Jahr lang würde sich eine solche Suche mindestens hinziehen.

Andreas verfiel in Schweigen, auch die drei Frauen waren still geworden und widmeten sich dem Essen.

Da sagte Andreas plötzlich, ziemlich unvermittelt: »Es ist einfach nur schön hier, ich werde im nächsten Jahr wiederkommen.«

Um die Idylle zu vervollständigen, waren mittlerweile die braunen Bullchen auf der Weide am Zaun erschienen; sie wurden heftig von Mona und Jasper angebellt, aber das störte sie nicht weiter. Und als die Hunde sich wieder beruhigt hatten und

Ulla sich um den Nachtisch gekümmert hatte, nahm Edelbert seine Geige zur Hand und ließ den ersten Satz aus der zweiten Bach-Partita, die »Allemande«, erklingen, und die Töne flogen weit über die Hügel und zum See hinunter. Doch bevor die Stimmung zu melancholisch werden konnte, griff Staszek nach einem Grashalm und unterlegte die »Allemande« mit Blues-Rhythmen, ein gelungenes Miteinander, das in immer neue Improvisationen überging.

Maries Blick ging zum Teich hinüber. Sie wusste nicht, ob sie nach diesen ganzen Geschichten die Leichtigkeit und Unbeschwertheit des Sommers jemals wieder so erleben würde wie zuvor, aber dann guckte sie auf den See, in dem die Sonne inzwischen versunken war, und sah in den Sternenhimmel und war voller Hoffnung auf die Zukunft.

Nachbemerkung und Dank

Die Autorin dieses Krimis fährt seit Jahren im Sommer nach Masuren und genießt die Landschaft, die polnische Küche und die Gesellschaft ihrer polnischen Freundinnen und Freunde. Nur die polnische Sprache kann sie zu ihrem großen Bedauern immer noch nicht! Sie klingt sehr schön, aber sie ist wirklich sehr schwer, vor allem die Grammatik! Was hingegen gar nicht so schwer ist, wie man zunächst glaubt, das ist die Aussprache, die durchaus gewissen Regeln folgt. Damit Sie sich den Klang der Namen der handelnden Personen und der wichtigsten Orte vorstellen können, wird hier eine kleine Tabelle eingefügt, aus der Sie die wichtigsten Regeln entnehmen können (https://www.tschechisch-lernen.at/polnisches_alphabet.php, Zugriff am 28. Februar 2022, leicht korrigiert).

Polnische Buchstaben
Ą, ą: Nasallaut; wie »on« in Champign*on*
C, c: z; wie in Zahn
Ć, ć: tsch
Ę, ę: Nasallaut; wie »in« in Cous*in*
H, h: ch; wie in Bu*ch*
Ł, ł: wie englisches »w« in *w*in
Ń, ń: nj; wie in Kog*n*ak
Ó, ó: u; wie in r*u*nd
Ś, ś: sch
Y, y: i; wie in *i*ch
Ż, ż: j; wie in *J*ournalist
Ź, ź: stimmhaftes *ś*
Z, z: stimmhaftes *s*; wie in *S*ahne

Polnische Buchstabenkombinationen
ch: wie ch in Bu*ch*

cz: wie tsch in Ru*tsch*
sz: wie sch in *Sch*ule
rz: wie j in *J*ournalist;
nach p/t/k: sch wie in *Sch*ule
dż: wie dsch in *G*in
dz: ds bzw. im Auslaut tz

Wenn Sie das bei Ihren Klangvorstellungen zugrunde legen, dann wissen Sie jetzt, wie es sich anhört, wenn Marie ihren Freund Staszek anredet und sie miteinander von dessen Freundin Małgorzata sprechen oder wenn Marie nach Giżycko auf den Markt fährt und Piotr in sein Polizeikommissariat nach Węgorzewo oder nach Gołdap zu seinem Freund Tadeusz, mit dem er Kartacze isst.

Marie hingegen schwärmt mehr für eine Chłodnik und backt für ihre Gäste Szarlotkę oder grillt mit ihnen gemeinsam die kleinen Sielawy.

Die wenigen polnischen Redewendungen, die sich im Text finden, werden immer sofort übersetzt, aber vielleicht mögen Sie sich doch die freundliche Begrüßung »*dzień dobry*« oder die polnische Dankesformel »*dziękuję*« merken? Auch die Höflichkeitsformel »*przepraszam*« (Entschuldigung) kann wichtig sein, nicht zuletzt verbunden mit dem schönen Satz, den sogar Marie beherrscht: »*Przepraszam, ale nie mówię po polsku*« (Entschuldigung, aber ich spreche kein Polnisch).

Ferner wird im Text ein paarmal auf polnische Organisationen und Begriffe abgehoben:

Armia Krajowa: Die polnische Heimatarmee war eine Widerstands- und Militärorganisation während des Zweiten Weltkriegs, die gegen die deutsche Besatzung kämpfte. Nach Kriegsende und dem Einmarsch der Roten Armee wandte sich der Widerstand der verbliebenen Mitglieder gegen das kommunistische System.

MO (Milicja Obywatelska): Name der Polizei in Polen von 1944 bis 1990. ORMO und ZOMO waren Sondereinheiten der MO.

ORMO (Ochotnicza Rezerwa Milicji Obywatelskiej): Freiwilligenreserve zur Verstärkung der staatlichen Polizei

PESEL-Nummer: polnische Identifikationsnummer, die jeder polnische Bürger hat

PiS (Prawo i Sprawiedliwość): Recht und Gerechtigkeit. Die Partei wurde 2001 von Lech und Jarosław Kaczyński gegründet und ist die Partei, die zurzeit in Polen die Regierung stellt.

Solidarność: polnische Gewerkschaft, 1980 aus einer Streikbewegung heraus entstanden

ZOMO (Zmotoryzowane Odwody Milicji Obywatelskiej): Die »Motorisierten Reserven der Bürgermiliz« entstanden 1956 und waren eine kasernierte paramilitärische Sondereinheit der Milicji Obywatelskiej (MO).

Żywiec: polnische Biersorte

Hierfür und für andere historische und gesellschaftliche Einordnungen verdankt die Autorin ihr Wissen neben ihren eigenen Eindrücken, vielen Gesprächen in Polen, einer Fülle von Reisematerialien und den üblichen Nachschlagewerken vor allem den Darstellungen von

Norman Davies: Im Herzen Europas. Geschichte Polens. München 2000 (Beck) und

Andreas Kossert: Masuren. Ostpreußens vergessener Süden. München 2001 (Siedler).

Für das Zustandekommen dieses Krimis aber geht der Dank auch noch an viele Menschen: an erster Stelle an Judith, die die Anregung gab und immer wieder ideenreich und einfühlsam motiviert hat, und an Christoph, der sich als blendender Diskutant und Korrektor erwiesen hat, ferner an meine Buchhändlerin sowie an Regina, Marita, Lala, Bettina und Uli, die sich als Erstleserinnen und -leser zur Verfügung stellten und

Unterstützung gaben, an Silke mit ihren Kontakten zur Pathologie und Rechtsmedizin, an Kinga für die Überprüfung der polnischen Redewendungen und an all die Menschen, die die Autorin in Masuren erleben durfte, nicht zuletzt auch an den Emons Verlag, der sich auf diese Erstveröffentlichung eingelassen und sie wunderbar betreut hat.

Ella Sophie Lindow